Sandra
Gaudreault
f.h.
L.R.
R.T.

TERRY PRONE

À LA POURSUITE DE LA LUNE

roman

traduit de l'anglais par Guillaume Villeneuve

ROBERT LAFFONT

Titre original : RACING THE MOON
© Terry Prone, 1996
Traduction française : Éditions Robert Laffont, S.A., Paris, 2002

ISBN 2-221-09367-4
(édition originale : ISBN 1-86023-062-8, Marino Books/Mercier Press, Cork, Irlande)

Pour la véritable Amanda Nelligan.

1.

Crépuscule et ombres brouillées.
Deux enfants en ombres chinoises sur la lumière oblique du soir.
Très concentrés tandis qu'ils libèrent leurs prises de petits poissons.
C'est ainsi que leurs parents les revoyaient toujours bambins.
Ensemble.
Évoluant et pensant ensemble.
Évoluant et pensant ensemble.
Jusqu'à leur quatrième anniversaire.

Cet anniversaire sépara Sophia et Darcy, rendit l'une silencieuse et l'autre meneuse.

Ayant vaguement appris à pédaler sur les vélos des enfants d'à côté, elles reçurent de leurs parents des bicyclettes pour leur anniversaire. Ce fut Sophia qui comprit qu'il était plus dur de monter la colline devant chez eux que de la descendre. Mais c'est Darcy qui décida qu'il serait peut-être encore plus simple de partir du sommet. Elle essaya immédiatement, filant vers le bas de la colline avec le vent qui lui chantait aux oreilles, les cheveux flottant, une brise fraîche fouettant l'intérieur de son paletot, l'euphorie grandissant avec la vitesse.

Le contrepoint de cette euphorie arriva rapidement sous la forme physique du réverbère du bout de la rue heurté à pleine vitesse. Le métal fou du vélo pulvérisé cracha son venin, le guidon brillant en plastique rose s'engouffra dans sa petite bouche, lui brisant les dents jusqu'à l'os et déchirant sa langue, la gonflant de sang et de morceaux épars, tandis que la pédale lui étouffait la cheville, que la chaîne s'enroulait autour de ses jambes, avant que le raz de marée de la douleur ne déferle trois battements de cœur plus tard.

Deux personnes virent la scène. Sophia courut en bas de la

colline, non sans se débarrasser adroitement de son vélo dans le jardin de devant. Pat Rice, qui avait jeté un coup d'œil dans la rue depuis sa chambre, observa la trajectoire de Darcy en se récriant : « Cette gosse va trop vite sur ce vélo – qu'est-ce qu'elle fabrique ? Oh, ma puce, tu ne sais pas te servir de tes freins ! » Il dévala l'escalier avant que la collision ne fût consommée. Il releva l'enfant quand la roue avant tournait encore, tira son mouchoir immaculé de la poche de son pantalon pour essuyer son visage, tandis que la jumelle arrivait, les yeux écarquillés, bouche bée et livide de voir ce coton blanc amidonné et repassé se muer en rouge, un rouge dégoulinant de rouge, près des yeux exorbités de Darcy. Il la prit dans le creux de ses bras et partit au pas de course, suivi de Sophia. La mère des jumelles, Colette, était à mi-chemin de l'allée quand Pat Rice contourna le portail en portant une masse sanguinolente entourée de bras et de jambes battant l'air ; le mouchoir avait sombré dans le sang de l'enfant. Colette rebroussa chemin, ouvrit la porte et fit entrer le voisin dans la cuisine.

— Sur la table, sur la table, fit-elle en ôtant le lourd mouchoir du visage de Darcy.

Une bouche dévastée apparut dans un hurlement gargouillant.

— Je vais chercher la voiture, dit-il.

En maintenant Darcy d'une main, Colette attrapa un torchon qu'elle trempa dans l'eau froide de l'évier. Elle le tordit pour faire couler l'eau dans la bouche de l'enfant.

— Recrache tout, dit-elle à sa fille.

— Sophia ?

Un petit visage blanc apparut au-dessus de la table.

— Je veux que tu coures tout de suite chez la voisine et que tu lui racontes ce qui s'est passé. Dis-lui que je vais à l'hôpital, demande si tu peux rester chez elle et viens vite me faire signe à la porte pour que je sache que c'est d'accord.

Sophia allait protester parce qu'on ne l'emmenait pas à l'hôpital, mais quelque chose dans le visage de sa mère figea les mots sur sa langue ; elle sortit en courant et plongea sous la haie dans l'allée de traverse. Elle frappa à la porte de Mme Clifton au moment où Colette et Pat Rice quittaient la maison. Par signes, car les hurlements de Darcy étaient constants, qu'elle expire ou inspire, Colette vit Meg Clifton enregistrer le message de Sophia, l'enlacer et envoyer un geste de « Allez-y, ne tardez pas, je m'en occupe ».

À l'hôpital, Darcy fut enlevée à sa mère et emmenée dans une autre salle. On lui dit de se tenir tranquille et l'on s'irrita de son agitation : l'appareil à rayons X ne prendrait pas d'images si elle bougeait. On l'interrogea sans pouvoir comprendre ses réponses, ce qui était aussi bien car celles-ci n'avaient aucun rapport avec les questions et consistaient pour l'essentiel en supplications : ne pas souffrir, voir sa mère, faire que ce ne soit pas arrivé, être tranquille et ne pas avoir peur.

Puis on la plaça sur un chariot de métal froid comme glace pour l'emmener dans une salle où des monstres blancs et verts lui parlèrent derrière des visages de tissu, crissant au gré des mouvements. Certains portaient même des lunettes sur leur masque. Le plus grand lui dit de tirer la langue et lorsqu'elle pleura – parce que sa langue était un immense obstacle solide dans sa bouche et ne réagissait plus du tout normalement –, il fit claquer des ciseaux dans l'air en lui disant que, si elle ne la tirait pas, il devrait la couper. Certains rirent. L'un d'eux lui toucha le bras et l'assura que ce n'était pas sérieux. Mais le grand s'irrita et dit : « Immobilisez-la. » De larges mains encerclèrent ses bras, ses épaules, ses genoux et ses chevilles et le grand visage de tissu se pencha vers elle avec une pince crochue et une énorme aiguille avec du fil noir. Bien que la première douleur l'eût dépassée de toute sa taille, celle-ci l'anéantit totalement, néant au-dessus duquel les monstres parlaient tout en la torturant.

Lorsqu'ils firent sortir le chariot, sa mère était là avec son père. Darcy les saisit si fort qu'ils n'arrivaient pas à desserrer ses doigts : elle redoutait que les monstres à visage de tissu ne reviennent et ne lui fassent encore plus mal.

— Tout va s'arranger, fit derrière elle la voix du plus gros monstre. Elle hurla à nouveau, tentant de dire à ses parents qu'il avait menacé de lui couper la langue, éberluée par la trahison de son père qui semblait plein de reconnaissance.

Au moins ne la remit-on pas au monstre à visage de tissu ; on la transporta dans la voiture paternelle.

Pat Rice s'était évanoui à la manière des personnages de

cauchemar mais – l'idée la fit pleurer encore – il reviendrait sans doute et la tuerait d'avoir saigné sur son joli mouchoir propre et son pantalon.

— Elle sera endormie avant qu'on n'arrive à la maison, dit Robert à sa femme livide.

Colette hocha la tête devant le pare-brise en songeant : « Il croit que cela ne serait pas arrivé si je ne l'avais pas quittée des yeux. »

— Chérie, reprit-il en changeant de vitesse et en lui tapotant le genou, les accidents sont une chose normale avec les enfants. Tu n'as aucune raison de te faire des reproches.

Certes, pensait-il, mais on aurait pu tout de même imaginer que le premier jour où les filles essayaient leurs vélos, elle aurait pris le temps de les surveiller. Refusant de s'avouer un tel jugement, il ne pouvait savoir que Colette lisait dans sa pensée et l'approuvait.

Le lendemain, dès son lever, Sophia alla examiner sa sœur qui semblait en plus mauvais état que la veille, si cela était possible. Son visage, assombri dans sa partie inférieure par une tache rouge-bleu, la faisait ressembler à un homme basané, taillé à la serpe, qui ne se serait pas rasé depuis des jours et – car l'un de ses yeux, gonflé, était à moitié fermé – qui aurait de l'univers une conception lubrique. Darcy observait sa sœur aussi fixement qu'elle en était examinée.

— Ton vélo n'a rien, fit Sophia.

Darcy voulait savoir si les monstres à visage de tissu allaient revenir.

— Certains des rayons étaient voilés mais Papa les a redressés et tout est en ordre.

Darcy voulait savoir si on lui reprochait d'avoir gâché la journée de tout le monde.

— Je pourrais te montrer comment marchent les freins de façon à ce que ça n'arrive plus.

Darcy voulait savoir si le gâteau d'anniversaire avait été servi la veille.

— As-tu mangé tout le gâteau ?

Ce qui sortit de sa bouche fut un borborygme pâteux, étouffé, douloureux, qui terrifia sa jumelle. Sophia faisait machine arrière pour sortir quand leur mère entra dans la chambre et s'agenouilla au chevet de l'enfant blessée.

— La bonne nouvelle, c'est que tu auras de la gelée pour le petit déjeuner, lui annonça-t-elle. Avec de la glace si tu veux. La mauvaise nouvelle, c'est que tu as un air terrible. Il faut que je rie sinon tu me ferais peur.

Elle s'assit sur les talons, l'air sceptique et reprit :

— J'aurais peur que tu ne me joues un tour effrayant. Tu ne le feras pas, n'est-ce pas ?

Darcy remua la tête et découvrit qu'il était moins pénible de la hocher que de la secouer.

— Tu me jouerais un tour effrayant ?

L'enfant se tint les côtés du visage pour indiquer qu'elle souffrait. Colette lui effleura doucement le front d'un doigt.

— Tu n'as pas mal ici, c'est sûr ? Mais ça commence à faire mal ici – son doigt touchait les pommettes bleuies – et plus bas ça fait très mal. Dans ta bouche, tu as si mal que tu ne peux pas le croire.

Observant la scène, Sophia se découvrit un nouveau rôle : elle deviendrait l'interprète de Darcy. À écouter très attentivement les éruptions de sons bouillonnants sortant de sa bouche, elle arrivait à déterminer l'essentiel de ses messages. Aussi commença-t-elle à guider Darcy par la main et à désigner au bénéfice d'autrui les aspects les plus intéressants de son cas.

Pat Rice se mit à croupetons dans le vestibule en voyant les jumelles.

— Ah, mon cœur, ah, ma chérie !

Darcy lui hurla un message dépourvu de toute consonne.

— Elle est vraiment désolée d'avoir abîmé votre mouchoir !

— Le diable emporte ce mouchoir !

Darcy borborygma encore.

— Et votre pantalon aussi, reprit Sophia.

— Écoute bien. Fais attention à toi et efforce-toi de guérir, lui dit Pat Rice.

Darcy hocha la tête. Elle était ravie de s'apercevoir combien ce geste était utile dans la conversation.

— On lui a fait douze points de suture sur la langue, lança

encore Sophia par-dessus l'épaule en emmenant sa sœur. Douze. *Points de suture.*

Darcy lui jeta un regard horrifié, car elle l'ignorait.

— Ça ira, fit sa sœur en lui tapotant la main à la manière de toutes les grand-mères du monde. C'est fini, maintenant.

De ce jour, Sophia fut maîtresse du récit de leur existence jumelle.

— Nous sommes allées à la piscine, déclarait-elle. Darcy et moi et toute la classe on était dans le bassin et on avait une grande corde à laquelle s'accrocher avec de grands flotteurs pour qu'elle ne s'enfonce pas quand on s'y appuyait, et M. Gurney nous montrait comment donner des coups de pied.

Darcy reconnaissait qu'il n'y avait rien à ajouter.

— Voici ma sœur jumelle, Darcy, annonçait Sophia en se tournant à demi sur la gauche, comme un speaker de télévision présentant des chanteurs. Elle a eu un accident et ne peut pas parler correctement, mais elle va se remettre.

Du coup, Darcy était plus ou moins étiquetée. Relationnel : sœur jumelle de la jolie fille normale. Action : accident. Conséquences : incapable de parler. Lumière au bout du tunnel : mais elle se remettra. Quand Sophia faisait son numéro à l'intention de bonnes sœurs et de prêtres, ou de personnes âgées, elle terminait par : « Si Dieu le veut. »

Grâce à cette petite présentation, Darcy n'avait pas à parler et pouvait préserver son prestige de malade. Lorsqu'elle ouvrait sa bouche dévastée, ce qui sortait était si éloigné de la diction précise de Sophia que l'auditoire en avait presque un haut-le-corps. Sophia acquit progressivement le statut d'une Florence Nightingale* à l'essai.

Pour la première fois, Darcy commença à s'apercevoir des avantages et des inconvénients d'avoir une jumelle. Point positif, Sophia excellait à comprendre ce qu'elle disait, aussi était-ce une grande aide de pouvoir en disposer comme d'une interprète. Plus négatif, Darcy comprenait qu'elle était la jumelle subalterne. Le fait de ne pas parler lui donnait plus de temps pour observer et lire les visages. Les inconnus s'adres-

---

* Infirmière britannique, fondatrice en 1853 d'un hôpital pour dames. *(N.d.T)*

saient d'abord à sa sœur, enchantés par sa charmante politesse, puis étaient confrontés à sa jumelle massive, disgracieusement enfermée dans un silence boudeur.

— Et voici ta sœur jumelle, disaient-ils sur un ton perdant son enthousiasme.

— Ta *grosse* sœur, ajoutaient certains, pour lancer des fleurs à Sophia.

Et Darcy restait posée là, gonflant comme le crapaud massivement inférieur de la fable.

Lorsqu'elles commencèrent toutes les deux les leçons de danse, la situation empira. La maîtresse repéra rapidement la grâce instinctive de Sophia et identifia aussi vite la jumelle lourdaude comme le parfait contre-exemple en terme de « donse », comme elle disait. Aussi, à la fin de leur dernière année d'école primaire, Sophia fut-elle la star du concert à la fête de l'école tandis que Darcy était au dernier rang de la chorale.

Sophia jugea cela très injuste. Quelques jours plus tard, elle s'en ouvrit à ses parents. Ce n'était pas juste, souligna-t-elle, que Darcy soit confinée dans la chorale sous prétexte que sa jumelle avait une jolie voix de soliste. Ce n'était pas juste que les gens lui parlent toujours à elle d'abord puis à Darcy ensuite, comme si elle était stupide. Cela risquait de la rendre stupide, à la fin.

— Sophia n'a pas tort, dit Robert à Colette ce soir-là. Ce serait bien pour Darcy de pouvoir briller à son tour.

— Elle brille plutôt bien dans le silence.

— Le silence ne sert à rien, répliqua impatiemment son mari.

Colette, qui jugeait que le silence servait énormément, décida de ne pas le contredire sur ce point.

— Darcy a-t-elle des goûts quelconques ?

— Les chevaux, fit Colette.

— Les chevaux ?

— Les chevaux, les poneys, les écuries. Tu ne regardes jamais les livres qu'elle a au-dessus de son lit ?

Robert King secoua la tête.

— Tout ce qui a un rapport avec les chevaux, elle adore.

— Dans ce cas, nous devons veiller à ce qu'elle commence à monter à cheval quand elle entrera au collège cet automne.

2.

Darcy regardait son cheval et son cheval la regardait.

— Comment s'appelle-t-il ?

— Ginger.

Le cheval était blanc pommelé de noir, comme un dalmatien.

— Ginger ? fit-elle d'une voix d'hôtesse de province.

Le cheval l'ignora, baissa la tête et se mit à brouter.

— Dépêche-toi de monter, lui enjoignit la monitrice.

Darcy arbora un sourire insouciant, gravit l'escabeau, lança la jambe droite par-dessus la selle et – sans que celle-ci, glissante, la retienne – tomba de l'autre côté. La mentonnière de sa bombe noire déjetée manqua l'étouffer. Elle la réajusta, s'essuya les fesses d'un air aussi dégagé que possible et gravit l'escabeau à nouveau. Cette fois, elle parvint à rester assez longtemps dans les étriers pour qu'on lui tende les rênes.

Ses nombreux livres le lui avaient appris, les chevaux s'adaptent entre vos jambes comme un traversin. Il suffit de les serrer doucement – la légèreté de cette pression témoigne de l'excellence du cavalier – et ils répondent au quart de tour à la suggestion.

Ce cheval était une affreuse exception. Monter Ginger, c'était comme être sur l'impériale d'un autobus. On était à deux kilomètres du sol. Darcy avait les deux jambes si étirées de part et d'autre que la seule question qui se posait était de savoir quand elle serait écartelée. Aucun de ses muscles inférieurs n'était capable de serrer l'impériale répondant au nom de Ginger. Lorsque le cheval changea d'appui, sa cavalière entrevit la possibilité d'une deuxième éjection avant même d'avoir quitté l'écurie.

Les autres s'ébranlaient. Ginger leur emboîta le pas. La douleur entre les jambes de Darcy, après s'être réduite à une pulsation sourde, se mua en une série de coups de poignard, tandis qu'elle essayait de désolidariser ses fesses de la selle à chaque pas.

— On ne trotte pas encore, fit la monitrice.

Elle regardait Darcy comme si elle s'attendait à la voir lancer Ginger à bride abattue. Aux yeux de l'élève, l'amble sautillant adopté par Ginger était déjà bien assez échevelé. Le sol était aussi loin que si elle s'était trouvée à la fenêtre du premier, à ceci près que les fenêtres du premier ne vous glissent pas sous le pantalon et ne sont pas chaudes sous la main. Elle entendait ses camarades parler. Elle aurait sans doute pu participer à la conversation si elle n'avait été occupée à prier en silence le cheval : « Sois un bon cheval, s'il te plaît, et ne fais rien de mal. »

Les autres ouvraient la route. Ginger s'arrêta et décida de brouter. Darcy fut précipitée en avant et perdit les rênes. La monitrice tourna bride, s'empara des rênes et les remit à Darcy, sans dissimuler son mépris. Le cuir était plein de salive. Ginger avait mangé les rênes en même temps que l'herbe.

Darcy tira du côté gauche. Rien ne se produisit. Nouvel essai. Rien. Irritée, Darcy tira durement et longtemps sur la rêne gauche. Ginger releva la tête et la tourna à 180 degrés, tel un serpent, pour dévisager sa cavalière d'un œil énorme. Elle tira de l'autre côté, ce qui incita le cheval à regarder droit devant lui. Encouragée, Darcy se dit qu'elle parviendrait peut-être à gouverner l'animal.

— Bien, on passe au trot maintenant, ordonna la monitrice.

Ginger, revigoré par sa nouvelle provision d'herbe, passa à l'action avec enthousiasme, son dos immense se contractant et s'étirant alternativement, en enfonçant autant de lances dans la cavalière.

C'est alors que son pantalon se déchira d'un genou à l'autre. La grosse croupe de Ginger la souleva et elle fila dans

19

les airs. La dernière chose qu'elle vit fut les fesses du cheval qui s'éloignaient. La gravité la rattrapa pour la faire retomber sur le sol. Son pantalon claquait comme un drapeau blanc. Elle avait atterri au beau milieu du sentier, là où la terre était la plus ferme. Le choc résonnait dans son épine dorsale jusqu'aux cheveux. D'un seul coup, elle comprit tout. Elle allait se retrouver dans un fauteuil roulant pour le restant de ses jours. Comme Clara dans *Heidi*.

— Lève-toi. Remonte.

La monitrice serrait les rênes de Ginger et maintenait le cheval pommelé à côté de son cheval isabelle. Elle baissait les yeux vers la jeune fille.

— Non, fit celle-ci.

— Qu'est-ce que ça veut dire, non ?

— Non.

— Lève-toi.

— Non !

— Lève-toi !

— Non ! allez-vous-en !

Darcy se remit sur ses pieds. Chacun de ses os et de ses muscles hurlait.

— Je suis sérieuse, Darcy. Il faut remonter, tout de suite. Si tu ne le fais pas, tu en seras à jamais incapable. C'est toujours comme ça que ça se passe. Si on ne s'y remet pas tout de suite, on a un blocage.

— Tant mieux.

Darcy rebroussa chemin en ôtant sa bombe.

— *Darcy* ?

Elle s'immobilisa.

— Auriez-vous la bonté de m'expliquer comment je pourrai escalader ce fichu bourrin en rase campagne alors que j'étais incapable de monter dessus à l'écurie avec un escabeau ? De toute façon, je ne le ferai pas. Jamais. Afin d'avoir un blocage – un gros ! Afin de ne plus jamais monter sur aucun cheval aussi longtemps que je vivrai – hourra ! Afin d'être une froussarde, une mauviette et une minable. Au moins je suis une minable en un seul morceau. Il y a une minute, j'ai cru que je finirais en MILLE morceaux. Je n'ai pas l'intention de revoir le cul d'un cheval ni sa bouche maintenant ou plus tard, et adieu Ginger !

On ne l'avait jamais entendue parler si longtemps.

Quand elle se réveilla le lendemain matin, raide comme une vieille arthritique, endolorie de la cuisse à l'épaule, elle n'eut pas à se traîner en classe pour affronter les applaudissements ironiques de ses camarades : on était samedi. Mais elle eut à affronter la compassion protectrice de Sophia.

— Tu es très amochée, lui dit-elle.

— C'est pénible de voir comment je m'amoche toujours le tableau, fit Darcy en se contorsionnant pour s'apercevoir dans le miroir. Je n'ai jamais de bleus là où ça fait bien. Je n'ai jamais d'œil au beurre noir par exemple. J'ai toujours voulu en avoir un et j'ai toujours voulu m'évanouir.

— La sensation de douleur devrait disparaître vendredi prochain, observa sa sœur toujours concentrée, d'une voix lourde de sens.

Darcy s'habilla en silence.

— Tu devrais vraiment refaire un essai.

— Non, je ne devrais vraiment pas faire un autre essai, répliqua l'éclopée en nouant ses cheveux.

— Mais à quoi auront servi ces bleus, alors ?

— Les bleus ne servent à rien. Ce sont juste des bleus.

Sophia secoua la tête.

— Tous les symptômes ont une signification.

— Écoute, si j'ai besoin des sentences de Papa, je peux aller frapper à côté et les lui demander directement, tu sais ?

— Mais il a raison. Chaque muscle endolori signifie que tu acquiers de la force.

— Conneries.

— Tu es charmante !

— Sophia, je suis un muscle endolori d'un genou à l'autre, repartit Darcy, les jambes arquées. Tu peux me dire quel avantage je retire d'avoir un entrejambe plus fort ? Tu peux me dire à quel point je triompherai des grands défis de la vie à cause de la résistance de fer de mes parties intimes ? Tu peux me dire dans quelle mesure le monde va m'envier ma démarche de parenthèses et mes efforts pour empêcher mes cuisses de se toucher parce qu'elles sont aussi enflammées que si on y avait jeté de l'eau bouillante ?

Sophia fit une grimace de compassion. Elle-même avait la main gonflée d'ampoules après avoir trop fait de tennis. Elle imaginait aisément que les cuisses de sa sœur puissent être plus douloureuses.

— As-tu montré les parties douloureuses à Papa ? C'est un médecin, tu sais.

Darcy la fusilla du regard.

— Écoute, cocotte, c'est déjà assez pénible d'être sermonnée par toi pour n'avoir pas envie de l'être par lui aussi.

— Je ne te sermonne pas.

— Mais si, c'est ce que tu fais.

— Ce n'est pas pour moi que je le fais, tu sais.

— Tout à fait. C'est pour mon bien.

— En effet, c'est pour ton bien. Si tu tournes le dos à cet épisode, ce sera une occasion de manquée. Tu peux te fortifier le...

— Caractère. Oui, rappelle-moi le passage sur la construction du caractère.

— Mais oui, le caractère ; et tes ricanements n'y changent rien.

Darcy sentait le sang bouillir en elle, comme à l'époque où sa langue refusait de lui obéir. Je te déteste, espèce de première de la classe toujours parfaite et sûre de toi, se disait-elle. J'aimerais ne pas être coincée dans la même chambre ni dans la même famille. J'aimerais que tu ne sois jamais née, espèce d'affreux Bon Exemple ambulant qui fait de moi une ratée à face de lune. Je suis exaspérée que tout le monde t'aime et t'admire. Si tu étais la sœur de quelqu'un d'autre, ce ne serait pas grave. Si tu étais ma sœur, sans être ma jumelle, ce serait fameux. Mais le fait que tu sois ma jumelle fait de moi la perdante et de toi la gagnante. Même des semaines après la rentrée, les profs m'appellent Sophia parce que c'est d'abord à toi qu'ils pensent. Jamais ils ne t'appellent Darcy. Le simple fait d'être si proche de toi me gonfle et me donne des pensées qui m'enverront en enfer. Tu m'aimes, en plus, et c'est ce qui me fait te détester davantage et t'embrasser en pleurant.

— Je suis désolée, fit Sophia d'une petite voix ; mais tu en sais tellement sur les chevaux avec tous tes livres. C'est presque un gaspillage de tes années de lecture et d'études de ne pas devenir une bonne cavalière.

— Le simple fait de lire ces livres me suffit, répliqua sa sœur, exaspérée. Il n'y a aucune raison pour que ça mène quelque part.

L'autre hocha la tête sur un air de désaccord tolérant. Darcy se demandait combien de temps il lui faudrait, avec une ceinture de robe de chambre et un peu d'énergie, pour lui faire rendre gorge, les yeux exorbités et la langue pendante.

Elle s'en était aperçue récemment : elle passait beaucoup de temps à imaginer des façons d'étouffer Sophia.

La semaine suivant l'adieu à Ginger, Margaret Graham, le professeur d'anglais des jumelles, assigna à la classe le soin d'écrire une rédaction sur les parents.

— Vous n'avez aucune recherche à faire, expliqua-t-elle. C'est pourquoi vous pouvez commencer tout de suite et me rendre l'essai avant la sonnerie. Le titre est très simple : *Mon Père*. Je veux trois pages de chacune d'entre vous.

Quand le professeur arriva aux rédactions des jumelles King, celle de Darcy était si lardée de biffures, d'ajouts et de corrections qu'elle décida de se pencher d'abord sur la belle écriture de Sophia.

Mon Père

Mon père est le Dr Robert King et il dirige le département de pathologie à l'Angelus Hospital de Ballsbridge.

Un pathologiste est qualifié pour étudier les causes des maladies et la manière dont une maladie particulière peut changer la structure et la fonction d'un organe au sein du corps. Les pathologistes le font au moyen d'un examen microscopique des tissus. Cela s'appelle une biopsie. Elle nécessite parfois une opération chirurgicale. Certains matériaux, comme la moelle osseuse, sont aspirés par une aiguille particulière. Les pathologistes emploient aussi les rayons X et analysent les fluides corporels.

C'est un pathologiste allemand qui a découvert les premiers antibiotiques. Un professeur de pathologie d'Oxford a gagné le prix Nobel pour ses travaux sur la pénicilline et un pathologiste américain a remporté le même prix pour avoir découvert que manger du foie aide les gens affligés d'anémie pernicieuse.

Le département de pathologie de l'Angelus Hospital emploie cinq personnes et possède son propre laboratoire. Mon père, en tant que chef de la section, est associé aux discussions post-opératoires pour savoir si telle opération a été efficace et s'il faut tenter une autre thérapie. Il doit aussi donner son témoignage lors des enquêtes.

Lorsqu'il ne travaille pas, il passe beaucoup de temps à la maison. Il lit énormément et se passionne pour le jardinage. Il s'intéresse aussi au sport.

Sophia King.

Mon Père

Mon père, c'est surtout des bruits. Il garde sa monnaie dans sa poche gauche (il est gaucher) et la fait tinter, souvent au rythme de ce qu'il chante. Quand il range des affaires ou simplement qu'il met le couvert, il fait tic tic tic avec la langue et quand quelque chose le contrarie vraiment, il ferme la bouche tout en chantonnant, de telle sorte qu'on ne peut l'entendre de l'intérieur de ses joues. Ce sont ses bruits qui nous informent sur son humeur. Lorsqu'il est furieux il respire par le nez et ferme la bouche. Il n'aime pas répondre aux coups de sonnette et lorsqu'il le faut, ou au téléphone, il sifflote un petit air spécial qu'il ne siffle qu'à ces moments-là, bien qu'il sifflote beaucoup lorsqu'il est de bonne humeur.

Quand il est sur le point d'éternuer, il aspire très lentement l'air dans sa gorge si bien qu'il a une sorte de voix inversée et puis il y a environ cinq secondes de silence total et il éternue soudain comme s'il rugissait de rage : Aaaatchoum ! Pendant le week-end, il se promène avec des outils dans sa poche revolver, un tournevis et un ciseau ou un marteau qui font du bruit et aussi il est sans cesse en train de faire des choses bruyantes comme tailler la haie, tondre la pelouse ou creuser avec le métal de sa pelle contre des pierres. Il sifflote en même temps et il sait drôlement bien imiter la scie.

Dans le jardin de derrière, il aime balayer la partie bétonnée avec le balai de la cour qui ressemble à une brosse à ongles mais en plus grand, pas doux comme la brosse de la cuisine et ça fait un grand bruit de frottement et de bulle s'il y a de l'eau là.

Quand ma mère ou ma sœur s'endorment elles ne font pas de bruit mais lui fait encore du bruit. Il ronfle si fort et d'une voix si grave, on se dit que ça doit lui faire mal et, si on le tapote pour qu'il arrête, il tremble de tout son long et émet une sorte de grognement. Mais il a toujours un air si timide et effrayé quand on le réveille comme ça que je n'aime pas le faire même s'il est très bruyant. Parfois c'est très drôle car il arrête de ronfler quand sa tête est renversée mais sa respiration sort de sa bouche dans un sifflement triste comme celui d'un train qui s'éloigne.

Il se mouche comme s'il jouait de la trompette. Quand il fait des choses comme conduire la voiture, il parle à voix haute et sans arrêt aux autres conducteurs, en les engueulant. Un jour je lui ai demandé s'il faisait pareil quand nous n'étions pas avec lui et il a dit qu'il ne savait pas qu'il le faisait quand nous étions dans la voiture avec lui, donc comment pouvait-il savoir ce qu'il faisait quand nous n'y sommes pas ?

Quand il réfléchit, il fait courir ses ongles contre ses incisives et parce que ses ongles sont inégaux ça fait un minuscule cliqueticlac qu'on arrive à entendre si on est très près. Au travail il porte une blouse amidonnée et ça fait du bruit.

Darcy King.

Margaret Graham montra les deux rédactions à un autre professeur d'anglais, une bonne sœur, qui les lut toutes deux attentivement puis releva la tête. Sa collègue laïque l'interrogeait du regard.

— Ce que j'en pense ? C'est évident. Sophia est beaucoup

25

plus claire, ordonne beaucoup mieux l'information, a une bien meilleure syntaxe. Pour ne rien dire, poursuivit la sœur en grattant ce qui ressemblait à une trace de chocolat sur l'un des feuillets de Darcy, pour ne rien dire d'une présentation infiniment moins entachée d'une saleté quasi agricole.

Margaret Graham avait l'air si accablé que la bonne sœur, qui enseignait depuis près de vingt ans, fut prise de compassion.

— Margaret, si vous voulez être contente de vous et leur enseigner l'anglais de telle sorte qu'elles aient de bonnes notes à leurs examens et obtiennent leurs diplômes, apprenez-leur à écrire comme Sophia. Les Darcy de ce monde sont des fumistes.

Elle lui rendit les rédactions, non sans remarquer avec impatience que sa collègue semblait encore plus pâle et désorientée que d'habitude. Elle se demanda si elle ne souffrait pas de dépression et se promit de se renseigner auprès de mieux informé.

Pendant ce temps, Sophia King avait deviné, à juste titre, que leur professeur risquait fort, tôt ou tard, de leur demander un essai sur leur mère ; aussi fit-elle quelques recherches. Le jour venu de le remettre, son devoir était aussi précis qu'un curriculum vitae.

Ma Mère

Ma mère s'appelle Colette King.

Elle est allée à l'école à Galway puis à Dublin où sa famille s'était installée parce que son père était professeur.

Ma mère mesure un mètre soixante-deux et elle est mince. Elle a les cheveux brun clair et ondulés. Elle est toujours restée au foyer bien qu'il lui soit arrivé de penser à travailler.

Elle a fait la connaissance de mon père lorsqu'elle était étudiante et ils se sont mariés une fois qu'il a été médecin. Elle déclare qu'elle préfère avoir épousé un pathologiste comme mon père plutôt qu'un généraliste, lesquels sont susceptibles d'être appelés nuit et jour et très souvent leurs femmes font office d'infirmières, de réceptionnistes ou de factotums. Ma mère n'aimerait pas cela du tout.

Elle se décrit comme une « pacifiste émotionnelle » parce qu'elle refuse de se disputer avec qui que ce soit. Même lorsqu'elle n'est pas du même avis, elle garde le silence plutôt que de commencer une dispute.

Ma mère participe à toutes sortes de concours et gagne souvent des prix. Si un fabricant lance un concours, elle fait provision du produit concerné pour avoir beaucoup de bulletins de participation puis elle sollicite toute la famille pour trouver le meilleur slogan. L'été dernier elle a gagné une balancelle avec un dais. Elle ne lit jamais le journal bien qu'elle l'achète tous les soirs pour mon père. Elle tricote et fait des habits. Elle avait coutume de jouer du piano mais elle prétend en avoir perdu l'habitude. Elle est bonne cuisinière, surtout pour les gâteaux.

Sophia King.

Lorsqu'elle lui montra sa rédaction, le début fit rire sa mère.

— On dirait un rapport de police, dit-elle. « ... mesure un mètre soixante-deux... »

Sa fille, vexée, fit mine de reprendre sa copie mais Colette la repoussa.

— Non, non, je me suis pliée à ton enquête et je veux voir avec quels scrupules tu m'as citée.

Elle lut en silence puis se sourit à elle-même.

— Qu'y a-t-il de drôle ? s'enquit Sophia exaspérée.

Elle n'avait rien voulu écrire de drôle.

— Je suis amusée par ce dont tu ne parles pas. Tu as cité la formule « pacifiste émotionnelle » mais tu as omis ce que je t'ai dit de ma famille où les insultes, les hurlements, et les reproches avinés étaient monnaie courante, où la sobriété était synonyme de bouderie, où ma propre mère était spécialiste des soupirs mélodramatiques et lourds de reproches qu'on ne pouvait ni contredire ni discuter. J'étais jugée coupable sur la foi d'un soupir. Tous les jours. Tu as omis tout cela.

— Je ne vois pas pourquoi pas Mlle Graham devrait connaître ce genre de détails.

— Tu as raison. Tu as raison.

La rédaction de Darcy sur sa mère, dépourvue de toutes recherches, fut remise à contrecœur.

Ma Mère

Ma mère ressemble à un lampadaire. Elle ne s'intéresse pas à ce qu'on est sauf aux choses qu'on veut lui dire. Une fois, j'étais désolée de lui avoir dit une chose qui n'était pas grave, en réalité, et elle a dit que c'était son rôle d'écouter davantage que les choses importantes et je me suis dit que c'est la même chose pour les lampadaires : c'est leur rôle de servir de point d'appui et d'être ignorés et même de recevoir la pisse des chiens. On indique les chemins comme ça : « Notre maison est au troisième lampadaire sur la gauche. » Mais une lumière peut nous donner un aperçu très désagréable de nous-mêmes, on peut voir les boutons et les points noirs. Ma mère me regarde parfois et j'ai l'impression de me voir plus clairement.

Elle ne sort pas beaucoup et, lorsque nous revenons de l'école, elle est à la maison, en général. Ce n'est pas elle qui vient à nous, mais nous qui allons à elle. Elle s'occupe pendant qu'on lui parle, comme laver les habits ou tricoter, ce qui simplifie beaucoup le fait de lui dire les choses. De temps en temps, je m'assieds près d'elle sans rien dire et elle ne dit rien non plus. Si je suis malheureuse, je sais qu'elle le sait sans que je dise rien et au bout d'un moment je peux retourner à mes occupations ordinaires tout comme si elle m'avait beaucoup consolée. Bien que mon père soit médecin, lorsque l'une ou l'autre d'entre nous est blessée, c'est ma mère qui s'occupe des bandages et de désinfecter. Quand elle a fini, elle reste là avec le désinfectant et la boîte de pansements et l'on peut retourner jouer mais elle reste là au cas où on voudrait revenir dire merci mais une fois sur deux on ne le fait pas. Elle ne s'en offusque pas, en fait elle a l'air étonné quand on y pense.

Ma mère joue du piano et l'on dirait qu'elle a une série de chansons dans la tête. Parce qu'on sait, comme à la fin d'un morceau sur un disque ce qui suit, ce qu'elle va jouer ensuite. J'adorais cela quand j'étais toute petite parce qu'elle m'avait

28

persuadée que du côté gauche du piano se tenaient les tigres : elle se mettait à effleurer les touches les plus éloignées et l'on pouvait les entendre gronder. Mais elle y mit un terme quand je crus (toute petite) que les tigres allaient quitter le piano dans la nuit et me manger.

Il existe cette émission à la radio « Demandes pour l'hôpital » et elle m'irrite à cause de tous ces gens qui demandent qu'on joue un disque pour la meilleure mère du monde ; je déteste ça parce que la meilleure c'est la mienne.

Darcy King.

Sophia avait un vif sentiment de son bon droit. Être aimée des professeurs, approuvée par les adultes et entourée d'attentes exigeantes mais réalisables lui semblait aussi naturel que les cheveux blonds avec lesquels elle était née.

Si elle avait des doutes quant à sa réussite, c'était que cette popularité et ses succès en classe, notamment en maths, risquaient de mettre Darcy en porte à faux. Elle la tenait pour beaucoup plus intelligente qu'elle et jugeait de son devoir de lui faire prendre un bon départ, pour montrer tout son potentiel inné. L'opposition inerte de sa sœur devant tous ses efforts la faisait se sentir incapable. Comme elle pensait que tous les sentiments d'inconfort émotionnel traduisaient un échec personnel, elle décida que la meilleure manière d'explorer toutes les possibilités serait de tenir un journal. Puis, durant la deuxième année de l'école secondaire, les deux jumelles lurent le *Journal d'Anne Frank.*

Darcy trouvait très tristes les circonstances de la mort de l'écrivain mais elle abandonna le livre aux trois quarts, au moment où Anne et Peter ont leur embryon de relation.

— Quel ratage ! fit-elle. Mon Dieu, elle aurait pu trouver mieux !

— Impossible, observa Colette. Deux familles vivant en secret dans une dépendance cachée n'ont guère de choix lorsqu'il s'agit de nouer des relations.

— J'ai trouvé cela très romantique, opina Sophia.

— *Romantique*! reprit sa sœur comme s'il s'agissait d'une grossièreté.

— Eh bien, oui. Elle a commencé de découvrir des choses sur lui.

— Disons qu'elle s'est mise à *inventer* des choses sur lui parce qu'il n'y avait rien d'autre en rayon, voilà ce qu'elle s'est mise à faire. C'était une sombre pute au début du livre et toujours une sombre pute quand elle s'est éprise de lui, elle l'enveloppait d'imaginations pour le rendre meilleur qu'il n'était.

Sophia perdit tous ses moyens, déchirée entre le désir de réprimander sa sœur pour avoir juré et la conscience que sa mère verrait sans doute dans cette remontrance (tout comme Darcy) l'envie de se faire bien voir des parents. Elle était aussi déchirée entre sa désapprobation du commentaire et son intérêt pour la formulation de Darcy. Elle avait toujours pensé que « pute » ne se disait que d'une femme. Mais sa sœur, qui souhaitait la provoquer, reprit de plus belle.

— Je pense que ce livre aurait été beaucoup plus intéressant si elle n'avait *jamais* eu le moindre rapport avec Peter. Cette histoire la ramène au niveau de tout le monde, comme si elle se devait de tomber amoureuse.

— L'appel des hormones en furie, suggéra leur mère.

— Quoi qu'il en soit, fit Sophia comme s'il y avait un lien logique, je vais commencer un journal moi aussi.

— Quelle sorte de journal ? s'enquit leur mère.

— Que veux-tu dire ?

— Eh bien, ça pourrait être un journal à heure fixe ou un journal dans le genre d'Anne Frank, où tu examines ce qui t'arrive.

— Oh, ce sera un journal de ce dernier type.

— Parfait, je vais t'acheter le type de carnet qui s'impose.

— Qu'est-ce que ça a de parfait ? s'enquit Darcy, dans l'idée qu'elle avait encore manqué un train logique.

Sa mère de répondre :

— Noter les choses noir sur blanc est une discipline utile. Cela t'oblige à les voir différemment. Cela t'oblige à examiner des réflexes. Je crois que c'est le devoir féminin par excellence. Les femmes sont celles qui tiennent les registres, les femmes écrivent, envoient les cartes. Sans elles, notre société n'aurait pas de trace écrite.

Le lendemain, elle remit à sa fille un carnet ayant la taille et la forme d'un gros roman cartonné, aux plats rembourrés qui semblaient de soie moirée. Le carnet avait un signet de satin et un anneau de moire durcie pour tenir un stylo. En prenant tout juste le temps d'arracher à la famille l'accord à voix haute et intelligible que seul un félon oserait jamais lire le journal de quiconque, Sophia se retira dans sa chambre partagée où elle dégagea une place sur la coiffeuse pour le journal – une place qui lui serait réservée comme à ses successeurs dans les années à venir.

28 septembre 1982

J'ai l'intention de me servir de ce journal pour m'améliorer car les journaux sont tristes lorsqu'ils enregistrent la vie de gens qui ne progressent pas et qui sont aussi mauvais à la fin quand ils meurent qu'au début. Voici mon portrait :

14 ans

1,60 mètre

50 kilos et demi (mon poids idéal, à mon avis, bien que je puisse aller jusqu'à 54 kilos et rester dans la moyenne pour ma taille – mais je préfère ce poids).

Groupe sanguin AB

Mes meilleures matières à l'école, selon les examens les plus récents : anglais, histoire, maths, géographie, français.

Je dois faire un effort en latin, mais je fais sans doute le maximum de ce qui est utile dans les matières littéraires. Je suis très différente de ma sœur Darcy. Elle est beaucoup plus grosse que je ne suis. Mon père est d'avis qu'on ne doit pas angoisser les filles de notre âge quant à leur poids ; qu'on aura tout le temps de mincir une fois adulte et qu'il existe un risque d'anorexie, maladie de maigreur qui fait jeûner les filles (surtout elles) jusqu'à en mourir. « Y a pas de risque que j'aie de l'anorexie », s'exclame Darcy en omettant le gros mot qui lui brûle les lèvres.

Ce qui m'amène à un sujet auquel je dois réfléchir. Darcy

jure beaucoup et elle a eu par deux fois des ennuis à l'école à cause de ça, bien que nos parents l'ignorent. Il se peut qu'elle jure pour se différencier de moi, mais lorsque je lui ai livré cette pensée elle s'est emportée en me traitant de psychanalyste nulle, etc.

Elle a peut-être raison, mais je n'aime pas lui être comparée à l'école car j'ai toujours le sentiment que les comparateurs ne la connaissent pas en réalité.

Parfois, je pense que même nos parents ne la comprennent pas comme moi, qui sais toute son intelligence et sa bonté. Cela m'ennuie parce qu'elle semble avoir décidé qu'elle n'est ni intelligente ni remarquable et que nous devrions toujours être prêtes à faire rire de nous. C'est dommage parce qu'elle ne devrait pas avoir à faire rire les gens. Elle peut tout faire.

Nos parents ont toujours interdit qu'on nous compare, mais je crois important d'observer ce qui nous différencie afin d'apprendre d'elle et m'améliorer. Il serait idiot que ce journal ne me permette pas de vérifier, à la fin de chaque mois, que je suis meilleure qu'avant. Enfin, un mois c'est peut-être trop peu. On verra.

Action : apprendre un nouveau mot tous les jours. Celui d'aujourd'hui est : *itératif.* Synonyme : répétitif, fait une deuxième fois.

3.

Le professeur d'anglais des jumelles, Margaret Graham, avait les mains et les pieds longs et élégants « comme le tableau de Miss Horniman à l'Abbey Theater », avait dit sa mère à son père en rentrant du *Plough* où ils avaient bu quelques verres après le théâtre, sans se douter que leur fille pouvait les entendre.

— Encore une vieille fille, lança-t-il avant qu'elle le fasse taire en déclarant que cela n'existait plus et qu'il n'avait pas besoin d'en rajouter sur son côté vieux jeu.

Elle n'était pas une vieille fille de plus, songea Margaret, étendue dans son lit. Elle décida de déménager le lendemain (ce qu'elle fit). Et si elle était vieille fille, elle n'était pas vierge ; elle avait connu trois hommes à cette époque. Le premier était un camarade étudiant à l'université avec qui elle avait couché pour voir si cela la rendrait moins étrangère dans son propre pays et sa génération. Elle fermait les yeux dans la nuit, serrait les dents tandis qu'il remuait, suait, allait de spasme en spasme au-dessus d'elle, comme électrocuté avant de s'endormir, son pénis ratatiné laissant une bave de limace sur la pâleur de sa cuisse.

Après l'étreinte, elle rassembla ses affaires et marcha dix kilomètres, effrayée à l'idée qu'un chauffeur de taxi puisse sentir l'odeur chlorée envahissante laissée par le sexe. À la maison, impossible de se doucher car le bruit aurait dérangé ses parents. Elle avait passé des heures dans la salle de bains, à se laver avec un gant trempé dans du désinfectant dont l'odeur, évoquant les bobos enfantins, l'avait fait pleurer de désespoir. Elle voulait que quelqu'un s'occupe d'elle et la soulage.

La deuxième expérience sexuelle s'était produite simplement parce qu'elle ignorait la différence entre le flirt et la fantaisie, comme entre l'hospitalité et l'intention arrêtée. Cet homme cultivé l'avait envoûtée par sa conversation cochonne pleine d'esprit. Il l'avait invitée à dîner : elle avait aimé cette élégance, il avait apprécié ce préalable. Il lui aurait fallu plus de confiance et de pouvoir de décision qu'elle n'en possédait pour mettre un terme à ses sous-entendus et rentrer seule chez elle. Ce fut un amant sensuel et méticuleux qui la fit terriblement souffrir tant sa façon de faire l'amour était longue et désintéressée.

Dans son effort pour lui plaire et la faire jouir, il l'embarrassa puis l'humilia, si bien qu'elle fut prise d'une gratitude non dissimulée quand tout fut fini, gratitude qu'il prit pour du plaisir. Parce qu'il était chaleureux, que sa sensualité était naturelle, il tint l'expérience pour agréable et complète et ne lui fit plus de propositions, acceptant facilement que la relation se mue en une amitié ordinaire. Elle y vit le rejet qu'elle avait dû mériter.

Son troisième amant se montra aussi hésitant et sur-protecteur qu'elle à son égard. Il pleura de reconnaissance : il était d'ordinaire attiré par les hommes mais cette aventure signifiait peut-être qu'il n'était pas gay.

Ses trois amants constituaient chacun un mouvement de la symphonie ininterrompue qui se jouait autour d'elle. Au premier plan, ses élèves : elle les détestait et les craignait. Elle les détestait parce qu'elle les craignait.

Vers le milieu de l'année où les jumelles King se trouvaient dans sa classe, la terreur et la haine avaient pris un tour logique, déterminé. Il ne s'agissait plus que d'exécuter son suicide. Elle se pendit à la rambarde durant la première semaine de vacances.

L'impact de sa mort fut amorti par le fait que Margaret Graham n'avait eu que des rapports intermittents avec le personnel et les élèves. Des rumeurs sur les détails du suicide circulèrent dans une atmosphère aussi soulagée que nauséeuse. Darcy se sentit coupable de s'y intéresser car Miss Graham avait toujours été bienveillante à son égard.

Au début du trimestre suivant, une nouvelle enseignante vint la trouver pour lui remettre une grosse enveloppe de papier kraft.

— La Duke University, aux États-Unis, avait pris contact avec Miss Graham un mois avant sa mort. Elle y avait été boursière un an. Ils ont un programme de recherches relationnelles ; ils enquêtent sur un groupe choisi d'individus dans différents pays pendant plusieurs années, pour voir comment leurs relations se constituent et se dissolvent. Un étudiant de troisième cycle entre en contact avec six élèves dans différents pays ; ils correspondent aussi longtemps qu'ils le veulent. Les résultats de l'enquête seront publiés, ils comprendront des citations des participants. Anonymat garanti. L'étudiant diplômé en question avait contacté Margaret Graham pour lui demander de suggérer une correspondante en Irlande.

— D'accord, fit Darcy qui mourait d'envie de quitter la salle et se trouvait aussi décontenancée que son interlocutrice devant la tâche allouée par la morte.

Le professeur retrouvait sa routine, comme si penser au prochain cours la mettait en phase avec les certitudes.

— Tu n'auras qu'à écrire à cette personne. Margaret Graham semblait certaine que tu en retirerais un profit personnel. Je ne sais plus, j'aurais peut-être dû mieux l'écouter. (Son intonation semblait dire « Mais comment aurais-je su qu'elle allait mourir, comme pour me faire reproche ? »)

— Oui ?

— En tout cas, je ne te contrôlerai pas. Je m'en suis déchargée et je ne veux plus en entendre parler. C'est bien compris ?

Ce soir-là, Darcy sortit la documentation de l'enveloppe kraft. Il y avait des prospectus généraux sur la Duke University. Il y avait une sorte de document à moitié juridique qui semblait offrir l'assurance que son intimité ne serait aucunement menacée par sa participation à cette étude. Elle plaça ce document à signer en haut de la pile de brochures. Et il y avait une lettre.

Chère élève,

Cette lettre est une invitation à participer à une étude à long terme sur les relations personnelles, menée par le département de psychologie de l'université, sous la conduite du professeur Stanislas Dusinski. Les thèmes doubles de l'étude seront traités de différentes manières. Un groupe formel de questionnaires sera adressé à intervalles réguliers et dans un certain nombre de pays, à un échantillon représentatif de jeunes gens. Il est probable que cet élément de l'étude sera, en fonction de ses résultats initiaux, répété indéfiniment, afin de fournir un aperçu du comportement – sexuel et relationnel – des adolescents dans diverses cultures à différents moments.

Le deuxième élément de l'étude comprendra une correspondance informelle mais organisée entre un certain nombre d'étudiants diplômés, dont fait partie le soussigné, et moins d'une demi-douzaine (par étudiant diplômé) d'élèves d'autres pays. Cette correspondance permettra la collecte de matériaux anecdotiques à fin d'illustration dans l'éventualité de la publication d'un compte rendu de l'étude pour un large public.

Bien que les observations que vous pourriez faire dans vos courriers puissent être un jour publiées, aucun autre détail que votre âge, sexe et nationalité n'accompagnera les citations choisies. En outre, dans l'éventualité d'une publication, votre autorisation serait nécessaire pour l'utilisation de toute donnée qui risquerait de révéler votre identité à un lecteur.

Tous les élèves contactés pour prendre part à cette étude ont été choisis par des professeurs qui considèrent que la correspondance nécessaire ne devrait pas être si lourde qu'elle nuise à la durée normale de leur étude ou de leur loisir. On prévoit que la fréquence des lettres sera accrue dans les premiers mois par la nécessité de communiquer des informations clés, qu'elle diminuera grandement au fur et à mesure et que dans les années suivantes le contact deviendra trimestriel ou même moins fréquent encore.

Toutes dépenses, comme celles nécessitées par les réponses aux questionnaires, seront remboursées aux participants qui recevront aussi une somme de 100 dollars pour chaque année de participation à l'étude.

Si vous acceptez d'y prendre part, vous voudrez bien le confirmer par écrit à :

A.C. Brookstone
5345 Tradewinds Ave., nº 283
Fort Attic
Missouri, MO 33003

En vous remerciant par avance,

A.C. Brookstone.

Darcy avait déjà trouvé la lettre assez moche, mais quand elle lut le document faisant office de contrat intitulé Protocole d'Étude, elle fut intimidée par son formalisme dogmatique. Cette étude semblait plus contraignante qu'une entrée au couvent. L'échange de photos entre les correspondants n'était pas autorisé.

— Pourquoi foutre voudrais-je envoyer ma tronche à une vieille baderne d'universitaire aux États-Unis ? s'émut-elle à voix haute.

Sophia, occupée à écrire son journal, arbora une mine désapprobatrice. Darcy poursuivit sa lecture en silence. Elle ne devrait rien publier de la correspondance. Elle ne devrait pas s'en servir sur les ondes. Elle ne devrait pas solliciter le point de vue d'A.C. Brookstone sur aucun des types comportementaux (*sic*) évoqués dans sa correspondance.

Elle commençait à comprendre que tout cela serait ennuyeux au plus haut point. Cependant, puisque Margaret Graham avait souhaité le lui confier et s'était suicidée, Darcy jugea que cette mission devait être très importante. Dégainant son meilleur stylo, elle écrivit sa première réponse aussi proprement que possible.

Cher A.C. Brookstone,

Ce serait d'un grand secours si vous étiez humain et sexué. Ou doué d'un genre, tout simplement. Je ne crois pas qu'on ait jamais appelé un seul être humain A.C. À moins que votre mère n'ait eu l'habitude de dire : « Va au lit, maintenant, A.C. » ? Je sais que nous devons rester impersonnels et blablabla, mais je trouve très difficile – ou trouverais très difficile au bout d'un certain temps – d'écrire à quelqu'un ressemblant à un objet inanimé ou à un programme d'ordinateur.

Je pense que vous êtes un homme mais je suis peut-être déjà en train de briser les règles de cette étude – peut-être qu'essayer d'identifier votre sexe est illégal comme le serait l'envoi d'une photo. Ne vous inquiétez pas. Je ne me sens pas frustrée de ne pas vous envoyer de photo. En fait, je préférerais mourir que de vous envoyer une photo (ma photo, je veux dire).

J'ai lu tout ce qui se trouvait dans votre enveloppe et vous renvoie le formulaire que je devais signer. Oui, j'accepte de correspondre à moins qu'au fur et à mesure je m'aperçoive que je ne peux répondre aux questions ou quelque chose comme ça. J'ai quatorze ans. On ne saurait dire que j'aie un « type comportemental » pour l'instant. Je ne vais pas vous raser en vous racontant quantité de choses sur moi qui ne rentreraient pas dans le système de classements d'un professeur, alors j'attends que vous me disiez ce que vous devez savoir.

Sincèrement à vous,

Darcy King.

P.-S. – Au cas où ça me disqualifierait, j'ai une sœur jumelle.

Trois semaines plus tard, une réponse lui parvint.

A.C. Brookstone
5345 Tradewinds Ave., n° 283
Fort Attic
Missouri, MO 33003
28 octobre 1982

Chère Mlle King,

Merci de votre lettre du 7.

Nous sommes enchantés que vous puissiez prendre part à l'étude.

Je réponds point par point aux questions soulevées dans votre lettre.

Je suis de sexe masculin et m'appelle Alexander Carbine Brookstone. Les étudiants diplômés qui gèrent la correspondance de l'étude, dont je fais partie, sacrifient peut-être à un formalisme exagéré dans leur style écrit, mais il faut songer que nos correspondants peuvent nous révéler des éléments concernant leur personne et leurs relations les plus intimes, sujets sensibles et privés.

Vous indiquez que vous êtes soulagée de n'avoir pas à m'envoyer de photographie de vous. Cela m'amène au premier domaine que nous aimerions vous voir traiter en réponse à cette lettre : l'idée que vous vous faites de vous-même. Je remarque que vous avez une sœur jumelle. Veuillez m'expliquer dans votre lettre pourquoi vous y voyez une problématique.

En outre, vous pourriez peut-être, en utilisant vos propres termes, m'éclairer sur ces thèmes :

1. Votre niveau d'expérience sexuelle à ce jour.

2. Votre niveau de compréhension des questions sexuelles et vos sources d'information à ce sujet.

3. Ce que vous attendez des relations.

Merci de consacrer du temps et de la réflexion à vos réponses.

Bien à vous,

A.C. Brookstone.

Lorsque Darcy prit le temps de répondre à cette missive, les cours avaient cédé la place aux vacances de Noël.

Cher A.C. Brookstone,

Puis-je vous appeler par vos initiales ? Je ne pense pas que commencer une lettre par « Cher A.C. » puisse être trop familier. Mais ça vaudrait peut-être mieux de vous appeler A.C.B., parce qu'A.C. m'évoque « courant alternatif » à l'envers. (C'est l'une des bizarreries de cette correspondance. Je n'écris pas seulement ce que je pense, mais, parlant de sexualité, quand je sais que je dois écrire là-dessus, ça m'y fait penser beaucoup plus souvent. Du coup, je suis doublement consciente des connotations sexuelles de lettres comme AC. Et puis, pour être sincère, ça m'excite d'écrire des formules comme « connotations sexuelles » comme si de rien n'était.)

Carbine ? Et moi qui croyais que mon deuxième prénom de confirmation était lamentable. J'ai choisi Perpetua. C'était une des premières chrétiennes dévorées par les lions. Je me demande combien de temps on en souffre, si l'on est mangé par les lions ? (Le professeur qui m'a recommandée pour cette étude s'est pendu. Je me demande souvent combien de temps elle a souffert.)

Enfin ! je déraille. L'idée que je me fais de moi. Elle part toujours de mon poids. Je suis grosse. (Je ne pourrais pas le dire à voix haute, même dans ma chambre.) 68 kilos quand pour ma taille, 1,62 mètre, je devrais peser environ 58 kilos. Je suis un gros tas.

À cause de ça, je dois me montrer plus drôle, plus gentille, plus sympa, plus travailleuse, plus propre, etc. que les gens minces. Je n'y suis pas encore arrivée. J'ai bien conscience que vous voulez sans doute lire des choses profondes et que je devrais cesser mes bêtises, mais le problème c'est que, lorsqu'on est un tas, on n'a pas droit aux délicatesses, aux fragilités, aux pensées profondes. Pas d'héroïne grosse. Hedda Gabler n'est pas grosse, pas plus que Lady Macbeth, Ophélie ou Jo dans

Les Quatre Filles du Dr March. Blanche-Neige, Cendrillon, la Belle sont toutes de minuscules petites branleuses sans bajoues.

Quand on veut bien des gros, c'est pour les plaisanteries légères (excusez le jeu de mots). Voyez les vieilles dégoûtantes goutteuses dans les estampes de Rowland, tombées de leurs chaises et dévoilant leurs petites culottes et leurs cuisses rondelettes. Seigneur !

J'ai décidé de suivre un régime après Noël. J'ai maintenant quatorze ans et je pense que l'idée paternelle selon laquelle tout ado de moins de vingt ans risque l'anorexie s'il fait un régime est un ramassis de conneries. J'*adorerais* être anorexique. Que des gens essaient de me séduire en m'offrant une part de cheesecake ou deux chips... Je ne crois pas être assez altruiste pour contracter une quelconque anorexie.

Mais je vais faire un régime après Noël – personne n'a jamais fait de régime *avant*.

Sophia et moi ne sommes pas de vraies jumelles. Si c'était le cas, j'aurais peut-être les bons gènes. Avoir une fausse jumelle, c'est ce qui peut arriver de pire, à mon avis. J'ai évoqué la question parce que j'ai pensé qu'en faisant votre étude vous devriez nous écrire à toutes les deux.

Votre première question concerne mon niveau d'expérience sexuelle à ce jour. La réponse est simple. Zéro. Nada. Rien. Quantité négative. On ne m'a pas embrassée, la main humaine ne m'a pas touchée – ni rien d'autre appartenant à un humain. Je suppose qu'aux États-Unis on fait des expériences sur la banquette arrière des Oldsmobiles depuis l'âge de dix ans, mais ça ne se passe pas comme ça en Irlande. En tout cas, pas chez nous.

Votre deuxième question concerne mes sources d'information et mon niveau de compréhension. Ce dernier est super. Je pourrais obtenir un « très bien » au bac. Mes parents pratiquent la transparence – si l'on pose une question, ils y répondent directement. Je savais tout de la naissance des bébés bien avant tout le monde dans ma classe.

C'est comme l'électricité, les fusibles et tout le bataclan : je connais les explications mais j'attends encore d'exploser ou d'être vissée au sol. S'agissant du sexe, je sais tout des érections et des orgasmes (même si je n'ai jamais eu à écrire ces mots jusqu'à maintenant), du sperme, des spermatomachins – je ne sais plus comment ça s'écrit – mais je ne vois pas comment ça peut être autre chose que dégoûtant. Fourrer un pénis, utilisé 99 % du temps pour pisser, dans quelqu'un d'autre, c'est à vomir. Quand je pense à rouler une pelle, j'ai cette impression de froid tranquille qu'on a juste avant de dégobiller.

Ça signifie peut-être que je suis lesbienne. J'ai eu deux fois le béguin pour des profs au collège (même si je n'aurais jamais employé ce mot à l'époque, si je réfléchis bien, y s'agissait de ça).

Je ne crois pas que ma sœur ait des béguins. Je pense parfois que nous différons comme un bon nageur en piscine d'un mioche auquel on a mis des flotteurs aux bras. Vous connaissez la manière dont les bons nageurs entrent dans l'eau, savent où ils vont et nagent en ligne droite ? Sophia est comme ça, alors que je suis une mioche qui va dans toutes les directions.

Mes attentes sont non existantes. Même si quelqu'un avait un faible pour moi, ce qui n'arrivera jamais, je serais trop embarrassée pour réagir, sauf si je maigris.

Je vous souhaite un très Joyeux Noël ou un joyeux Hanoukkah si vous êtes juif.

Darcy King.

P.-S. – Pourquoi ne m'appelez-vous pas Darcy et ne me tutoyez-vous pas ?

5345 Tradewinds Ave., n° 283
Fort Attic
Missouri, MO 33003
18 janvier 1983

Chère Darcy,

Merci de tes bons souhaits pour Noël. J'ai été amusé à l'idée que mon prénom Carbine puisse signifier que j'étais juif. C'est mon père qui a choisi ce nom.

L'une des légendes qu'il aime raconter concerne un soldat d'autrefois, un rebelle toujours prêt à ruer dans les brancards. Diverses punitions ne réussirent pas à changer son comportement, jusqu'au jour où on l'enferma dans une boîte de métal rouillé de 1,20 mètre sur 1,80 mètre en plein air, devant les casernes – cela devait se passer dans le Sud profond. Normalement, après douze heures passées dans la boîte, les soldats ressortaient calmés, tout prêts à s'excuser et à s'efforcer de mieux s'intégrer. Mais quand ce Williams sortit, il était plus opposé à l'autorité que jamais. Ses supérieurs jugèrent qu'une plus longue réclusion pourrait changer son état d'esprit et ils l'y maintinrent plus longtemps qu'on n'avait jamais fait : toute une semaine.

Williams ne pouvait ni s'asseoir ni s'étendre mais il ne pouvait pas davantage se tenir debout, si bien que, lorsqu'on le libéra enfin, il ne put marcher de plusieurs jours et fut extrêmement malade. L'expérience ne le changea guère, mais ses supérieurs hésitaient à pousser plus loin ce « châtiment cruel et inhabituel ». Lorsque ses camarades lui demandèrent plus tard comment il avait supporté cette torture, il leur répondit qu'il n'était nullement resté dans la boîte. Il s'était tellement concentré sur la conception d'un nouveau fusil qu'il ne s'était guère soucié de l'inconfort de sa situation physique. Le fusil qu'il construisit par la suite, d'après les réflexions conduites durant sa réclusion fut appelé fusil carbine ou carabine parce qu'il se prénommait Carbine. Et mon père m'a donné son nom. (Mon père est membre de la NRA. Nous chassons ensemble.)

Comme tu vois, je suis tout prêt à t'appeler Darcy et à employer le « tu » si tu préfères. Je n'ai jamais connu de Darcy-fille.

Ta lettre était fort détaillée et précise. Peux-tu clarifier/confirmer les points suivants :

1. Tu te décris comme un « tas » : un tas de quoi ? Je suppose que cela renvoie à une expression illustrative plus développée.

2. Cette correspondance n'est pas à partager avec ta sœur. L'étude ne se penche aucunement sur les questions de gémellité, bien que je m'y intéresse depuis longtemps.

3. Les professeurs du collège pour lesquels tu as eu le béguin étaient des femmes ?

4. As-tu des rendez-vous amoureux ? Quel est l'âge habituel de ces rendez-vous en Irlande et où se rend-on plus volontiers ?

Bien à toi,

A.C.B.

Cher A.C.B.,

Au cas où vous iriez vous mettre dans l'esprit que j'ai des fantasmes sexuels, permettez-moi de vous dire que je n'ai pas assez de neurones pour les consacrer à de telles élucubrations. Mes neurones sont tout occupés aux fantasmes alimentaires : je suis au régime. Des chips bien craquantes et dorées, trempées dans de la sauce tomate. Avec du brie frit au beurre. Et six des crêpes tendres et fondantes de ma mère avec du sucre, du jus de citron et de la crème. Des cornflakes au sucre et à la crème. Dix chocolats à l'orange tirés d'une boîte Black Magic. (Et je ne parle que du petit déjeuner !)

Je suis à 1 000 calories par jour depuis janvier et la vie ne vaut pas la peine d'être vécue. Je n'arrive pas à dormir – j'ai si faim – et, quand je finis par m'endormir, j'ai des cauchemars qui commencent par de merveilleux rêves où les gens me bourrent de sandwiches (œuf, mayonnaise et pain blanc vraiment doux). Je les mange, puis je suis terrifiée : j'ai rompu le régime et je vais recommencer à enfler. Non que j'aie tellement dégonflé, mais j'ai perdu presque six kilos et les gens l'ont remarqué. Je n'y prends aucun plaisir parce qu'ils font ce genre de remarques : « Oui, tu commençais à devenir grosse » ou « J'avais remarqué que tu prenais beaucoup de poids » ; et dans la mesure où je croyais que j'étais parvenue à dissimuler mes formes sous des habits flottants, je suis pleine d'une honte rétrospective. Si j'attends la Saint-Patrick avec tant d'impatience, c'est parce que je pourrai cesser mon régime ce jour-là. (Et à Pâques aussi, mais Pâques semble à six cents ans de distance.) J'ai déjà prévu les repas de la journée et je grossirai sans doute d'une demi-tonne. J'étais tellement anxieuse à l'idée de commencer mon régime après Noël que j'ai mangé plus que jamais durant les fêtes. J'étais alors plus grosse que je ne vous l'avais dit dans ma dernière lettre.

44

J'étais aussi plus rôtie que la fameuse dinde parce que je m'enveloppais dans de grands cardigans. Mon père n'a pas remarqué que j'avais maigri, mais il a bien noté que j'ai arrêté les cardigans et il n'arrête pas de me mettre en garde contre la pneumonie. Non, mais vous vous rendez compte, un médecin vous menaçant de pneumonie parce que vous ne portez pas de cardigan ? Heureusement qu'il ne traite pas de vrais patients.

Votre question au sujet du gros tas. Tas de quoi ? Non, tas. Point à la ligne. C'est comme ça qu'on appelle les filles dans mon genre. Les gens plus âgés disent : « C'est une fille solide », comme si c'était un compliment. Les cons vous traitent de « grande fille ». On imagine qu'ils parlent de la taille. Personne ne dit de vous que vous êtes une « grande fille » si vous mesurez 1,70 mètre et que vous êtes mince. Dans ce cas, vous êtes « svelte » ou quelque chose comme ça.

Ma sœur jumelle dont (fort heureusement) vous ne voulez pas entendre parler, qui est si gentille qu'elle me fait grincer des dents, ma sœur qui est bonne comme l'étaient les croisés (devenez chrétien ou nous vous coupons les couilles), ma sœur qui est naturellement et délicatement gentille du tréfonds de sa propre beauté, assure que je suis splendide et semblable à Junon. Mon père évoque un chiot grassouillet et je pourrais bien le poignarder pendant son sommeil.

J'ai dit à ma mère (après avoir lu votre lettre, bien que je ne la lui aie pas montrée) qu'aucun homme ne s'éprendrait de moi parce que je suis grosse. Elle a répliqué que dans ce cas on pouvait s'étonner que l'espèce humaine n'ait pas disparu depuis des années parce que tout au long de l'histoire les rondeurs ont toujours été sexy. Elle est allée me chercher un tableau, je crois qu'il s'agissait du *Déjeuner sur l'herbe,* et c'était vraiment étrange de voir ces gens assis sur l'herbe avec une grande femme, replète, blanche et nue comme un ver, dodue comme une génisse de Mullingar au milieu d'eux.

Je ne sais pas ce que ma mère voulait prouver, mais elle n'y est pas parvenue. Elle est coutumière du fait. Ce n'est pas qu'elle se trompe de cible. Elle vise des cibles qui n'en sont pas. C'est très intéressant à étudier, quand on n'est pas concerné par la cible.

Bref, je suis plus mince et salut à saint Patrick.

Je pensais à votre autre question sur mes sources d'information et l'idée m'est venue qu'il pourrait être utile de vous dire qu'ici il y a des livres sur tous les sujets. L'une des idées fixes de mon père, c'est la vérification.

Donc nous avons des livres sur la sexualité. (Ouh ! quelle horreur !) Des livres pour enfants avec un petit garçon carré et une petite fille carrée qui expliquent ce qui se passe, les vagins et tout le reste.

(Pourquoi tous les mots concernant le sexe sont-ils affreux ? Les mots désignant la nourriture sont charmants : chocolat chaud, scones tièdes, frites, oignons sautés. Mais « vagin » ? On dirait une punition. Recommence et je te vagine. « Pénis », c'est pire parce qu'on pense sans cesse à « pisser ».)

Nous avons aussi des livres où les trucs se dressent ! Je ne l'ai pas fait exprès. C'est-à-dire qu'en ouvrant le livre, les détails se détachent et l'on voit comment ça fonctionne. Nous en avons deux comme ça.

L'un concerne le système reproductif de l'être humain et l'autre Hansel et Gretel ; à mon avis, celui-ci bat le premier à plate couture parce que les enfants sont charmants, la maison en chocolat merveilleuse et aussi parce qu'on peut, en ouvrant et refermant le livre, pousser et repousser la méchante sorcière dans son four et je trouve qu'on peut, certains jours, substituer à cette petite sorcière toutes sortes de gens du collège. Je pense notamment à une petite fiole de poison portant le doux nom de Sœur Jennifer, mais là n'est pas le problème. (Les noms ont leur importance, malgré tout. C'est pourquoi je n'aime pas vos initiales. On dirait que vous êtes boulanger.)

Le fait est, en tout cas, que ces livres sur les organes de la reproduction vous en disent plus que vous ne pourriez souhaiter savoir sur la manière dont ça marche.

Je n'ai plus guère de temps parce que nous avons un examen à la fin de la semaine et je devrais être en train de travailler le latin, que je déteste. Comment s'étonner que ce soit une langue morte ?

Pourquoi vous intéressez-vous à la gémellité ?

Comment foutre saurais-je comment les gens se donnent

rendez-vous ? Tout le monde passe le temps à se mentir. À en croire ce que me disent les filles de ma classe, la moitié d'entre elles donnent des rendez-vous depuis l'âge de sept ans. On va danser au club de cricket du coin, c'est-à-dire que c'est merdique, et je n'y vais pas. Ou on rencontre les types du collège – il y a un café répugnant sur le chemin. Mes parents réprouvent tout cela. Leur antienne est « passe tes examens, ensuite tu feras ce que tu veux, mais pas pendant le trimestre ». Nous sommes des exceptions, aussi souhaiterez-vous peut-être m'éliminer de votre étude. Cela m'ennuie-t-il ? Non, pas lorsque arrive la Saint-Patrick avec :

de la baguette chaude, craquante sous le beurre et la confiture

des petits pains

des barres au chocolat

de la soupe aux lentilles

deux glaces au chocolat

etc.

Peu m'importe.

Bonne Saint-Patrick !

5345 Tradewinds Ave., n° 283
Fort Attic
Missouri, MO 33003
Jeudi 5 mai 1983

Chère Darcy,

Avant de partir en vacances, tu pourrais m'envoyer quelques réflexions sur l'impact des grandes vacances sur les relations garçons/filles. Ou bien peut-être pourrais-tu prendre quelques notes pendant l'été et reprendre contact à l'automne ?

Je travaillerai à Seattle pendant l'été mais il faut continuer à m'écrire à l'adresse habituelle.

Bien à toi,

A.C.B.

Chères initiales,

Cette missive sera brève. Je suis une ratée. Je n'ai jamais repris mon régime après la Saint-Patrick et suis aussi grosse qu'avant. Du coup mes « vacances » d'été ne risquent pas d'être pleines de sublimes garçons rivalisant pour sortir avec moi au Gaeltacht.

Il fait froid à Seattle, non ?

Parie que vous ignorez ce qu'est le Gaeltacht.

À cet automne.

Prenez soin de vous.

Darcy.

4.

L'été de leur quinze ans ce fut le Gaeltacht qui les sépara davantage. Ni l'une ni l'autre ne voulait y aller, mais Sophia avait le sentiment qu'elles le devaient.

— Je ne suis pas contente de ma prononciation gaélique, dit-elle à ses parents lors du petit déjeuner, un samedi matin. Ma grammaire et ma compréhension sont bonnes et mon prof pense que je réussirai bien pour la compétition inter-lycées, mais mon *blas* n'est pas fameux.

Darcy, qui avait décidé qu'un menu riche en fibres résoudrait tous ses problèmes, se frayait un chemin dans les *All-Bran*. On aurait dit des allumettes sucrées.

— Je pense qu'on a le devoir de parler sa langue maternelle, conclut Sophia.

— Darcy ? lança leur père.

— Oui ?

— Qu'en penses-tu ?

Tu veux dire : « Que doit-on en penser », n'est-ce pas ? songeait Darcy. Eh bien, franchement on s'en fout et l'on ne voit pas comment un *blas* changera son existence ultérieure. Lorsqu'on va chez Dunnes Stores, on ne va pas demander de l'*All-Bran* en gaélique.

— Darcy, insista leur mère. Le Gaeltacht. En juillet. Veux-tu y aller ?

— Devrais-je être dans la même maison que Sophia ?

L'ambiance se refroidit de plusieurs degrés autour de la table. Darcy se rendait compte, comme si les poils de ses bras se transformaient en antennes, que son père était livide. Sophia, tel un Marine, se rua dans la brèche.

— Ce n'est pas une maison, Darcy, c'est une sorte de dortoir dans ce qui sert d'école durant l'hiver. Mais nous n'aurons pas à être au même étage. Je m'en suis déjà inquiétée parce que je pense également qu'il vaudrait mieux que nous soyons séparées.

Leur père avait l'air effrayé.

— Nous ne risquons pas d'apprendre beaucoup l'une de l'autre, en gaélique, poursuivait Sophia, même si nous faisons beaucoup d'efforts pour nous parler en irlandais. Il vaut mieux que nous soyons séparées si l'on veut que l'expérience nous profite.

Robert jeta un coup d'œil soupçonneux à Darcy qui hochait la tête en écarquillant les yeux, comme si sa jumelle avait exprimé le fond de sa pensée mieux qu'elle ne l'aurait fait.

— Je peux donc envoyer un chèque de 98 livres à ce type de Spiddal et décider avec votre père si nous partons en croisière ou à New York pendant ce temps ? déclara leur mère en sortant son chéquier.

Sophia et Darcy semblaient aussi décontenancées l'une que l'autre. Robert, qui avait oublié sa colère, leur fit un clin d'œil.

— Cela vous ennuie donc que votre mère et moi prenions des vacances, pour une fois que nous pouvons nous débarrasser de vous pour tout un mois ?

L'idée que ses parents puissent n'être pas à la maison pendant qu'elle était enfermée au Gaeltacht aggravait les choses pour Darcy, qui redoutait le voyage et ne dissimulait pas sa tristesse. Sophia se mit à s'excuser à moitié et l'encouragea.

— Ça ne sera pas si terrible. Aileen y va, et Siobhan aussi.

— Merci, reprit sa sœur avec une lourde ironie. C'est un soulagement. Je vais me traîner à l'autre bout de ce pays arriéré, par les sacrées tourbières, dans un lieu où la plomberie est sans doute inexistante et la plus proche confiserie à six années lumière et où on ne parle que gaélique et on fait une encoche sur ton bâton à chaque fois que tu sombres dans le *Béarla* – et la grosse attraction c'est Aileen qui me fait crever d'ennui à la maison. Oh merci, merci infiniment. Ma gratitude ne connaît pas de bornes.

— Je n'en suis pas responsable, tu sais.

— Alors dans cas, pourquoi essayer de me vendre ce séjour ?

— Je pense seulement que ce sera profitable pour nous deux.

— Ouais, c'est bien là le problème, n'est-ce pas ? Nous deux.

— Pardon ?

— Ne t'excuse pas. Tu n'as pas plus choisi d'avoir une jumelle que moi.

— Je ne vois pas le rapport.

— Écoute, si j'étais seule, je pourrais dire : « Merci bien, mais non. » Je pourrais dire : « Faites passer le perfectionnement linguistique à quelqu'un d'autre. » Je pourrais dire : « *Go raith maith agat agus póg mo thóin.* » Je pourrais les persuader qu'il n'est pas indispensable que je maîtrise une langue dont je me soucierai comme d'une guigne. Mais vissée à la petite Mlle Bouton d'or, la petite Cailín Glé-gheal, je suis baisée, non ?

— Je suis désolée.

— Mais non, tu ne l'es pas.

— Qu'en sais-tu ?

— Je le sais. Tu penses qu'une fois là-bas, je m'y plairai.

— Eh bien, c'est possible si tu adoptes une attitude positive.

— J'ai pris l'attitude la plus positive du monde à l'égard de l'équitation et je ne l'ai pas aimée une fois expérimentée.

— Oh, tu connais mon opinion sur la question.

— Oui, Sophia, je connais ton opinion. Je connais ton opinion sur foutrement tout. La vie est un défi, propre à faire des listes et les gens sont des projets. Si l'on est incapable de s'attribuer une meilleure note sur dix aujourd'hui qu'hier, on devrait être supprimé.

Elle jetait les livres d'école de l'année écoulée dans un carton tout en parlant. Sa sœur la regardait, assise sur son lit. Darcy comprit sa consternation.

— Oh, écoute, ne prends pas ta mine d'enterrement, pour l'amour de Dieu !

— Je ne vois pas ce que tu veux dire.

— *Je ne vois pas ce que tu veux dire,* l'imita Darcy d'une voix

51

faiblarde, en portant le dos de la main droite au front d'un geste théâtral.

Elle se saisit du carton et le balança sur le palier avant de revenir ranger ses affaires avec férocité.

— Je ne te laisserai pas faire ça.

L'intonation de Sophia avait totalement changé. Darcy s'immobilisa pour la dévisager.

— Je ne t'ai jamais imitée par cruauté, ni ne me suis moquée de toi de cette manière et tu devrais avoir honte d'agir ainsi.

— Oh, écoute Sophia,... je...

— Non, je n'écouterai pas. Je ne me moque pas de toi. Je n'entreprends pas d'être cruelle avec toi. Je ne te critique pas. Je ne te reproche pas tes défauts.

— Tu es toujours en train de me dire ce que je devrais...

— Je te vois des potentiels que tu es trop égoïste pour voir et je te dis que tu devrais y songer, en effet, et tu devrais être heureuse que quelqu'un soit là pour voir ces potentiels.

— Égoïste ?

— Parfaitement ! Tu t'imagines que, parce que tu te critiques, et cela avant qu'un autre le fasse, cela signifie que tu es altruiste et modeste – mais ça n'est pas vrai.

Darcy restait assise en silence de l'autre côté du lit de sa sœur, pétrifiée et fascinée.

— Tu penses que je ne ressens rien, continuait-elle.

Darcy ébaucha une dénégation mais fut réduite au silence par l'énergie de Sophia.

— Tu penses que je ne ressens rien. Tu crois être la seule à faire l'expérience des échecs et des humiliations.

— Je pense que tu es populaire et que tu réussis...

— Tu ignores tout de moi et, au bout de quinze ans, je mérite mieux de ta part que d'être fourrée dans une boîte...

Elle secoua la tête comme pour se libérer de l'embrouillamini verbal où elle se trouvait.

— Quelle importance si les gens du dehors m'aiment bien ? Il n'en est pas moins juste d'être gentil avec les gens et d'essayer de s'améliorer. Il n'y a rien de mal à aimer l'irlandais ni à s'efforcer de bien le prononcer.

— Sophia, j'essayais juste de dire...

— Tu essayais seulement de paraître meilleure que je ne suis. C'est moi qui fais des listes et me considère comme un projet...

— Eh bien, c'est ce que tu fais...

— Je ne suis pas une imbécile, Darcy.

— Mais je n'ai jamais dit une chose pareille !

— Je ne suis pas stupide. Si je fais des listes, c'est pour une bonne raison. Quand on met les choses noir sur blanc, on a plus de chances de s'en souvenir et d'agir qu'en prenant des résolutions dans le vague.

Darcy ouvrait la bouche, mais elle n'eut pas le temps de dire un mot.

— Et ne prends pas ça personnellement. Parce que, si tu veux comprendre que je t'accuse de prendre de beaux engagements en l'air, cela te permettra simplement de te retirer dans un coin et de te rassurer en te disant qu'il y a encore quelqu'un qui ne comprend pas combien Darcy King est extraordinaire, spontanée, profondément sensible et artiste. Et tu auras bien tort parce que je sais sans doute tout cela un chouïa mieux que toi. Oui, je me considère comme un projet. Je pense que j'ai reçu des talents. Si tu reçois des talents, tu ne dois pas te contenter de dire : « Oh, si le vent souffle dans la bonne direction et que je me sens d'attaque, je pourrais peut-être les utiliser. » Les talents sont comme les muscles, ils s'atrophient si on ne les utilise pas systématiquement. Je ne peux pas te dire combien ça me blesse et combien je refuse et déteste la manière dont tu me peins comme une personne limitée, gouvernée par des systèmes mécaniques parce que ce n'est pas moi, absolument pas.

Darcy respirait très doucement, comme si le moindre bruit de sa part risquait de précipiter un cataclysme. Elle voulait s'excuser, discuter et surtout toucher Sophia. Mettre une main chaude sur le mince avant-bras. L'étreindre. Même tendre la main jusqu'à ses doigts contractés dont les articulations étaient plus pâles que sa peau blanche. Sophia écarta ses mains et les posa à plat sur les genoux.

— Si tu me touches, fit-elle plus calmement, j'irai jusqu'à cracher.

Toutes deux notèrent – Sophia, non sans une rapide satisfaction, Darcy avec un amusement un peu hystérique – son emploi de la tournure « j'irai jusqu'à ».

— Je ne te toucherai pas.

— Parfait.

Toutes deux restaient assises, leurs genoux distants d'environ vingt centimètres, dans un silence glacé.

— Tu voudras bien, peut-être, me dire ce que je dois faire ? s'enquit Darcy.

Sa sœur la dévisagea d'un air méfiant.

— Non, sérieusement. Je ne sais pas. Est-ce que des excuses suffisent ou faut-il que j'aille me jeter dans les WC en tirant la chasse après moi ou quoi ?

Sophia se leva et alla à la petite fenêtre de la pièce. Ne serait-ce pas merveilleux d'être assez mince, songeait Darcy, pour présenter ma silhouette en contre-jour, comme font les acteurs dans les films ? Voilà, elle a raison, chacune de mes pensées me renvoie à moi-même.

— Je pense que nous devons retirer tout le profit possible du Gaeltacht, fit Sophia aussi solennellement que si elle avait rédigé un traité. Si tu veux, je ferai tes bagages.

— Non, je – commençait Darcy, mais elle s'interrompit, reprit son souffle et conclut : ça serait très gentil, merci.

— Pas du tout.

Sa sœur fit leurs bagages à toutes deux et Darcy remarqua qu'elle fourrait dans son propre sac un roman en gaélique intitulé *Sláinte an Domhain* par un certain D. de Roiste.

Le voyage en train vers l'ouest fut à peu près ce qu'il y eut de meilleur. Un cours de poker s'improvisa dans l'une des voitures et Sophia, qui jouait fort bien, avait gagné trois livres et demie avant qu'elles aient passé le Shannon.

Le train avait mis trois heures. Le voyage en autocar qui s'ensuivit parut aussi long avant d'atteindre l'*óstán*. Celui qui les accueillit (en irlandais) les appela une par une et ajouta quelque chose après leur nom.

— Qu'a-t-il dit ? dit Darcy à sa sœur.

— Il a dit que j'étais au deuxième étage et toi au troisième.

— Demande-lui s'il y a un ascenseur.

— Demande-le-lui toi-même.

— Je ne sais même pas mon propre nom, pour l'amour du Ciel, le car m'a tellement fatiguée. Je suis foutrement sûre d'ignorer le mot gaélique qui veut dire ascenseur. Demande.

Sophia posa la question. Un air incrédule et ravi éclaira l'honnête visage du bonhomme à l'idée que d'agiles ados de quinze ans puissent souhaiter un ascenseur, voire qu'un *ostan* dispose d'un engin aussi frivole.

— Oh merde, gémit sa sœur. Tous ces étages pendant quatre semaines.

Le bonhomme était lancé. Des éclairs de compréhension atteignaient parfois Darcy. Elles devraient se lever tous les jours à 7 heures et n'auraient pas besoin de réveil car on viendrait les réveiller. Coucher et extinction des feux tous les soirs à 22 heures, sauf le samedi soir. Car le samedi soir, précisa-t-il réjoui, comme s'il leur confiait un merveilleux secret, il y avait un *céilí* et toutes devraient y aller. Tout le monde allait au *céilí* (« Il me faut trois volontaires, toi, toi et toi », marmonna Darcy). L'emploi de l'irlandais, de l'irlandais exclusivement, devait commencer sur-le-champ, poursuivait le bonhomme. Quiconque surpris à enfreindre cette règle plus de trois fois serait renvoyé chez ses parents. (« *Très bien* », murmura-t-elle encore, en français, très discrètement.) Il les invita à gravir l'escalier pour trouver leurs dortoirs respectifs.

Ledit escalier était en fer. Cent vingt ados de Dublin l'arpentant évoquaient l'invasion d'un bataillon de chevaliers en armure. À l'abri du tintamarre, Darcy dit à sa sœur :

— Je n'arriverai pas à m'y tenir, tu sais, même si je fais des efforts.

— *Nílim chun Béarla a labhart leat.*

— Oh, Seigneur, Sophia, pas le premier soir !

— *Sin iad na rialacha.*

— Que oui, et *is mise* ta *deirfiúr*, au cas où t'aurais oublié.

À ce moment, Sophia et ses camarades de dortoir laissèrent Darcy qui avait à gravir encore un étage. Tout en haut, essoufflée, elle enregistrait tous les indices de la vie commune en institution. Le point de rencontre incurvé du sol et des murs, typique de tous les orphelinats et hôpitaux construits en Irlande depuis les années 30 jusqu'aux années 70. Les murs tachetés pour imiter le marbre. Les hauts plafonds pleins d'échos et les vieilles prises à deux pointes.

Lorsqu'elles eurent repris leur souffle, elles se dirigèrent vers leur chambrée. De longues rangées de lits de camp scandaient les murs. Leurs pieds se faisaient face de part et d'autre d'une travée de 1,20 mètre, comme dans les photos en noir et blanc des hôpitaux anglais d'avant-guerre. Des draps lourdement reprisés nantis d'étiquettes portant des lettres et des chiffres. Des couvre-lits tachés, pas de couvertures.

— *Cá bhuil an leithreas*? fit Darcy au bonhomme qui haletait derrière elles dans le couloir.

Il indiqua du doigt une direction.

Dans les toilettes communes, elle essaya le robinet d'eau chaude. Il toussa avec constance sans qu'aucune eau en sorte, froide ou chaude. Elle essaya l'autre robinet. À son tour, il toussa, puis vomit une eau glaciale. Verte. Peut-être que, si je la laisse couler, elle deviendra incolore, songea-t-elle.

Les lumières s'éteignirent. Le lit était gelé. Darcy fit aller et venir ses jambes cent fois pour essayer de rétablir sa circulation.

— *Bí ciúin*, fit quelqu'un dans le noir. Elle avait pourtant cessé de faire du bruit depuis un moment : l'équivalent irlandais de « Silence ! » n'était pas revenu tout de suite à la voix nocturne...

Je suis *ciúin*, songea la fautive avec acrimonie. Ce sont mes pieds qui font du bruit. Ses jambes se réchauffèrent brièvement avant de se refroidir de nouveau.

Si elle avait froid, une petite friandise la réchaufferait sans doute. Elle avait un Caramac et une barre Cadbury au beurre et au rhum dans son sac. Elle glissa sur le bord du lit et chercha à tâtons son armoire, s'efforçant de se rappeler de quel côté elle s'ouvrait. De gauche à droite, décida-t-elle en l'entrebâillant. Le bruit fit cesser tout mouvement dans le dortoir car chacun essayait de l'identifier. Darcy supposa que, si elle comptait jusqu'à cent, tout le monde se détendrait et se rendormirait. À cinquante, elle mit un terme à son décompte et entreprit de fouiller son sac, dans un bruit amplifié par la minceur du placard.

— *Cad tá ar súil agat*? fit quelqu'un.

Occupe-toi de tes fesses, songea Darcy. Elle se jeta d'abord sur le caramel au rhum. Étendue, elle le mangeait posément, morceau par morceau.

— *Tá duine éigin ag ithe rud milis*, s'exclama une voix furieuse.

— Oh, la ferme et dormons !

— Quelqu'un mange du chocolat. Je le sens.

— Moi aussi.

— Pour l'éternité.

— Et en pleine nuit.

— *As Gaeilge, led thoil.*

— Oh, va te faire fiche, on vient d'arriver.

— J'irai le dire.

— Vas-y tout de suite et j'espère que ça te fera du bien.

— Je parie que c'est la grosse King.

— Darcy ?

Un silence s'ensuivit que Darcy aurait pu remplir de dénégations, si elle n'avait eu la bouche empâtée de caramel et de chocolat. Elle n'avait pas songé à mettre un verre d'eau dans l'armoire. Elle se mit à respirer lourdement par le nez pour les convaincre qu'elle dormait.

— Bien sûr que c'est Darcy, qui d'autre ?

— Vous remarquerez qu'elle ne partage pas.

— Il n'y a qu'elle qui voudrait bouffer du chocolat en pleine nuit et en plein Gaeltacht.

— Pourquoi n'entamez-vous pas un grand débat sur la question pour nous faire veiller toute la nuit ?

Le silence s'installa pendant quelques minutes durant lesquelles Darcy glissa discrètement la friandise sous l'oreiller. Elle avait si soif qu'elle ne pouvait plus rien manger.

Il lui fallait boire. Elle mit pied à terre pour explorer le sol, heurta sa table de nuit et la renversa dans une cacophonie de bruits métalliques. Elle la rattrapa pour tenter de limiter les échos. Cette fois, toutes les remarques fusèrent en anglais.

— Oh ! qu'est-ce qui se passe ?

— Je vais te tuer, qui que tu sois. Je vais vraiment te tuer, je dormais profondément.

— Tout va bien. Tout va bien. Rendormez-vous, c'était un accident.

— Tout ne va pas bien du tout.

— Oh, la ferme, arrête de te monter le bourrichon. J'ai dit que j'étais désolée.

— Tu cherchais un peu plus de chocolat pour bâfrer, hein ?

Darcy rétablit l'armoire bruyamment. Désormais, une seule chose lui importait, atteindre la salle de bains. Se heurtant aux pieds des autres lits, elle atteignit la porte puis longea le couloir de linoléum jusqu'à la salle d'eau où elle but au robinet avant de regagner son lit.

À mesure que la nuit avançait, les filles réveillées par le combat de leur camarade avec l'armoire en fer, ressentirent elles aussi le besoin d'aller aux toilettes. Ces allées et venues plus ou moins discrètes tinrent tout le monde éveillé, sauf les meilleurs dormeurs. Pour la première fois de sa vie, Darcy n'arriva pas à s'endormir avant 5 heures et demie, dans la froideur de l'aube. À 7 heures, un professeur arriva, hurlant des encouragements et s'emparant des pieds de lit pour les secouer.

Cet endroit va me faire crever, se disait Darcy en trébuchant jusqu'à la salle d'eau. Lorsqu'elle regagna le dortoir, l'une de ses voisines indiqua le sol près de son lit.

— T'as pas pu tout bouffer, hein, Darcy ?

Les chocolats avaient glissé de sous l'oreiller.

Le prof réapparut, rugissant des instructions enthousiastes en irlandais sur la manière de parvenir au réfectoire. Lorsqu'elles l'atteignirent, elles se rendirent compte que l'attrait principal en était d'énormes brocs en étain. Il y avait d'énormes brocs de jus d'orange coupé d'eau, d'énormes brocs de porridge pâle, d'énormes brocs de thé couleur de rouille, d'énormes brocs de café rougeâtre.

Alignés sur les tables, des petits bols contenaient deux centimètres de poussière de cornflakes. Verser le contenu de l'un des énormes brocs de lait dans un bol revenait à poser un 747 sur un tapis de cheminée. Le lait se répandit sur toutes les tables.

Sophia arriva, une orange à la main. Darcy se faufila jusqu'à elle.

— Où l'as-tu trouvée ?

— *Bhí se im'mhála.*

— Oh, t'avais prévu qu'il n'y aurait rien à bouffer ?

— *Gaeilge*, répliqua sa sœur avant de rejoindre ses camarades de dortoir.

Toutes semblaient fraîches, disposes et très gaies, alors que les compagnes de Darcy étaient épuisées, exaspérées les unes par les autres et notamment par elle.

La matinée fut consacrée aux cours de grammaire et de lecture. Les semblables de Sophia participèrent avec alacrité tandis que le dortoir de Darcy y survécut avec peine.

Au déjeuner fut servie une soupe blanche et gélatineuse, nantie d'une vague ombre verte sans aucun goût. Depuis l'autre bout de la salle, Darcy observait sa sœur essayer la soupe. Après trois cuillerées, elle repoussa tranquillement son assiette et but un verre de lait. Darcy l'imita, testa trois cuillerées, mais la consistance vaseuse du breuvage la fit suffoquer. Détestant le lait, elle n'avait plus qu'à regarder en silence les autres, qui non seulement mangeaient la soupe mais en reprenaient. Attendons, songeait-elle, il y aura bien un plat principal.

De fait il y en eut un. Des saucisses. Des centaines de saucisses grasses et mal cuites, entassées sur de grands plats ovales au centre de chaque table. Darcy en prit deux, luisantes de graisse, et les fendit. C'était encore pire : on pouvait voir les morceaux tendineux.

La gelée, lorsqu'on la déposa, avait une vive couleur cerise nappée d'un truc ayant la consistance et le goût d'une soupe. Que faire d'une gelée si différente de toutes celles qu'elle avait connues jusque-là ?

Sophia apparut derrière elle et lui parla doucement et lentement en irlandais.

— *Arís* ? fit Darcy qui n'avait pas compris.

Après trois répétitions, elle comprit. Entre 15 et 16 heures, elles avaient une heure de libre et pouvaient se rendre dans le village le plus proche. Sophia lui suggérait qu'elles fassent réserve de fruits et de jus d'orange en boîte pour assurer leur content de vitamines. Peut-être des tomates aussi. Le fromage ne se conserverait pas dans les placards. Darcy la remercia d'un air si abattu que Sophia eut une parole d'encouragement.

— Sophia, merci encore d'essayer, mais rien ne me rendra cet endroit supportable durant tout un mois. Je préférerais être morte !

Le professeur vint trouver Darcy, exigea son nom et prit note avec éclat qu'elle avait enfreint les règles en parlant anglais. Sophia eut honte.

Cet après-midi-là, Darcy dépensa la moitié de son argent à l'épicerie locale. Elle ne demanda rien en anglais ni en irlandais ; elle se contenta de montrer du doigt ce qu'elle voulait : un paquet de biscuits, quatre paquets de chips au sel et au vinaigre, un sac de caramels glacés, un sac d'éclairs au chocolat, six canettes de 7UP, un paquet de crackers à la crème, une demi-livre de beurre, trois tomates et une fiole de sel. À l'heure du thé, elle préféra monter au dortoir qu'aller au réfectoire. Ayant escaladé les trois volées de marches, elle découvrit que le dortoir était fermé. Plutôt que de redescendre se joindre aux autres, elle étala ses victuailles sur la marche du haut.

Elle chercha quelque chose d'assez aigu pour couper la tomate, essaya même de se servir de la bordure doublée du sac de chips, puis y renonça. Elle mordit dans la tomate à pleines dents. Celle-ci, mûre et tiède, explosa en répandant ses minuscules graines jaunes dans ses cheveux, ses oreilles et sur tout son corsage.

Elle la mangea malgré tout, nappée du sel sorti de la grosse fiole qu'elle avait dû acheter car le sel ne se vendait qu'en fiole. Elle avait placé un craquelin sous la tomate pour en retenir les plus grosses gouttes. Elle engloutit les tomates, la moitié des craquelins (se servant de l'un pour enduire l'autre de beurre) et deux paquets de chips. Le festin ne lui procura pas vraiment de plaisir.

Puis elle but deux canettes de 7UP et mangea la moitié des biscuits Nice. Comme il lui restait du beurre, elle essaya d'en mettre sur les biscuits, mais jugea que cela ne les améliorait guère. Une fois mangé huit ou neuf de ces biscuits, elle glissa le nez dans l'ouverture du paquet pour en respirer à longs traits le parfum sucré de noix de coco. Elle remit de l'ordre dans ses provisions et s'appuya contre le mur, regrettant de n'avoir rien à lire. Elle suça quelques caramels sachant bien qu'ils lui donneraient des aphtes.

Le lendemain, après le déjeuner, Darcy vint trouver sa sœur et lui déclara qu'elle partait. Sophia, qui s'en tenait au gaélique, répliqua qu'elle ne pouvait le faire, qu'elle en aurait honte pour le restant de ses jours. L'autre de lui répondre en anglais qu'il valait mieux avoir honte pour le restant de ses jours qu'être malheureuse pour les derniers vingt-huit jours de ce mois de juillet. Sophia invoqua leurs parents, l'église, les progrès futurs de Darcy en tant qu'être humain et le savoir-vivre (bien qu'elle dût recourir à l'anglais pour cette expression). Darcy l'écouta en silence puis répéta qu'elle partait malgré tout. Sa sœur lui demanda si elle avait assez d'argent et lui souhaita – d'une manière étrangement cérémonieuse et toujours en irlandais – un bon voyage.

Darcy se dirigea vers les bureaux de l'*óstán* où le prof qui l'avait tancée pour parler anglais la dévisagea d'un air réprobateur.

— J'aurais besoin de téléphoner.

Le prof s'empara de son carnet.

— C'était la deuxième. Voici la troisième, poursuit-elle. Trois encoches et je m'en vais, hein ? Laissez-moi téléphoner et vous n'aurez plus à écrire la moindre remarque sur moi.

Quand sa mère décrocha, elle fondit en larmes.

— Oh, oh ! Tu ne t'es pas fait mal ? s'enquit calmement sa mère.

— Non, renifla-t-elle.

— Et Sophia non plus ?

Nouveau reniflement négatif.

— Ni l'une ni l'autre n'êtes malade ?

— Non, dit Darcy qui parvenait à réprimer ses larmes.

Elle n'était qu'une ratée qui voulait rentrer à la maison.

— Maintenant. S'il te plaît.

— La maison te manque ?

La question lui tira de nouvelles larmes. Oh oui, la maison lui manquait tellement !

— Tu ne supporteras pas quelques jours de plus ?

Non, jura-t-elle. Elle savait combien tout cela semblait stupide. Elle savait que son père serait furieux. Sophia l'avait déjà grondée, elle savait tout, mais pouvait-elle seulement assumer son ratage et rentrer ? S'il te plaît ?

Il y eut un long silence à l'autre bout du fil.

— Attends une minute, dit Colette.

Darcy attendit dans l'angoisse.

— Il y a un car quittant le village à 14 h 15. Tu peux l'attraper ?

Oui, haleta joyeusement sa fille. Bien sûr qu'elle le ferait.

— Il assure la correspondance avec le train quittant Galway à 16 h 15. Je te retrouverai à la gare. En route !

Colette raccrocha. Pas Darcy. Elle étreignit le combiné comme un lien vers le réconfort, le contact et le soulagement. Puis elle le déposa doucement et proposa de payer le prof qui haussa les épaules avec mépris et lui tourna le dos. Ne gaspillez pas votre énergie, songea-t-elle en recouvrant son ironie. Vous n'êtes plus mon geôlier et je ne suis plus votre prisonnière. Ma mère m'a délivrée, espèce de petit espion moralisateur et vous pouvez garder vos critiques et vous les mettre là où je pense.

Quand Robert King rentra chez lui ce soir-là, Colette le mit rapidement au courant.

— Et tu l'as laissée faire ?

— J'aurais dû lui dire « reste et baves-en » ?

— Oh, Colette, tous les gosses qui sont allés au Gaeltacht passent par cette phase !

— Eh bien, Darcy n'est pas tous les gosses.

— Il lui a bien fallu dépasser le stade du « Popa, Moman ».

— Quel rapport ?

— Après la pluie le beau temps, les choses s'éclaircissent.

— Et si ça n'était pas arrivé ?

— Ça arrive toujours.

— Quoi qu'il en soit, elle est sur le point d'arriver à Athlone à l'heure qu'il est, donc il est inutile de réexaminer la décision.

— C'est très mauvais pour elle, tu sais.

— Sophia lui a déjà dit tout cela.

— Que veux-tu dire ?

— Sophia a parlé avec elle et essayé de lui faire entendre raison.

— Ainsi tu penses qu'il aurait été raisonnable qu'elle reste ?

— Je ne pense rien. C'est ce que Sophia a dit. Sophia l'a aussi prévenue que tu serais furieux.

— Pas furieux. Juste...

— Juste très déçu.

— Oui, n'en ai-je pas le droit ?

— Mais si.

— Enfin, oui ou non ?

— Oui.

Silence.

— Je veux dire, pourquoi ne serais-je pas déçu ?

— Je n'en discute pas. J'ignore l'effet que cela aura sur elle, mais tu as tous les droits d'être déçu.

— C'est une occasion manquée.

— Certes.

— Elle ne parlera sans doute jamais l'irlandais couramment.

— C'est vrai et c'est dommage.

— Et elle aura esquivé une situation difficile sans l'avoir affrontée.

— C'est aussi vrai. La question est de savoir si l'expérience lui apprendra quelque chose.

— Comment pourrait-elle apprendre en s'étant enfuie ?

Silence.

— Elle devrait savoir combien elle nous a déçus.

— Elle le sait.

— Mais nous devrions la prendre entre quatre-z-yeux et le lui dire.

— Je ne le ferai pas.

— Pourquoi pas ?

— Parce qu'elle le sait déjà.

— Mais elle doit comprendre que nous avons des critères dans cette maison et qu'elle n'a pas été à la hauteur.

— Seigneur, Robert ! Nous ne sommes pas à l'armée !

— C'est facile !

— Si tu la prends entre quatre-z-yeux pour lui administrer toute cette tartine sur les critères et les ratages, elle sera engloutie dans la désapprobation et ne se sentira pas aimée.

— Bien sûr que nous l'aimons. Mais...

— Mais un peu moins à cause de cet échec ?

— L'affection est toujours influencée par le comportement de celui qu'elle concerne.

— L'amour doit être sans conditions.

— Donc ton amour pour elle n'est pas affecté par le fait qu'elle ait fichu en l'air notre escapade ?

— Non. Même si je l'attendais avec impatience.

— Donc si elle devient une droguée, tu l'aimeras encore ?

— Oui. Pas toi ?

— Et imagine qu'elle ait des enfants et les moleste. Tu l'aimeras encore ?

— Pourquoi ne pas imaginer qu'elle cause la Troisième Guerre mondiale ?

— Ma question est légitime.

— Non, pas du tout. Tu as devant toi une malheureuse adolescente toute honteuse qui revient toute seule dans un train, qui sait – qui l'avoue – qu'elle est une ratée, qui sait et dit que tu vas lui en vouloir, et toi tu imagines combien tu l'aimeras moins si elle se met à molester ses enfants !

Robert King se tut et annonça, après le thé, qu'il sortait faire une promenade. Colette répliqua, d'une voix tout exprès enjouée, qu'elle irait chercher Darcy et le verrait plus tard.

— Je me coucherai peut-être de bonne heure, fit-il.

— Bonne idée, commenta-t-elle calmement, et elle s'en fut cueillir la ratée à sa descente du train.

5.

La défection de Darcy donna aux deux filles leur première véritable expérience de la séparation et à Darcy sa première expérience du réveil.

— Pourquoi veux-tu te lever de bonne heure d'ailleurs ? s'enquit sa mère.

— Il faut que je me trouve un boulot d'été.

— Les gens qui veulent un boulot d'été s'en occupent au moment de Pâques, observa son père.

Darcy hocha la tête humblement. Elle avait décidé que son père passerait un temps fou à faire des allusions plus ou moins ouvertes à son ratage, allusions qu'elle devrait toutes encaisser en silence en guise de pénitence.

Le lendemain, Darcy se rendit en ville et trouva un boulot chez Goggins, dans le rayon des revêtements de sol.

Au bout d'une semaine, elle relatait son expérience à Sophia.

Dimanche 10 juillet 1983

Chère Sophia,

Tu n'as pas idée de mon talent pour vendre des choses. Nous bénéficions ici d'une commission de zéro virgule zéro zéro un de 10 % du prix de vente. Le pourcentage est si réduit que personne ne s'est soucié de m'en informer. Aussi tu peux t'imaginer mon enchantement quand on m'a remis 7 livres et 80 pences en plus de mon salaire hebdomadaire. Je n'en croyais pas mes yeux. Pas plus d'ailleurs que la directrice du département, véritable peste au cul en étagère avec des jambes en bouteilles de lait. En plus elle est dépourvue d'épaules. On dirait qu'elle a fondu sous le cou. Tous ses corsages ont une sorte de pointe vide là où devraient se trouver les épaules. Elle s'appelle Hazel et l'on m'avait prévenue de me méfier d'elle pendant les premiers jours et que tout irait bien. J'ai suivi le conseil mais, Sophia, c'est le plus faux des faux-jetons qu'on ait jamais vu.

Elle se serre les mains sur les seins et virevolte autour des clients. Il suffit qu'ils soulèvent le coin d'un paillasson pour qu'elle leur bondisse dessus en déclarant que la couleur en est très à la mode cette année et qu'ils éviteront bien de l'usure à leur moquette.

Elle m'a remis un livre sur ce thème. On appelle cette technique la « vente par hypothèse ». Le bouquin annonce que, lorsque les clients reviennent avec des doléances, on doit procéder ainsi :

Sourire.

Les désarmer.

Réexposer leur laïus.

Ainsi, lorsqu'un client entre et déclare : « Votre putain de porte manteau a cédé, tous mes habits sont tombés dans la boue et la culotte taille 83 de ma femme a été emportée par le vent et s'est entortillée sur la tête d'un motard qui passait par là et qui a du coup écrasé le guide-chien d'une vieille aveugle avant de se tuer », tu lui souris. Incroyable, non ?

Après avoir royalement désarçonné ladite personne, tu la désarmes. En d'autres termes, tu lui dis : « Je sais exactement ce que vous ressentez. » Il va de soi que, si la culotte taille 83 de ta femme n'a jamais causé un accident fatal, tu ne risques pas de savoir ce qu'il ressent, mais cette affirmation est censée le désarmer.

Après quoi tu lui réexposes son problème. Genre : « J'entends bien ce que vous dites. Vous m'annoncez que notre portemanteau a cédé et que la culotte de votre femme, etc. »

Par exemple, j'ai eu le cas de ce bonhomme qui était très gêné parce que sa femme était alitée, trop choquée pour venir régler le problème elle-même, bien que ce soit elle qui nous ait acheté le seau à charbon la semaine d'avant. Il m'a appris qu'elle avait fait cet achat parce qu'ils avaient un dîner très important.

On venait de le promouvoir. Ils avaient une maison neuve. Elle avait fait poser une moquette champagne partout au rez-de-chaussée. J'ignorais ce qu'était une moquette champagne – c'est une sorte de blanc cassé, apparemment.

Elle sert donc à dîner. Les invités sont follement impressionnés. Ils se rassemblent autour de la cheminée pour prendre un digestif. Elle soulève le seau, en cuivre rutilant, et le fond cède. Une demi-tonne de bon charbon polonais se répand, en majeure partie sur les jambes allongées, serties de cachemire crème, d'une invitée. Son pantalon est saccagé, ses chevilles coupées et meurtries. Le reste dévale sur la moquette qui n'a plus de champagne que le nom. Les débuts mondains de sa femme sont sinistrés et elle craint de ne pas s'en remettre.

Donc j'ai écouté toute l'histoire et j'ai lâché : « Merde. » « C'est aussi mon avis », a-t-il ricané. Je ne savais que faire, alors j'ai dit : « Tout ça me dépasse. Pouvez-vous me réexpliquer ? », et ce faisant, il s'est rappelé des trucs drôles dits par les autres invités. À la fin, nous nous tenions les côtes et les autres clients se demandaient bien ce qu'ils pourraient acheter pour rire autant que ce monsieur. Il a fini par me demander ce que nous allions faire ; j'ai observé que je ne croyais pas que le renvoyer chez lui avec un nouveau seau redonnerait la sérénité à sa femme ; il a répondu qu'il ne le pensait pas non plus.

Alors j'ai proposé de demander à M. Goggin fils de livrer le nouveau seau lui-même, avec les excuses personnelles de la maison. Mon client a trouvé ça super et il est parti (quand je parle de M. Goggin fils, j'emploie abusivement le singulier pour une vaste pluralité. Le vieux Goggin s'est reproduit comme un lapin et il y a neuf Goggin fils, dont sept et demi travaillent ici durant l'été. L'un d'eux conduit le camion de livraison et s'il endosse une veste de tweed, il a l'air très respectable. C'est lui qui s'est transformé en M. Goggin fils pour la journée, qui a apaisé la bonne femme, et tout baigne).

J'épargne salaire et gratification parce que je fais un régime. Savais-tu qu'il faut plus de calories pour digérer un œuf dur qu'il n'y en a dans ce dernier ? Un œuf contient 80 calories, de sorte qu'on peut en manger dix par jour, soit 800 calories, et maigrir. Même s'il est difficile de manger dix œufs par jour – moi-même je ne le pourrais pas, mais je crève de faim dans la journée et j'en mange trois, transformés en boulettes, le soir venu. Je me sens comme Paul Newman dans ce film où il mangeait d'un coup près d'un million d'œufs, tu te rappelles ?

Alors, comment ça se passe au Gaeltacht ? Tout le monde t'a plaint d'avoir une sœur aussi nulle ? La maison te manque-t-elle un peu ?

Bisous,

Darcy.

La réponse lui parvint quatre jours plus tard.

Chère Darcy,

Tu recevras cette lettre à peu près en même temps que la lettre que j'écris aux parents, j'imagine. Je ne vais pas te répéter ici ce que je leur dis. Pose-leur les questions que tu voudras.

Ça ne m'étonne pas que tu sois une bonne vendeuse. Je pense que les meilleurs vendeurs ne sont pas ceux qui veulent fourguer aux clients les produits de la compagnie, ce sont ceux qui conspirent presque avec le client contre celle-ci, attitude que tu connais bien.

Le *céilí* est marrant et j'ai trois copains. Tu aimerais bien l'un d'eux. Il est à Belvédère et fait partie de l'équipe de rugby, aussi a-t-il de larges épaules et un cou de taureau. Il imite à merveille les hommes politiques. Il s'appelle Gregory mais on le surnomme Greg. Un de ses copains s'appelle Nicolas, il est très effacé, mais Greg assure que c'est un merveilleux musicien et compositeur. Le troisième garçon que j'aime vient de Galway et s'appelle Ruaidhri. Son irlandais me semble parfait et je crois que, s'il est là, c'est parce que ses parents sont en France et qu'il ne s'entend pas avec eux en ce moment.

Tu me manques.

Il est presque 22 heures et ça va bientôt être l'extinction des feux, alors je te quitte.

Affectueusement,

Sophia.

Habituée à tenter d'établir des règles de comportement pour sa sœur, comme à la secourir d'une série de désastres, Sophia se sentait comme une mère trop jeune à laquelle des vacances bienvenues permettraient d'oublier sa maternité.

— Nous allons pique-niquer sur la plage samedi soir, lui dit un jeudi Ruaidhri en gaélique. Tu viens à Spiddal acheter de la bière ?

— Non. De la bière ?

— Il n'y a pas beaucoup d'alcool dans une bière. On dirait que je te propose d'acheter de l'alcool à brûler.

— Pourquoi me le demandes-tu ?

— T'es grande.

— Et alors ?

— On te donne dix-huit ans.

— Je ne vois pas...

— On te vendra de la bière à toi. On ne vendra pas six canettes à une naine comme Aileen.

— Je n'achète pas de bière.

— Pourquoi pas ?

— Je ne le ferai pas, c'est tout.

— Mais donne-moi une bonne raison.

— Je ne crois pas que ceux qui sont venus ici apprendre l'irlandais doivent s'enivrer.

— Qu'en est-il des gens qui savent déjà le parler – ça va pour eux ?

Elle lui sourit. Ils étaient assis sur une dune dominant la plage.

— Tu nages ? demanda-t-il.

— Bien sûr qu'elle nage, intervint une voix derrière eux, celle de Greg.

Nicolas et lui s'installèrent autour de Sophia et Ruaidhri. Nicolas la gratifia d'un de ses longs sourires de conspirateurs. Il était persuadé que tous les problèmes de la vie ou presque pouvaient être résolus en regardant d'un air amusé l'affligé, l'attaquant ou le rival.

— Mon pauvre Ruaidhri, en cul-terreux sorti comme tu l'es d'un trou obscur, tu ignores tout des filles de médecin de la bourgeoisie dublinoise et tout ce qu'elles savent, lança Greg.

Il était très beau, se dit-elle, beaucoup plus que Ruaidhri. Mais elle aimait chez ce dernier cette indolence musclée, envahie de taches de rousseur.

— La fille de médecin dublinois constitue une espèce à elle toute seule, poursuivait Greg à l'intention des deux autres. Non seulement elle apprend l'athlétisme ou peut-être la danse, non seulement elle apprend à jouer au tennis, ou au hockey dans certaines écoles... mais elle apprend à faire tout cela à la perfection. N'est-ce pas, Sophia ?

— Je nage très bien, convint-elle.

— Je vais tous vous dénoncer, fit Nicolas paresseusement, allongé sur le dos et offrant son visage un peu boutonneux au soleil : parler *Béarla*. Vous devriez avoir honte.

— Absolument pas, fit Greg. C'est pourquoi nous sommes ici. Personne en nous voyant ne penserait que nous parlons anglais à cet arriéré linguistique !

Ruaidhri lui sauta dessus. Tous deux roulèrent au bas de la dune, luttant dans le sable. Nicolas leur décochait gentiment des coups de pied.

— Je rentre et non, je n'achèterai pas de bière, dit-elle à Ruaidhri.

Greg et Nicolas se relevèrent instantanément.

— De la bière ?

— Pour samedi, fit Ruaidhri d'un ton indifférent. Après le *céilí*.

— Où ? insista Greg.

— Par ici. Un feu de camp. Avec des pommes de terre. Des saucisses. De la bière.

— Super !

— Même si tu n'achètes pas la bière, tu viendras, hein ? lui demanda Nicolas.

— Non. Vous vous ferez tous expulser...

— Comme Darcy, interrompit Greg.

— Pas du tout comme elle, et c'est un risque que je ne prendrai pas.

— Vous savez ce que je pense ? repartit Greg. Nous devrions peut-être faire revenir la Darcy. Elle a peut-être du ressort, vous savez ?

— Oh, pour ça oui. Trop d'énergie, sans doute. Tu l'aimerais.

— Comment est-elle ?

— Tu verras bien quand tu la rencontreras.

Sophia rentra à l'*ostan* avec Ruaidhri qui chantonnait à voix basse.

— *Níos airde*, dit-elle.

Il se mit à chanter à pleine voix, avec assurance :

Sé fáth mo bhuartha nach bhfaighim cead cuirte,
Sa ngleanntán uaigneach ina mbíonn mo ghrá...

Elle écoutait, saisissant le sens par-ci par-là jusqu'à ce qu'il arrive à la fin, en gesticulant un peu pour les derniers mots.

— *An bhuil tú in ann seinn sin a múint domsa* ?

Il la corrigea gentiment :

— *An bhuil tú in ann an t-amhrán sin a mhúineadh domsa* ?

Elle répéta la phrase après lui.

— Bien sûr. Dès maintenant si tu veux.

— Oh non, pas maintenant. Un de ces jours.

— Pourquoi un de ces jours ? Qu'est-ce qui nous empêche de commencer maintenant ?

Se méfiant toujours de ses impulsions, Sophia regarda autour d'elle. Il y avait quantité d'élèves à portée de voix. Il esquissa un geste signifiant « On s'en fout », et elle eut soudain honte de sa raideur.

— D'accord. Maintenant.

Ils ne se trouvaient pas sur un sentier à proprement parler mais sur une piste, de l'herbe aplatie, du sable compressé par des générations de jeunes pieds. Il lui fit face au beau milieu et lui chanta le premier couplet. Hésitante, elle reprenait après lui, d'une voix haute et claire tandis que la sienne était rude et puissante.

Des élèves se mirent à les entourer, à se moquer, mais leur concentration et leur naturel leur imposèrent silence. Certains – dont Nicolas qui les avait suivis – chantonnaient les notes apprises par Sophia ou se les murmuraient.

— *Anois. Ar aghaidh leat.*

— *Ón tús* ?

— *Sea.*

Elle aspira profondément et ferma les yeux. Sa voix, sertie de fragilité, conférait à chaque mot le vibrato particulier d'une compréhension neuve.

> *...Ní bheidh orm brón ná duifean croí*
> *Ach mé bheith pósta le mo mhíle stóirín,*
> *'S mo láimh go bródúil ar a brollach mín...*

Quand elle eut fini, le silence s'installa et elle rouvrit les yeux.

Ruaidhri la dévisagea longuement. Son regard était approbateur, admiratif. Il jeta un coup d'œil vaguement menaçant à l'assemblée où certains murmurèrent des compliments.

— L'une des plus belles chansons d'amour, lui dit-il.

Pour le troisième week-end, la météo était bonne. Greg en fit l'annonce le vendredi soir.

— Demain soir, fit-il en indiquant les dunes devant eux, demain cette plage grouillera de soleil, de sable et de sexe. Ça *grouillera*, je ne plaisante pas.

— Je ne me prononcerai pas sur le sable et le sexe, mais ce serait un miracle s'il y avait du soleil en pleine nuit, remarqua Sophia.

— D'accord, se reprit aimablement Greg. Des saucisses, du sable et du sexe.

— Et tu ferais mieux de penser aux saucisses qu'au sexe, lança Ruaidhri.

— Quoi ?

— Tu ne vois pas ce que je veux dire. Si tu pensais au sexe, pourquoi emmènerais-tu Beethoven partout avec toi ?

— Oh ! si tu dois me comparer à un musicien, prends Mozart, pas ce salaud de Beethoven, intervint Nicolas, étrangement blessé par l'assimilation.

— Beethoven voyage avec moi, répliqua Greg avec l'air de confier un secret d'État, pour protéger les filles de Spiddal de mon insatiable, ineffable, permanent...

— Imprenable ? suggéra Nicolas.

— Absolument, je prends celui-là aussi.

— Imprenable quoi ? s'enquit Sophia.

— Quoi quoi ?

— Ton insatiable, ineffable, permanent, imprenable quoi ?

— Désir sexuel.

— Ah, je respire.

— Sans Beethoven, personne ne serait à l'abri. Personne, ajouta Greg en s'approchant de Sophia.

Ruaidhri rougit et se leva.

— On dirait que le mâle se réveille, avertit Nicolas.

— Il n'est pas question de réveil du mâle ni de chasse gardée, fit Sophia en refermant son cardigan et en laissant entendre qu'elle regagnait l'*óstán*. Si vous voulez remettre votre séjour en question en allant sur la plage demain soir, libre à vous.

— On te rapportera une saucisse ? proposa encore Nicolas.

— Non. Si vous devez m'apporter quelque chose, que ce soit une pomme de terre.

La nuit suivante, après le *céilí*, Sophia était assise sur son lit à minuit, regrettant de n'avoir pas apporté son journal. Si elle avait pu le tenir, songeait-elle, elle aurait établi des garde-fous autour de ce qui lui arrivait. Darcy lui manquait parce qu'elle était drôle, mais aussi parce que sa présence constante et son besoin personnel de protéger et diriger sa jumelle instauraient un filet de sécurité autour de sa vie. Ici, au Gaeltacht, elle flottait sans attaches, avec la liberté qu'un grand vent donne aux feuilles qu'il emporte et répand.

Elle avait le sentiment que ses barrières étaient levées, ses frontières enfoncées. Il lui paraissait ridicule de passer tant de temps à penser à un jeune homme des provinces de l'ouest qu'elle avait rencontré trois semaines plus tôt et pourrait ne plus jamais voir. Histoire banale. Comme un roman à l'eau de rose se déroulant au cours d'une croisière. Ce n'était pas digne des gens comme elle. Il lui fallait recouvrer son être, l'être de gens auxquels cela n'arrivait pas.

Les autres filles commencèrent à entrer et à se déshabiller pour se coucher, en se prêtant des objets, tel le dentifrice, qui se faisaient rares dans certains placards. Finalement, les lumières s'éteignirent. Pas de lune pour déverser sa lumière sereine et froide par les longues fenêtres comme les nuits précédentes.

Dans le noir, Sophia cherchait à entendre les rires venus de la plage, mais elle était trop loin.

— Sophia... chh !

Le chuchotement était tout à côté d'elle. Elle sursauta. Quelqu'un était accroupi près du lit.

— Qu'est-ce qui se passe ?

— Quelqu'un te demande dehors.

— Quoi ?

— Dehors. La fenêtre de la sortie de secours.

Elle se glissa hors du lit et se dirigea vers la porte. Elle l'ouvrit et la referma derrière elle – la pénombre un peu moins noire du couloir. Une forme à la fenêtre. La guillotine à moitié ouverte.

— Qui est-ce ?

— Qui diable veux-tu que ce soit ?

— Ruaidhri ?

— C'est moi.

Elle s'agenouilla de telle sorte que leurs visages fussent au même niveau ; il était à l'extérieur, dans l'air frais. Instinctivement, ils parlaient irlandais.

— Que manigances-tu ?

— Vous avez commandé une pomme de terre, Majesté.

Dans l'obscurité il exhiba un ballot. Son aspect et son toucher évoquaient un nid d'oiseau. Avec un œuf. Son pull enveloppé autour constituait le nid. L'œuf, c'était cette pomme de terre chaude.

— Il y a même du sel, fit-il d'un geste superbe.

Elle commençait à voir que la peau du sommet de la pomme de terre était totalement noircie.

— Je me plaindrai à la direction.

— Pourquoi ?

— Cramée.

— Sottise. Tu n'as jamais mangé une patate cuite dans les cendres d'un feu de camp sur le sable. Essaie.

— Ça t'ennuierait de me dire comment ?

— Oh, très bien.

Autre grand geste. Elle passa la main sur le rebord de fenêtre et sentit soudain que sa main puissante, chaude et sèche glissait quelque chose dans la sienne. Une cuillère en plastique.

Un bref instant, elle faillit le remercier et emporter la pomme de terre ailleurs pour la manger mais manger sous son regard était en quelque sorte plus convenable. Elle cracha la peau noircie et se mit à en creuser le contenu.

— Alors ?

— C'est super bon. C'est très différent.

— On ne se plaindra plus à la direction ?

Elle lui en donna une cuillerée avant d'en reprendre une autre. Bientôt la peau fut vide.

— Je la remporte.

— C'était vraiment merveilleux. Tu es à moitié fou, tu sais ?

— Non.

— Il n'y a pas d'autre explication.

— Viens ici que je t'explique.

Il lui renversa le menton et l'embrassa en lui tenant le visage. Ce premier contact de leurs lèvres fermées était un début, rien qu'un début. Elle ferma les yeux et sa main glissa depuis son visage jusqu'à son cou, le caressa sous les cheveux, suivit le contour de la clavicule, s'insinua sous sa chemise jusqu'à la rondeur de l'épaule. Il sentait la mer et le feu de camp. Ils baignaient dans un silence stupéfait et dans la béatitude physique.

— Greg espère qu'on lui sera reconnaissants.

— De quoi ?

— Il a empêché Beethoven de manger la dernière patate, parce qu'il savait que je voulais te la garder.

— Ah bon, il le savait ?

— Bien sûr que oui.

— Tu le lui as dit ?

— Je l'ai dit à tout le monde. Beethoven s'en foutait pas mal.

— Il l'aurait mangée et t'aurait souri.

— S'il l'avait bouffée, il n'aurait pas été capable de sourire pendant un mois. J'y aurais veillé.

Elle commençait à avoir mal et froid aux genoux. Elle essaya de jeter un coup d'œil par-dessus l'appui.

— Qu'est-ce que tu as ?

— J'essaie de voir si tu es agenouillé sur cette sortie de secours.

75

— Oui.

— Tiens, mets ton pull sous tes genoux.

— Merci.

— Il va falloir que tu te sauves, tu sais.

— Hum, hum. Qui c'est la fille que je t'ai envoyée ?

— Aileen.

— Elle a failli avoir une crise cardiaque quand j'ai sifflé.

— Elle partage son pupitre avec Darcy au collège. Avec ma sœur.

— Je sais qui est Darcy. Tu lui diras ?

— Je dirai quoi et à qui ?

— À ta sœur et à notre sujet.

— Qu'y a-t-il à notre sujet ?

— Que tu as rencontré un garçon sauvage venu de l'ouest et qui t'aime.

Je rêve, se disait-elle. Ou si c'est la réalité, c'est un mensonge. Il joue la comédie et joue avec ma naïveté. Est-on naïf si l'on se sait naïf ? Ou innocent si l'on envisage les choses de la sorte ? On ne peut être fou si l'on se croit fou. Il réédite sans doute la même chose tous les étés avec une pauvre fille dans mon genre qui s'imagine que c'est la première fois, une fois unique.

— Un garçon sauvage venu de l'ouest, reprit-elle pour gagner du temps.

— Qui t'aime, acheva-t-il, mortellement sérieux en attirant son visage à cinq centimètres du sien dans la quasi-obscurité. Qui *t'aime.*

Ses grandes mains faisaient osciller son visage.

— Qui t'aime, reprit-il épuisant ses doutes à force de répétitions.

— Qui t'aime, t'aime, t'aime, chantonnait-il comme s'il s'agissait d'une prière, d'une incantation, d'un mantra.

Elle voulait lui exposer ses réticences une par une. J'ai quinze ans. C'est une blague. C'est idiot. (Non, pas idiot, il fallait employer un mot plus catégorique.) Mais elle le regarda dans le noir : le visage pâle, ennuagé d'ombres. Elle scruta l'espace obscur sous ses sourcils. Le visage dur, encapuchonné d'un paysan battu des vents et des années, aux espérances brisées, se trouvait là, caché derrière la plénitude de la jeunesse.

76

— Qui t'aime, disait-il, les doigts posés sur la douceur de sa bouche.

— T'aime, chuchota-t-elle, se plaisant à imaginer qu'il puisse y voir une répétition abrégée de ses mots, non une déclaration.

— Dis-le.

— Qui t'aime.

— Dis-le, tout entier.

— Je t'aime.

Des mains il lui tint le visage si fort que ses joues pressées lui firent une bouche d'enfant qui attend un baiser.

— Mon amour, dit-il avant d'embrasser cette bouche. Mon bébé.

— Il faut te sauver, chuchota-t-elle.

— Il le faut. Il y aura un demain.

— Demain, demain et encore demain.

Il récupéra son pull sous ses genoux et se pencha pour l'embrasser encore.

— Dors bien.

— Tu plaisantes, j'imagine.

— Oui.

La sortie de secours vibra sous ses pas. Elle sentit qu'il lui faisait de grands signes depuis le parking. Instinctivement, elle répondit, rabattit la fenêtre et rentra au dortoir, gagnant son lit sans bruit, comme en songe.

Après la messe, le lendemain matin, Ruaidhri était là, à la sortie de l'église pour se l'approprier, silencieux et calme, comme vieilli de dix ans. La semaine d'avant, c'était un élève, un adolescent. À présent, c'était un homme, un homme qui n'avait nul besoin de fréquenter ses camarades, un homme qui amorçait sa danse d'accouplement, comme l'animal dans la force de l'âge. Les remarques ironiques des autres glissaient sur lui comme la paille brossée sur le pantalon. Il lui prit le bras et l'emmena vers la plage.

— Nous avons une heure, dit-elle en pensant à l'emploi du temps.

— Nous avons beaucoup plus qu'une heure, mais peut-être pas aujourd'hui.

— Je rentre chez moi dimanche prochain.

— C'est vrai.

Il parlait comme si c'était un détail sans importance, en esquissant un geste avec une crosse de hurling imaginaire. Assise, elle le regardait. L'atmosphère annonçait une chaleur de plein été pour midi.

La mer était basse.

— Samedi, tu devras venir sur la plage après le *céilí*, dit-il par-dessus son épaule. C'est le dernier soir. Plus de service de patates en chambre. Service en salle.

— Tu ferais un superbe maître d'hôtel.

— Oh non, fit-il soudain sérieux et sans hésiter à la contredire. Je serai un grand réalisateur de télé.

— Pourquoi ?

— Parce que je travaillerai comme un fou et que je suis...

— Non. Pourquoi veux-tu en devenir un ?

— Parce que, répondit-il les yeux durcis par la colère et la détermination, la télé affadit et empoisonne notre pays. Krauss y voit un « gaz attaquant les nerfs linguistiques ». Les nerfs linguistiques du Gaeltacht. Un gaz attaquant tous les irlandophones.

Il resta silencieux.

— Je sais que l'irlandais est important, reprit-elle sans savoir qui était Krauss et en adoptant sa voix normale et sûre d'elle, très important...

— C'est la seule chose importante, lança-t-il sèchement. La seule. Sans elle, nous ne sommes pas irlandais. Sans elle, nous n'existons pas. Nous pourrions perdre la religion, perdre nos industries, nous pourrions perdre... des tas de choses. Mais perdre sa langue, la perdre comme une chose vivante, et il ne reste rien.

Sa véhémence l'effrayait.

— Mais nous créerons une télévision, avec de bonnes émissions pour nous débarrasser des feuilletons de merde américains et c'est moi qui ferai ces émissions. Il y a de l'argent à prendre par là-bas, dit-il en indiquant l'arrière-pays.

Elle supposa qu'il voulait parler de l'Europe.

— Il y a de l'argent. On nous parle de pluralité, de diversité, des langues et des cultures minoritaires, alors j'irai chercher de l'argent pour monter une chaîne de télé ici.

Elle n'avait que quinze ans et ne pouvait guère comprendre cette passion pour le futur qui le vieillissait et l'enracinait dans l'ailleurs. Il resta silencieux quelques minutes auprès d'elle, à observer la marée qui amorçait sa remontée. C'était la première fois, songeait-elle, qu'elle se trouvait un peu longtemps sur une plage avec quelqu'un d'autre que Darcy.

— C'est ce que je ferai et ça ne profitera pas qu'au Gaeltacht, cela fera de nous un sacré modèle pour le reste de l'Europe.

Il lui passa le bras autour des épaules, presque d'un air distrait ; elle se demandait s'il fallait se formaliser de cette distraction. Ses sentiments lui échappaient comme si elle ne les possédait plus.

Les jours suivants, elle lui posa des questions. Où habitait-il ? Où était-il allé à l'école ? Où se formerait-il pour devenir un directeur des programmes à la télé ? Il lui répondit brièvement comme on coche un questionnaire.

Il l'attendait après les cours. Il parlait d'elle. Lorsqu'on lui faisait des remarques, il hochait la tête d'un air sérieux. Quand on lui faisait des remarques à elle, elle était submergée par l'émotion que provoquait son nom et qui la réduisait au silence.

On la croyait calme et détachée. En fait, sa propre identité avait été complètement aspirée – elle n'avait plus de substance. Pour la première fois de sa vie, elle se savait sans contrôle sur les événements.

Faute de sommeil, elle avait parfois l'impression de flotter, de n'être pas tout à fait en cours, bien qu'elle travaillât toujours aussi dur.

— Tu ne te rappelles pas la première fois que tu m'as vu, lui dit-il. Mais moi je m'en souviens.

Elle le regardait d'un air interrogateur.

— Le tout premier jour. Tu étais en train d'engueuler... oh, mais c'était peut-être ta sœur ? Une fille bien dodue aux cheveux roux ? Tu l'engueulais très discrètement pour une raison ou une autre.

Sophia essaya de se rappeler. Elle avait l'impression que cela s'était produit six mois plus tôt.

— Je t'ai remarquée.

Il commença à réciter :

Lá da bfhaca thú
ag ceann tí an mhargaidh
thug mo shúil aire dhuit,
thug mo chroí taitneamh duit,
d'éalaíos óm charaid leat
i bhfad ó bhaile leat...

— Qu'est-ce que c'est ?

— Peu importe ce que c'est, répondit-il en riant : écoute seulement.

Il le répéta et les tumultes de la passion la renversèrent.

— C'est toi qui l'as écrit ?

— Oh non, non ! On l'a écrit il y a bien longtemps. Donc qu'en est-il de samedi ?

Peu importe samedi, voulait-elle lui dire. Parle-moi d'après samedi. Parle-moi du temps et de l'avenir. Parle-moi de nous. Pourquoi ne m'en parles-tu pas, ne veux-tu pas me rassurer, me promettre ? Quelque chose. N'importe quoi.

Le samedi, au début du *céilí*, le professeur fit un discours pour mettre en garde les élèves contre les fêtes sur la plage. Il leur était absolument interdit de quitter le bâtiment et il s'en remettait à leur maturité et à leur sens des responsabilités.

Il n'avait pas fini de parler qu'elle sentait déjà l'odeur fétide et chaude de la bière. Les filles comme les garçons se glissaient dehors, de temps en temps, pour vider le contenu des canettes tièdes cachées sous leurs matelas. Quand Ruaidhi l'embrassa pendant qu'ils dansaient, elle en perçut le goût sur lui.

— De la bière ?

— Ne t'inquiète pas, lui chuchota-t-il. Je ne vais pas me bourrer cette nuit, même si je me bourre toutes les autres.

Quand la musique s'arrêta, les élèves s'égaillèrent par petits groupes, certains vers les dortoirs pour finir leurs bagages, d'autres dans les coins obscurs pour de longues embrassades frustrantes, d'autres encore vers la plage. Les nuits précédentes, on avait cherché à étouffer les bruits. Ce soir, on ne dissimulait plus. Les ados du coin arrivaient en nombre. Il y avait même des élèves d'outre-mer nantis de sacs à dos fluo planqués dans les dunes. Le feu de camp s'éleva plus haut et plus large que jamais au-dessus des pommes de terre cachées dans le sable.

Quelques fêtards tenaient des fourchettes de barbecue pour faire rôtir leurs saucisses dans les flammes. Ruaidhri et Sophia, main dans la main, regardaient les flammes brillantes et blanches et leurs brusques sursauts quand on y jetait du sucre ou du pétrole.

Puis il trouva un creux dans une dune herbeuse. Ils s'y nichèrent. En levant la tête au-dessus de l'herbe haute, ils pouvaient apercevoir les étincelles jaillissant du feu.

Il déboutonna son corsage, n'envisageant aucune protestation et n'en rencontrant d'ailleurs pas. Elle restait inerte, comme pour simuler son absence, sa non-participation. Cependant, ses mains s'arrondissaient autour de ses épaules comme elles en avaient pris l'habitude. Il la tint ainsi longtemps, muet, en regardant son ombre sous lui. Puis le bout de ses doigts se glissa sous l'attache du soutien-gorge pour la faire doucement passer au-dessus des épaules. Avec une délicatesse infinie, il dégagea les seins des bonnets et sa bouche se riva sur elle, invasion de chaleur contrastant avec la fraîcheur et le calme de la nuit. Un élan d'abandon joignit son bassin au renflement, pour le découvrir, le frotter, le tirer vers elle. Mais ses mains ne le touchaient pas, elles restaient aplaties sur l'herbe de part et d'autre. Tout le reste l'entourait d'appels et de désirs.

Il se redressa, s'agenouilla et défit son jean. Puis il fut sur elle, en elle, sa voix disant des choses qu'elle n'avait jamais entendues, ne comprenait pas. Son corps s'étonnait de ce raz de marée, de sa brutalité renversante. Le rythme la tirait, la conduisait, la pressait, la répandit dans une agonie de plaisir, avec lui, leur respiration de plus en plus forte à leur oreille, les autres sons lointains, tout comme eux, avant un effondrement dans la sueur froide, son poids sur elle tandis qu'il s'abandonnait à elle comme s'il était chez lui.

Ils restèrent allongés dans l'ombre, leur respiration se ralentit – la brise nocturne caressait leur peau mouillée. Ils échangèrent quelques chuchotements puis les bruits de la plage, plus sonores, les ramenèrent à la conscience.

— Reste là, fit-il en se levant soudain, relevant son jean et le reboutonnant. Il remonta la dune herbeuse et disparut. Quelques minutes plus tard, il était de retour, se laissait glisser à côté d'elle et lui mettait une canette froide dans la main.

— Je te ferai remarquer que c'est le tout dernier 7UP et que j'ai presque dû me battre pour l'avoir.

Elle s'assit pour boire. Il avait deux autres canettes. De la bière. L'une ouverte pour la boire tout de suite. L'autre calée dans le sable à portée de main. Il engloutit rapidement la première, rota en connaisseur et la pressa en accordéon avant de la jeter aussi loin que possible.

— Vandale !

En guise de réponse, il lui confectionna un petit coussin de sable au bas des reins puis ouvrit la seconde canette. Ils restaient silencieux, les bruits joyeux venus de la plage semblaient vulgaires comparés à l'éreintement du plaisir. Pour finir, il écrasa le deuxième cylindre avant de le jeter dans une autre direction.

— Je vais nager. Viens.

— *Non* !

Cette idée la faisait sursauter. Puis elle fut intriguée par sa réaction car la transgression, en l'occurrence, était infiniment moins grande que ce qu'elle venait d'accepter.

— Oh, allez ! Personne ne peut te voir.

— Non. Ne perds pas ton temps à essayer de me persuader. Je n'y consentirai jamais.

— As-tu jamais nager en pleine nuit ?

— Jamais.

— As-tu jamais nager à poil ?

Nag*é* songeait-elle, nag*é* !

— Jamais.

Son visage était tout proche du sien, sa joue rêche contre sa douceur.

— Quelle vie protégée !

Elle le fit attendre, dans l'espoir qu'il abandonnerait son idée, mais il se leva.

— Bon, ben j'y vais. Chronomètre-moi. Je serai de retour dans dix minutes et tu ne me reconnaîtras pas tant je serai nettoyé.

— Je préférerais te reconnaître.

Il lui prit les mains et les retourna pour baiser le pouls de ses poignets. Puis il disparut.

Pendant un moment, elle fut ravie de cette solitude. Sa

tendance à corriger ses fautes l'ennuyait. Elle voulait croire que son amour pour lui était total, qu'il ne laissait aucune place à l'égoïsme, mais, tandis qu'elle s'efforçait d'y croire, une autre pensée lui vint. Il n'avait pas pris de précautions. Elle ne risquait rien, elle le savait – la pilule, prescrite temporairement pour des problèmes de règles, y pourvoirait – mais il ne s'en était pas inquiété et il aurait peut-être dû. Mêlée à ces pensées, il y avait celle de son retour à la maison. La maison serait-elle encore la même lorsque celle qui revenait avait tant changé ? Elle regarda sa montre. Plus de dix minutes avaient passé. Le groupe de la plage chantait ou vociférait d'une voix rauque.

Elle l'entendit sur l'herbe puis, aussitôt, comprit que ce n'était ni son pas ni son rythme, que ce n'était pas lui. C'était deux silhouettes trébuchantes, des yeux habitués à la lumière du feu de camp, une sagacité émoussée par l'alcool, des genoux flageolants.

— Pas ici, dit-elle sèchement.

Ils tombèrent puis repartirent à tâtons vers la gauche et elle regarda sa montre à nouveau. Il avait peut-être voulu dire qu'il passerait dix minutes dans la mer, pas qu'il s'absenterait dix minutes. Elle n'éprouvait aucune irritation possessive mais une froideur brutale, une terreur qui la transformait. Elle se releva. Elle jeta la canette au loin, faible imitation de son geste. Elle escalada la dune puis redescendit sur la plage. Elle se déplaçait lentement et soigneusement au milieu des ombres. Il ne semblait pas qu'il y eût de problèmes. Plusieurs nageurs étaient dans l'eau. Elle resta immobile, à observer les silhouettes autour du feu. L'une d'elles se dirigea vers elle, escalada la berge non loin, sans la voir. Elle comprit que cette silhouette allait pisser et se demanda si cette forme massive n'était pas Greg. Quelques minutes plus tard, l'autre repassa sur la berge.

— Greg ?
— Oh ! Ouais ?
— Ici !
— Où c'est, ici ?
— À ta gauche. Oui. Continue à marcher. Ici.
— Sophia ?
— Oui.

— Eh bien. On en apprend tous les jours. La vertueuse, la respectueuse des lois, la...

— Greg.

— Oui ?

— J'étais avec Ruaidhri.

— C'est un chef !

— Il est allé nager.

Ses mains se portèrent automatiquement à ses vêtements. Secs.

— Quand ?

— Il y a vingt-cinq minutes.

— Ça ne fait pas longtemps.

— Il m'avait dit de l'attendre dans les dix minutes.

— Oh *putain* !

— Il était sérieux. Il voulait juste se rafraîchir.

Tous deux se turent un instant et elle sentait que la décision à prendre lui redonnait toute sa conscience.

— Retourne là où vous étiez et restes-y...

— Juste derrière, là.

— Tu ne peux rien faire. Reste là. D'accord ?

Il s'élança vers la plage. Approchant du feu, il hurla « silence », se heurta à d'autres hurlements, finit par les faire taire et exprima l'urgence. Les chansons cessèrent.

— Taisez-vous une minute, puis appelez-le par son nom, hurla-t-il.

Ils se turent. Puis crièrent son nom. Tous ensemble. Un rugissement de lion dans la nuit sur la mer. Silence finalement grignoté par des gémissements d'avertissement et d'inquiétude.

— Bon, reprit la voix de Greg. Ceux qui ont des voitures, allez les chercher et alignez-les en face de la mer et mettez-vous en pleins phares. Nicolas, va appeler la police. Aileen, va prévenir les gens de l'école. Maintenant, j'ai besoin de trois nageurs, seulement trois. Sobres. Trois nageurs robustes.

Elle put apercevoir des silhouettes se lever sur la place et s'aligner devant lui, mais elle ne put entendre son choix. Il semblait leur donner des consignes. Ils coururent vers la mer. Les phares des voitures commençaient à tâtonner sur l'espace froid et infini de l'eau.

La première voiture de police arriva quelques minutes plus

tard et un policier ordonna à tous les nageurs de sortir de l'eau. Il donna également l'ordre de quitter la plage, mais personne n'obéit. Le feu faiblissait, les policiers allaient et venaient à leurs voitures, appelaient les canots, plongeurs et projecteurs, déjà dépassés par l'aube qui pâlissait tristement derrière la grande forme de l'*óstán*, confirmant la fuite mortelle du temps.

Sophia se laissa glisser, dos à la plage, vers la dépression herbeuse pour voir s'il restait quelque chose de lui. Des baskets, l'une dressée, l'autre retournée.

Puis Greg revint. Il s'assit près d'elle et parla très doucement. D'ailleurs on parlait très doucement sur la plage. Plus de cris.

— Rentre à l'*óstán*, lui dit-il. Tu ne peux rien faire ici sauf compliquer les choses.

— Je ne peux tout de même partir comme ça !

— C'est fini.

La brutalité de la phrase la frappa de plein fouet, à dessein.

— C'est fini, Sophia. Non, ils ne l'ont pas retrouvé mais il est mort. Alors que peux-tu faire ici ? Ne te mêle pas à ça. Rentre.

Elle se leva et fit mine de ramasser les chaussures.

— Laisse-les. Je les prendrai plus tard.

— Mais...

— Comment seras-tu informée ? Je viendrai te le dire. Dès qu'il y aura du nouveau. Allez, va !

Sachant qu'il la regardait, elle marcha, de plus en plus vite. La curiosité se lisait sur les visages des adolescents venant à sa rencontre car la nouvelle avait déjà atteint l'*óstán* et le village.

La moitié des lits de son dortoir étaient vides ; elle se lava et se changea pendant que les dormeuses se réveillaient et apprenaient la nouvelle. Personne ne lui dit rien, bien que quelqu'un lui touchât le bras en signe de compassion. Des bouts de nouvelles lui parvenaient. Des bateaux avec des filets. Un hélicoptère venu de Shannon.

Le car qui devait l'emmener à la gare partait à midi et demi. Greg la retrouva assise sur le banc de bois du parking qui dominait la plage. Il s'assit près d'elle, sans la toucher.

— Ils l'ont trouvé ?

— Oui.

Il fondit brusquement en larmes.

— Oh, *merde* ! gémit-il en tâchant de réprimer ses sanglots.

Elle resta assise, la bouche desséchée, à regarder la mer sans rien dire. Puis elle rassembla ses affaires, se leva et le remercia de façon très solennelle, comme s'ils venaient de faire connaissance. Il se leva à son tour, les cheveux gras, le visage strié de filets de sueur cendreux et secs, ses habits puants après l'activité de la nuit, et secoua la tête, stupéfait de se retrouver aussi désemparé, lui si extraverti, devant l'événement. Elle s'éloigna pour gagner le car, rejointe par Aileen, qui avait passé la nuit sur la plage. Elle s'assit auprès d'elle, ses longs cheveux noirs imprégnés par l'odeur de la fumée. Elles restèrent ensemble dans le car puis dans le train, sans mot dire durant tout le voyage. Et Sophia se prit à penser que ce silence devait être total et définitif, qu'il serait comme une couverture igni-fugée, étoufferait les questions, les spéculations, l'avilissement d'un je-ne-sais-quoi dont elle ne pouvait encore juger. Seul ce silence pourrait lui conserver la chaleur d'avoir été aimée de lui.

6.

En rentrant chez elle ce soir-là, Sophia découvrit le visage de Ruaidhri. Comme Darcy et sa mère s'élançaient pour l'embrasser, elle vit sur l'écran de télévision, par-dessus leurs épaules, ses traits taillés à la serpe, ses yeux clos devant le soleil.

— Tu connaissais ce pauvre garçon ?

— Oui.

— Bien ?

— Non, pas bien.

— Qu'est-ce qui s'est donc passé ?

— Chut et tu vas l'apprendre.

Mais le journaliste récapitulait les nouvelles. Ce n'était qu'une des trois noyades du week-end ; l'on avertissait les nageurs et plaisanciers de faire très attention et de veiller à ne pas boire en mer.

— Se peut-il que ce gosse ait été ivre ?

Elle essaya d'associer le terme de « gosse » à l'homme qu'elle avait connu.

— Une bière, peut-être deux.

— Ça s'appelle avoir bu, lança leur père.

— Deux bières ne vous transforment pas en ivrogne, rectifia Colette en guidant doucement sa fille vers un fauteuil. Robert, veux-tu me rendre service ? Je suis à court de sucre. Je m'en suis aperçu pendant que tu étais parti chercher Sophia. Pourrais-tu te rendre utile ?

Comme il obtempérait, Sophia regarda sa mère avec une admiration étonnée.

— Thé, café, chocolat chaud ?

— Chocolat chaud ?

— C'est très relaxant.

— Oui, ce sera parfait.

Colette passa à la cuisine. Sophia sourit poliment à sa sœur comme si elles venaient de renouer un lien distendu puis regarda autour d'elle.

— Je vois bien, fit Darcy au bout d'un instant, je vois bien que tu es impatiente d'apprendre mes triomphes du mois passé. Tu t'es tellement ennuyée dans ce trou de *ta ta* que tu meurs d'envie d'entendre parler de mes réussites. Non, ne te récrie pas ! Je le sais.

Sophia avait le sentiment de pâlir sous l'assaut des couleurs éclatantes de sa sœur. Sa mère réapparut, elle regarda les minuscules bulles écumeuses à la surface du chocolat : leur mouvement circulaire allait ralentissant.

— On voit bien qu'une *madeleine* va surgir, hein ? lança Darcy à sa mère.

— Une quoi ?

— Comment y s'appelle, déjà, avec sa fichue madeleine... Proust.

Colette haussa les épaules.

— D'une minute à l'autre, tu vas voir que Sophia va nous raconter six millions de souvenirs fameux suscités par le chocolat.

Sophia secoua la tête par-dessus sa tasse et Darcy, tel un vieux soldat appelé à la rescousse pour poursuivre le spectacle, se mit à leur raconter des histoires sur Goggins.

— Vendredi dernier, pouvait-elle l'entendre dire au moment où leur père rentra avec le sucre, il y a eu un pot d'adieu pour un employé qui partait à la retraite et votre serviteur y figurait comme un membre à part entière du personnel. En fait, presque tout le monde sauf moi s'est complètement bourré et j'ai eu fort à faire pour réconforter tous ceux qui fondaient en larmes sur mon épaule.

— Tu as maigri, on dirait, fit Sophia en tâchant de participer.

— Ne m'interromps pas, fit sa sœur avec hauteur, bien que, puisque tu y fais allusion, j'aie perdu 3 kilos et demi depuis que nous nous sommes quittées. Ne me demande pas combien je pèse actuellement. Je suis chez Goggins, d'accord ? Et le bonhomme qui part à la retraite voit sa vie lui repasser sous les yeux et de quoi crois-tu qu'elle soit faite ?

— Je l'ignore. De quoi ? fit Sophia qui lui savait gré de son numéro.

— De lino.

— De quoi ?

— De lino. De linoléum. Un revêtement de sol du temps jadis.

— Pas si éloigné que ça, intervint leur père. Le vinyle est assez récent.

— Du temps jadis, poursuivit Darcy, lorsque notre père était un jeune homme batifolant parmi les crottes de dinosaure. Goggins a vendu le dernier rouleau de lino en captivité depuis un certain temps déjà, sans doute à cette *ostan* paumée et mangée aux mites du Gaeltacht. Mais ce pauvre homme, il s'appelait Ned Nolan, avait voué sa vie au lino et ce jour-là, sa dernière journée de travail, il a compris que, s'il ne transmettait pas le Saint-Graal du linoléum, personne ne se souviendrait de ses merveilles.

Sophia regardait sa sœur avec gratitude, sachant bien qu'elle détournait peu à peu d'elle, délibérément, l'attention de leur parents.

— Maintenant, mon petit papa, tu prétends savoir ce qu'est le lino. Que sais-tu exactement ?

— Oh, c'est une matière faite de toile cirée épaisse, rigide et doublée de toile de jute.

— Quoi d'autre ?

— C'était plus agréable à fouler que le vinyle, remarqua Colette sans qu'on s'y attendît.

— Et voilà tout ce que vous savez ?

Ils opinèrent du chef, amusés par cette métamorphose de Darcy en questionneuse.

— Donc mon ami Ned a raison. Personne ne sait que le linoléum est fait de barytine ou de spath lourd, d'huile de lin et de talc. Personne ne sait ça.

— Qu'est-ce que la barytine ? s'enquit son père, qui se piquait au jeu et voulait la coincer.

— La barytine, c'est du minéral de sulfite de baryum blanc, bleu, rouge ou jaune, voire incolore, répliqua Darcy en fermant les yeux pour se rappeler l'exacte formule avant de les rouvrir pour juger de la réaction paternelle, franchement admirative. Et ce minéral est *abondant* dans le monde entier sous forme granuleuse ! ajouta-t-elle avec enthousiasme.

— Voilà qui me rassure, commenta leur mère.

— Le lino a encore un autre intérêt, poursuivit Darcy en prenant la tasse de Sophia, encore à moitié pleine d'un chocolat désormais froid. Ned m'a appris qu'il absorbe et élimine les microbes, parce qu'il est naturel et organique, à la différence des sols en vinyle. Selon lui, si les hôpitaux se souciaient vraiment des patients, ils auraient du lino du sol au plafond. Donc voilà !

Robert King suggéra aimablement que, bien qu'il eût aimé retapisser l'intégralité de l'Angelus Hospital par déférence à l'égard de la sagesse de Ned, un pathologiste n'avait guère d'influence s'agissant de l'équipement des autres services. Il parlait lorsque fut retransmis le dernier journal. Plus court que le précédent, il ne comprenait aucune photo de Ruaidhri. En outre, le journaliste l'appela « Rory », ce que Sophia trouva drôle.

— Certains d'entre nous doivent se lever à l'aube pour remplir leurs engagements professionnels, annonça Darcy. Les oisives, telles les sœurs rentrées de vacances, peuvent se vautrer au lit jusqu'à midi si tel est leur bon plaisir, mais nous autres travailleuses...

Obéissante, Sophia se leva et se prépara à monter.

— Le chocolat chaud était merveilleux, fit-elle en embrassant sa mère. C'est bien d'être rentrée, ajouta-t-elle en effleurant la joue paternelle.

Une fois au lit, toutes deux restèrent allongées en silence dans le noir. Au bout d'un moment, Darcy se manifesta :

— Si tu veux que je te pose des questions, je t'en poserai. Sinon, je ne t'en poserai pas.

— N'en pose pas. Je te le demande.

— Est-ce que je peux t'aider ?

— Non, demain je serai moins fatiguée.

« Demain, demain et encore demain », avait-elle dit. Ou était-ce lui qui l'avait dit ?

— Il y a plus que de la fatigue, n'est-ce pas ?

— Oui.

— Mais tu veux que je te laisse tranquille ?

— Oui, excuse-moi.

— Non, si c'est ce que tu veux, ça au moins je peux le faire.

Il avait dit qu'une heure leur suffirait, ce jour où ils avaient parlé du lendemain...

— Sophia ? Je suis triste que tu sois triste. Car tu m'aides lorsque je suis triste. Mais je sais que je ne peux t'aider sinon en me taisant, donc je me tais, d'accord ? Et tu me connais, je serai endormie dans cinq minutes, donc pardon d'avance.

— Bonne nuit.

— Bonne nuit.

Le lendemain, Sophia réveilla sa sœur ; pendant que celle-ci s'habillait, elle lui raconta des anecdotes sur le Gaeltacht.

— Il y avait là-bas un garçon qui a dit qu'il voulait te rencontrer un de ces jours.

— Oh, arrête ! Il louchait, avait des boutons et mesurait 1,35 mètre.

— Non.

— Louchant, boutonneux et 1,40 mètre ?

— Non.

— Tu m'excites. Excite-moi vite où je serai en retard au travail.

— 1,80 mètre. Large d'épaules, cou de taureau, pèse peut-être 76 kilos, yeux bruns, cheveux châtain clair. Drôle. Doux. Élève de Belvédère.

— Et il veut me rencontrer ?

— Sûr.

— Sophia, comme je suis ravie que tu sois rentrée !

Elle dévala l'escalier et attrapa son sac au bas de la rampe. Sophia était restée immobile dans leur chambre.

— Hé, Sophia ?

Celle-ci se pencha par la fenêtre. Sa sœur courait à reculons dans l'allée, inconsciente de la présence de la poubelle.

— Comment s'appelle-t-il ?

— Attention à la poubelle !

— Quoi ?

Darcy tomba sur la poubelle, la renversa au milieu de l'allée et glissa sur les fesses.

— Oh merde !

— Greg, fit l'autre en ouvrant la fenêtre. Vas-y ! Je vais nettoyer.

— Greg ?

— Greg. Tu vas manquer ton bus.

— À ce soir.

Sophia ferma la fenêtre et sortit nettoyer les dégâts. Lorsqu'elle rentra, sa mère était assise dans la cuisine.

— Man ?

— Hum, hum ?

— Tu connais cette citation : « demain, demain et encore dem... »

Elle s'interrompit sur le geste de sa mère lui intimant silence.

— Qu'est-ce qui se passe ?

— La pièce écossaise de Shakespeare, je crois. Je pourrais me tromper, mais ne dis jamais cette citation à voix haute à moins d'être sûre de toi, sans quoi le ciel peut te tomber sur la tête. Tu trouveras dans le dictionnaire de citations.

Sophia trouva le dictionnaire, alla à l'index. Oui, ça y était. Elle se reporta à la citation complète.

> *Demain, demain et encore demain,*
> *rampe à petits pas de jour en jour*
> *jusqu'à la dernière syllabe dont on se souvienne ;*
> *et tous nos hiers ont éclairé les sots*
> *vers leur mort poussiéreuse. Éteins-toi, brève lueur !*
> *La vie n'est qu'une ombre qui marche, un pauvre acteur*
> *passant une heure à arpenter la scène*...*

Son heure, songea-t-elle. Et pas une mort poussiéreuse, une mort de lourdeur trempée. Ils allaient l'enterrer aujourd'hui et elle ne savait même pas qui étaient ces « ils ». Trois sœurs plus âgées et ses parents revenus en hâte de France. On l'enterrerait dans un cimetière de Spiddal et elle ne s'y rendrait jamais. S'il se pouvait, elle ne prendrait jamais cette route partant à gauche de Galway pour refaire ces 11 milles.

---

* *Macbeth*, Acte V, scène V.

Tout comme son ambition et son amour avaient vieilli Ruaidhri dans les semaines où ils s'étaient connus, de même sa mort et ses efforts pour l'accepter la vieillirent dans les semaines ultérieures. Elle prit les décisions d'une adulte confirmée. Pour commencer elle se tut. Ensuite, elle entra dans la routine.

Elle sortit son journal couleur lie-de-vin du tiroir pour relire certaines des notations écrites avant de partir au Gaeltacht. Des images de crânes grimaçants lui venaient involontairement à l'esprit. Elle le voyait se séparer de ses os, se recroqueviller dans la corruption du cercueil. La terreur l'engloutissait, elle était prête à se ruer en bas pour que sa mère la prenne dans ses bras. Mais elle restait assise au milieu de l'effroi, sachant que personne ne pouvait le dissiper. Chaque fois qu'il surviendrait, il lui faudrait le traverser jusqu'à ce qu'il s'éloigne suffisamment pour être ignoré, mais chaque fois elle serait seule avec lui.

Elle se demanda comment elle pourrait écrire sur Ruaidhri, puis comprit qu'elle ne le ferait jamais. Des mots le rassembleraient dans un petit ensemble de mèches bien ordonnées qui l'empêcherait de le voir dans sa liberté et son imprévisibilité. Elle referma le journal sur son signet de satin et le reglissa dans le tiroir. Elle laisserait passer quelques jours puis récrirait, lisant l'avenir dans ses mots.

7.

17 Glanmire Park
Raheny
Dublin 5
Samedi 27 août 1983

Chères Initiales,

Je relisais certaines des lettres que vous m'avez envoyées et je me suis rendu compte que vous ne vous êtes pas remué pour répondre à la moitié des questions que je vous avais posées. C'est pourtant ce que les profs sont censés faire : répondre aux questions. Je vous révèle tout (non que ce « tout » ait la moindre importance, mais là n'est pas la question) sans refuser de répondre à quoi que ce soit et vous ne prenez même pas la peine de me dire ce qu'est la NRA ou pourquoi vous vous intéressez aux jumelles. Vous allez revenir au mois de septembre avec une nouvelle fusillade de questions auxquelles je devrais moi répondre, tandis que vous resterez avec votre grimace de je-sais-tout, comme tous les profs que j'ai connus.

Je ne sais même pas si vous êtes un psychologue ou un sociologue. Ni ce que vous faisiez à Seattle. Ni à quoi vous ressemblez. Je sais que vous êtes ultra-diplomé mais ça m'aiderait si je pouvais vous imaginer, parce qu'avec vos initiales et votre refus de répondre aux questions, vous ressemblez à une institution de béton.

La chasse et les chasseurs me dégoûtent et je trouve stupéfiant que quelqu'un qui s'occupe depuis toujours de « sciences sociales » (la « discipline des gens ») trouve une excitation à tuer des animaux innocents et sans défense.

J'ai passé un été très intéressant.

Bien à vous,

Darcy King.

Journal de Sophia King

Voici longtemps que je n'ai pas écrit dans ce journal, mais comme je vois Darcy s'installer pour écrire à ce vieux professeur américain, je me dis que je devrais recommencer à tenir ce journal. Je ne ferai pas allusion à l'été sinon pour dire qu'il y a beaucoup de leçons à en tirer.

La première c'est qu'il ne faut pas sous-estimer Darcy. Bien que je me sois efforcée d'avoir l'air tout à fait normale et détachée, elle sait qu'il y a quelque chose de changé en moi et, étant donné sa personnalité, elle adorerait me poser des questions. Pourtant, non seulement elle ne m'en pose pas, mais elle ne me fait pas remarquer qu'elle ne m'en pose pas. En outre, elle entreprend délibérément de détourner l'attention d'autrui – pour qu'ils ne se rendent pas compte que je suis incapable d'être aussi jeune que j'en avais l'habitude.

Elle s'est très bien débrouillée dans son boulot d'été. Chez Goggins, ils ont fini par en faire une sorte d'émissaire dans leurs différentes succursales, où elle allait apprendre au petit personnel certaines de ses techniques de vente. Elle s'est bien amusée et, quoiqu'elle ait travaillé moins de huit semaines, elle a eu deux augmentations. Goggins veut la reprendre l'été prochain ou même à Noël. C'est très bien parce que ça lui donne un sujet de conversation pour faire oublier son départ prématuré du Gaeltacht. Mais j'ai tort de présenter les choses ainsi. Notre père, par exemple, a pratiquement oublié sa fugue du Gaeltacht et il est très fier de sa réussite, et cela non parce qu'elle en a parlé mais parce qu'il s'en rend compte. (Il est très irrité, cependant, qu'elle n'ait presque rien mangé d'autre que des œufs durs pendant cinq ou six semaines, mais connaissant Darcy comme je la connais, elle abandonnera ce régime. Cette dernière remarque n'a rien de méchant, il vaut sans doute mieux pour sa santé qu'elle y renonce, bien qu'elle porte du taille 40 pour tout en ce moment et ait plutôt bonne mine).

Mon nouveau mot, aujourd'hui, est *démotique.* Cela signifie : qui appartient au peuple. Appliqué à l'alphabet populaire des anciens Égyptiens par opposition à l'alphabet hiératique.

Cet automne, nous commençons à nous préparer à l'examen de fin d'études secondaires et au choix d'une carrière. Nous ne sommes guère orientées dans notre école. Cependant, j'ai examiné mes aptitudes et mes talents pour juger de mon objectif.

Tels sont mes atouts majeurs :

Je suis organisée.

Je suis intelligente. (QI 134)

Je peux distinguer les divers éléments d'un problème et travailler logiquement à la création d'une solution, au lieu de foncer sur une réponse instinctive.

Je travaille dur.

Je travaille avec intelligence.

Les gens me trouvent sympathique.

Je prends grand soin de mon aspect extérieur, ce qui est une bonne chose.

Je m'intéresse aux arts, à la littérature et à la communication.

C'est ce que fait Darcy, mais il lui arrive d'arriver à une excellente réponse sans justification logique. Elle a peut-être de meilleurs instincts que moi, mais c'est quelque chose que je ne risque pas d'atteindre en l'observant ou en l'imitant. Il s'agit peut-être d'un élément inné.

Voici mes faiblesses majeures :

Je suis parfois trop cérébrale.

Je suis obsessionnelle.

Je tends à juger.

J'ai des cheveux trop fins de bébé qui sont difficiles à coiffer.

Quand je dis que je suis parfois trop cérébrale, je veux dire que, lorsque je considère un problème concernant les gens, je tends à considérer les enjeux comme s'ils n'avaient pas de conséquences psychologiques. À la fin de cet été, je suis plus consciente de la nécessité de tenir compte des craintes, des sentiments et des goûts des autres.

Je remarque que les filles de la classe aiment de plus en plus Darcy parce qu'elle se parodie. Du coup elles se sentent sinon supérieures du moins pas inférieures, bien qu'il faille noter que je ne cherche jamais volontairement à rabaisser les autres. Peut-être Darcy est-elle plus *démotique* (!) que moi dans son style.

Je dois combattre mes obsessions. Ma dernière faiblesse est de condamner sans appel. En présence d'un problème, je m'aperçois que j'essaie souvent de savoir qui blâmer au lieu de rechercher une solution. Darcy déclare – quelle ironie – que c'est parce que j'ai une expérience insuffisante du désastre, mais je laisserai ça de côté. Il se peut que je partage ce trait avec mon père. Dans son cas, cependant, c'est plus légitime car lorsqu'on identifie un début de maladie, il est crucial d'isoler la cause de celle-ci avant de lui trouver une solution. Sinon, la solution pourrait n'avoir qu'une valeur superficielle sans porter sur les réalités sous-jacentes.

Action : je dois me remettre à prier.

Je dois consulter Papa sur la carrière médicale.

Je dois me concentrer sur ces quatre défauts.

Le mot de demain est *hiératique* : sacré, du domaine des prêtres. Appliqué à un type de hiéroglyphes pratiqués par les anciens prêtres d'Égypte.

> 389 Fairbanks Avenue
> Seattle
> Washington, WA 48072
> Lundi 19 septembre 1983

Chère Darcy,

Bien que je sois toujours à Seattle ta lettre m'a été transmise et j'y réponds par retour de courrier.

La NRA est la *National Rifles Association.*

On considère la gémellité comme le laboratoire vivant idéal pour l'étude de facteurs comme l'inné, l'intelligence et l'influence de l'environnement sur le développement humain.

Certains des travaux les plus intéressants à ce jour ont été consacrés aux vrais jumeaux par opposition aux faux, comme toi et ta sœur. À la fin des années 70 par exemple, on a réuni deux vrais jumeaux séparés dès la naissance pour les étudier de manière approfondie. Ils avaient alors quarante ans. Les chercheurs furent surpris de constater que ces deux hommes séparés depuis si longtemps avaient des goûts et des dégoûts remarquablement similaires. Ils avaient tendance à passer leurs vacances dans la même station, à boire la même bière et fumer la même marque de cigarette. Ils conduisaient aussi le même genre d'automobiles. Ils souffraient même d'un type comparable de migraine.

Quant à savoir dans quelle mesure la recherche actuelle sur les vrais jumeaux sera pertinente pour les faux, voilà qui est moins clair. Il se peut que cette étude aboutisse à des résultats plus généraux sur notre compréhension de la transmission des caractères ou de certains troubles tels que l'alcoolisme. On a eu tendance, ces dernières années, dans la psychologie du développement humain, à sous-évaluer la part d'origine génétique du quotient intellectuel ou des problèmes comportementaux comme l'alcoolisme ou les violences familiales. Mais les premières découvertes dans ces recherches sur les jumeaux nous amènent à modifier nos raisonnements.

J'espère que cela satisfait ta curiosité.

Je suis tout à la fois sociologue et psychologue.

Je me trouvais à Seattle pour prendre part à un travail collectif sur les effets démoralisants de la perte des emplois traditionnels et sur le développement d'une méthodologie permettant de les traiter.

Puisque tu sembles avoir besoin d'un niveau de correspondance plus intime, je vais répondre à tes questions plus personnelles.

Mon aspect : 1,84 mètre, 79 kilos, assez musclé.

Chasse : je ne suis pas « excité » de tuer des animaux innocents et sans défense ; aucun chasseur ne l'est. La chasse est un sport caractérisé par un profond respect pour l'environnement et les animaux. La connaissance des comportements animaux permet aux chasseurs de ne pas employer à leur égard des qualificatifs à la Disney (« innocent, sans défense »).

Tu fais allusion à un été intéressant. Tu pourrais peut-être préciser cela dans ta prochaine lettre et aussi répondre aux questions suivantes :

1. Puisque tu as évoqué la possibilité que tu puisses être lesbienne, voudrais-tu me dire comment tu réagirais si cela se révélait être le cas ?

2. Quels sont les jugements sur le lesbianisme et les homosexuels qui t'ont le plus influencée ?

3. Quelle a été l'importance, durant tes vacances, des relations que tu as nouées ?

Bien à toi,

A.C.B.

Journal de Sophia

Samedi 24 septembre 1983

J'ai parlé avec Papa de ce qui me paraît être mes forces et mes faiblesses. Je l'ai interrogé sur la carrière médicale. Il a répondu que, s'il serait très fier que je sois médecin, il avait le sentiment que je pourrais sans doute « m'illustrer » dans le domaine de la communication. Cette réponse m'a un peu déçue et j'ai observé que la médecine était fondamentale pour l'humanité et la préservation de la vie, que c'était une vocation profonde alors que la communication me paraissait quelque peu périphérique et superficielle.

Il a longuement réfléchi avant de lancer que la communication était sans doute plus fondamentale pour l'humanité et son développement que la médecine. Il a remarqué que la médecine avait parfois été incapable de faire les progrès qu'elle aurait dû faire et que des gens sont morts de façon horrible du fait d'une mauvaise communication. Il considère que se connaître ne suffit pas toujours pour améliorer son comportement. Il m'en a donné des exemples qui seraient trop longs à rapporter ici. J'ai trouvé cela très positif et je me sens beaucoup plus prête à une carrière dans ce domaine.

Action : Se renseigner sur les sociétés de relations publiques.

Le mot d'aujourd'hui est *riquiqui* : insignifiant, mineur, mesquin, minuscule.

Chères Initiales,

Eh bien, on dirait qu'il est quand même susceptible, notre petit universitaire ?

On n'est plus pompeux, officiel ni distant, hein ?

Je ne voulais pas vous blesser au sujet de la chasse et, si vous voulez m'expliquer ce que ça a de si merveilleux pour l'environnement, allez-y.

Maintenant, ce que je vais dire va sans doute vous offenser mais, si c'est le cas, allez vous faire cuire un œuf, parce qu'il y a assez de gens de ce côté de l'Atlantique qui me rabaissent et me traitent avec condescendance. Le monde est rempli de Vieux qui croient avoir tiré toutes les leçons du monde. Ils pensent que nous autres ados sommes des réceptacles vides devant être remplis de ce que les Vieux jugent approprié, c'est-à-dire pour l'essentiel un gros tas de merde pure.

Si on le leur dit, ils nous trouvent quelque défaut qui leur permet de considérer que ce n'est pas du tout de la merde, mais que c'est nous qui sommes des cons incapables de percevoir le raffinement de leur sagesse. Votre lettre renferme un exemple classique de ce genre de conneries. Quand vous dites que j'ai « besoin d'un niveau de correspondance plus intime », vous en êtes tellement plein qu'elle vous déborde des trous de nez.

Je suis désolée si vous avez plus de soixante ans ou quelque chose comme ça, mais vous ne m'avez pas donné votre âge exact, si bien que je ne suis pas irrespectueuse à l'égard de quelqu'un d'aussi vieux parce que je ne suis pas certaine que vous soyez vieux. En tout cas, quel que soit votre âge, j'interdis à votre face de pot de définir mes « besoins » de cette manière vexante, pontifiante et pseudo-professionnelle.

Maintenant que je me suis laissée aller, je suis encore deux fois plus excitée que je croyais l'être au début de cette lettre, si bien que je reprends toutes les civilités dites jusqu'à présent. Je suis trop paresseuse pour récrire ma lettre, donc je les retire.

Au nom de quoi avez-vous le droit de me *coller* des besoins sur le dos ?

Vous pouvez balayer tout ça. J'en ai marre des gens qui décident à ma place de mes besoins. J'essaie de communiquer sincèrement avec vous, alors ça serait un plus de savoir qui vous êtes et à quoi vous ressemblez au lieu d'un monolithe gris aux années incertaines n'ayant que des initiales, des diplômes et une aptitude à rendre les sujets les plus passionnants (votre tirade sur les jumeaux) aussi barbifiants que des leçons. Je ne suis pas votre étudiante. Je ne suis pas votre patiente. Je ne suis pas votre inférieure. Maintenant vous avez peut-être besoin de faire le prof, le thérapiste ou que sais-je, mais trouvez-vous une autre façon de satisfaire ce besoin car je ne suis pas une solution à votre problème. Et, qui plus est, vous pouvez-vous fourrer votre description de vous-même là où je pense. Jusqu'au trognon. Elle est clairement conçue pour me désarçonner, pour me rabaisser.

Seigneur, êtes-vous marié ? Et si oui, êtes-vous comme ça avec votre femme et vos enfants ?

Je n'arrête pas de relire votre lettre et chaque fois quelque chose d'autre me monte au nez. Elle ne me dit rien de tout ce que je voudrais savoir sur les jumeaux. J'aimerais connaître toutes les petites pépites qui me réconcilieraient avec cet état, que je n'aime pas au fond, et Sophia n'a rien à y voir. Non, les trucs sur Seattle ne sont pas une aide, sont inutiles. Reprenez-les et relisez-les, faites-le et dites-moi honnêtement si vous aviez l'intention de m'éclairer ou de me faire sentir ma paysannerie lourdingue.

Je ne sais pas pourquoi je me soucie de répondre à vos questions parce que je m'en moque tout à fait, mais Sophia continue d'écrire dans son journal, alors mettons l'occasion à profit, comme dirait mon père.

Lesbianisme. Je vais maintenant me livrer à ce que Sophia appelle un courant de conscience.

Je regarde les hommes qui traversent la rue ou pendant les matches de foot (jamais je n'y mettrais les pieds) que j'aperçois parfois depuis l'impériale des bus et les endroits de ce genre. Je ne trouve pas qu'il y ait quelque chose de très excitant, à supposer que je sache quelque chose de l'excitation, dans le corps d'un homme. Je n'ai jamais vu d'homme à poil. Mon père a l'obsession de la pudeur et nous interdit, à Sophia comme à moi, de nous balader en soutien-gorge et petite culotte.

À certains égards, c'est très intelligent de sa part car si je me promène dans cette tenue, depuis que j'ai renoncé à mon régime d'œufs, j'épouvante les populations. Mais c'est un trait de mon père que je connais depuis ma toute petite enfance. Lorsqu'il nous lisait des histoires, il nous obligeait à mettre des robes de chambre et il parle sans cesse de pudeur et de respect de soi. Il ne va pas jusqu'à dire du corps que c'est un temple, mais on devine souvent un temple à l'arrière-plan. En fin de compte, je n'ai jamais vu d'homme nu ni même de cadavre nu. Les femmes nues, ou quasi telles, à moins d'être très grasses et pendouillantes, sont séduisantes. Les hommes nus ou quasi nus, et particulièrement ceux qui sont à poil, font penser que quelqu'un a oublié un morceau et l'a rattaché devant avec une colle extra-forte en rajoutant tous ces poils sales et drus pour masquer le raccord. L'obsession des mâles pour la taille de leur pénis (chez nous on utilise le mot approprié et l'on voit un faux pas dans les périphrases du type ton truc, ton zizi ou ton engin) me paraît incompréhensible.

Quand on a quelque chose d'aussi mal foutu qu'un pénis, de toute façon, plus c'est petit mieux c'est, me semble-t-il et j'en ai eu la confirmation en voyant des illustrations de circoncision. Les pénis circoncis sont plus carrés et raccourcis (sans parler des conséquences sanitaires pour la femme, dont mon père m'a un jour parlé par surprise alors que nous regardions une émission sur le cancer). Les pénis incirconcis, en revanche, ont cette mine de chien battu pointant vers le bas comme le Concorde qui atterrit, un adepte du Ku-Klux-Klan en draps de cérémonie ou la tête d'une womble. Ils sont peut-être plus grands que les circoncis mais loin d'être aussi tolérables.

Pour revenir à nos moutons, c'est-à-dire le lesbianisme, je disais que les femmes sont intrinsèquement plus séduisantes que les hommes de mon point de vue. Elles sont plus douces à toucher. Le gras du bras féminin (par en-dessous, entre le coude et l'aisselle – ce qui me fait penser, peu m'importe si les Françaises trouvent chic de ne pas s'épiler, j'ai horreur de ça) est soyeux – pas le bras masculin.

Quand je suis à côté d'une femme qui a de gros seins (c'est

souvent une femme assez âgée, peut-être à cause des enfants qu'elle a eus ou parce qu'elle grossit avec l'âge), je veux toujours y poser la main, appuyer sur leur douceur et rebondir. Mais je ne vais pas jusqu'à vouloir coucher avec une femme, c'est juste un aspect de ce qu'on peut se faire à soi-même. Je trouve juste que toucher les seins de quelqu'un pourrait être agréable. Dans les livres on appelle ça câliner, ce qui me met mal à l'aise parce que les câlins c'était ce que notre mère nous faisait bébés et je n'aime pas que le mot soit souillé.

Mes sources là-dessus. Des bouquins, comme d'habitude. L'un des livres vraiment anciens sur nos étagères s'intitule *Le Puits de solitude*. Quand j'étais enfant, j'étais vraiment intriguée par les puits. Les puits où l'on fait un vœu, vous savez ? Parce que, quand on est élevé avec des robinets et des douches, il y a quelque chose de très « conte de fées » dans un petit puits rond de brique avec son petit toit et sa manivelle qui remonte la corde au bout de laquelle pend le seau. Du coup je voulais lire tout ce qui me tombait sous la main sur les puits quand j'avais sept ou huit ans, alors j'ai pris ce livre un jour avec la photo de l'auteur sur la couverture. Elle avait vraiment l'air bizarre. Elle avait les cheveux coupés court, très noirs, ramenés en arrière. Elle portait les habits que les hommes portent ici, aux mariages. Un costume très habillé et sombre, avec un nœud papillon, je crois, mais je pourrais me tromper au sujet du nœud. Une femme très, très mince, sans seins ou qui les comprimait d'une façon ou d'une autre et le costume masculin lui convenait parfaitement.

Si c'était étrange, c'était aussi très séduisant, comme le premier travesti d'une pantomime peut l'être, paradoxalement, et c'est ce que j'ai dit à mon père.

Il a paniqué sur-le-champ, m'a arraché le bouquin et m'a donné l'impression que j'assassinais des bébés en douce. Il a dit que je ne devais pas lire ce livre avant plusieurs années, mais l'ennui c'est qu'il n'a pas dit combien. On aurait dit une condamnation imprécise où le prisonnier doit constamment demander sa libération pour être relâché. Très souvent j'ai redemandé la permission de lire ce livre ; chaque fois, l'air dégoûté, il voulait savoir pourquoi j'étais tant intéressée par ce livre-là. En montrant la bibliothèque, il déclarait qu'il y en avait pour des années de lecture alors pourquoi cette obsession pour celui-là ? Bien sûr, j'avais l'impression d'être une cochonne, alors que j'ignorais le sujet du livre et que j'étais incapable de lui expliquer que la raison de ma curiosité, c'était que ce fichu livre était interdit. Ça revenait à interdire à quelqu'un de penser à un éléphant rose pendant les trois prochaines minutes au nom du Christ. Quand j'ai fini par le lire, j'ai été très déçue, car c'était rempli d'allusions aux invertis. Ça n'avait ni queue ni tête pour moi, si j'ose dire. C'est bien longtemps après que j'ai compris que ça concernait le lesbianisme.

J'avais déjà entendu parler de l'homosexualité masculine, surtout à cause d'Oscar Wilde. Mes parents nous lisaient ses histoires pour enfants. J'aimais tout particulièrement « Le Fantôme de Canterville » parce que c'était la première histoire enfantine intéressante du début à la fin, bien que parodique. Seul Roald Dahl, plus tard, a fait aussi bien.

Parce que nous connaissions ces textes et parce que ma mère nous montrait toujours la plaque sur la maison où il avait vécu dans le centre de Dublin, on nous a emmenées voir *L'Importance d'être Constant* à l'âge de onze ans et nous avons toutes les deux trouvé ça très drôle. Alors on s'est intéressées à Oscar Wilde et ils nous ont parlé de lui, de Bosey et de son emprisonnement.

Je me rappelle que nous avons demandé à notre mère ce que faisaient au juste les homosexuels et – elle répondait d'ordinaire très clairement à nos questions – pour cette fois, elle a dit que nous ne mourrions pas de ne pas avoir l'information mais que nous ne devrions jamais avoir de préjugés contre les homosexuels parce qu'Oscar Wilde en avait été un, alors nous n'en avons pas.

De sorte que nous savions environ 75 % sur les homosexuels et pour le reste, on a ramassé les renseignements ici et là. S'agissant des lesbiennes, nous n'en avons entendu parler que deux ans plus tard. Saviez-vous qu'on vota des lois sauvages dans l'Angleterre victorienne contre l'homosexualité masculine mais pas contre le lesbianisme parce que la reine Victoria se récria au moment de signer la loi : « Quelle sottise ! les femmes ne font jamais rien de tel. »

104

J'ai aujourd'hui quinze ans et l'on sait à cet âge si l'on est gay ou pas. Je ne le suis pas.

La dernière question que vous m'avez posée concerne mes relations pendant les vacances et leur importance. Elles n'en ont eu aucune. Je dois être fort peu séduisante car tout le monde m'a prévenue des dangers, mais aucun d'entre eux ne s'est matérialisé.

Il y a un petit bonhomme à bouille toute ronde (il n'est même pas aussi grand que moi) avec un gilet et des cheveux bruns frisés, qui est une vraie légende chez Goggins. C'est le comptable de la direction, la direction étant au dernier étage du magasin où je travaillais. (Pardon, j'ai oublié de dire que Goggins est une version réduite de grand magasin, avec des succursales dans tout le pays. Je travaillais dans le rayon des matériaux, lançant des paillassons à la tête des gens.) La rumeur courait que, si on atteignait l'ascenseur (comment dites-vous ascenseur en américain ?) en même temps que Timmy Quigley – il s'appelle comme ça –, il valait mieux prendre l'escalier ou tout autre chemin, parce qu'il était *mortel*. J'ai demandé à une fille de préciser un peu ce « mortel » et elle m'a dit : « Oh, écoute ! Il te pelote grave. » Je voulais en savoir davantage, mais elle a piqué un fard en faisant des gestes désespérés aux autres.

Timmy Quigley était plus fort qu'il n'en avait l'air et, si une fille montait dans l'ascenseur avec lui, il appuyait sur le bouton du sous-sol avant qu'elle n'ait pu réagir. Une fois au sous-sol, il actionnait le bouton immobilisant l'ascenseur pour quelques minutes. Ça sert à faciliter le chargement. Avant, les gars du sous-sol pouvaient être en train de charger trois palettes de paillassons dans la cabine et alors qu'ils allaient chercher les autres, quelqu'un appelait l'ascenseur au deuxième et il montait avec une seule palette et remettre tout en ordre pouvait prendre un temps fou. Aussi a-t-on installé un bouton spécial permettant de bloquer la cabine au sous-sol et tous les autres appels sont ignorés. En plus, il est possible d'en ouvrir les portes ou de les garder fermées. Alors Timmy Nounours bloquait fille et ascenseur au sous-sol et se mettait au travail. Une main dans le corsage, l'autre dans la culotte et la bouche accomplissant un marathon de baisers bien baveux.

J'ai répliqué : « Mais pourquoi ne lui donnent-elles pas un

bon coup de pied dans les couilles ? » Mais la fille qui m'informait a lancé que ce « coup de pied dans les couilles » n'était qu'un mot et qu'elle n'avait jamais vu de fille faire cela.

Il y a des cours, a-t-elle ajouté, où la technique s'apprend, vers l'arrière ou vers l'avant (je ne sais pas encore ce qu'elle voulait dire), mais une nouvelle venue chez Goggins de quinze ou seize ans confrontée pour la première fois à ce pervers n'aura pas la présence d'esprit du coup de pied dans les couilles.

Elle a répété que les filles plus expérimentées prenaient grand soin de ne pas prendre l'ascenseur avec lui.

Je me suis emportée et j'ai crié qu'elles devraient toutes le traîner en justice mais elles avaient tellement la frousse que j'ai laissé tomber.

J'ai quand même juré de ne pas éviter l'ascenseur si Mr Quigley s'y trouvait et que s'il mettait le doigt sur moi, je le ferais inculper parce que je savais que mes parents me soutiendraient. En fait, j'ai peut-être pris l'ascenseur huit fois seule avec lui et il n'a jamais quitté son côté de la cabine et s'est comporté avec la plus parfaite courtoisie en parlant du temps.

J'aurais adoré le frapper. Ce n'est pas marrant d'être à ce point moche qu'on soit négligée par un pervers notoire.

Voilà la moitié de l'histoire de mes relations d'été. L'autre est encore plus vexante. Je suis devenue une confidente. Le fils Goggin cadet, par exemple, traversait une mauvaise passe avec sa copine et tous les deux jours, il s'asseyait avec moi à la cantine pour se répandre. Ce n'était pas le seul. Si quelqu'un prenait la peine de m'offrir un café, de m'inviter au restaurant ou au pub, je savais à quoi m'attendre. Il s'agissait toujours de détails intimes sur leur malchance maritale ou extra-maritale. Mon rôle consistait, non à remplacer/supplanter celle dont on se plaignait, mais à les laisser vider leur sac en les persuadant qu'ils étaient sensibles/chaleureux/aimants/compréhensifs/ (cochez la case vous-même) et que toute la faute incombait à l'autre qui aurait dû être heureuse d'avoir un si bon copain/ami/mari au lieu de pleurnicher constamment.

Tout se passait comme si j'étais une femme de remplacement bon marché. Une poubelle de rechange. Une décharge de rechange. Un confessionnal de rechange. Putain !

Je termine cette lettre de meilleure humeur que je ne l'ai commencée et j'espère vous lire bientôt.

Toute perdue à vous,

Darcy.

Journal de Sophia

Samedi 15 octobre 1983

Dans six ans, j'espère (ou plutôt je « prévois » – cela me rend plus responsable de ma réussite) être cadre dans une grande boîte de relations publiques.

Cinq ans après, maximum, je prévois de diriger cette boîte et de créer des succursales en Europe.

Je prévois de faire partie des conseils d'administration d'une grande institution financière et d'un musée.

Je devrais être mariée vers vingt-cinq ans et avoir deux enfants avant la trentaine.

Je prévois d'être la meilleure dans le monde de la communication à trente-cinq ans et d'être considérée comme telle.

Action : commencer à chercher des informations sur les compagnies de relations publiques. La temporisation est une voleuse de temps. Je n'ai pas avancé dans ce dossier.

Le mot d'aujourd'hui est *sophistique.*

Définition : raisonnement fallacieux.

5345 Tradewinds Ave., n° 283
Fort Attic
Missouri MO 33003
2 novembre 1983

Chère Darcy,

Quand je me suis embarqué dans ce projet de correspondance, je m'attendais à être surpris. Pour l'essentiel, il s'est révélé assez anodin, à l'exception de tes lettres. Témoin la dernière d'entre elles, si injurieuse.

Après avoir encaissé les injures, ce qui m'a pris un certain temps, j'ai relu ma dernière lettre et en effet, je dois reconnaître que c'est une merveille. En respectant le protocole de cette étude, je me montre inutilement formel. Je peux, comme je l'ai découvert en relisant la lettre, me montrer pompeux sans le savoir.

D'accord. Tu as déclaré il y a quelque temps que je ne saurais pas ce qu'est le Gaeltacht. Il se trouve que si. J'ai vécu un certain temps à Philadelphie. Au début de ce siècle, il y avait des zones linguistiques irlandaises – des Gaeltachts – à Philadelphie.

Ce qui m'amène à une question récurrente, celle qui concerne mon âge. (Le dernier paragraphe pourrait impliquer que j'ai vécu à Philadelphie dans les premiers jours de ce siècle.) J'ai vingt-huit ans. Je me suis marié lors de ma dernière année d'université. Ma femme est anthropologue. Nous n'avons pas d'enfants.

Très sincèrement, je ne voulais pas être arrogant quand je t'ai dit ma taille, etc. Les femmes sont le groupe le plus habitué, mis à part des professions comme les policiers, à décrire les gens. Je ne pense pas grand-chose de mon aspect et j'ai rarement à me décrire, aussi faut-il me reprocher un manque de pratique plutôt que de l'obscurantisme. Si l'on commence depuis la tête, j'ai des cheveux bruns et durs, sans éclat. J'ai les yeux très bruns et un nez cassé en trois endroits qui me dévale donc le visage. Ma peau, du fait d'une acné adolescente, a la texture d'un de ces *apple pies* de chez McDonald's. (Vous avez des McDonald's en Irlande ?)

J'étais très sportif à la fac, mais j'ai dû arrêter de jouer au football américain à cause d'un genou abîmé. Depuis, je monte à cheval, fais un peu d'haltères. Nage de temps en temps.

Je chasse aussi, ce qui, pour reprendre ton expression, te fait monter la moutarde au nez.

Il arrive qu'on dise de la prostitution que c'est le plus vieux métier du monde. Ce n'est pas vrai. C'est la chasse, la plus vieille profession du monde et sans doute celle qui demande le plus d'adresse et de responsabilité.

Être le chasseur de la famille à la préhistoire (et rien n'interdit de penser que les femmes ne jouaient pas ce rôle aussi) signifiait que l'on était membre actif de, littéralement, l'« économie domestique ».

Parce qu'on avait peu de méthodes satisfaisantes de stocker

108

ce qu'on tuait, on devait chasser à toute période de l'année, y compris lorsque la plupart des proies étaient en train d'hiberner. Aussi fut-ce les chasseurs, non les cueilleurs ou les sédentaires, qui comprirent les premiers les séquences majestueuses des saisons et le comportement varié (souvent cyclique) des animaux, des oiseaux et des poissons.

Avant de dessiner sur les murs des grottes, l'humanité chassait. Avant de pouvoir créer et porter des habits décorés, elle chassait. Les peintures de Lascaux résument une vérité sur la chasse qui reste valable aujourd'hui. Les silhouettes humaines sur les parois sont – proportionnellement – minuscules et insignifiantes comparées aux grands animaux qu'elles pourchassent. C'est seulement par la force du nombre que les petits bâtonnets peuvent espérer faire plier les grands animaux. Mais ce n'est pas seulement une histoire d'échelle de représentation. Les humains sont reproduits sans individualité, sans particularités, alors que les animaux figurent dans leur totalité, avec leurs muscles, chair, cuir, cornes et attitude. On pense à la rapidité, à un pouvoir massif, on reconnaît la grâce et l'importance de l'animal.

Les artistes des peintures rupestres préhistoriques ne représentent les animaux que de façon respectueuse. Ils ne les découpent ni ne les détruisent car, en tant qu'artistes-chasseurs, les animaux exerçaient sur leurs âmes l'emprise d'objets vivants d'une échelle terrifiante et d'un pouvoir mystique.

Si l'on y pense, il y avait fort peu de chose dans les vies de l'homme préhistorique qui ne fût d'échelle humaine.

Aujourd'hui nous sommes habitués à l'immensité des machines fabriquées par l'homme : les trains ou les avions. Les grandes échelles nous terrifient encore, par exemple celle d'un 747. Aux temps préhistoriques, les seuls objets évoquant puissance et mouvement qui fussent plus gros que l'homme étaient les animaux qu'ils chassaient. Leur effroi relatif a donc dû être énorme.

Évidemment, le chasseur devait être en bonne forme. Mais il avait à acquérir un grand sens de l'immobilité, lire le vent, saisir l'odeur d'animaux comme les daims et rester prêt à bondir pendant des heures. Aujourd'hui, les chasseurs, notamment au cinéma, sont souvent dépeints comme des butors violents et maniaques du fusil, mais c'est oublier les silences collectifs exigés par la chasse.

Les chasseurs parlent de leurs prises et admirent le bon fusil. Ils s'étendent rarement sur la beauté de l'expérience mais pour beaucoup, la saison de la chasse et les quelques fins de semaines où ils quittent la ville dans un 4x4 de location pour rester à l'affût des sarcelles bleues, en toque de renard, représentent leur contact annuel avec la beauté. Le reste de l'année est accaparé par le travail et le base-ball à la télé. C'est à la chasse qu'ils sont tout à la fois ensemble et séparés, en communion mais silencieux, attendant de tuer mais s'émerveillant de la beauté de leurs proies, entourés de chants d'oiseaux et d'insectes, leurs sens submergés, sublimés par la nature.

Le mouvement environnemental a un sens très spécial pour les chasseurs, qui permettent la conservation de certaines espèces. Regarde ton pays. L'Irlande est une grande île de pêche. Et c'est en attirant toujours plus de pêcheurs que vos rivières et vos lacs resteront propres. Les aimables pensées des anti-chasse n'y sont d'aucune aide.

L'épisode de Seattle m'a déstabilisé. Cette ville a été l'un des grands centres de l'industrie aéronautique pendant trente ans peut-être. C'est là que sont implantés Boeing et d'autres. Cependant, la baisse de la demande et l'arrivée de l'informatique et de la robotique ont été à l'origine de suppressions d'emplois sans précédent. Les plus touchés furent les artisans hautement qualifiés, dont l'identité individuelle était étroitement liée à leur savoir-faire, à leur carrière, à la culture et à la réussite publique de leur entreprise.

Le programme que je supervisais était d'abord destiné à évaluer les dégâts personnels causés par ce gâchis, puis à mettre en place des formations permettant à un certain nombre de chômeurs de supporter le choc, de se rétablir et de tourner la page. L'une des tendances que nous avons repérée chez beaucoup d'entre eux consistait à se rétablir et à tourner la page sans avoir accru leurs capacités de résistance. L'exemple type est celui de l'ingénieur de quarante ans qui quitte Seattle après avoir travaillé quinze ans chez Boeing. Il a une famille, et peut être obligé de s'installer ailleurs et de vendre sa maison. Il comprend alors que son expérience est trop précisément liée à l'aéronautique. Faute de nouvelle formation, il n'est pas certain de pouvoir s'adapter à de nouvelles exigences. C'est pourquoi il choisit plutôt un boulot sans qualification, de portier par exemple. Cette décision provoque une cascade de consé- quences. Son revenu décroît, et le stress familial s'accroît proportionnellement. Il travaille un peu au noir pour augmenter ses faibles gains. Du coup, il lui est plus difficile de suivre un stage de requalification pour réorienter ses talents. C'est ainsi que l'on assiste à l'érosion de l'identité familiale et de la prise en charge.

Voilà donc ce que je faisais à Seattle.

Tu as encore soulevé un autre point, j'ignore si tu étais sérieuse, sur l'expérience d'être mangé par un lion. Il existe une anecdote à ce sujet, mais je n'en retrouve pas les références. Elle concerne le Dr Livingstone, l'explorateur écossais du XIXe siècle qui découvrit le fleuve Zambèze en Afrique. Au cours de ses explorations, il fut attaqué par un lion qui le mordit à l'épaule, le souleva du sol et le secoua vigoureusement avant qu'un de ses compagnons n'ait pu abattre l'animal. (Le compor- tement du lion était inhabituel car il avait été blessé lors d'une précédente confrontation.)

Livingstone écrivit plus tard qu'au moment où l'animal l'avait saisi puis secoué comme un chat une souris, il n'avait ressenti aucune panique, mais une sensation puissante de passivité et de distance, qui s'évanouit lorsque l'animal fut tué. C'est peut-être cette sensation de passivité qui incite certaines proies à ne pas combattre leur prédateur : il s'agit peut-être d'une réaction hormonale qui prépare l'animal à sa destruction.

Je n'ai pas besoin de commenter les informations person- nelles que tu m'envoies mais j'espère que tu continueras à m'en parler. Tu associes un grand talent pour l'auto-observation au goût de l'anecdote, qualités qui seront très utiles pour la publi- cation finale.

J'attends avec impatience ta prochaine lettre.

Bien à toi,

Alex.

P.-S. – Face de pot ? Sens ?

Carte postale, 10 novembre 1983

Pot

Définition paternelle : « une commodité portable aujour-d'hui passée de mode ».

Définition maternelle : « un pot où l'on pisse ».

Darcy.

Carte postale, 18 novembre 1983

Merci pour le pot. Et j'ai oublié de te demander : qu'est-ce qu'une « womble » ?

A.C.B.

Carte postale, 26 novembre 1983

Une poupée anglaise au visage chiffonné comme un pénis incirconcis. En supposant que vous ayez l'esprit aussi dégoûtant et racorni que moi. Vingt-huit ans ? Vous êtes presque deux fois plus vieux que moi.

Darcy.

8.

Journal de Sophia

Mercredi 5 septembre 1984

Je commence ma dernière année de lycée. L'année décisive. Je suis bien partie, je le sais, pour passer brillamment mes examens de fin d'année et entrer à l'université ; je crains que ce ne soit pas le cas de Darcy. Elle n'a pas bien réussi les examens trimestriels mais j'essaie de ne pas me mêler de sa vie et nous nous entendons beaucoup mieux qu'avant.

J'ignore pourquoi. On dirait que ce sont les distances entre nous qui nous rapprochent le plus. Cela n'a guère de sens... Je n'ai pas parlé du Gaeltacht à Darcy et je sais qu'elle a refusé d'écouter quand une de nos camarades a tenté de la mettre au courant ; je lui en ai tellement de reconnaissance ! Qu'elle veuille protéger dans mon intérêt ce dont elle ignore l'existence. Ou l'existence passée. De même, le fait que je n'essaie plus de l'améliorer semble la rendre plus affectueuse et je n'ai d'ailleurs pas l'impression qu'elle se porte plus mal de mon retrait bien qu'elle ne soit pas mince et que ses examens n'aient pas été une réussite.

Nous sommes allées à Paris avec le lycée. C'était magnifique. La galerie des Glaces de Versailles fut la plus belle expérience. J'aurais adoré porter une robe du XVIIIe siècle. (Darcy a déclaré qu'être cernée de miroirs du sol au plafond était un enfer.)

C'est arrivé à Paris, aussi, ce moment affreux. Je suis en train de marcher et j'aperçois un profil ou un dos et pendant une demi-seconde suis certaine que c'est Ruaidhri. La dite personne se retourne et au moment où je m'élance à sa poursuite, le souvenir me revient. Une fois j'ai levé la main et Darcy a tout de suite suivi mon regard pour découvrir à qui je faisais signe.

L'atroce est que je n'en garde aucun souvenir sinon des descriptions. Je ne peux pas l'imaginer. Autre chose atroce, je me souviens de ce qui s'est passé mais ne puis me rappeler l'avoir aimé. Je sais que je l'ai aimé mais ne sais plus comment c'était. Je sais que je suis différente mais je ne me souviens que de faits. Il me manque quelque chose, à cet égard. Mais, du reste, pourquoi tiens-je tant à me rappeler comment c'était ? Jamais je ne pourrai en parler à quiconque.

Jeudi 6 septembre 1984

Cher Alex,

Je croyais qu'une fois habituée à la machine à écrire je te noierais sous les opinions, la ramènerais sans arrêt mais je n'ai pas eu le temps cet été.

Non, je n'étais pas au Gaeltacht.

J'étais à Paris.

J'avais espéré ramasser des petits bouts de français en lieu et place des américanismes que je ramasse dans tes lettres. Tu devrais savoir qu'elles me causent des ennuis à un double égard.

Mon prof d'anglais, qui est une chose rose, obtuse et décérébrée, juge que c'est par le géographisme qu'on transforme une classe d'imbéciles en une classe de jeunes écrivains prometteurs ; aussi repère-t-elle les américanismes dans mes devoirs comme s'il s'agissait de mouches crevées incorporées dans le cake à la place des raisins secs. Et ils m'ont aussi causé des pépins quand j'ai soumis un point de vue (j'espère que j'ai l'air modeste) à un journal du soir ici. Le rédacteur de la page me l'a renvoyé en précisant qu'il était : *a)* saupoudré d'américanismes (c'est un isolationniste frisé et j'espère que des mouches à vers grosses comme des moutons se poseront sur lui), et *b)* il n'avait pas besoin d'un article sérieux supplémentaire. Si jamais j'avais envie de faire un truc marrant, surtout que je le lui montre. Je me suis ramassée comme une grosse crêpe.

114

Je retire ce que je viens de dire. Je suis en train de lire un livre très féministe selon lequel je ne dois jamais reprendre de régime parce que la graisse est un problème féministe et que je ne dois pas me prostituer devant les perceptions des autres en me rapetissant pour entrer dans une taille 40.

Mais trêve de foutaises égoïstes. Tu n'as pas à voir mes roues de secours alors pourquoi attirer ton attention dessus ? Et je t'en prie, ne va pas – même si ça ne t'arrive pas – ne va pas m'assurer dans un grand mouvement de compassion que tu adores les grosses femmes. Tu sais qu'il existe un livre sur ce genre d'individus ? Ils vont dans les clubs de grosses femmes pour en épouser une, et si jamais elle fait un régime, ils font annuler le mariage en prétendant qu'ils ont été attirés par elles du fait de leur gigantisme. Seigneur, quelle sorte de gringalet pervers serait excité par les grosses bonnes femmes ? Ça n'existe pas, si j'en juge par mon expérience.

Une idée me vient. J'ai mentionné l'annulation sans insister dans le milieu du paragraphe, mais tu y as peut-être vu une gifle ! Est-ce le cas ? Tu me disais dans ta lettre de Pâques que vous vous étiez séparés : te sens-tu personnellement visé chaque fois que tu entends parler de divorce et te sens-tu broyé ? Je te demande pardon si je m'aventure dans un domaine dont tu ne souhaites pas parler.

Où en étais-je ?

Ah oui, ma débauche d'activités. J'avais décidé que je perdrais ma virginité cet été ou du moins que j'y arriverais presque car il est assez ridicule d'avoir deux vierges de près de dix-sept ans sous un même toit à notre époque. Toute ma classe, mes égales, mes compatriotes passent leur temps à ça, me semble-t-il.

Sophia est pure comme la neige fondue parce qu'elle croit en la virginité. (Soyons honnête, elle ne m'a jamais rien dit de tel. Je projette à toute allure. Je vomis sur elle une sainteté hypo-thétique. Elle est bien mieux que je ne la peins – pourquoi je fais ça ?)

Au retour de ses rendez-vous, elle est raccompagnée au bas de l'allée par son soupirant. Ceux qui se contentent de lui ouvrir la portière ne reparaissent jamais à moins de cent kilo-mètres carrés de la maison, bien qu'ils ignorent la plupart du temps que c'est là l'une de ses exigences de base, qu'on la reconduise jusqu'à la porte et que ledit soupirant soit poli avec les parents. Ils viennent me voir par la suite, mais c'est un sujet que j'aborderai plus tard. Quoi qu'il en soit, Sophia remonte l'allée et ouvre la porte d'entrée, avant ou après un chaste baiser et le type redescend l'allée dans un état d'euphorie asexuée.

Aucun d'entre eux ne tenterait de la peloter. Du reste, je suis persuadée qu'ils n'osent même pas y songer car cette pensée polluerait leur merveilleuse relation avec l'adolescente La Plus Prometteuse d'Irlande.

Il s'agissait là, en passant, du titre d'un article récemment consacré à Sophia. Elle a participé avec quelques-unes de nos camarades à une émission de télévision et a été choisie pour l'interview. Elle avait l'air superbe, très calme et très maîtresse d'elle-même. Toutes sortes de gens ont écrit pour le dire. Surtout, je pense, des gens comme mon père, car s'il n'était pas son père et ne la connaissait pas, il aurait regardé cette émission en se disant : « Tout n'est pas perdu, la jeune génération a encore des buts / valeurs / de jolis visages / du respect pour ses aînés / des connaissances bibliques et la capacité de parler longuement sans gros mots. » L'article sur Sophia mentionnait – parce qu'elle l'avait fait – qu'elle avait une jumelle, mais sur un ton qui voulait plus ou moins dire : « C'est elle la plus jolie, quant à la grosse on ne veut pas la voir. »

Si Sophia décide qu'il n'y aura pas de sexe, il n'y aura pas de sexe. On n'y pensera même pas. Si je décide qu'il n'est pas question de sexe, il n'y en aura pas en effet, mais c'est surtout faute de combattants ! Nous sommes confrontés à un désert de déflorateurs. À une forêt de bites molles. Bien sûr, je ne me suis pas exprimée tout à fait comme cela avec ma mère, mais j'ai tout de même noté, sans avoir l'air d'y toucher, en mordant fermement le tapis, que mon moral et mon estime de moi ne débordaient pas vraiment.

M'man, je n'ai pas de petit ami, lui ai-je dit. Je n'ai même pas de presque petit ami. Personne ne m'aime. Personne ne me désire. Je n'attire pas les hommes. Je ne les attirerai jamais. Je traverserai la vie comme une génisse, une grosse vieille fille poilue, dépouillée comme une pierre, non aimée, non désirée et intouchée.

Elle a retourné son livre comme si je l'interrompais.

Darcy, a-t-elle dit, sur un ton solennel comme si j'étais plusieurs personnes rassemblées pour une conférence. C'était déstabilisant. J'ai l'habitude d'être énorme, mais pas plurielle. « Darcy, il n'y a pas de femme qui ne puisse séduire l'homme qu'elle veut. »

Elle a ajouté que la beauté n'exerçait qu'une attirance superficielle sur les hommes et que, de toute façon, ma beauté ne laissait rien à désirer. À d'autres, M'man. Elle a abordé un registre très intime en déclarant que, si je voulais bien accepter mon poids et m'habiller en conséquence en arrêtant d'ennuyer tout le monde avec ça, les choses se passeraient beaucoup mieux.

Cette remarque résulte, je suppose, de ce que, lorsque je suis vraiment difforme, comme actuellement, j'estime n'être digne ni de la consommation ni de la compagnie humaine et assurément d'aucune dépense. Aussi j'évolue dans des vestes informes et des pantalons élastiques, ce qui me donne l'air, dit-elle, d'un sac noué au milieu. C'est toi le sociologue. As-tu identifié le mouvement convulsif des grosses bonnes femmes ? Il s'agit du geste accompli toutes les minutes et demie par les grosses, lorsqu'elles ramènent leur veste sur les pampas ondulantes de leurs doudous débordants dans l'espoir trompeur que cela permettra au reste de la veste de tomber à l'aplomb de ce balcon de la féminité, en laissant les spectateurs supposer qu'au sud de ces nichons ladite porteuse de veste est plate comme une limande. Ce mouvement convulsif pour ramener un bord sur l'autre est l'un des langages corporels spécifiques réservés à cette espèce.

Autre mouvement particulier, le coup sec sur les fesses. Il consiste à porter discrètement la main, de préférence lorsqu'on est adossé au mur, sur les vastes hectares de tissu du pantalon de manière à les désengager de la fente du cul, pris qu'ils sont par les énormes fesses débordantes.

Si la secousse du fessier se pratique sournoisement, qu'en est-il du réajustement d'ourlet ? Les femmes obèses portant des pull-overs (sweaters, en américain ?) en sont coutumières. Ces pulls ont une petite nervure pour s'ajuster étroitement aux hanches des gens normaux. Or, parce que nos hanches à nous autres anormales les sont si énormes, la nervure remonte cons-tamment, tu me suis ? Chaque fois que nous nous relevons, nous devons pratiquer ce petit ajustement circulaire, tirer sur la nervure dans l'espoir toujours déçu que le pull, rabaissé, réduira l'étendue de nos fesses.

Mais j'ai de jolies mains, sais-tu ? Petites, blanches, mignonnes. Même quand tout va mal, il reste ces petites mains, ces poignets fins.

J'en reviens à ma mère. Elle m'a dit que, si je me donnais un tout petit peu de peine, je pourrais attirer physiquement n'importe quel homme que je désirais, que les hommes sont attirés par un aspect cohérent, organisé, c'est-à-dire toutes sortes de cosmétiques, autant qu'ils le sont par une beauté convention-nelle. Je dois dire que les expressions comme « beauté conven-tionnelle » me laissent vraiment rêveuse. Ça revient à parler d'un millionnaire conventionnel. Elle a ajouté qu'à part l'aspect, ce que les hommes recherchaient, c'était quelqu'un leur accordant un peu d'attention. Et qu'ils aimaient les gens marrants. Tout cela, elle l'a déclaré sur un ton imparable, laissant entendre que je suis marrante et que par conséquent les hommes font la queue devant la maison, la langue pendante dans l'espoir de me décrocher. Il faut croire que je suis vraiment myope. Elle a terminé en déclarant qu'il n'y avait pas de femme qui ne puisse obnubiler totalement un groupe d'hommes si tel est son désir. J'ai trouvé cela si fou que je n'ai même pas discuté et je me suis abstenue de lui poser des questions sur elle et mon père bien que j'en aie eu très envie.

J'ai décidé de tenter le coup durant l'été. Plus simple que de commencer un nouveau régime. Voici mes résultats, dans l'ordre.

Copain numéro 1

M'a invitée à une fête donnée en l'absence de sa mère veuve. La nourriture était à base de boulettes de viande roussies dans l'huile puis cuites et recuites au four dans une grande casserole avec de la sauce et des pâtes. Je l'ai aidé à servir et, quand tout le monde s'est trouvé bien nourri et complètement pété, j'ai dansé avec lui dans son salon avec huit autres couples environ, ce qui était ridicule, car son salon est si petit que nous

118

ne pouvions que faire du surplace en nous frottant l'un contre l'autre. Comme j'ai l'esprit mal placé, j'ai pensé que cela pourrait être efficace.

Après pas mal de frottements de bas en haut, il m'a emmenée dans sa chambre qui tenait de l'élevage expérimental de vieilles chaussettes, mais comment osé-je le critiquer ? Il m'a fait asseoir sur le lit. S'est assis en face de moi. M'a déclaré combien il aimait Sophia. Et me voilà en face de lui, brûlant de lui dire : « Espèce de gros bêta, avec ta chambre puante et tes frottements sans rime ni raison, tu m'as transformée en serveuse de restaurant d'une nuit pour le privilège d'entendre encore des plaintes désespérées sur ma jumelle ? » Et puis v'là qu'y se met à pleurer. Et en plus, y fourre son museau dans mon giron. Alors qu'est-ce que je fais ? Pas la peine de te faire un dessin. Je lui caresse doucement les cheveux. (Je n'allais pas le gratter énergiquement, n'est-ce pas ? J'ai bien pensé à le poignarder dans l'oreille avec un stylo, comme la Mafia, mais je n'en avais pas sous la main et, bien que les chaussettes environnantes fussent plutôt raides, elles ne pouvaient guère faire l'affaire.)

Une fois qu'il a bien pleuré (c'est comme ça qu'on dit ? Tout ça, c'est nouveau pour moi, rappelle-toi), je me suis demandé s'il pourrait encaisser un peu de cabotinage. Alors je lui ai relevé le visage, j'ai essuyé les larmes de ses yeux gonflés, je le jure devant Dieu, et j'ai déclaré que Sophia n'avait rien contre lui personnellement (ça ne sera plus le cas quand je lui aurai révélé la puanteur de sa chambre), mais qu'elle était décidée à n'avoir aucune relation stable avec un homme dans sa dernière année de lycée. Y compris, fis-je en pressant doucement son épaule (tu peux vomir, si tu veux), avec quelqu'un d'aussi tendre et *sensible* que lui.

C'est alors, chose atroce, que la loi maternelle est devenue vraie. Parce que je prêtais attention à ce branleur et que je le qualifiais de « sensible », il se regonfla sous mes yeux mais pas là où il aurait pu m'être utile. Il était tout content de lui. Flatté d'être rejeté du traîneau de Sophia pour raisons d'indépendance personnelle. Il aurait été heureux de parler jusqu'au petit matin. Aurais-je pu, ce faisant, lui apprendre à m'adorer ?

L'affreuse réponse aurait sans doute été « oui », si j'avais été prête à consacrer assez de temps à l'épongeage, aux flatteries, à l'écopage de fond de cale. La vie est foutrement trop courte. Il m'a envoyé une charmante petite carte.

Copain numéro 2

Il s'agissait d'un fermier de Cork. Il était venu pour le concours hippique. Maintenant, tu ne connais pas Cork, mais ils parlent avec des inflexions montantes et descendantes qui donnent un tour follement primesautier à leur conversation. Du coup, j'ai faussement cru, en rencontrant ce gaillard à une fête, que c'était un type solaire, optimiste et même divertissant. Après trois rendez-vous, au cours desquels il m'avait récité le prix de tout, y compris le loyer du mètre carré du restaurant où nous étions, je lui ai dit que je ne le reverrais plus. Oh, quelle joie de dire « Don, j'ai aimé te voir (mensonge) mais je ne te reverrai plus ». Je n'avais jamais eu cette chance. Cela valait tous les bonheurs.

Ça l'a scié, car en cette troisième rencontre, il était allé jusqu'à m'embrasser en posant les mains sur mes fesses pour mieux appuyer son bassin contre le mien.

Je n'avais aucune objection à ce frottement de bassins, en fait je l'appréciais plutôt, mais une liste de prix suivie d'un frottement de bassins ne suffit pas à construire une relation. Il s'est alors mis en rogne en me demandant si je me rendais compte de ce que ça lui avait coûté de conduire depuis Cork et de passer la nuit dans un Bed & Breakfast chaque fois qu'il venait me voir. Je ne voyais pas le rapport, sauf que s'il avait su que je le larguerais après trois rencontres, il n'aurait pas investi dans l'essence. Je lui ai demandé s'il se faisait habituellement rembourser ses dépenses, ce qui l'a rendu vraiment fou. Il s'est dirigé vers sa petite Fiesta comme si c'était un tank et qu'il allait me rouler dessus et laisser des empreintes de chenilles.

Copain numéro 3

Très âgé. Pas loin de trente ans. Avait un charme un peu défait. Ne jouait pas à être grand-chose, conduisait une vieille Saab sub-claquante et, quand j'ai fait une remarque à ce sujet, ne m'a pas administré un long sermon sur son excellence ou ses vertus sécuritaires. Il m'a juste demandé si j'accepterais d'aller

120

au cinéma un soir avec lui. Ce que j'ai fait. À trois reprises. La troisième fois, il s'est décidé. Son bras s'est posé sur mon épaule, sa tête s'est rapprochée et il s'est mis à m'embrasser.

Oh hé, on m'embrasse, tu t'en rends compte, monsieur l'Universitaire désincarné à initiales ?

Parce que je n'ai pas d'expérience, j'ignore s'il embrasse bien ou mal, mais je fais bien attention à sa démarche, qui est lente, puisque c'est un gentleman et que le film nous distrait.

Sa démarche consiste à fourrer les mains dans mon cardigan. Il les pose carrément sur ma roue de secours et j'ai un tel désir de lui envoyer un coup de genou dans l'entrejambe ! Je suis peut-être la seule femme dans l'histoire des spectatrices de cinéma qui ait voulu qu'on lui pose les mains sur les nichons pour ne pas les avoir sur un bout de gras un peu plus bas.

Alors je me tortille un peu sur mon siège et il y voit de la passion et pose ses mains là où elles doivent être. Puis je m'aperçois que ses doigts ne sont pas mêlés à tout cela. Il palpe mes nichons dans la pénombre comme j'essuyais les larmes de l'Homme Sensible. Le rapport me paraît très drôle et je me mets à rire. Personne ne m'a dit qu'après s'être tortillée d'une façon suggérant qu'on est libidineuse à l'excès, il est extrêmement blessant pour celui qui croit vous exciter de vous entendre émettre un petit rire de bonheur et de réminiscence.

Il a eu l'air affreusement contrarié et froissé et s'est mis à regarder l'écran comme s'il contenait les secrets de l'existence, en gardant ses mains serrées entre ses cuisses.

Voilà donc où j'en suis, à ne plus trouver l'association entre son style sexuel et l'hystérie du numéro 1 aussi drôle qu'au début et à me demander comment lui rendre sa bonne humeur. Révélation soudaine : Darcy, tu n'as pas à lui rendre sa bonne humeur, à ranimer son désir ou quoi que ce soit. Tu as de quoi rentrer à la maison en autobus et l'arrêt est à deux pas. Ce sentiment de liberté était merveilleux. Je me suis penchée vers lui et il m'a jeté un de ces regards blessés mais consentants.

— Je file, lui ai-je dit, pénétrée par la joie de ma liberté. Éclate-toi.

Ce dernier mot m'a bien plu comme « sortie » à cause de son imprécision et de son côté limite. Peu m'importait comment il s'éclaterait, il devait simplement le faire. C'est ce que je lui souhaite, avec ses baisers à la menthe et ses paumes tapotantes. Tous mes vœux, c'est un brave type.

Je te laisse comme je t'ai foutrement laissé les derniers millions de fois où je t'ai écrit : virginale.

Darcy.

9.

— OOOOK, fit le bonhomme en veste noire, en fourrant les mains dans les poches revolver de son jean et en dansant d'avant en arrière dans ses bottines. *Access broadcasting*, avant tout. C'est la télé pour tous. La télé accueillante. La télé des vrais gens, pas celle des gens de la télé.

Je te déteste toi aussi, espèce de branleur méprisant, pensait Darcy. T'es comme ces politiciens de merde qui parlent des « clients sur le pas de la porte » pour désigner les électeurs.

— Ce qui nous intéresse, poursuivait le producteur, ce n'est pas seulement de donner la parole aux gens trop souvent marginalisés, exclus par la société et aux sans-voix...

Socialiste, se disait Sophia avec désapprobation. Selon elle, les socialistes n'avaient pas compris le mot de l'Évangile « Les pauvres, vous en aurez toujours avec vous ». Les socialistes voulaient abolir les pauvres, oubliant qu'ils pouvaient constituer une leçon de choses utile pour le restant de l'humanité. Les jumelles s'étaient récemment violemment et longuement disputées à ce sujet. Darcy avait lancé à sa sœur qu'elle était une capitaliste hypocrite et démagogue. Sophia avait exigé une preuve que sa sœur eût lu autre chose de Karl Marx que sa plaisanterie sur la religion opium du peuple.

— ...nous sommes aussi curieux de voir ce que nous apportent les gens qui n'ont pas été éduqués par la télévision : ce qu'un œil neuf peut apporter à la dynamique de la production télévisuelle.

Quelle connerie ! se dit Darcy. Il n'existe personne qui n'ait été éduqué par la télévision, Tout le monde dans cette classe a été éduqué par la télévision, rien qu'en la regardant. Nous connaissons les règles et les formules.

— Donc, nous lançons un projet expérimental, continuait le bonhomme en noir. Nous lançons un projet expérimental et nous avons sélectionné huit écoles.

Il les énuméra. De bonnes écoles, approuvait Sophia en son for intérieur : quatre à Dublin, une à Cork, une à Limerick et deux pensionnats de province.

— La date de TX de l'émission produite par votre école est le 3 mars. Oh, pardon, TX veut dire diffusion.

Et boîtes, ça veut dire écouteurs, rageait Darcy. Continue, impressionne encore notre naïveté avec ton jargon.

À cet instant, Darina Quinlivan vomit et s'évanouit. Sophia, assise auprès d'elle, ne put se défendre d'admirer la simultanéité, la coïncidence et la rapidité des deux actions. Darina avait vomi dans un sens et s'était évanouie dans l'autre. Le représentant de RTE avait l'air vexé, comme s'il s'agissait d'une forme particulièrement grossière d'inattention. Aileen quitta sa place la première pour secourir sa camarade. Elle inclina la tête inconsciente de Darina d'un côté et lui essuya la bouche avec des mouchoirs en papier.

— La classe d'à côté est vide en ce moment, dit Sophia au producteur.

Soulagé à l'idée de quitter et l'odeur et l'émotion, il hocha la tête d'un air sérieux comme si se déplacer était l'option la plus courageuse et raisonnable parmi celles à sa disposition. Il prit sa veste de cuir et sortit. La moitié de la classe le suivit aussitôt, l'autre hésita.

— Ceux qui restent devront nettoyer, lança Aileen.

Du coup, la plupart des hésitants se retirèrent. Darcy épongea le vomi. Aileen enjoignit à une autre d'aller chercher Mlle Burke et resta agenouillée près de Darina. Darcy s'approcha.

— Est-ce qu'elle va se réveiller ?

Aileen lui fit oui de la tête. Comme s'il se fut agi d'un signal, Darina s'ébroua et lutta pour se redresser sur sa chaise. Darcy attendait qu'elle demande où elle se trouvait. N'est-ce pas ce que font toujours les héros évanouis, dans les livres ? Ouvrir les yeux et dire : « Où suis-je ? » Darina, cependant, semblait parfaitement consciente de l'endroit où elle se trouvait.

— Oh non ! fit-elle avec force. À qui l'as-tu dit ?

— Mlle Burke arrive. Elle ne fait pas partie des bégueules, fit Aileen. J'ai pensé...

— Oh non ! répéta avec force sa camarade.

— À quel mois en es-tu ?

— Deux mois sans règles. Je ne sais pas.

Darcy s'assit calmement, elle commençait seulement à comprendre : Darina n'est pas exactement le modèle type du cahier central de *Playboy*, mais elle l'a FAIT et je ne m'en étais jamais aperçue. Elle n'a pas l'air transformé.

— Darcy, merci pour le nettoyage, mais tu devrais passer à côté. S'il n'y a qu'une élève à l'arrivée de la mère Burke, ça vaudra mieux et l'on ne te pressera pas de révéler des secrets.

Darcy hocha la tête, fascinée par l'aplomb de sa camarade. Sophia et elle sortirent ensemble.

À côté, le type de la RTE avait rempli le tableau de diagrammes expliquant qui fait quoi dans une équipe de production. Darcy s'efforça de comprendre pendant qu'il parlait. Le producteur est le patron. L'assistant de production est le larbin du producteur. Le présentateur est la star.

— Je vous suggère de choisir vos fonctions aussi vite que possible, disait le bonhomme. Nous aimerions avoir de vos nouvelles dans deux ou trois semaines pour avoir une idée de l'émission que vous prévoyez, de la formation ou information que nous pourrions vous donner pour atteindre vos objectifs et ainsi de suite. Nous aimerions aussi avoir les noms et numéros de téléphone des principaux responsables.

Quelqu'un lança une salve d'applaudissements à demi sincère qui l'arrêta sur le chemin de la porte : il émit un rire embarrassé et s'en fut.

Il était absolument clair pour Sophia qu'elle devait être le producteur. Non pour une vaine gloire quelconque mais parce qu'elle était la seule dans la classe à pouvoir donner le sens d'une direction générale dont avait parlé le type de la RTE.

Finalement, le choix s'effectua naturellement car la plupart des ambitieux en matière télévisuelle souhaitaient être devant la caméra plutôt que derrière, confrontés aux questions administratives. Dix minutes après le début du cours, Sophia était la productrice, Meena Holt son assistante et une équipe de production de huit élèves avait été choisie.

— Maintenant, il s'agit de définir le type d'émission que nous voulons faire, dit Sophia avec un geste légèrement théâtral de porte-parole.

Les suggestions jaillirent de tous côtés. Une émission sportive. Un documentaire montrant comment le monde développé se débarrasse de ses déchets toxiques dans le tiers-monde. Un jeu télévisé. Une émission politique. Un documentaire sur quelque chose. Sophia restait silencieuse tandis que fusaient les ricanements et les critiques. Comment diable iras-tu filmer dans le tiers-monde ? Et ceux qui se foutent du sport ? Un jeu télévisé qui n'a qu'une diffusion, ça n'existe pas ! Et si on parlait des ados enceintes ? suggéra quelqu'un. Quel est le rapport ? répliqua une autre. Ça arrive plus souvent que par le passé et elles gardent le bébé alors ?

Darcy avait calculé en gros la date de l'accouchement de Darina, à peu près exactement au moment de l'examen final du lycée. Je me demande si le ministère de l'Éducation permet aux élèves de passer certaines parties de l'examen dans une maternité ? On obtient des points supplémentaires en faisant certaines matières en irlandais – on en obtient peut-être d'autres en mettant au monde un bébé en milieu d'examen ? Si le ministère de la Santé coopère avec celui de l'Éducation, on pourrait même en décrocher d'autres via l'allaitement naturel.

— Ce ne serait peut-être pas une mauvaise idée, intervint Sophia, si nous faisions une émission sur notre propre école – une émission utile pour l'école. Puisque c'est notre dernière année.

Elle s'exprimait avec l'indécision qui lui était coutumière, Darcy le savait bien, lorsqu'elle était décidée à ne rien céder de son projet. Le reste de l'équipe mettrait peut-être du temps à accepter cette idée, mais il finirait par s'y rallier et Sophia veillerait à ce qu'elles soient persuadées qu'il s'agissait de leur propre idée. Relations publiques à l'école, songeait Darcy.

126

Et pas seulement des relations publiques dans l'intérêt de l'école, mais – quelle était l'expression qu'avait employée le type de la RTE ? – une cassette de démonstration qui prouverait à tout employeur futur quelle excellente petite attachée de communication serait sa sœur.

10.

17 Glanmire Park
Raheny
Dublin 5
Samedi 6 octobre 1984

Cher Alex,

Je voudrais te couper l'herbe sous le pied par la présente parce qu'un de tes mini-questionnaires va débouler sous peu : autant en placer une avant !

Non, je ne l'ai pas fait. Ça. Mais l'une de mes camarades de classe, c'est sûr, l'a fait parce qu'elle est en cloque. Un polichinelle dans le tiroir. Qui gonfle. Ou comme l'a dit l'une des dames avec qui je vais en cours : « Elle est baisée. Elle a avalé le pépin. Dans les deux sens. »

Alors j'ai pensé qu'il était temps de t'informer de cette expérience par procuration. De cette vie dangereuse par personne interposée.

Les faits, d'abord. Darina est la fille enceinte en question. Je dis son nom parce qu'il est beau et tu aurais tendance à penser qu'elle est belle. T'as tout faux. Oublie-la. Enfin, non, ne l'oublie pas parce qu'elle est le cas sur lequel nous nous penchons présentement. (Ça te plaît, ce style universitaire ?) Mais le fait est que Darina est aussi passe-muraille que possible. Elle n'attrape même pas des boutons intéressants. Par exemple, l'une des filles de la classe arrange ses boutons comme d'autres les fleurs. Elle les a en masse. Elle en a entre les cheveux, en plein sur sa raie. Elle en a qui s'abritent derrière les oreilles. Elle en a qui se regroupent, tout mignons, dans cette petite dépression située au-dessus de la narine. Et elle ne les perce jamais. Ce que je ne comprends absolument pas. À la minute où j'ai un bouton, en général dans la semaine précédant mes règles, je n'ai qu'une hâte, rentrer à la maison, me précipiter dans la salle de bains pour le percer et le nettoyer avec du Dettol.

L'idée de me balader avec des petits volcans jaunes en attente d'éruption sur le visage...

Le fait que Darina n'ait pas trop de boutons ne signifie pas qu'elle soit séduisante. Et sa non-séduction, contrairement à la mienne, n'a même rien de captivant. Au moins, tu me remarquerais ! Tu ne remarquerais pas Darina. Son silence n'a rien d'ostentatoire, pas plus que ses affirmations, elle n'est ni bruyante ni intéressante, elle est là, tout simplement. À présent, personne ne peut s'empêcher de la regarder, d'autant plus qu'elle porte déjà des habits de femme enceinte, ce qui ne reflète pas vraiment la réalité dans la mesure où elle n'en est qu'à la dixième semaine. Tout se passe comme si c'était sa gestation qui l'avait rendue intéressante et elle veut que tout le monde remarque sa transformation. Je dois te dire que je la remarque. De même que tous les parents. S'il est arrivé de temps en temps qu'il y ait des filles enceintes dans l'histoire de l'école, on n'en parlait pas. Les filles en question ne se pointaient pas en cours en même temps que nous. Je me flattais à l'idée que la plupart de mes camarades étaient aussi innocentes (au sens de ne pas l'avoir fait) que moi et voici que je découvre que la moins sexy, la plus indifférente de tout le tas n'a pas arrêté.

J'ai l'impression d'être un vrai papier-cul. Un type a assez apprécié Darina pour la baiser plusieurs fois puisqu'on ne réussit pas du premier coup la première fois. (Je dois cette précieuse information à une fille du nom de Faith Randall qui prétend aussi qu'un film alimentaire peut remplacer la capote. Du film alimentaire ? Oh Seigneur ! (Les capotes sont introuvables en Irlande.) Depuis, impossible pour moi de me servir de film alimentaire. Tout ce que je veux conserver, je le mets dans du papier aluminum. Notre réfrigérateur semble rempli d'armes mystérieuses.) Le copain de Darina est d'ailleurs très présentable. Rien de bien excitant, mais je commence à me dire que, si c'est masculin et que ça peut bander, tôt ou tard ça me fera vibrer parce que je me sens si vieille et si vierge que je ne serai pas très difficile.

L'étrange, c'est qu'avec la gestation de Darina je me suis découvert davantage de domaines sexuels devant lesquels je suis aussi nigaude qu'un arbre. Nous parlions ensemble pendant son absence, après qu'elle a vomi et s'est évanouie sur l'épaule de ma sœur, et la teneur générale de la conversation était qu'elle avait dû vouloir être mise en cloque car personne, *personne*, aujourd'hui n'ignore comment l'empêcher.

Moi y compris. Je connais la théorie mais je n'ai jamais vu de capote. Et n'ai pas eu besoin d'en voir. C'est là le véritable problème. Imaginons que je dispose de capotes. Imagine que je sorte avec quelqu'un de l'autre sexe. Imaginons qu'il plaque une main aimable sur mon nichon. Voire sur les deux. (Ses deux mains, OK ?) Est-ce à ce moment-là qu'on exhibe les capotes en disant : « Mets ça sur ton pénis » ? Je n'arrive pas le croire. J'ai essayé toutes sortes d'expressions dans ma tête. « Tu crois que tu pourrais... ? » dit sur un sourire, en laissant pendre une capote au bout du doigt, ne me paraît pas aller de soi. Pas pour moi, en tout cas. « As-tu pensé à... ? », c'est inciter le type à dire que non parce qu'il n'allait pas aussi loin, ce pelotage n'était qu'amical. « T'as intérêt à mettre ça, sinon je m'arrête là », ce n'est pas exactement le genre de réplique qui améliore l'atmosphère érotique d'une soirée. D'ailleurs il pourrait me peloter au cinéma ou dans l'ombre d'une allée écartée.

Il y a aussi la possibilité qu'il ait apporté ses propres capotes et qu'il trouve incroyablement indiscret, pour ne pas dire typique d'une virago, que je lui en mette sous le nez.

Ou ce sera peut-être une fragile violette qui perdra tous ses moyens et se ratatinera, si j'ose dire, en me voyant exhiber la chose. J'ai un affreux pressentiment que, si j'approche de cette étape – et franchement j'en doute –, je me trouverai au point de non-retour, comme un avion en piste, avant de pouvoir coller une manche à air sur son zizi.

J'écoute tout ce petit monde de ma classe en essayant d'avoir l'air blasé comme si je baisais depuis la quatrième et n'avais vraiment plus le temps d'y penser, alors que je ne perds rien de ce qui se dit et m'efforce de trouver une réponse aux questions auxquelles personne ne répond jamais, c'est-à-dire combien de fois baisent les gens heureux et qui s'entendent bien ?

On lit dans un bouquin qu'ils n'arrêtent pas trois à quatre fois par nuit et dans un autre que certains ne le font qu'une fois toutes les trois semaines. Peut-être qu'au début on doit le faire beaucoup pour trouver ses marques ? Ou bien on ne s'en lasse pas, mais une fois qu'on a compris comment ça marche, on n'a plus besoin de le faire aussi souvent.

Mais que se passe-t-il si on ne s'en lasse pas alors que le partenaire en a marre ? Quelle humiliation d'en être folle quand l'autre a rangé ses outils !

Le fait que je sois obligée d'écrire ces rapports t'offre l'image d'une grosse folle de sexe, d'une menteuse qui écoute aux portes, toutes choses que je ne suis pas. Quand je penserai qu'il faut se ranger des voitures, par exemple, tu jugeras cela parfaitement stupide, puisque je n'y ai jamais ne fût-ce que goûté. Mais ce sur quoi je m'interroge, en réalité, c'est la lassitude qu'on peut éprouver vis-à-vis des gens, des lieux et des goûts.

Je n'aurais jamais cru, par exemple, pouvoir me passer des barres Mars, mais au bout de trois semaines d'un tel régime, l'idée d'en manger une autre me donne des frissons. Leur magma sucré m'est désormais insupportable et je voudrais un soufflé au citron à la place. Tu doutes peut-être qu'il y ait un régime à base de soufflé au citron, mais je suis en train de lire un livre qui affirme que la satiété est ce qui donne du piment à la vie.

Pour peu qu'on soit prêt à manger ce qu'on préfère et rien d'autre durant toute une semaine, ce livre de régime prétend qu'on perdra du poids. Si le soufflé au citron a ta préférence, tu dois en manger matin, midi et soir. Y compris quand tu as un creux. Tu n'as pas le droit de manger autre chose pendant une semaine. Ou si ton plat préféré, c'est les frites (les *chips*, comme on dit chez vous) tu dois en manger tout le temps. Je ne suis pas trop rassurée par cette perspective. Si un Mars par jour peut me dégoûter des Mars une fois pour toutes, comme ça semble le cas, sans me faire perdre le moindre poids, je ne crois pas que ce soit la bonne solution.

Les gens me lassent aussi. Je les trouve intéressants au début, et, dès que je les connais bien, ils m'ennuient. Je suppose que c'est la raison pour laquelle, bien que je ne sois pas folle d'avoir une jumelle, j'ai toujours de l'estime pour ma sœur parce que je ne la connais pas vraiment. À certains égards, elle est évidente, limitée et prévisible, mais à d'autres, elle est mystérieuse et fort capable de m'empêcher de découvrir son intimité derrière sa personnalité. Prétendre qu'elle est « évidente, limitée et prévisible » a l'air affreusement arrogant et j'hésite à biffer cela, mais je suppose que je peux être franche avec toi parce que tu ne seras jamais un véritable être vivant avec lequel j'aurai à traiter.

Bien que je sois fort peu sûre de moi et sans cesse honteuse de mon aspect et de la manière de truie dégoûtante dont je bâfre, engloutissant les petits pains et léchant le sucre répandu sur ma main, à me bourrer au-delà de toute décence et respect de soi, mais jamais assez pour que ma voracité s'écrie « Assez ! », bien que je sois comme cela et en aie honte, j'ai malgré tout une immense arrogance. Peut-être tout le monde la possède-t-il en secret sans jamais le révéler.

Je suis au centre de la scène de ma propre vie. Tout se passe comme si mes parents n'avaient été que des précurseurs. Je suis presque obligée de me rappeler qu'ils ont une vie à eux et qu'ils se considèrent comme au centre de la scène de leurs vies et voient en Sophia et moi leurs successeurs.

Mais voilà la chose vraiment arrogante : non seulement je suis persuadée d'être au centre de la scène, mais je suis persuadée de mériter cette place. Je crois que mes échecs sont douloureux d'une manière unique, que mon niveau de sensibilité et de sagacité est incomparablement supérieur à celui de mon entourage, que si jamais je suis aimée, j'aurai besoin d'un amour exceptionnel, un amour magnifique, qui vaille la peine d'être attendu, qui déferlera dans l'herbe haute comme du Mozart, romantique, dans un ralenti de mousselines pastel, si passionné que mon souffle se transformera en sanglot quand il posera la main sur moi.

Je relis le paragraphe que je viens de taper et je me dis : Putain ! c'est écrit par une nullité, une grosse patapoufe dans sa dernière année de lycée qui ne sera sans doute jamais aimée

132

par qui que ce soit, sauf par une épouvantable tête d'œuf à face de lune, avec des hémorroïdes et des ongles rongés.

Si seulement on pouvait faire l'amour quelquefois pour savoir à quoi ça ressemble vraiment, on serait en bien meilleure posture pour décider des types avec qui sortir. Si l'on savait que ça n'a guère d'importance, on pourrait continuer à nourrir des amitiés au lieu de les embrouiller de potentialités sexuelles.

À bien regarder, on ne voit pas que ce soit une expérience qui métamorphose. Je veux dire, Darina porte peut-être des robes de femme enceinte qui la rendent plus intéressante, mais elle aura perdu cet attrait dans cinq ans quand la moitié de la classe en sera au même point. Même aujourd'hui, on ne lui voit pas de rayonnement supplémentaire ni de sensualité visible. Tout se passe comme si elle était partie en Australie et que la seule preuve de cela soit qu'elle avait rapporté un boomerang. Si le sexe est si foutrement important, pourquoi cela change-t-il si peu les gens, mis à part la gestation ? Ceux dont je sais qu'ils ne chôment pas dans le domaine de la baise ne me semblent pas plus heureux que ceux qui comme moi souffrent d'un déficit radical de baise.

Quand on aborde ce sujet à la maison, mes parents parlent de la pression qui s'exerce sur les jeunes d'aujourd'hui de faire tôt et souvent l'amour. Je souris intérieurement parce que je n'ai subi aucune pression sinon celle, inimaginable aujourd'hui, de mener une vie de célibat. Y a-t-il des gens pour se pencher sur ce sujet ou toi et tes copains universitaires êtes-vous les seuls ?

Bien à toi,

Darcy King.

5345 Tradewinds Ave., n° 283
Fort Attic
Missouri, MO 33003
Samedi 13 octobre 1984

Chère Darcy,

Durant les trois derniers mois, j'ai été consultant pour un film à petit budget sur des pensionnaires d'un centre de réadaptation psychiatrique. Tu ne sais peut-être pas que notre président a créé un programme de soins pour les malades mentaux baptisé « soins au sein de la communauté », mais qui signifie en fait que les malades graves, sous camisole chimique et enfermés, ont été pour la plupart libérés des hôpitaux psychiatriques et qu'on en prend soin en théorie au sein de la société.

Cependant, s'agissant de la schizophrénie et de la dépression, les patients ne prennent pas leurs médicaments une fois libérés, si bien qu'ils retombent gravement malades et glissent entre les mailles du filet de sécurité jusqu'au plus bas niveau de subsistance et parfois plus bas.

Tel était le thème du film, qu'on aurait bien vu tourné par Robert Redford. Car celui-ci choisit de tourner si le sujet traité lui paraît intéressant. Ses films n'ont pas toujours un succès commercial, mais en général ils se défendent honorablement et récoltent un grand succès critique. En l'occurrence cependant, il a écarté le sujet et c'est un nouveau venu, Bob Malcolm, qui a tourné. Le film est sorti il y a à peu près six semaines.

Tu ne risques pas de le voir dans les cinémas grand public mais son *succès d'estime* nous permet de penser qu'il sera visible dans les salles d'art et d'essai pendant un certain temps.

Mon rôle principal, bien que j'aie fini par être mêlé à tous les aspects de la production, a consisté à veiller à l'authenticité du jeu des acteurs interprétant les patients relâchés. Lorsque j'ai commencé à visionner les rushes, j'ai été frappé par le fait que l'authenticité est le problème principal. La colère de l'auteur est très manifeste mais elle ne concerne pas le public.

Les personnes impliquées étaient encore ambivalentes, prises d'un côté par l'horreur qu'avaient expérimentée les ex-patients et, par leur truchement, la société, et d'un autre côté par la conviction que les malades mentaux ont les mêmes droits civiques que le reste d'entre nous à moins de représenter un vrai danger à cause de tendances violentes. Pour la première fois, j'ai commencé à comprendre le commentaire de Hitchcock sur la nécessité de traiter les acteurs comme du bétail. Il n'a pas tort : non seulement les acteurs n'ont pas besoin d'être intellectuellement engagés dans le débat qu'ils incarnent mais un engagement intellectuel risque de nuire à la clarté de leur jeu.

Tu aurais aimé le plateau, cependant. Il y régnait un tel

dynamisme de tournée théâtrale, une sorte de choc culturel pour un « universitaire vieillissant » !

Dans l'attente de te lire,

Alex.

Journal de Sophia

Mercredi 17 octobre 1984

En faisant cette émission de télévision, je fais tout mon possible pour exercer mon rôle de chef sans régenter les autres. Quand les membres de l'équipe de production viennent me trouver avec un problème, je me sers de cette formule : « Qu'est-ce qu'on devrait faire, à ton avis ? » Ils n'ont pas toujours de bonnes idées, mais je pense que cela contribue à me rendre moins arrogante.

La gestation de Darina tend à nous dissiper. Tous les adultes s'arc-boutent pour ne pas avoir l'air pleins de préjugés, ce que je trouve drôle car personne de notre génération ne s'attend à ce qu'ils en aient et d'ailleurs peu nous importerait.

S'agissant de ma façon de voir mon propre avenir, je m'imagine mariée au début de la vingtaine et ayant un bébé peut-être à vingt-cinq ou vingt-six ans. Je me demande si ma mère voudra bien s'en occuper car à l'évidence, je ne serai pas une femme au foyer.

Nouveau mot pour demain : *asthénique.*

Définition : lié à l'asthénie, dépourvu de force ; menu, malingre, d'une musculature chétive.

Pensée supplémentaire : nous sommes au mois d'octobre de notre dernière année de lycée. Je partage une grande chambre avec Darcy. Je passe l'essentiel de mon temps en classe et à m'occuper de ce projet.

C'est dans ce contexte que j'apprends la nuance entre être seule et être solitaire.

Je ne suis presque jamais seule.

Je suis presque toujours solitaire.

Chère Darcy,

Nos lettres se sont croisées.

Pour commencer, ta question sur les personnes qui pourraient se pencher aussi sur les habitudes sexuelles.

Les premiers chercheurs en ce domaine n'étaient ni des sociologues ni des psychologues, comme l'équipe conduisant cette étude-ci, mais des biologistes (Alfred Kinsey) ou des cliniciens (Masters et Johnson). Dans ce pays, on a peut-être connu dix enquêtes nationales sur les habitudes et les mœurs sexuelles au cours des années 50, 60 et 70, dont certaines examinaient des segments particuliers de la population, comme les adolescents ou, dans le cas du chercheur nommé Tanfer, les femmes âgées d'une vingtaine d'années.

L'essentiel du travail accompli a eu tendance à exclure les preuves anecdotiques ou individuelles.

L'étude à laquelle tu contribues va dans l'autre sens. Elle équilibre les modèles acceptés et les paradigmes des comportements sociaux et sexuels par rapport à leurs actants et met l'accent sur l'expérience individuelle de la sexualité.

On peut soutenir que les facteurs sociaux ont d'importants effets sur le comportement sexuel individuel. Ta lettre en fournit un bon exemple. Tes parents sont conscients des pressions exercées sur les jeunes de faire l'amour « tôt et souvent » comme tu dis. Ils sont sans doute particulièrement conscients de cela dans la mesure où de leur temps la pression sociale se serait pratiquée dans l'autre sens. Pour éviter une activité sexuelle pré ou extra-maritale.

La pression qui s'exerce sur les jeunes en ce sens, tu ne la ressens ni ne la gères. Cependant, il est évident que les maternités adolescentes au sein de ton lycée sont connues sinon habituelles, si bien que les pressions sont gérées d'une autre manière par les autres élèves.

Certains de mes collègues (encore plus vieillissants et universitaires que moi) estiment qu'un cadre théorique est

136

essentiel pour comprendre comment les facteurs sociétaux déterminent ou influencent le comportement sexuel. Le groupe qui travaille avec moi sur cette étude, cependant, penche vers le sentiment contraire, c'est-à-dire que seule la preuve anecdotique bien dirigée est éclairante. Avec un peu de chance, vers la fin des années 90, des contributions venues des deux extrémités auront grandement amélioré notre compréhension de ce domaine.

Dans l'une de tes récentes lettres, tu as utilisé un mot que j'ignore : *bodhran*.

Et aussi *branleur*. Qu'est-ce qu'un *insigne de Pionnier* ?

Avec toutes mes amitiés,

Alex.

Journal de Sophia

Vendredi 26 octobre 1984

Au lieu d'un mot, aujourd'hui, j'ai cherché des citations sur la solitude. Voici celles que j'ai trouvées :

La solitude est et a toujours été le fait central et inévitable de l'existence humaine.

Thomas Wolfe.

La solitude de l'homme n'est que sa peur de la vie.

Eugene O'Neill.

Ni l'une ni l'autre n'est très bonne. Je me demande si c'est parce qu'elles sont écrites par des hommes sur les hommes, car je soupçonne que les hommes ne souffrent pas du genre de solitude discrète et constante dont souffrent certaines femmes.

Je mentionne cela non pour m'apitoyer sur mon sort, mais par manière d'observation : ce qu'il y a de fantastique à avoir une jumelle comme Darcy (qui est plus qu'une jumelle ou une sœur), c'est qu'elle me divertit constamment. Je me rappelle avoir été glacée par la solitude un jour sur la plage quand nous étions enfants et avoir été désorientée car c'était un concept que j'ignorais.

Ce jour-là, nous devions avoir trois ou quatre ans, au

moment où j'étais glacée de solitude, Darcy a essayé de tuer une méduse avec sa pelle. Le bruit et l'excitation m'ont totalement abstraite de mon sentiment. Elle continue à me fournir cette chaleur et cette action.

Je dois apprendre à me créer mes propres distractions et intérêts, à identifier quelles sont les activités qui me remplissent l'esprit aujourd'hui, sinon je serais submergée par l'éternité.

Je ne dois pas tricher en notant des citations. Il faut encore apprendre un mot, celui d'aujourd'hui sera :

Mescience : manque de connaissance.

Carte postale de Darcy, par avion, 1er novembre 1984

Bodhran : instrument de musique traditionnelle recouvert de cuir. Sonne comme un petit tambour. Tenu à la main, joué avec une sorte de grand coton-tige en bois.

Branleur : masturbateur. (Faut-il que je m'excuse auprès de la poste américaine ? D'un autre côté, ils ne devraient pas lire les cartes postales envoyées aux vieux universitaires.)

Insigne de Pionnier : badge porté au revers pour indiquer l'appartenance à l'association d'abstinence totale des pionniers, fondée il y a environ un siècle en réaction contre l'intempérance. Ce sont des anti-alcooliques du Christ si tu veux. L'insigne porte un cœur. Le sacré-cœur du Christ.

Darcy.

Carte postale, par avion, 10 novembre 1984

Ainsi on peut être tout à la fois un joueur de bodhran, un branleur et un porteur d'insigne de Pionnier ?

Comme tu vois, le postier a triomphé des objections que pouvait susciter ta terminologie.

Alex.

Carte postale, par avion, 17 novembre 1984

Tu sais ce que se disent les enfants : « Je me demande si l'on m'a adopté ? » De la même façon, j'ai de temps en temps des doutes quant à ton existence. Je me dis : « Il y a un foutu ordinateur par là-bas qui est programmé pour ingurgiter ce que j'envoie et y répondre. »

Et puis tu prouves ton existence par une éruption pédantesque dont aucun ordinateur ne serait capable. D'ailleurs, on parle de facteur, pas de postier. Être un universitaire vieillissant ne te donne par le droit d'être sexiste.

Darcy.

11.

— Vous êtes au courant de ce plan d'aide aux autres écoles pour leur émission de télé ? s'enquit Aileen en accostant Sophia et Darcy qui se préparaient à la réunion dans la salle des arts. Vous ne devinerez jamais qui a demandé notre aide !

— Qui ?

— Belvédère.

— Ah, fit Darcy peu surprise. Et alors ?

— Donc, un des membres de leur équipe de production va venir demain et quiconque sait chanter dans la promo doit passer une audition devant lui.

— C'est obligatoire ?

— Non, mais on est invité à le faire. Peu importe. Et vous savez qui ?

— Qui quoi ?

— Qui vient de Belvédère ?

— Non. Qui ?

— Beethoven.

— *Qui* ?

— Nicholas Watson. Tu le connais.

— Comment diable le connaîtrais-je ?

— Bon, Sophia le connaît, en tout cas.

Darcy jeta un coup d'œil à sa sœur qui semblait pétrifiée.

— Qui diable est ce Beethoven et comment se fait-il que tu le connaisses et pas moi ?

Sophia semblait mal à l'aise.

— Le Gaeltacht, précisa-t-elle.

— Ah, fit sa sœur, perdant tout intérêt pour la question.

140

— Il sera dans la salle de musique demain à 10 heures et quiconque a une voix correcte est invité à s'y rendre.

— Il peut aller se faire voir chez les Grecs.

Aileen de rougir :

— Que t'a-t-il donc fait ?

— Rien, reprit Darcy, ennuyée par le silence de Sophia. Tu vas auditionner devant Beethoven demain ? lui demanda-t-elle.

— Moi ? Non. Oh non.

— Pourquoi pas ?

— Je suis un peu enrouée en ce moment. Et puis ce ne serait pas bien de la part de la productrice de l'émission d'une école de figurer dans l'émission d'une autre école. Mais toi, Darcy, tu devrais vraiment en être. C'est un garçon très sympa. Tu l'aimeras. Je n'aimerais pas qu'il croie que nous ne voulons pas l'aider.

— Alors, viendras-tu ? fit Aileen revenant à la charge.

— Je ne sais pas déchiffrer.

— Moi non plus, mais toi au moins tu as une bonne voix.

— Hum.

— Donc tu viendras ?

— D'accord.

— Bien, nous descendrons ensemble demain.

— Tu ignores où se trouve la salle de musique, n'est-ce pas, Aileen ? Tu as besoin qu'on te donne la main ?

— Oh, va te faire voir, Darcy !

Et elle s'en alla.

— À présent, deux choses sont claires, fit Darcy. Aileen a un faible pour ce Beethoven à la noix et Sophia King, pour une raison ou une autre, ne veut pas être dans la même pièce que lui, bien qu'elle affirme qu'il est inoffensif.

Sophia rassemblait lentement ses affaires.

— Un petit conseil, ma sœur chérie, reprit Darcy en lui ouvrant la porte comme si Sophia eût été un professeur ; quand tu te défausses, ne donne qu'une raison. Cela suffit. Deux raisons font un mensonge.

— Je n'ai pas menti. Je suis enrouée et je ne crois pas que ce serait une bonne idée de...

— Disons que deux raisons *ressemblent* à un mensonge, convint également Darcy.

Le lendemain matin, elle s'assit à côté d'Aileen tandis que Beethoven faisait chanter onze élèves de sa promo, l'une après l'autre.

— J'aurais dû m'abstenir, chuchota Aileen à l'adresse de Darcy pendant l'audition de la troisième candidate.

— Pourquoi ?

— Je serai la plus mauvaise.

— C'est vrai.

— Oh Darcy !

— Tu n'es venue que pour renouer le contact avec lui, de qui crois-tu te moquer ? S'il t'apprécie autant que tu l'apprécies, ce ne sont pas des doubles-croches qui vont couler votre relation.

Aileen se leva pour chanter beaucoup plus mal que d'habitude. Le jeune homme la fit cesser à la moitié.

— Salut, Aileen, dit-il.

— Salut Nicholas ! et elle regagna sa chaise.

Darcy se dirigea vers le piano, donna son nom et se mit à chanter. Il l'interrompit elle aussi.

— Merci, dit-il très poliment. Aileen ?

Celle-ci se rua vers le piano en quelques secondes.

— Pourrais-tu me rendre service ? Peux-tu demander à cette dernière élève de rester ?

Aileen, promue au rôle de parlante sinon de chanteuse, pria Darcy de rester.

— Connais-tu *Sé Fáth Mo Bhuartha* ? lui demanda Nicholas.

— Non.

— Tu sais lire l'irlandais ?

— Non.

— Tu sais lire les notes ?

— Non.

— Bon. Je vais en chanter quelques mesures.

Darcy l'écouta, les yeux fermés.

— Recommence, dit-elle lorsqu'il se fut tu.

Il chanta à nouveau.

— Je vais me tromper dans les paroles, l'avertit-elle.

— C'est pas grave.

Elle chanta sans avoir la moindre idée de ce que ça signifiait et sans être sûre le moins du monde de ne pas se tromper sur les notes. Dans le silence qui suivit, Nicholas Watson la dévisagea d'un air intrigué.

— Qu'est-ce qui ne va pas ? Est-ce que j'ai travesti le truc ?

— Oui, mais là n'est pas le problème. Parce que tu ignores ce que tu chantes, tu as trouvé un accent que j'aimerais te voir garder.

— Voilà comment tu chantes, dit-il en jouant fort et brutalement.

Elle hocha la tête.

— Maintenant, il y a une autre façon de faire, et il varia son jeu.

Il se rapprocha du clavier, la tête inclinée comme s'il écoutait ses propres mains ; ses cheveux balayaient les touches.

— Quelle est la différence ?

— La deuxième interprétation, répondit lentement Darcy, était sirupeuse. Sentimentale.

— C'est vrai, dit-il en faisant pivoter le tabouret.

Elle commençait à comprendre que, si Beethoven souriait tout le temps, son sourire avait des variantes : pour l'heure, il révélait son enthousiasme pour ce qu'elle avait dit.

— Quand tu chanteras pour l'émission, j'aimerais que tu chantes de la première manière. Tu risques de vouloir chanter de cette deuxième façon quand tu comprendras que c'est une chanson d'amour.

— Ah !

— Exactement.

— Et qui dit que c'est moi qui chanterai pour l'émission ?

— C'est moi.

— C'est un peu catégorique, non ?

— Non, tu as une sacrée voix ; plus mezzo que ta sœur.

— Comment... ah oui ! le Gaeltacht.

— Dis-lui que j'ai demandé de ses nouvelles, si elle se souvient de moi.

— Elle se souvient fort bien de toi, peut-être moins clairement qu'Aileen, mais tout de même.

Beethoven sourit d'un air détaché et se mit à parler des répétitions.

— Comment aimerais-tu t'habiller ?

— J'aimerais porter une sorte de veste-gilet en jean trop

grande de quelques tailles et un blue-jean mais je suppose que ça ne correspond pas aux critères ?

— Je pense que ça sera parfait. Je vais en parler à Greg, notre producteur, et il t'avertira s'il y a un problème.

— Mais tu ne seras pas en habit et tout le saint-frusquin ?

— Je serai loin de toi.

— Qui sera l'accompagnateur ?

— Il n'y en aura pas. *Sean nós.*

— Quoi ?

— C'est un chant *sean nós*. En irlandais : sans accompagnement, *a cappella*. Tu te lèves, tu chantes et c'est tout.

— Putain ! Comment je vais l'apprendre ?

— Il existe un enregistrement de la télé où la chanson est chantée par Sean O Siochain ou quelqu'un comme ça – je vais te le faire envoyer. Avec une traduction approximative du sens. Ne l'apprends pas mot à mot, apprends par expressions, sens général et roulade, tu vois ce que je veux dire ?

La bande arriva quelques jours plus tard et Darcy l'écouta. Sophia, entre-temps, avait préparé leur propre émission comme une sorte de documentaire, en commençant par des photos noir et blanc des classes d'élèves d'un siècle avant, avec une voix off commentant les stratégies éducatives des bonnes sœurs sur l'éducation des filles.

— Je veux montrer que les aspirations et les attentes des filles d'aujourd'hui sont totalement différentes de celles des années 50 et 60, expliqua Sophia à ses parents.

— Oh oui, fit Colette avec compassion. De tristes crétines, ces gamines des années 50 et 60 qui voulaient juste épouser des médecins et avoir des enfants.

— Par deux, si possible, renchérit son mari en pointant le plafond du doigt.

De la chambre des jumelles, à l'étage, leur parvenait la voix de Darcy, puissante et assurée. Cette absence de gêne venait de ce qu'elle accompagnait l'enregistrement de Sean O Siochain écouté au casque et ne songeait pas qu'on pût l'entendre. Bien que la distance étouffât les mots, cette mélodie labourait le cœur de Sophia. Darcy chantait la chanson de Ruaidhri. La chanson qu'il lui avait apprise debout sur une sente râpée à mi-chemin entre le collège et la mer qui l'avait avalé.

La chanson la fit presque tomber à genoux. Elle revivait sa quiète désolation et les larmes lui dévalèrent les joues. « Comme c'est étrange », se dit sa mère. « Comme c'est charmant », songea son père.

La voix de Darcy manqua soudain une note et se tut.

— Merde, merde, merde et bordel de merde ! purent-ils l'entendre dire avec une vigueur non dissimulée.

— Quelle est la probabilité qu'elle dise cela sur les ondes ? s'enquit Colette en commençant à débarrasser la table à thé.

Sophia secoua la tête, riant à demi, tâchant de se débarrasser de ses larmes et de la terreur moite qui l'avait envahie.

Dans les trois semaines qui suivirent, Sophia veilla à s'absenter quand Darcy répétait sa chanson, en partie pour ne pas l'entendre et en partie pour éviter de tomber sur Beethoven.

D'un autre côté, Sophia tenait beaucoup à la contribution de sa sœur pour l'émission sur l'école. Mais Darcy ne voulait pas y être mêlée.

— C'est toi qui es responsable, occupe-t'en, fit-elle lorsqu'elle la pria de regarder le script.

— Mais je m'en suis occupée, répondit patiemment Sophia. Maintenant, j'ai besoin que tu repères ce qui ne va pas.

— Je ne suis pas capable de repérer ce qui ne va pas.

— Contente-toi de le lire. D'accord ? S'il te plaît ?

— Oh putain !

— Oh putain quoi ?

— Mais tu ne peux pas dire : « Lequel ordre fut fondé le 8 février, en 1800 et quelque. » On ne parle pas comme ça. Les gens ne disent jamais « lequel ».

— Bien sûr qu'ils le disent !

— Mais non. Tu me vois allant trouver Pa pour lui dire : « lequel script je suis en train de lire ». Il penserait que je deviens folle.

Sophia lui tendit un stylo.

— Change la phrase, récris-la.

Darcy s'allongea sur son lit, le script à la main.

— Pourquoi ?

— Parce que je veux qu'il soit parfait et tu peux le rendre parfait.

— Je n'en suis pas du tout certaine.

— Non, mais moi si.

— Tu sais quoi ? Parfois tu es plus maternelle que maman.

— Corrige-le, tu veux bien, Darcy ? Il me le faut pour demain.

Darcy poussa un profond soupir et se mit à lire. Sophia regardait par la fenêtre et grimaça quand un autre soupir de condamnation lui parvint de l'extrémité de la pièce. Au bout de quelques instants, Darcy se redressa. Encore quelques instants et elle se leva pour allumer la machine à écrire. Quand Sophia descendit, Darcy tapait avec énergie sur le clavier en sifflotant entre les dents. Le résultat final, une heure et demie plus tard, fut un script énergiquement raccourci.

— Mais tu as ôté le passage sur ...

— Oui, parce que nous le verrons à l'écran à ce moment-là. Rien de pire que de s'entendre raconter ce qu'on peut parfaitement voir soi-même.

— Mais qu'entendrons-nous à ce moment-là ?

— Des bruits contemporains, de la musique, des effets sonores. Des trams, je ne sais pas. Pas des mots, en tout cas.

Sophia relut le script révisé et se mit à sourire.

— Contente ?

— Il n'y a pas de doute qu'il sera facile à lire.

— Oui, mais es-tu satisfaite ?

— Il faut que je m'y habitue. Comme tu l'as simplifié, il a l'air légèrement moins important, si tu vois ce que je veux dire. Mais oui, je suis satisfaite. Merci.

— Pas de quoi. Cela m'a fait oublier de manger pendant près de deux heures.

— Est-ce que tu jeûnes à nouveau ?

— Ouais. Jusqu'à ce que cette fichue émission de télé soit passée. Greg était remonté l'autre jour : entre autres bonnes nouvelles, il a dit que, les images télé étant reproduites par bandes qui vont dans ce sens...

— Horizontal ?

— Côte à côte, pas de bas en haut.

— Ça s'appelle l'horizontal.

146

— Bref les images télé étant reproduites par bandes horizontales, elles ajoutent cinq kilos à tous les visages.

— Les maquilleuses de la RTE seront sûrement d'un grand secours, fit Sophia. Elles ont toutes sortes de combines.

Darcy avait rencontré Nicholas un certain nombre de fois pour répéter la chanson, mais il n'avaient jamais filé l'émission tout entière.

— Greg est génial pour ne faire que le travail qui exige d'être fait, remarqua Nicholas. En géographie, par exemple, il a fait l'impasse sur les mouvements de tectonique pour la préparation de l'examen de fin d'année parce qu'il estime que, s'il étudie à fond les bouleversements côtiers, ceux des rivières et des glaciers, il aura sûrement une question là-dessus et rien sur la tectonique des plaques.

— Je ne vois pas bien le rapport avec les émissions de télé ?

— Il a inventé un concept fondé sur la discontinuité, expliqua Nicholas. Nous avons un type de l'école Saint-François-Xavier qui va faire une chanson pop et nous avons toi, avec ta chanson sans accompagnement. Aucun commentaire, pas d'explications. C'est la raison pour laquelle tu peux t'habiller comme tu veux. Certains parents insistent pour que leurs enfants aillent chez le coiffeur et soient bien habillés, ce qui illustre une autre facette de nos existences.

Darcy n'avait jamais entendu Nicholas parler si longtemps et elle comprit que derrière son sourire cynique se cachait une réserve inattendue d'enthousiasme, enthousiasme que stimulait Greg qu'elle n'avait pas encore rencontré.

— Et toi, tu iras chez le coiffeur ?

Il rit.

— Non ! Mais je pourrais bien me laver les cheveux le jour dit, tout de même. Et je porterai un smoking.

— Vraiment ?

— Je suis le cadet de neuf frères qui vivent tous à la maison.

— Quel rapport ?

— Je n'ai pas à louer de smoking. Nous faisons tous plus ou moins la même taille et nous jouons tous du piano. Nous possédons un piano à queue et un smoking en indivision. Ça sera l'occasion de le sortir.

— Que vas-tu jouer ?

— L'*opus 32 nº 1*, un nocturne de Chopin en *si* majeur. C'est une promenade. Tu flânes à travers la musique. Elle est à la fois heureuse et méditative et me rappelle toujours des souvenirs de petite enfance au jardin. Dans une herbe aussi haute que je l'étais à l'époque.

Darcy s'efforçait d'imaginer une émission constituée de sa chanson irlandaise traditionnelle, de la pièce pour piano jouée par Nicholas/Beethoven et – entre autres ingrédients qu'elle oubliait – un trio comique.

— Le jour venu, tu pourras amener quelqu'un avec toi pour t'aider, dit-il en refermant le piano.

— Pour m'aider à quoi faire ?

Son haussement d'épaules parut renvoyer à deux millénaires d'étonnement masculin devant les mystères féminins. Darcy se mit à rire.

— Quelqu'un comme Aileen ?

— Par exemple, dit-il d'une voix aussi indifférente que possible.

Le jour de l'enregistrement, Darcy amena Aileen. Elle fut ravie de découvrir que la chaîne lui avait réservé une loge. L'assistant de production de Belvédère, un jeune homme aux airs d'écureuil qui transpirait légèrement, excité et terrorisé par son boulot à moitié maîtrisé, les guida toutes deux dans le couloir des loges.

— Regarde, il y a même des WC et une douche ! dit Aileen en faisant courir les mains sur la coiffeuse devant le grand miroir, geste qui évoqua pour Darcy le film d'Helen Keller enfant.

— Voulez-vous un café ? s'enquit Nigel en revenant.

— Non merci, dit Darcy qui s'en repentit aussitôt.

Le café serait sans doute arrivé avec une assiette de biscuits, songea-t-elle ; un joli flan tout mignon, un biscuit rond avec un glaçage rose, un autre parfumé au bourbon et deux sablés au beurre. Même si elle mangeait le tout (à l'exception de celui au bourbon) six heures seulement la séparaient de l'enregistrement et l'on ne grossit pas d'un kilo ou un kilo et demi aussi vite.

Aileen, qui s'ennuyait dans la loge, descendit au studio.

148

Darcy composa le numéro de la maison. C'est sa mère qui décrocha.

— Salut, M'man.

— Qu'as-tu oublié et combien de temps ai-je pour te l'apporter ?

— Oh merci, M'man ! Parce que je t'appelle pour cette seule raison, lorsque j'ai oublié quelque chose ?

— Non, parfois tu m'appelles parce que tu penses que bavarder avec moi te fera oublier de manger, parfois aussi parce que tu peux te vanter de quelque chose dont tu penses que je serai amusée.

— Parfois, c'est seulement parce que j'aime parler avec toi.

— J'en conviendrai peut-être, fit Colette d'un ton indifférent.

— Je n'ai rien oublié.

— Parfait.

— Mais je suis malade de peur.

— Cela t'étonne ?

— Ben, je n'ai jamais fait d'émission de télé avant.

— Vrai.

— Dis-moi quelque chose.

— Quelque chose.

— Non, quelque chose qui puisse me réconforter.

— Quelque chose qui puisse me réconforter.

— Ah, M'man ! c'est le genre de choses que Papa ferait.

— Seigneur ! J'ai intérêt à faire gaffe. Il n'est pas question d'avoir quelque chose en commun avec ce saligaud.

— Tu sais que ce n'est pas ce que je veux dire.

— Nous pourrions nous disputer, si tu veux. Cela te ferait oublier ton énervement.

— Je ne me disputerai jamais avec toi.

— Non.

— Pourquoi cela ?

Darcy se sentait envahie par une bouffée d'amour pour sa mère.

— C'est surtout parce que tu es obnubilée par ta guerre contre ton père. Si tu te calmes sur ce front-là, tu auras plus de temps pour me combattre, dit sa mère.

Un silence plana entre elles, agréable et bienveillant.

On entendit frapper à la porte de la loge.

— On vient me chercher.

— Tu entends les tombereaux, hein ?

— Non, on frappe à la porte, chuchota Darcy, terrifiée à l'idée d'être surprise dans une loge de star en train de parler à sa mère.

— Tu seras splendide. Splendide. C'est tout ce qu'il y a à dire, fit sa mère avant de raccrocher.

Darcy déposa très doucement le combiné.

Nigel entra dans la pièce. Sa sueur était également répartie, remarqua Darcy, il ne s'agissait pas de gouttes éparses mais d'une moiteur généralisée, comme la condensation d'une vitre intérieure, avec certes quelques dégoulis ici et là.

— On t'attend dans le studio.

— D'accord, d'accord. Passe devant !

Il marchait devant elle, le dos mince et boudeur. Ils débouchèrent soudain dans un grand hangar d'avion aux murs et plafond noirs – ce dernier, qui semblait haut de 40 mètres, était grillagé pour supporter de gros projecteurs. Un lourd rideau clair courait autour de la salle, laissant un espace suffisant pour que deux personnes puissent marcher de front entre le rideau et le mur.

Le bras d'un type répondant au nom de Rog entoura la taille de Darcy pour la guider à sa place. Beethoven lui souriait, les cheveux propres mais encore en jean.

— Je suis le régisseur de plateau, un rien du tout : je porte les messages depuis là-haut, en montrant du doigt la passerelle courant autour du studio.

Darcy distinguait à peine des gens derrière une vitre teintée.

— C'est la salle de commande. Maintenant, Darcy, dit-il en vérifiant sa planche, tu suis Nicholas tout de suite. Il m'a dit que sa dernière note sera celle sur laquelle tu partiras, d'accord ? D'accord. Et quand tu as fini, c'est Pete qui intervient. C'est compris ?

Pete, un garçon poil de carotte mais blafard par ailleurs, hocha la tête d'un air morne.

— Encore trente secondes, lança Rog.

— Quinze.

— Dix. Il compta à rebours : ... six, cinq, quatre, trois, deux, un.

Sa main s'abaissa comme une guillotine et, comme un coup dans les reins, vingt voix masculines entamèrent une chanson de rugby. Juste avant le passage le plus connu et le plus grivois, les chanteurs s'arrêtèrent tous ensemble. Une voix masculine les remplaça pour faire une imitation désopilante d'un certain nombre de politiciens, anglais et irlandais. Darcy mourait d'envie de se retourner pour voir quel était ce clown.

Soudain, au milieu d'une plaisanterie, il fut réduit au silence par une salve de notes : Beethoven avait pris le relais. Épouvantée, elle se demanda si elle repérerait la fin du morceau qu'il jouait. De fait, elle fut surprise et commença à chanter sans avoir de réserves de souffle. Calme-toi, lui dit son critique intérieur. Calme-toi. Respire profondément à la fin de ce passage. Bien. Du calme. Elle chantait droit dans le noir qui la confrontait.

Le garçon aux cheveux roux finissait son poème et un joueur de guitare enchaîna. Lui succéda un trio comique que Darcy n'entendait pas très bien. Presque aussitôt, le groupe de rugby se remit à chanter, ses voix adroitement modulées pour laisser entendre qu'ils venaient de loin. Ils reprirent la même chanson juste après le passage obscène. L'émission s'acheva ainsi.

Suivit un long silence, mécontent. Tous restaient assis ou debout, figés à leur place, gênés.

— Nous sommes trop longs de trois et demi, jugea Rog après avoir écouté son casque. Il faut couper. Tim, Dave et Piers ?

Trois gémissements du trio comique.

— Vous sautez.

— Ah, merde ! dit l'un.

— Oh, Dieu merci ! fit l'autre.

— T'es un vrai pote, Greg, cria le troisième en suscitant des éclats de rire.

— Darcy, Greg te voudrait...

Il s'interrompit, à l'écoute.

— Dis-lui que ce n'est ni le lieu ni l'heure, répliqua Darcy très pince-sans-rire.

La tension de la mauvaise répétition fut balayée par le rire général.

— Ça suffit, ça suffit, dit Roger. Du calme.

Le rire prit fin.

— Greg demande si tu pourrais être moins mobile et fixer un point en chantant.

Darcy hocha la tête.

— D'accord, on se sépare maintenant et on se retrouve à 20 h 30, cria Rog. Greg prétend que chacun et chacune d'entre vous doit savoir que c'était – ce sont ses paroles exactes, les mecs – une répétition de merde. Ce qui augure fort bien, selon lui, d'une excellente exécution ce soir.

Désireuse de se faire refaire le portrait, Darcy entra dans la salle de maquillage. Vide. Elle s'allongea de biais sur l'une des banquettes en vinyle et s'endormit. Un peu plus tard, elle fut réveillée par le téléphone. Elle se redressa lentement, le téléphone cessa de sonner. Elle se rallongea.

— C'est tout à fait ce que je pense, fit une voix de l'autre côté de la pièce. Il y a suffisamment de problèmes comme ça pour en rajouter.

Darcy regarda autour d'elle d'un air coupable. Depuis combien de temps la personne invisible se trouvait-elle là ? L'avait-elle entendue ronfler ? Un jeune homme dont la jambe raide pointait droit devant lui, dans un plâtre révélé à l'extrémité du jean, se tenait au milieu d'un échafaud effondré de béquilles.

— Tu n'as rien à voir avec le maquillage, n'est-ce pas ? s'enquit Darcy.

— Non.

Elle le dévisagea. Il était beau comme un mannequin. Les cheveux blonds, bien bâti, des yeux bruns rieurs.

La porte s'ouvrit à toute volée et trois jeunes femmes entrèrent, des tasses de café à moitié pleines à la main.

— Darcy ? fit l'une d'elles en regardant tour à tour le jeune homme plâtré et la fille comme si le prénom mixte pouvait appartenir à l'un ou à l'autre.

— C'est moi, dit Darcy.

— Salut !

La fille portait un tablier. Elle fit pivoter un fauteuil devant les miroirs brillamment éclairés et l'invita à s'installer.

— Je m'appelle Lauren.

Darcy s'assit dans le fauteuil et se vit revêtir d'un poncho de plastique depuis le cou jusqu'aux genoux.

— Tu fais toi aussi partie de cette émission ? demanda Lauren au garçon.

— Disons que je suis avec, mais pas dedans, répondit-il en ramassant ses béquilles et en s'avançant pesamment pour s'installer dans le fauteuil voisin de Darcy.

— Que veux-tu dire ?

— Que veux-tu dire ?

— Théoriquement, c'est moi le réalisateur, expliqua-t-il en souriant. Ce qui signifie qu'un type chevronné de la RTE est assis à côté de moi pour traduire mes instructions en langage télévisuel lorsqu'elles ont une ombre de portée et que dans le cas contraire il donne ses propres instructions.

— C'est toi Greg ? s'enquit Darcy en tâchant de garder le visage immobile pendant qu'on l'enduisait de fond de teint.

— Lui-même.

— Enchantée !

— Regarde comme elle me fait du charme, dit Greg à Lauren en croisant ses yeux dans la glace. Dans l'espoir d'avoir des millions de gros plans

— Au contraire, dit Darcy d'une voix rieuse sans que son visage bouge trop. C'est pour que tu ne fasses aucun gros plan sur moi. Filme-moi de loin et de préférence un peu floue. Lauren, peux-tu retrancher cinq kilos de mon visage ?

— Tu joues un rôle dramatique ? demanda la maquilleuse, déstabilisée. Je croyais que tu ne faisais que chanter ?

— Je veux juste avoir l'air plus mince. On m'a dit que vous aviez toutes sortes de trucs, ici.

— C'est vrai. Je pourrais te faire une grande cicatrice. D'ici jusque-là, dit-elle en parcourant de l'index l'espace séparant son œil droit du menton. Une cicatrice boursouflée et violacée.

— C'est un motif auquel je n'avais pas pensé, commenta Greg, avec admiration.

— Je veux parler de trucs pour embellir.

153

— Je peux sans doute te modeler le visage de manière à mettre en valeur ta très belle ossature.

— Comment sais-tu que j'ai une belle ossature ?

— Ferme les yeux et lève la tête, dit Lauren à Darcy.

Quelques minutes plus tard, elle permit à son sujet de se redresser et de s'examiner dans le miroir. Darcy fut médusée.

— Tu es merveilleuse ! dit-elle à Lauren.

Greg lui fit signe de s'approcher ; elle supposa qu'il voulait lui chuchoter un secret. Il l'embrassa sur le front.

— On va parler de toi durant des semaines, annonça-t-il.

— Je t'amène trois personnes à maquiller et je peux redescendre avec Darcy.

Nigel était de retour, tout affairé, velouté de sueur. Elle le suivit vers le studio.

Les autres interprètes apparurent, un par un, le teint mat et égalisé sous une galette de maquillage. Lauren avait à l'évidence maquillé les mains de Beethoven en accord avec son visage. Rog envoyait des petits clins d'œil encourageants à Darcy. Tu vas être *super,* disaient ces petits clignements. Fais-moi confiance. Je sais. Je suis un vieux de la vieille. Pas de problème. Un fameux morceau. Ça sera fini avant que t'aies dit ouf. C'est un numéro assez facile.

— C'est à nous dans quarante-cinq secondes, silence dans le studio !

Les raclements de gorge nerveux se multiplièrent.

— Trente secondes... quinze...

Darcy se sentait aussi seule qu'une condamnée à mort, glacée par la chaleur. Ses battements de cœur tonitruaient dans le silence, son tendon tressaillait à l'arrière du genou. Oh je vous en prie, je vous en prie..., supplia-t-elle.

— Cinq, quatre, trois, deux...

Et ça démarra, une avalanche d'excitation, soudain figée quand sa voix s'éleva. Elle chanta avec une assurance qui la stupéfia, à l'adresse d'un visage presque réel, celui de sa sœur. À la fin, les yeux emplis de larmes elle fut submergée d'une tristesse qui n'était pas la sienne.

L'émission était passée en un peu de temps. L'ultime chanson de rugby jaillissait comme un grand parapluie de bruit et de couleur.

Les voix s'éteignirent. Après quelques minutes de silence, tout le monde se mit à parler en même temps.

— S'il vous plaît, restez en place, fit Rog en tapotant l'air devant lui. Restez en place jusqu'à ce qu'on ait vérifié la bande.

On perçut un certain malaise.

— Merveilleux. La bande est bonne. Vous pouvez libérer le studio, les mecs, et merci beaucoup. Greg dit que tout s'est parfaitement passé et je pense que nous pouvons tous en convenir. Très, très bon.

Rog, décidé à se montrer jovial, étreignit Darcy. Puis Nigel vint la trouver et lui remit un bon pour un taxi. Les trois comiques agitaient les mains pour un au revoir discret. Beethoven et Aileen s'approchèrent, maladroits, arborant une bonté nouvelle : « Darcy, tu étais super dans l'émission... Finalement, on ne va pas rentrer avec toi. Tu peux y aller. » Rentre à la niche, bon chien, pensa Darcy. Boutonne ta rechute brutale dans l'ordinaire jusqu'au menton et sors dans les ténèbres.

Elle fourra le bon de taxi dans sa poche et, sans s'être démaquillée, traversa le hall noir et brillant pour se retrouver dans la nuit froide. Je ne travaillerai jamais pour la télé, se dit-elle. On n'emporte pas l'excitation chez soi.

12.

L'émission de télé de Greg fut diffusée une semaine avant celle de Sophia. Elle ne suscita aucun commentaire parce qu'elle coïncida avec une crise politique.

En revanche, quand l'émission de Sophia fut diffusée, après la crise politique, l'*Irish Times* évoqua la « narration télévisuelle translucide » qui avait présidé à l'émission et mentionna Sophia par son nom. Greg téléphona chez les King aussitôt après la retransmission.

— Tu es très gentil, dit Sophia après un long silence. Venant de toi, c'est un compliment particulièrement significatif car ta propre émission était excellente. Non, vraiment. Oui, elle était parfaite, n'est-ce pas ? Bien sûr, je vais te la chercher.

Sophia alla au salon.

— Greg voudrait te dire un mot, Darcy.

Celle-ci s'extirpa du canapé et se dirigea vers l'entrée.

— Greg ?

— Darcy.

— Eh bien, voilà une belle entrée en matière.

— L'émission de Sophia était bonne.

— C'est vrai.

— J'ai vu qu'elle t'avait remerciée pour le script.

— Ouais. J'ai récrit le script.

— Donc en plus tu écris ?

— En plus de quoi ?

— En plus d'être séduisante et de chanter comme..., comme...

— Pavarotti ?

— On peut espérer que tu viendras au Bailey ?

156

— Qu'est-ce que c'est, le Bailey ?

— Un pub en ville.

— Moi ?

— Ben, je suis certain que tes parents sont des gens extra, mais je n'appelle pas pour les inviter.

— Je ne peux pas.

— Pourquoi pas ?

— Nous sommes en plein trimestre.

— Et alors ?

— Ce serait mal vu.

— Darcy, t'as qu'à te défoncer les autres soirs de la semaine. Travaille avec intelligence, pas plus dur.

— Oh oui, je suis au courant de tes impasses sur le mouvement de la tectonique des plaques en géographie.

— Tout le monde est au courant, répliqua-t-il en riant. Mon prof de géo prétend qu'il démissionnera si j'obtiens une mention très bien à l'examen de fin d'année. Ce qui arrivera. Mais lui, il ne tiendra pas parole.

Darcy n'aurait pas cru pouvoir retirer tant de plaisir du refus d'une invitation.

— En tout cas, je ne sors pas.

— Je savais que tu avais des préjugés contre les handicapés.

— Oh... comment va ta jambe ?

— Je n'ai plus qu'une béquille.

— Super.

— Ce n'est pas que tu aurais honte d'être vue en compagnie d'une béquille, hein ?

— Greg, je ne viendrai pas. Mais merci beaucoup.

— De rien. Je te rappellerai.

— Oui, n'y manque pas.

— Prends soin de toi.

— Toi aussi.

Ce n'était pas la réussite de son émission de télé qui avait remis les choses en place pour Sophia. C'était la débauche d'activité qu'elle avait induite, le sentiment de devoir se soucier de tout le monde. Faire l'émission tout en étudiant pour l'examen de fin d'année : pendant tout un mois, elle n'avait plus pensé à Ruaidhri. Jusqu'alors, les gens qui l'entouraient semblaient mettre un point d'honneur à utiliser des images marines : un raz de marée d'émotion, combattre les lames de fond, noyer ses chagrins, les remous laissés par la marée. Certains allaient jusqu'à citer Stevie Smith : « Ce n'était pas un salut mais une noyade »... Chaque expression était une épingle qui l'empalait sur la planche à dessin de la brève existence d'autrui.

L'émission de télé avait tranché là-dedans, empli son esprit d'autres images, ses lèvres d'autres mots. Même lorsqu'elle regarda l'émission de Belvédère et vit Darcy chanter sa chanson, elle n'eut pas à retenir ses larmes et surtout, elle ne regretta pas leur absence. Ce mois-là lui apprit que s'occuper effaçait presque tout. Ce qui avait jusqu'ici été une série de possibles à peine devinés devenait la preuve incontestable de sa vie. Elle n'éprouvait plus le besoin de transformer sa sœur. Darcy en fut bien déstabilisée ; les petites piques de Sophia lui manquaient presque.

Lorsque Darcy annonça, trois semaines avant le grand examen que, quels que soient ses résultats, elle n'irait pas à l'université, Sophia ne contesta pas sa résolution. La réaction de leur père fut en revanche moins sobre.

— Quelle absurdité ! fit-il en secouant son *Evening Press* comme pour le punir.

— En quoi est-ce absurde ? répliqua sa fille.

— Qu'un être de ton intelligence...

— Continue : quelqu'un de mon intelligence...

Robert King se leva et fourra le journal dans l'âtre où il s'enflamma aussitôt, l'obligeant à reculer devant la chaleur soudaine.

— Je n'ai aucune envie de discuter de ça.

— Mais moi si !

— Je pense que vous le faites exprès, tous les deux, intervint Colette en versant le thé. Il faut que vous gâchiez nos repas.

— Mais ce sont les seuls moments où nous sommes dans la même pièce ! s'exclama son mari.

La sécheresse de cette réplique parut l'étonner mais elle resta muette.

— Y a-t-il une loi qui oblige les gens dits intelligents à entrer à l'université ? reprit Darcy en étalant du beurre sur le côté plat du Ryvita. (Lorsqu'elle ne suivait pas de régime, elle en étalait sur l'autre côté, dont les creux en accueillaient davantage.)

— Pourquoi poser des questions inutiles ? Il n'existe peut-être pas de loi, mais c'est la démarche naturelle.

— C'est exactement ce que je veux dire : je ne veux pas suivre la démarche naturelle.

— Pourquoi pas ?

— Ai-je mon libre arbitre individuel ? dit-elle en attrapant au vol des miettes de Ryvita.

— Comme Sophia.

— Mais Sophia veut entrer à l'université et pas moi.

— On peut en discuter. Sophia estime peut-être que son devoir consiste à étudier et acquérir une qualification pour obtenir un bon métier.

— Je me fous de l'idée qu'a Sophia de son devoir !

— Nous sommes à table.

— J'ai ma propre idée de mon devoir.

— Discutable.

— Non, ça ne l'est pas.

— Quel est le sens du devoir qui peut t'inciter à ne pas entrer à l'université ? Dans ce pays, il y a des milliers de gens qui donneraient tout ce qu'ils ont pour pouvoir y aller et toi qui le peux...

— Eh bien crée une bourse d'études, bordel de merde !

— Darcy ! fit sa mère d'un ton sévère.

— Enfin, M'man. Je suis censée aller à l'université, idée qui me répugne, et me montrer reconnaissante de cette torture parce qu'il existe une pauvresse à Trifouilly-les-Oies qui ne peut pas en faire autant ! Quelle manière infernale de décider de sa vie !

— C'est simplement s'abstenir d'égoïsme, lança son père d'un ton catégorique.

— Ce n'est pas ne pas être égoïste de faire une chose qui vous répugne, c'est de la folie pure.

— Huxley a observé que le résultat le plus précieux de toute éducation était de nous rendre capables d'accomplir ce que nous avions à faire au moment opportun, qu'on le veuille ou pas, intervint Sophia.

— Oh, putain ! Tu comptes nous administrer toi aussi ton mot du jour, Sophia !

— *Darcy* !

— Je suis désolée, M'man, mais je n'ai pas besoin que Mlle Chouchou me gave de ses trouvailles hebdomadaires.

— Je suis désolée.

— Ni de ses pédantismes.

Sophia se tut pour réfléchir à cette sortie en concluant que sa sœur avait raison mais qu'il était possible, hypothèse épouvantable, que Darcy ait pu lire son journal.

— Darcy...

La manière dont son père utilisait son prénom comme s'il se fût agi d'un reproche en lui-même était intéressante, se dit Darcy.

— Darcy, un être aussi intelligent que toi ne saurait se satisfaire de renoncer au processus d'acquisition du savoir à l'âge de dix-sept ans.

Il lui soumettait son argument avec la sérénité de qui a trouvé un élément de persuasion déterminant.

— Certes.

— Certes ?

— C'est-à-dire que je suis d'accord.

— Donc tu consentiras à entrer à l'université ?

— Non, je n'irai pas à l'université.

— Mais tu as dit...

— J'ai dit que je n'avais pas l'intention d'abandonner l'acquisition de savoir à dix-sept ans. Ce n'est pas ce que je veux. C'est toi qui considères qu'on ne peut continuer à apprendre qu'en entrant à l'université.

— Épargne-moi le bla-bla sur l'acquisition de savoir à partir de la nature et du monde qui nous entoure.

— Dommage que nous ne nous enregistrons pas. J'adorerais revoir ta tête si tu te réentendais.

— J'ai parfaitement conscience de ce que je viens de dire.

— Donc, Dieu – auquel tu crois, moi pas – nous a donné la nature et le monde qui nous entoure comme une simple décoration. Une garniture pour le plat de résistance, qui est l'université.

— Nous n'avons pas besoin de tes blasphèmes.

— Sophia, veux-tu nous donner une définition de « blasphème » afin que notre père bien-aimé voie que je ne dis rien de blasphématoire ?

— Darcy, ne me mêle pas à tout ça.

— Moi non plus, dit leur mère en quittant la table.

— J'aurais cru qu'en tant que parents..., s'insurgea son mari.

— Non, Robert, répliqua Colette. Tu n'aurais pas *cru* car, si tu avais réfléchi, tu saurais que je ne crois pas que nous devions chanter un hymne de solidarité, en nous donnant la main contre le monde, pour élever de charmants enfants. J'ignore quel est ton objectif, mais le mien a toujours été le même : élever de charmants enfants. Des enfants heureux. Je ne vois pas où cette conversation désagréable nous mène, donc ne m'y mêle pas.

— Donc, je suis maintenant le pire des pères parce que je veux seulement...

— Mais non, Robert, ce n'est pas ça du tout. Ne déforme pas ce que j'ai dit. Cette conversation désagréable est la vôtre, à Darcy et toi. Libre à vous de la poursuivre.

Elle referma la porte derrière elle.

— Eh bien, j'espère que tu es fière de toi.

— À quel sujet ?

— Tu as suscité ce genre de tension familiale, tout à la fois inutile et indésirable.

— Je ne l'ai pas suscitée.

— Si ça t'arrange de le croire...

— Pa', voilà la situation. Je ne vais pas à l'université, que cela te plaise ou pas. Toute tension résultant de cette décision viendra de ce que cette décision te déplaît. M'man s'en moque, de même que Sophia.

— Tu leur as demandé ?

Déstabilisée, Darcy interrogea sa sœur du regard.

— Pa, dit Sophia, je pense que la vie de Darcy lui appartient.

— Mais toi, tu veux aller à l'université.

— Oui, mais je ne suis pas Darcy.

— Ce n'est pas la question.

— Mais si, c'est la question ! C'est toute la question,

bordel ! Elle n'est pas moi, donc elle va à la fac et pas moi. La liberté de choix, tu connais ? C'est ce dont nous sommes supposés jouir dans cette démocratie. Mais ce n'en est peut-être pas une ? C'est peut-être la dictature des parents ?

— C'est tout à la fois injuste et faux. Pas plus ta mère que moi ne t'avons jamais imposé quelque chose, à toi comme à Sophia.

— Non, mais « Il n'est jamais trop tard pour bien faire » semble la devise du jour.

— Tu as l'intelligence, l'argent est disponible pour...

— Mais je ne veux pas le faire.

— L'idée t'a-t-elle jamais effleurée que tu puisses avoir quelques responsabilités ?

— Oui.

— Et lesquelles ?

— De travailler dur afin d'acheter mon temps libre. De jouir au maximum de mon temps libre. Allez, vas-y, fais la moue. Je suppose que je ne devrais même pas avouer avoir du temps libre, me contenter d'émettre des maugréments calvinistes et garder le nez sur la meule.

— Aucune responsabilité à l'égard de ton potentiel ou de l'intelligence que Dieu t'a donnés ? Oh pardon – c'est la sélection naturelle qui t'a octroyé cette intelligence, je suppose que c'est ce que tu dirais.

— Les lois de la génétique, en réalité.

— Pas d'insolence, mademoiselle.

— Oh, je t'en pri-i-ie !

— Donc aucune responsabilité à cet égard ?

— Si, bien sûr. Mais je les remplirai à ma façon. J'apprendrai à ma façon. Je serai autodidacte.

— Donc mon argent va t'entretenir pendant que tu seras avachie à la maison en train de lire ce qui te plaît ?

— Ça vaut mieux que si j'étais avachie aux toilettes en train de me shooter à l'héroïne grâce à ton argent.

— Comme tu le dirais toi-même, je t'en pri-i-ie !

— Car c'est à ça que tout se résume, n'est-ce pas ? L'argent. Tu l'as et tu l'utilises comme un fouet pour m'étriller et m'obliger à faire ce que tu veux que je fasse. Si je fais ce que tu veux, tu paieras. Sinon, tu ne paieras pas.

— Je n'ai jamais dit cela.

— Mon cher Papa, tu as beaucoup parlé ce soir de mon intelligence. Eh bien, laisse-moi te dire quelque chose sur l'intelligence qui t'a de toute évidence échappé, peut-être parce que tu ne la vois qu'au travail, lorsqu'elle est morte, et sur des préparations. L'intelligence permet de faire des déductions. Et ce que je déduis c'est que mon père fera l'impossible – hypothéquer à nouveau la maison si nécessaire – afin d'entretenir ses deux filles débrouillardes à l'université. Mais qu'une d'elles, au lieu de lire une série de livres sur une liste universitaire, décide de lire des bouquins ne figurant sur aucune liste pour s'ouvrir l'esprit et augmenter son savoir sans diplôme, il n'est plus question de nouvelle hypothèque : l'argent ne sera utilisé que pour un type de développement personnel bien particulier.

— C'est là simplifier grossièrement ce que je dis. Je m'efforce de te faire comprendre les merveilleuses possibilités offertes par une éducation supérieure qui peut ouvrir sur une profession digne de ce nom...

— Comme attachée de relations publiques ?

— Darcy !

— Mais tu sais ce qui est vraiment triste ? C'est que je m'efforce de te faire comprendre les merveilleuses possibilités que m'offrirait une éducation non universitaire et tu ne saisis pas, ne serait-ce qu'une demi-seconde, combien tes propres conceptions et ton argent t'enferment et t'insensibilisent. Voilà où t'a amené une éducation universitaire.

— Je ne me savais pas si riche.

— Tu n'es pas riche. À bien des égards, tu es très pauvre.

— Je crois que tu commences à dépasser les bornes.

— Tu vas me jeter dehors ?

— Je crois que tu dépasses les bornes.

— Eh bien, fais feu. Fous-moi à la porte. Toutes mes affaires – zou ! Précipite-les depuis la fenêtre du haut sur l'allée. Tout de suite, si tu veux. Maintenant. Parce que je me débrouillerai très bien sans être là. Je peux me débrouiller toute seule. Je peux me débrouiller sans quelqu'un qui considère que, parce que je suis sous son toit, je dois obéir à toute une série de règlements et de prescriptions plus dignes d'un homme de soixante ans que d'un homme de cinquante.

La porte s'était ouverte durant cette dernière tirade et Colette se tint sur le seuil pendant le long silence qui suivit.

— Ton père n'a eu cinquante ans qu'assez récemment.

— Peu importe, répliqua Darcy, pleine d'une fureur toujours entière.

— Je pense que nous devrions remettre toute discussion de cette question après le passage de ton examen final, suggéra sa mère dont l'intonation troublée reflétait l'atmosphère électrique qui irradiait la place.

— Je ne suis pas d'accord avec toi, M'man, fit Sophia en se levant. Je ne crois pas qu'il faille réaborder ce sujet car je n'ai rien entendu de quiconque ce soir qui fasse que je sois fière de ma famille. Continuons seulement à préparer l'examen final et lorsque ce sera fini, quelque chose d'autre se présentera.

Elle se mit à débarrasser la table du repas interrompu et Darcy se leva pour l'aider. Mais la grande boucle de sa ceinture s'était coincée entre le plateau et le pied de la table, si bien que son mouvement la renversa tout entière, précipitant en avalanche assiettes, couverts, beurre, Ryvita, théière, pot à lait et planche à pain sur son père qui, en un ultime instant de lucidité, balaya la théière menaçante d'un revers de main en direction de la fenêtre de la cuisine.

Les carreaux brisés firent un bruit terrible dans la cour.

La famille contempla le carnage pendant quelques instants. On n'entendait que le lait qui gouttait quelque part, sans qu'on puisse savoir où précisément.

— Voilà qui est définitif, commenta Sophia avec admiration.

Leur père se leva, le pantalon souillé de beurre et de projections laiteuses. Sa fureur et son énergie semblaient avoir disparu, comme si l'événement l'avait affaibli physiquement. Il regarda Darcy s'excuser avec cet air interloqué qu'ont les myopes sans lunettes. Colette franchit les bris de faïence et le prit par le bras pour le guider hors de la pièce. Les deux filles nettoyèrent la cuisine dans un silence complet. C'est seulement lorsqu'elles eurent fini et qu'elles considéraient la pièce nettoyée que Darcy éclata de rire.

— Tu ne vas pas me croire, mais je passe la moitié de mon temps à avoir envie de renverser les tables et de casser les carreaux. L'un des fantasmes qui me soutient dans les situations pénibles c'est l'idée que je vais m'emparer de la nappe et la tirer d'un coup sec. Ou jeter la marmelade sur les gens. Aujourd'hui, je l'ai fait par accident. J'y aurais sans doute pris plus de plaisir si j'avais été informée à l'avance. Mais ça m'a tout de même bien plu.

— On ne peut pas se satisfaire d'une destruction absurde. C'est vraiment inadmissible.

Sa sœur lança un torchon au bord de l'évier mais manqua sa cible.

— Sophia, des fois t'es vraiment imbittable. Il faut quand même que tu le saches.

— Merci.

— C'est gratuit.

— Darcy ?

— Tu ne me trouves pas super non plus, hein ?

— Non, ce n'est pas ça. Comment étais-tu au courant, pour mes citations ?

— Quelles citations ?

— Le fait que j'en choisisse une chaque jour pour l'apprendre ?

— Je ne le savais pas.

— Bien que ce soit dans mon journal ?

— Oh ! Sophia, fous-moi la paix. Tu ne penses tout ce même pas que je lirais ton satané journal ?

— Eh bien, ce qui m'a fait douter c'est cette histoire de citations et le fait que tu saches que j'apprends un mot nouveau chaque jour.

— Comme si c'était invisible !

— Pardon ?

— Sophia, j'avais encore des poissons rouges qu'on savait que tu apprenais un mot nouveau chaque jour. Tu n'es pas un modèle de discrétion. D'un jour sur l'autre chacune de tes phrases est remplie de tel ou tel mot, mis à toutes les sauces. Il m'arrive même de les guetter. Ça revient à attraper le cancer par l'inhalation passive de la fumée. Je me dis que j'apprendrais la moitié de tes mots en t'accordant une attention modérée chaque jour ordinaire.

— Quel soulagement !

— Aujourd'hui, il s'agit d'« améliorer ». Dis-moi que tu es vachement améliorée de savoir que je ne lis pas ta vie sexuelle débridée dans ton journal.

— Améliorer ne s'emploie pas dans ces cas-là.

— Je suis éviscérée. C'était celui de mardi, non ?

— Oh, la ferme !

En entendant les rires dans la cuisine, Robert King s'assit lourdement sur son grand lit et appuya la tête dans les mains.

— Rodin a oublié le slip, fit Colette en revenant avec un pantalon propre et confortable, mais pour le reste il t'a reproduit à la perfection.

— Qu'en penses-tu ?

— De Darcy et de l'université ?

— Oui.

— Je pense qu'elle serait très malheureuse à l'université alors que je pense que sa sœur y sera très heureuse.

— Tu y es allée, toi.

— Et j'y ai été très malheureuse jusqu'à ce que je rencontre cet étudiant en médecine qui inspirait d'amères pensées à toutes mes copines. Après ça, tout a eu un sens dans ma vie.

Il l'attira vers lui, entre ses genoux, et elle lui posa les mains sur les épaules.

— Est-ce que je me suis montré stupide ?

— Oh oui.

— Mais tu ne vois pas que...

— Tu t'es montré stupide. En quoi cela t'importe-t-il ?

— Je veux qu'elle ait ce qu'il y a de mieux.

— Quand je t'ai dit que je ne voulais pas de manteau de fourrure, tu ne m'as pas obligée à porter du renard.

— Ce n'est pas pareil.

— C'est du pareil au même.

Il baissa la tête et posa le front sur son ventre.

— Tout est si simple avec Sophia, si simple et direct.

— Pourquoi Darcy... n'est-elle pas sa jumelle ? chanta Colette sur l'air de la chanson de *My Fair Lady*, « Why Can't a Woman be More Like a Man ? »

— J'essaie de faire au mieux, tu sais, reprit-il en la regardant.

— Tu y arrives le plus souvent.

Il baissa à nouveau le front, secouant la tête.

— Mais le monde est si hasardeux, surtout là où intervient Darcy.

— Suis-je aussi vieux qu'elle le pense ?

Plus vieux, songea sa femme. Plus vieux par ton besoin de t'installer dans les certitudes, comme un vieil homme dans son fauteuil favori. Elle restait silencieuse, à lui caresser les cheveux. Il entendait la bonté de ce silence sans pouvoir en tirer la leçon.

— C'est très dur, dit-elle.

Et elle le pensait : c'est très dur de ne pas se cramponner aux vieux usages pour rester debout quand les contreforts extérieurs nous sont retirés, tout cela en une génération.

— Darcy s'en sortira, ajouta-t-elle.

— Comment, à ton avis ?

— Elle a du ressort. Elle est intelligente. Elle aime la vie. Quand on est comme ça on trouve toujours une place.

— Mais elle n'a pas de discipline. Elle est incohérente.

— Je ne crois pas que la cohérence importe autant aujourd'hui qu'aux jours de la carrière unique et des rentes sur l'État.

— Mais tout le monde a besoin d'un diplôme pour trouver un travail de nos jours.

— Oh, Robert !

— Pour trouver un métier correct.

— Robert !

Elle glissa les mains sur son dos, sous la chemise.

— Elle ne rencontrera peut-être pas d'étudiant en médecine à la réputation longue d'un kilomètre, mais tout le monde ne peut pas avoir de la chance.

— Parle-moi de sa réputation.

Le front toujours appuyé sur sa jupe, il fit remonter ses mains en-dessous, vers sa petite culotte.

— Elle était légendaire. Bien sûr, j'ai toujours supposé que les gens le confondaient avec McEnerney, l'Étalon orthopédiste, mais j'étais prête à ce qu'on me prouve le contraire...

Il renversa la tête pour mieux la voir.

— Toujours prête à ce qu'on te prouve le contraire ? fit-il tandis que ses mains remontaient sûrement sous la soie.

— Je pourrais même être persuadée.

Plus tard, ils restèrent allongés et entendirent Darcy téléphoner au vitrier pour qu'il répare la fenêtre de la cuisine.

— Putain ! s'exclama Robert, à nouveau furieux. Me dire que pour un homme de cinquante ans, je fais plutôt soixante !

— Quand tu es capable d'une exécution digne de quarante-neuf !

— Tu veux dire trente-neuf ?

— Ne tente pas la chance, vieille branche.

13.

Jeudi 4 juillet 1985

L'examen de fin d'année est derrière nous et je pense avoir fait de mon mieux.

J'irai toute seule à Trinity car la décision de Darcy d'éviter l'enseignement supérieur a été renforcée par l'opposition paternelle.

Je pars pour Paris dans une semaine pour améliorer mon français.

Ce fut une bonne année pour moi en ce que, pour commencer, je suis parvenue à écarter l'ombre de Ruaidhri. Je me suis faite à l'idée que je ne me souviendrai jamais de lui tel qu'il fut et qu'il faut s'en souvenir par des petits traits pratiques. Il est donc dans mes projets de travailler mon irlandais autant que le français, j'irai en conséquence au Gaeltacht en août. Sans me vanter, je crois que je peux être une référence. Si quelqu'un de jeune et séduisant, réussissant bien à la fac, ayant un bon boulot dans un domaine intéressant parle en plus irlandais, cela pourrait inciter d'autres jeunes à employer aussi cette langue.

Je dois admettre que ma proximité avec Darcy ne semble guère corroborer ce point, car elle est très mauvaise en irlandais et pas si bonne en français non plus. Mais c'est encore une chose que je dois admettre : notre famille n'est pas un microcosme du vaste monde. À bien des égards celui-ci est plus facile à gouverner et à influencer que sa propre famille. Ou peut-être devrais-je dire « ma famille en particulier ». Il arrive que Darcy s'emporte contre moi et m'insulte, mais au moins ce sont des insultes générales et non des observations personnelles humiliantes. Elle me traite d'« imbittable » (charmant) mais elle ne passe pas à son temps à trouver des moyens de me faire douter de moi.

Il en résulte, j'imagine, que mon assurance et ma maîtrise de moi sont inhabituelles. Elles ont sans doute été renforcées par la réalisation de notre émission de télévision, une expérience très enrichissante. Je préfère me charger de tous les aspects d'un projet plutôt qu'être le visage qui l'incarne. Attitude heureuse à long terme car, même si les femmes sont de plus en plus présentes dans les revues de management, même si on entend parler de femmes nommées directrices de banques etc., je ne crois pas que cette reconnaissance aille au-delà d'un certain âge.

On trouve très beaux et séduisants, à leur apogée, les hommes à la fin de la cinquantaine et au début de la soixantaine alors que les femmes au même âge sont finies dans tous les secteurs reposant sur l'apparence physique. Les actrices du type Meryl Streep ne seront pas de grandes stars à la cinquantaine. On ne peut pas trouver un équivalent féminin à Sean Connery.

Aussi mon apparence sera-t-elle au moins aussi importante pour ma réussite que mon intelligence et mon travail. C'est dommage, car on ne devrait pas juger un livre par sa couverture et il n'est pas juste, si on a la malchance d'avoir une tache de naissance, qu'on subisse une discrimination pour cette raison ou même que les gens accordent moins d'intérêt à Darcy parce qu'elle est trop grosse. Mais il faut tout de même tenir compte de cela.

Mes cheveux, parce qu'ils sont légers et difficiles à coiffer, je dois les arranger d'une façon commode et qui ait toujours l'air élégante.

Je vais devoir trouver un nouveau gynécologue : je ne peux pas croire qu'avoir des règles aussi douloureuses soit normal et j'ai l'impression que le type chez qui je vais, parce qu'il est le gynécologue de ma mère depuis si longtemps et qu'il connaît mon père, me tient pour une jeune hypocondriaque. Je n'ai aucune tendance à l'hypocondrie, pas plus que Darcy.

Quand ce sera résolu, je me fixerai une règle de vie

170

adéquate, peut-être en demandant aux parents de me payer l'entrée dans un bon club de gym comme cadeau d'anniversaire. Il faudra qu'il ait toutes les installations mais que j'y trouve aussi les contacts qui pourront m'être utiles plus tard dans ma vie professionnelle.

Je suivrai aussi un régime très équilibré et j'ai décidé de ne boire d'alcool que pendant les repas et d'apprendre à goûter le vin. Je ne fume pas, donc mon physique ne souffrira pas de cela. Je suis choquée d'entendre Darcy dire qu'elle pourrait se mettre à fumer parce que cela l'aidera à contrôler son poids. Rien ne vieillit davantage une femme que d'être fumeuse. Il faut d'ailleurs d'ores et déjà que je m'abstienne de bronzer, car le soleil semble avoir le même effet.

De même que j'ai l'intention de modeler mon corps pour qu'il tende à l'aspect idéal, je dois façonner ma personnalité afin d'offrir le meilleur de moi-même.

Les gens supposent toujours qu'avoir une jumelle qui réussit moins bien stimule celle qui réussit mieux. (Je me sers du mot « réussir » en un sens plutôt simpliste.) En fait, c'est tout l'inverse. Darcy jouit souvent d'un a priori favorable parce qu'on la tient pour la plus humaine, la plus faillible, la plus sincère et instinctive de nous deux.

Je trouve fort injuste que les gens assimilent la décontraction improvisée à de la sincérité et qu'ils jugent que la discipline et la maîtrise de soi fassent peu ou prou mentir le moi. Enfin, c'est la réalité au sein de laquelle je dois vivre.

Le mot d'aujourd'hui : *épointer.*

Synonyme : émousser, amoindrir.

17 Glanmire Park
Raheny
Dublin 5
Jeudi 4 juillet 1985

Cher Alex,

Youpla !!!

Ne fais pas de remarques pédantesques sur mes points d'exclamation ou je t'en envoie toute une page. Ou une P45.

171

Tu croyais que je ne le ferais pas ? Cesser de t'écrire ? Hé, j'ai déjà arrêté l'école, non ? Les études ? L'éducation supérieure ? Whap ! (C'est le choc de mon cartable contre le mur. Oh zut, il a fait tomber les petites ballerines Degas de Sophia. Attends que je les refixe.)

Ça y est !

Grâces soient à Dieu qu'elle n'ait pas été dessous parce que... oh, voici une charmante petite histoire irlandaise pour toi, vieil universitaire desséché. Au cours de la guerre (la Seconde Guerre mondiale) que nous appelons « situation d'urgence », pour des raisons trop complexes à développer ici (à l'évidence, les experts en communication, comme Sophia s'apprête à le devenir, veillaient déjà au grain), un foutu bombardier allemand projetant de déverser ses marchandises sur quelque ville anglaise infortunée dériva sur la mer d'Irlande et se retrouva au-dessus de Dublin, figure-toi. Et nos gars de la DCA d'ouvrir le feu sur le Boche ! Et notre petit Boche, qui pense avec les pieds ou sa manette ou avec ce qui sert d'esprit aux Boches, se dit : Oh, merde ! Donner und Blitzen ! Je ferais mieux de me tirer d'ici en vitesse parce qu'ils me chatouillent le postérieur, et même le fuselage, avec leurs balles, mais c'est pas facile de déplacer ce gros bombardier paresseux à cause de ce qu'y contient. L'est plein de bombes. Alors que faire ? se demande Monsieur le Boche dans son esprit boche ? Je vais alléger mon fardeau en laissant tomber une de ces bombes. La plus lourde. La mine terrestre.

Va-t'en, mimine lourdingue, dit le pilote boche (j'ai la pêche, hein ?) et y tire sur le levier. Et v'là la mine qui tombe sur un petit quartier fort peuplé du Dublin populaire, North Strand. Whaou ! Certains habitants ont été surpris à en mourir. Au sens propre. Mais certains ont survécu pour entendre M. Boche se tirer, allégé de plusieurs tonnes. L'un d'eux – boucher de profession – décide de regarder par la fenêtre pour mesurer l'étendue des dégâts, sans savoir que le verre ne tient plus que par un fil à la fenêtre de l'étage supérieur. Il pointe la tête, la feuille de verre s'abat, telle une guillotine, et le décapite. Et si l'on y pense, cette histoire qualifie M. Boche pour figurer dans le Livre Guiness des Records comme étant le seul pilote allemand ayant décapité un boucher dans un pays neutre au cours de la Seconde Guerre mondiale.

Oh, c'est chic la vie d'adulte ! Plus d'irlandais, plus de français, plus de sessions sur un banc de bois dur. Que tous les profs aillent se faire baiser.

Ai-je eu des pincements de regret en quittant l'école pour la dernière fois ? Mais es-tu stupide aussi bien que desséché ? Au fait, au cas où tu croirais que j'emprunte ce mot à Sophia, « desséché » se trouve sur l'emballage que je peux lire chaque jour à travers le verre d'un pressoir à la cuisine. Il s'agit de noix de coco. Joli mot, non ?

Aucun moment de regret. J'ai détesté chaque foutu jour d'école, 89 % de mes camarades et 93 % de mes professeurs. Ces statistiques sont destinées à satisfaire ton esprit de sociologue. Elles n'ont aucun sens mais sont obscurément gratifiantes. Les 7 % de profs que je ne détestais pas comprennent Margaret Graham (qui m'a agrégée à ton projet) car j'aime beaucoup le fait de t'écrire.

Il est très réconfortant de disposer d'un homme de l'autre côté du monde auquel on peut totalement s'ouvrir, un homme obligé de me trouver intéressante pour des raisons professionnelles et qui ne me verra jamais et moi non plus.

Me rendrai-je aux réunions d'anciens élèves ? Sûrement pas. Garderai-je le contact ? Tu débloques ? Garder le contact avec cette bande de crétins ? Si j'en revois une, ça sera toujours trop tôt, à l'exception d'Aileen qui est devenue beaucoup plus intéressante à présent qu'elle a pris la décision d'être infirmière. Elle s'est aussi bonifiée en s'occupant de Beethoven qui va devenir un musicien de classe internationale. Cela si j'en crois Greg qui (dit-elle en passant alors que toute la lettre n'était qu'une occasion de mentionner ce fait) m'a téléphoné le dernier jour de l'examen pour me dire : « Maintenant veux-tu sortir boire un verre avec moi samedi de la semaine prochaine ? » À quoi j'ai répondu : « Oui, si tu n'as rien de mieux en vue », ce qui l'a fait rire. Il m'a demandé ce qu'était ce « mieux » pour moi et j'ai dit que j'étais une mangeuse plus qu'une buveuse, alors pourquoi ne m'invitait-il pas à dîner dans un restaurant très chic ?

La question, a-t-il observé, était de savoir s'il pouvait se le

173

permettre et j'ai dit bien sûr, car n'était-il pas le fils de McEnerney l'étalon orthopédiste, ce qui l'a mis à côté de ses pompes pour la journée car – je l'ai appris depuis – le sexe et ses parents le mettent mal à l'aise.

C'est par rapport à ses parents seulement que le sexe le met mal à l'aise. Il préfère ne pas penser que ses parents l'ont fait, peu importe que son père se soit jeté sur tout ce qui bouge (« Une assiette ébréchée l'aurait fait bander », comme l'a remarqué mon père de manière surprenante avant que ma mère ne lui jette le protège-théière à la tête) et qu'il continue – d'après la rumeur – à en sauter bien d'autres que sa mère chiquissime allant d'une bonne œuvre à l'autre.

Il (Greg, pas son père) m'emmène dîner à la fin de la semaine et je l'ai averti que je mangeais comme quatre et que j'étais trois tailles plus grosse que la dernière fois que nous nous sommes vus. Il me dit qu'il aime les femmes massives. Je porterai une robe noire avec une veste un peu colorée et une expression revêche. Je me suis entraînée devant la glace pour cette dernière en partant du principe que dans l'avenir proche, ma corpulence m'empêchant d'adopter une mine fragile et de demander protection, je ferais mieux d'emprunter le chemin opposé.

J'ai été trop occupée à étudier pour pouvoir me consacrer beaucoup aux questions sexuelles ou relationnelles. Cela semble sous-entendre que la porte d'entrée de la maison et celle du jardin sont pleines de traces d'ongles de prétendants se mourant de désir pour moi et que mille fois je me suis penchée par la fenêtre pour lâcher un « De céans, partez ! » ou ce qu'il convient de dire aux soupirants grattant aux portes. Or celui qui s'en est le plus approché, et le seul, fut Greg, le fils de l'orthopédiste et je ne crois pas une seconde qu'il soit dévoré par le désir. Je pense simplement qu'il me trouve drôle.

L'une des choses que je remarque, cependant, c'est que je semble acquérir un talent aigu d'observatrice. Je devine qui va être attiré et par qui bien avant que cela ne se produise. J'avais repéré Aileen et Beethoven bien avant que l'un ou l'autre ne sache qu'ils auraient un faible réciproque.

Je suis aussi assez bonne pour deviner les relations censées être illicites ou cachées, bien que cela soit relativement récent dans la mesure où, comme tu le sais, je ne me doutais de rien

174

au sujet de Darina avant qu'elle ne s'évanouisse en classe. Elle a eu un garçon, maintenant que tu me demandes, pesant sept livres, environ deux semaines avant l'examen final. Je suis allée les voir plusieurs fois jusqu'à ce que je me rende compte que ce qui m'attirait, venant d'une maison sans bébé plus jeune que moi, c'était l'être-bébé de ce bébé. Je pense que, si les bébés sont si mignons, c'est pour empêcher leurs parents de les assassiner lors des trois premiers mois par simple manque de sommeil. Les gens ne seront plus jamais aussi délicieux qu'ils l'étaient bébés.

Mais étant aussi honnête que je le suis avec les universitaires desséchés (la tournure est-elle correcte ?), je dois admettre que je n'ai pas faim de, n'aspire pas à avoir, ne soupire pas après un bébé moi-même. Quand j'envisage l'avenir, ce que je ne fais pas souvent, je ne me vois pas entourée d'une ribambelle d'enfants accrochés à mes jupes. Je ne m'imagine pas avec des enfants, mais je manque peut-être des immenses appétits des autres. (Peut-être parce que je suis si pourvue en autres appétits, et notamment le premier d'entre eux.)

Tout cela me rend assez compétente pour analyser les relations d'autrui et donner des conseils aux amis sur la meilleure manière d'attirer / récupérer / congédier / survivre aux divers copains ou copines. Cela ne me rend pas meilleure pour attirer / récupérer / congédier / survivre à mes propres copains.

Tu vas me demander si je suis anxieuse et me méprise quelque peu de ce fait : bien sûr que oui, vieux desséché. Surtout si l'on songe à la quantité de coups de fil dégoulinants que je dois réceptionner chaque jour pour ma sœur qui est, comme tu l'auras déjà saisi, la perfection incarnée. Équilibrée, attentionnée, châtiée, d'une pureté de vie irréprochable. Ses foutues vanités elles-mêmes sont séduisantes. Elle est myope, mais juste assez pour avoir à plisser les yeux pour ajuster la vue. Ce qui lui donne une expression désarmée qui incite les hommes à lui prêter main forte instinctivement. (Pour ma part, j'ai une vision de 20/20 heureusement, car si l'on est myope et qu'on ait ma tête, non seulement les hommes ne vous prêtent pas main-forte, mais on pourrait rentrer tranquillement dans le mur et dégringoler dans les toilettes sans qu'ils lèvent le petit doigt.)

Demain, je vais chercher du boulot. Et je vais te dire lequel. J'ai lu une annonce dans le journal de ce soir qui demande « Votre voix est-elle souriante ? » Il paraît que si oui, on peut gagner une fortune. Ai-je une voix souriante ? Que oui ! Son sourire va d'une oreille à l'autre.

Je t'écrirai à nouveau quand je serai riche et célèbre grâce à ma voix riante. En attendant, voici un petit questionnaire pour toi en échange :

Es-tu de retour à Seattle ?

Que fais-tu d'intéressant pour le moment ?

T'es-tu remarié ?

As-tu l'air plus âgé ? Que lis-tu ? Sur quoi réfléchis-tu ?

As-tu assassiné un autre animal innocent récemment ?

Bien à toi dans le délire de la liberté,

Darcy.

5345 Tradewinds Ave., nᵒ 283

Fort Attic

Missouri, MO 33003

Jeudi 11 juillet 1985

Chère Darcy,

Question : qu'est-ce qu'une P45 ?

Non, je ne suis pas retourné à Seattle. Mon temps a été occupé, ces neuf derniers mois, par deux films. L'un d'eux devrait sortir très prochainement en Europe. Il s'intitule *Code postal* et concerne un scandale postal qui a eu lieu aux États-Unis. Kiefer Sutherland, Tom Cruise et un acteur irlandais du nom de Stephen Rea. Un type sympathique. Le genre de type qu'on n'imagine pas acteur.

L'autre film s'intitule *Feu sans fumée* et traite d'une accusation d'abus sexuel contre un ecclésiastique. Il tourne surtout autour du procès et c'est un peu un pari pour cette raison. Tiré d'une pièce de Broadway, le scénario montre bien pourquoi la pièce a très bien marché : il est intense, verbeux, une écriture à la Chayefsky. Quant à savoir si elle s'adaptera bien à l'écran...

Le metteur en scène est le type avec lequel j'ai travaillé il y a quelques années et la distribution est quasi inconnue. On a fini le tournage il y a à peu près une semaine et on entame la post-production.

J'espère aller au Canada dans quelques semaines pour me livrer à quelques petits assassinats de poissons. Un peu de solitude me fera du bien. « ... de l'herbe à perte de vue où un lièvre pointe les oreilles. »

Je ne me suis pas remarié et n'ai aucune liaison sérieuse. Ma calvitie progresse.

Alex.

17 Glanmire Park
Raheny
Dublin 5
Jeudi 19 juillet 1985

Cher Alex,

Une P45 est le formulaire officiel qu'on reçoit lorsqu'on perd son boulot ou lorsqu'on est victime d'un dégraissage. Je suppose que le fait que tu dises ne pas t'être remarié signifie que tu as divorcé. Merci de m'en parler.

Dire que ta calvitie progresse me fait penser aux étiquettes de soldes qui annoncent « 30 % de rabais » ; 30 % de rabais sur quoi, telle est la question. Elle progresse de où à où ? S'agit-il d'une érosion marginale ou es-tu sérieusement chauve ?

As-tu commencé à ramener les cheveux vers l'avant comme un vieux centurion lugubre ? Vas-tu t'acheter un toit ouvrant ? N'es-tu pas heureux d'être dans une branche où ça n'a pas d'importance ?

Je veux dire que tu peux te promener sur les plateaux de cinéma sans le moindre cheveu et pourvu que tu puisses conseiller sur le nombre de fois où le psychopathe doit radoter en ouvrant tel ou tel côté de sa bouche, ta pilosité importe peu.

Sophia prétend qu'on peut repérer très tôt le futur chauve. Elle dit que Beethoven le sera (c'est le musicien – dont j'ai déjà parlé dans l'une de mes lettres – qui a une liaison sérieuse avec Aileen, la fille avec qui je partageais un pupitre, au triste temps des pupitres), mais que ça lui ira probablement. L'élément clé, dit-elle, c'est de regarder le père du copain prospectif. Il faut

177

que j'observe le père de Greg. Putain ! je n'ai pas encore eu un seul rendez-vous avec ce type et j'en suis déjà à me focaliser sur ses cheveux.

Tom Cruise est-il aussi petit qu'on le dit ?

Darcy.

Télégramme à Darcy le 26 juillet 1985

Plus petit.

Alex.

Télégramme à Alex, le 26 juillet 1985

Mais follement séduisant, non ?

Darcy.

Télégramme à Darcy, le 26 juillet 1985

Il faut que je le regarde encore pour te faire mon rapport.

Alex.

14.

Pour Sophia, l'université tombait à pic, plus qu'elle ne l'aurait jamais cru. Elle avait programmé le déroulement de l'année sitôt reçus emploi du temps et listes de livres et elle associait sans problème la vie sociale aux études. Trois jours par semaine elle se rendait au club de gym pour une session de quarante-cinq minutes. Elle s'était inscrite à la société d'histoire et avait pris la parole dans plusieurs débats. Elle faisait de l'art dramatique. Elle était si heureuse de ses premiers mois à la fac qu'elle en finit par énerver sa sœur en lui témoignant sa compassion.

— Je ne voulais pas y aller, lui rappela celle-ci.

— Certes, mais tu ignorais à quel point c'était super.

Darcy avait décroché le boulot offert par l'entreprise désireuse d'embaucher une voix riante. C'était une nouvelle société de services téléphoniques.

— Dans la zone industrielle de Derramore, une partie de bâtiment est divisée en stalles, dit Darcy à ses parents.

— En stalles ?

— Il s'agit de rangs de postes de travail, quatre d'un côté, quatre de l'autre, auxquels succède une cloison puis il y en a huit de nouveau, etc. Pour l'instant, il n'y a que huit stalles mais ils assurent que, si ça marche bien, il pourrait y en avoir des centaines et des centaines.

— Qui feront quoi ?

— Prendre des réservations téléphoniques pour les hôtels. Tu peux avoir des gens désireux de réserver une chambre aux États-Unis, des gens qui sont disons en Allemagne, ils appellent un numéro là-bas et sont transférés sans bourse délier sur la zone industrielle de Derramore. L'appel arrive dans la stalle allemande où un locuteur germanophone leur répond, s'enquiert du genre d'hébergement désiré et le réserve pour eux. L'appelant ignore qu'il parle à quelqu'un qui se trouve en Irlande et peu lui importe, d'ailleurs. Or, juste de l'autre côté de la cloison, il y a peut-être huit personnes traitant les appels de garantie d'un type particulier d'ordinateur – des appels venus une fois encore de toute l'Europe.

Darcy faisait partie d'un groupe d'opérateurs traitant les demandes de renseignements sur une grande société de service public anglaise sur le point d'être privatisée.

— Que te demandent les gens ? s'enquit Sophia.

— Des détails sur le prix des actions, le moment où l'offre sera proposée, les commissions de courtage, la manière dont obtenir des informations sur la procédure.

— Mais tu ignores tout des actions et des valeurs mobilières.

— Ils nous ont donné des informations au début et neuf fois sur dix les questions de l'appelant débouchent sur des informations qu'on a déjà. Pour les 10 % restants on les renvoie au chef, mais tout en écoutant ce qu'il répond de manière à pouvoir répondre à cette question particulière la fois suivante.

— Et ils ne remarquent pas ton accent irlandais ?

— Quand on se dit qu'on va gagner un maximum d'argent on ne fait pas très attention à l'accent de celui ou celle qui donne l'information demandée.

— Tu noues une relation personnelle avec eux ?

— Non, tu n'essaies même pas. Je suis payée une somme minimum et ma prime dépend du nombre d'appels traités en sus du minimum. On a calculé que les employés vraiment excellents peuvent contenter l'appelant moyen en soixante secondes ou moins et le faire raccrocher. C'est l'une des raisons pour lesquelles ils voulaient quelqu'un à la voix rayonnante : à l'autre bout du fil, il faut qu'on ait l'impression de te parler un temps infini et que tu es tout à ton travail.

— Mais c'est de l'hypocrisie ! commenta Robert King.

À cet instant, la sonnette de l'entrée retentit. Darcy fit entrer Greg McEnerney dans la cuisine. Celui-ci, comme d'habitude, raconta une histoire et fit rire tout le monde en tournant une chaise à l'envers pour poser les coudes sur le dossier.

— Il faut en convenir, fit Darcy en lui tapotant le dos, pour un étudiant en comptabilité il n'est pas terne.

— Mais il pourrait le devenir, remarqua sa mère en lui tendant une tasse de thé.

— Un administrateur judiciaire n'est jamais terne, dit Greg.

— C'est ce que tu as l'intention de faire ? s'enquit le père de famille en déposant sa serviette froissée sur la table.

Greg hocha la tête.

— Les types des impôts sont ternes, dit-il à l'adresse de Colette. Les gars des faillites aussi. Ceux qui se spécialisent dans les contrats sont plus ternes que ternes. Mais les administrateurs judiciaires ? Regardez John Donnelly.

— Jamais entendu parler de ce John Donnelly, dit Sophia.

— Eh bien, si tu t'occupais de la communication d'une société qui se casse la gueule, tu le connaîtrais. Le roi des administrateurs. De sa génération. Mais qu'on me donne cinq ans et je l'aurai supplanté.

— Aucune attirance pour la médecine ?

Greg regarda Robert.

— Je pense que, si mon père n'était pas ce qu'il est, j'aurais pu être très attiré par la médecine. Mais je ne veux pas être le « fils de ».

— Tu n'aurais pas à être un orthopédiste.

— Jamais de la vie. Je serais pédiatre.

Sophia regarda Greg comme si elle le découvrait.

— Un pédiatre ?

Darcy se sourit à elle-même. Greg avait entre autres traits, elle le savait, celui d'aimer les enfants et de très bien réussir avec eux. Il était l'oncle honoraire préféré dans de nombreux foyers.

— Mais oui. Garder des enfants en bonne santé serait un boulot super.

— Mais, au lieu de ça, tu vas condamner des sociétés à la mort ?

— Madame King, je serai un boulet de démolition humain.

Ravi de sa provocation, il se leva pour remettre la chaise en place.

— Eh, l'Hippo, on y va ?

— Comment t'appelles ma sœur ?

— L'Hippo, abréviation d'énorme hippopotame.

— Et tu le laisses faire, Darcy ?

— Tu sais bien ce dont je suis capable, Sophia. Tu le sais toi-même. La progéniture des médecins est toujours dénuée de sensibilité.

Darcy et Greg s'enfournèrent dans l'Alfasud. Vieille de huit ans, elle n'avait jamais pu s'habituer au climat irlandais. Par temps humide, elle refusait d'obéir à la clef de contact. Mais ce jour-là, elle s'ébroua.

— Bonne fille, dit-il en caressant le tableau de bord.

— Sexiste.

— J'assume.

— Derek Cullen n'est pas sexiste.

Greg se mit aussitôt à imiter l'accent traînant du sud de Dublin de l'actuel copain de Sophia.

— Arrête ça, il est très romantique.

— Conneries.

— Mais si. Parfois, lorsqu'elle quitte la maison le matin, elle trouve une rose rouge nouée à la grille avec un ruban rouge.

Greg baissa sa vitre et mima une crise de vomissements.

— Il la reconduit à la maison et l'appelle de la cabine du coin pour lui dire qu'elle lui manque déjà.

— Oh, putain ! une loi devrait interdire cela.

— Mon père ne l'aime pas.

— Ton père remonte dans mon estime.

— Pour lui, il n'a pas le sens de l'humour.

— Je n'aurais pas imaginé que ton père lui-même pouvait prétendre à une grande carrière de comique.

— Non, mais il a un vrai sens de l'humour. Il peut être très marrant. Et il voit le ridicule des situations. Il n'est pas caustique.

— C'est le mot du jour de Sophia ?

— Oui. Dur, acéré, mordant, féroce.

— Caustique ?

— C'est ça. Mon prof l'utilise de temps en temps.

— Ton prof ?

— Ce vieux bonhomme avec lequel je corresponds aux États-Unis.

— Des lettres d'amour de la part d'universitaires ?

Darcy fut prise d'un tel fou rire que les larmes lui pointèrent au coin des yeux.

— Rien ne pourrait être plus éloigné de lettres d'amour que nos missives.

— Et tu crois que tu peux me tromper, affreuse putain ? Je sais reconnaître une déclaration quand j'en entends parler.

— En ce cas, j'ai commencé à en recevoir à l'âge de dix ans, environ. Treize, peut-être.

— Putain ! De la pédophilie par la poste !

— Greg !

— Oui ?

— J'y pense, mon père veut savoir si tu te remettras un jour au rugby ou si cette blessure de l'an dernier t'a définitivement mis au rancart.

— Laissons ton con de père de côté et dis-m'en plus sur cette sexualité postale.

— Ne traite pas mon père de con.

— Pourquoi pas ? Tu le fais bien, toi.

— Seulement quand je suis furieuse. Écoute, ces questionnaires m'arrivent des États-Unis au sujet... au sujet des relations et ce genre de trucs. C'est une grande étude universitaire et ce prof a un certain nombre de correspondants auxquels il adresse des questions puis recueille leurs réponses.

— Au sujet des relations ?

— Hum, hum.

— Ce genre de relations, tu veux dire ?

— Greg, pas quand tu conduis !

— Je ne conduis pas. Nous sommes arrêtés au feu rouge.

— Oui et il y a ce foutu autobus à impériale dont chaque passager de ce côté meurt d'envie de savoir ce que nous allons faire ensuite.

— On leur montre ?

— T'as qu'à essayer et je te casse le bras.

— Donc, il y a un vieux prof qui t'envoie des questionnaires ?

Un vieux prof à la calvitie galopante, se dit-elle.

— C'est tout ?

— C'est ça.

— Ennuyeux.

— Eh bien tout le monde ne peut pas avoir un Derek Cullen qui laisse des bouquets sur la grille.

L'Alfasud toussota plusieurs fois avant d'accepter de continuer son chemin.

— Tu remercieras ton père pour sa sollicitude, dit-il en repensant à sa question sur le rugby. Les copains orthopédistes de mon père estiment que je ne dois pas reprendre le rugby. En fait, ils ont déclaré que si j'étais un peu meilleur ils pourraient me consolider et je pourrais décrocher une sélection nationale, mais que ce faisant je finirais à moitié handicapé pour la vie. Je suis à peine à la limite du niveau international. Donc je vais me concentrer sur la partie supérieure du corps pour l'instant.

— Moi aussi.

— Moi aussi quoi ?

— Je vais me concentrer sur la partie supérieure de ton corps. C'est plus prudent comme ça.

Greg lui prit la main et l'arrima solidement sur son entre-jambe. Il conduisait les jambes très écartées, comme toujours. Darcy laissa sa main là où il l'avait mise pendant un instant, puis l'ôta.

— Mais si tu te concentres sur le développement du haut du corps, tout ce qui se trouve au sud de la ceinture va probablement s'atrophier, alors je ferais mieux de décamper tant que c'est possible, fit Darcy.

— S'atrophier ?

Il lâcha le volant et mit ses doigts en croix pour éloigner le vampire.

— Écoute, tu te rappelles à quoi ressemblait ta jambe quand on a enlevé le plâtre ? Toute ratatinée, pâle et ridée.

— Ma vieille, je trouve qu'il y a meilleur sujet de conversation quand je convoie une femme, que des prédictions sur l'atrophie de mes parties.

— T'inquiète pas. Tu ne me convoieras plus très long-temps. Je vais acheter une voiture.

Elle en avait parlé à sa famille quelques jours plus tôt.

— Quelle sorte de voiture ? s'était enquis son père.

— Je ne sais pas encore. On m'a conseillé de choisir quelques modèles d'occasion dans ma fourchette de prix et d'aller les contrôler avec un bon garagiste. Même si ça coûte un peu plus cher, ça permet des économies à long terme. Je ne suis pas pressée, de toute façon.

Plus tard ce même soir, Sophia l'avait interrogée sur la voiture.

— Je sais ce que tu as dit à Papa, mais qu'est-ce que tu comptes vraiment acheter ?

Darcy se mit à rire.

— Quelque chose d'aussi bizarre que possible. Une Morris Minor décapotable jaune canari, peut-être. C'est ce qui s'approcherait le plus de ma voiture rêvée – c'est celle du personnage Noddy dans nos livres d'enfant. Tu te rappelles ? Une petite décapotable jaune dont la porte s'ouvrait à l'envers avec un marchepied. J'adorerais avoir cette voiture.

Sophia s'efforça de se souvenir de la voiture de Noddy, sans succès.

— Je constate que tu te disputes moins souvent avec Papa.

— Ouais, j'ai trouvé un nouveau système.

— Ah bon ?

— Je mène les disputes dans ma tête d'abord, ce qui m'évite de les mener pour de bon.

— Que veux-tu dire ?

— La voiture est un bon exemple. Décision : acheter une voiture. Dispute possible avec Papa ? Premier problème : n'achète pas d'occasion, le marchand te dira toujours qu'elle appartenait à une vieille fille qui ne s'en servait qu'une fois l'an pour se rendre à une réunion de la Royal Dublin Society alors qu'elle a en fait appartenu à un pilote de dragsters drogué qui a trafiqué le compteur et ses quinze millions vingt-six mille kilomètres, accomplis pour l'essentiel sur du verre pilé sans que le moteur ait ni huile ni eau. Sur quoi ce point de vue paternel débouche-t-il ? Il en vient à déclarer que je devrais emprunter à la banque et qu'il garantira le prêt. Quand je précise qu'assurer une voiture neuve serait hors de prix, il rétorque que maman et lui seront très heureux, pour ma sécurité, de m'offrir la prime d'assurance comme cadeau d'anniversaire. Ce que je ne peux pas lui demander c'est d'ôter ses petites menottes bien intentionnées et dictatoriales de ma vie car je ne veux pas monter sur le trottoir roulant du service de la dette ni m'assurer d'un bon taux de crédit. Alors je me contente de parler des bons garages qui vérifieront ma teuf-teuf de Noddy pour veiller à ce qu'elle n'ait pas une suspension cassée ou pire.

— Tu as l'argent ?

— J'ai deux mille sept cent vingt livres, au jour d'aujourd'hui. Impôts déduits. Dans le tiroir du haut sous l'ordinateur si tu veux vérifier.

— Oh seigneur, Darcy ! Pourquoi ne pas le mettre à la banque ?

— Parce que je ne veux pas. Je veux pouvoir le recompter et me dire, ça c'est le billet de vingt livres que j'ai obtenu quand j'ai fait ce document pour le père de Greg et cette liasse de billets d'une livre est le fruit de ma vente de livres au magasin de livres d'occasion.

— Si la voiture que tu désires coûte trois mille sept cents livres tu pourras compter sur mille livres de ma part, pourvu que tu sois disposée à me la prêter de temps en temps.

— C'est ce qui s'appelle de la gentillesse.

Elle avait craché le mot comme s'il était visqueux.

— Pas du tout. C'est de la location à l'avance.

— Tu aurais horreur d'être vue dans la teuf-teuf de Oui-Oui.

— Tu as raison. Mais tu n'arriveras pas à en trouver, donc je pense avoir assuré mes arrières.

Sophia avait vu juste, tant pour l'absence de voiture de Noddy que sur la nécessité d'allonger la sauce d'un millier de livres.

— La voiture que j'ai trouvée coûte un peu moins de quatre mille livres, lui apprit Darcy. Les garagistes affirment qu'elle est en très bon état. Je te serais reconnaissante si je pouvais t'emprunter le millier de livres.

— Ce n'est pas un emprunt, c'est une location.

— Non, pas une location : il s'agit d'une Coccinelle Volkswagen !

Sophia éclata de rire.

— Et alors : tu crois que j'aurais honte d'être vue à son volant ?

— Exactement.

— Darcy, tu te fais des idées très catégoriques à mon sujet.

— Exactement.

— J'aurai l'argent demain. Contrairement à toi, je crois à l'utilité des banques.

— Comment se fait-il que tu aies de l'argent, d'ailleurs ? Tu ne travailles pas.

— Je garde les cadeaux d'anniversaire et de Noël qui font des petits.

— T'as déjà un plan d'épargne-retraite ?

— Oh, la ferme !

— Merci, en tout cas.

— C'est tout simple.

— Et c'est un prêt, Sophia, nous sommes d'accord ?

— Bien sûr que oui. Tu crois que je consentirais à être vue dans une Coccinelle ?

— Non. Surtout quand tu verras les couleurs.

— Les couleurs ? Au pluriel ?

— Quelqu'un a fait une expérience au champignon hallucinogène dessus : rose fluo, vert sombre avec des rougeurs et pois jaunes.

— Tu plaisantes.

Darcy ne plaisantait pas. Quand Robert King rentra du travail ce mardi, la Coccinelle était garée le long du trottoir.

— Elle rayonne littéralement, dit-il à sa femme.

— Mais comment donc : on la voit à travers deux murs, n'est-ce pas ?

— On dirait que c'est une maladie.

— Une septicémie motorisée ?

Il hocha la tête, abasourdi.

— Au moins, elle ne l'a pas rentrée dans l'allée ! dit-elle pour le remonter.

— Pourquoi ?

— Elle a pensé que tu serais contrarié.

— Elle est encore plus visible sur la chaussée !

— Mais on n'est pas certain qu'elle appartienne à un membre de la famille.

— Oh ! je vois : tu espères que les voisins croiront que quelqu'un abandonne cette épave pourrissante devant notre porte soir après soir ?

— Tu la préfères dans l'allée ou sur la chaussée ?

— Ni l'un ni l'autre. Elle aurait pu avoir une Honda Civic flambant neuve.

— « La petite voiture des femmes actives », énonça Colette d'un ton sentencieux. Je ne pense pas que cela corresponde très bien au style de Darcy.

— Qu'en pense Greg ?

— Greg trouve ça marrant, comme tout chez elle.

— Greg s'imagine que la vie est une partie de plaisir.

— Sophia fait le plus grand cas de lui. Elle pense que c'est ce qui pouvait arriver de meilleur à sa sœur. Elle le trouve noble.

Il est aussi discret, avait dit Sophia, se rappelait sa mère. Discret. Elle avait essayé de faire correspondre ce jugement avec Greg depuis lors, mais elle continuait de s'en étonner.

15.

Dimanche 11 mai 1986

Quel que soit le garage qui a examiné la voiture de Darcy, il a fait du bon travail car elle se porte comme un charme. Elle fait toujours un bruit qui tient à la fois de la tondeuse à gazon et de l'hélicoptère ; chaque fois que je m'installe dedans je ne suis pas à l'aise. J'ai l'impression d'être une naine tant le tableau de bord est haut.

Posséder une voiture est plus important pour Darcy qu'avoir un petit ami. Elle adore la liberté que cela lui procure et il lui arrive de se lever à peine couchée pour ressortir et conduire.

Si j'avais dû choisir quelqu'un pour elle, je n'aurais pu mieux tomber que sur Greg. Il la dynamise. Étant un homme trapu, il n'est pas indisposé par sa corpulence à elle, même lorsqu'elle porte les talons les plus hauts et que le sommet de son crâne est à la même hauteur que le sien. (Sitôt qu'elle prend beaucoup de poids, elle porte de très hauts talons et de gros bijoux. J'ai d'abord trouvé que cela la faisait ressembler à un cône glacé couronné de pastilles, et la déséquilibrait, mais à mesure qu'elle prend confiance en elle, elle a vraiment trouvé son genre.)

Elle a déjà insisté pour me rembourser l'argent que je lui avais prêté. En plus, elle m'a donné un bon à utiliser chez Brown Thomas en lieu et place d'intérêt car elle savait que je n'aurais pas accepté d'intérêt. Elle se débrouille très bien dans son travail et elle en est très contente.

Ce qui m'ennuie en ce moment, c'est que j'ai l'impression qu'elle n'aime guère mon copain Derek. Elle fait souvent l'éloge de sa générosité et de sa sollicitude à mon égard. Quand Greg a complètement oublié notre anniversaire elle lui a flanqué un coup de journal en l'invitant à prendre des leçons de savoir-vivre auprès de Derek.

Je suppose que, si j'étais follement amoureuse de lui, j'écarterais ces vibrations subliminales, mais je dois avouer que je n'en suis pas folle. Peut-être n'ai-je eu qu'une seule fois cette aptitude dans ma vie. Je me rends compte que je dois me forcer à être gentille avec Derek, ce qui est ridicule.

Le mot d'aujourd'hui est : *adventice*.

Définition : accidentel, additionnel, se produisant par hasard, dans un ordre inhabituel. « C'est une description, pas un commentaire adventice. »

17 Glanmire Park
Raheny
Dublin 5
12 mai 1986

Cher Alex,

Je t'ai déjà raconté que ma sœur ne permet pas à son poids de varier de plus de trois livres, en aucune circonstance, qu'elle apprend un mot nouveau chaque jour, qu'elle note une citation au moins une fois par semaine pour l'apprendre par cœur. Ce soir, elle m'a révélé qu'elle écrit cinq lettres par semaine parce qu'elles rendront quelqu'un plus heureux ou lui rappelleront son existence. Elle découpe des articles dans les journaux et les envoie à ceux auxquels ils seront, pense-t-elle, utiles.

Je parie qu'elle me nettoyait le cordon ombilical lorsque nous étions dans le ventre maternel.

C'est aussi un peu difficile parce qu'elle me demandait si Greg et moi étions polis avec Derek, son copain dont je t'ai parlé. Je n'ai pas pu lui avouer que notre politesse est de celle qu'on réserve à une vieille personne susceptible ou à un rottweiler dont on nous a dit qu'il est en réalité très doux. En réalité, je ne crois pas à l'existence de ce garçon. Je le trouve invraisemblable.

La septicémie pourrissante, ma voiture, est dans une forme merveilleuse. Mon père se félicite de la douceur de l'hiver car il affirme que les Coccinelles ont la réputation de se retourner en cas de verglas. Je trouve ça charmant, l'idée d'une voiture qui se retourne comme un chat désireux qu'on lui gratte le ventre.

La seule chose atroce quand on a une voiture, c'est qu'elle te permet de te conduire en parfaite idiote si tel est ton souhait. Au cours du dernier mois, je me suis relevée après minuit, me suis plus ou moins attifée et rendue à la boutique ouverte 24 h sur 24 pour acheter des bonbons. J'ai une passion pour les Mintolas et les barres au chocolat en ce moment. Sophia s'est réveillée mais n'a rien dit. Elle pense peut-être que ma relation avec Greg se complique et que j'ai besoin de rouler pour y réfléchir.

Cette relation ne se complique pas. Il est ce qui m'est arrivé de mieux, tout simplement. Je trouve fantastique d'avoir rencontré cet homme, noué cette amitié sans complications avec lui et qu'elle devienne plus affectueuse chaque jour. Je n'aurais jamais cru que cela pourrait arriver. Mais tu vas me dire que j'entre dans telle ou telle statistique.

Greg est en outre très intelligent. Assez pour ne pas l'être tout le temps.

L'une des choses qui me fait l'aimer tellement est son attitude à l'égard de mon poids. L'autre soir, au pub, la discussion tournait autour des prix de l'immobilier. Il a dit que le jour où nous achèterions notre maison, nous pourrions nous flatter d'acheter une maison de trois pièces mais que ce serait en réalité un deux-pièces : la troisième serait dévolue à ma garde-robe de grosse ou de mince, selon la période. J'ignorais qu'il savait que j'avais deux types de vêtements. Le plus petit est une veste de taille trente-huit mais je crois que l'étiquette est erronée. Le plus grand est un pantalon taille quarante-quatre qui a l'air d'attendre de figurer dans une de ces pubs où la femme amaigrie retient sa taille large d'un kilomètre pour bien montrer comme elle a maigri.

Darcy.

Carte postale 25 mai 1986

Darcy,

Ce n'est pas dans une statistique que tu figures. Tu te rattaches au concept baptisé *homophilie*, qui désigne notre tendance à trouver un partenaire parmi les gens ayant les mêmes traits que nous. De même que nous tendons à nouer des amitiés dans notre propre milieu social, nous tendons à recruter nos partenaires sexuels dans des réseaux identiques.

L'un des points de ressemblance est l'aspect. Si Greg est aussi beau que tu le suggères, il y a toutes les chances pour que tu le sois tout autant.

Alex.

Carte postale 31 mai 1986

Alex,

Tu perds la boule. Comment la beauté de Greg pourrait-elle me rendre belle ?

Darcy.

5345 Tradewinds Ave., n° 283
Fort Attic
Missouri, MO 33003
Mardi 3 juin 1986

Chère Darcy,

L'un des résultats récurrents de l'étude de l'accouplement des humains, c'est que la séduction physique des partenaires tend à être à peu près équivalente. Certains théoriciens considèrent que cela signifie que les gens recherchent activement, sinon inconsciemment, des gens dont la séduction corresponde à la leur. Certains chercheurs, dont Kalick et Hamilton, jugent que la raison pourrait être plus simple : les partenaires potentiels les plus séduisants – de l'un ou l'autre sexe – sont choisis rapidement, ce qui implique moins de choix pour les moins séduisants. (Je schématise leur théorie mais c'est à peu près ça.) Ainsi ta sœur, que tu tiens pour très séduisante, a noué, si je me

192

rappelle bien ta lettre de l'époque, une relation dans le mois suivant son entrée à la fac avec quelqu'un d'une séduction équivalente (peut-être ?).

En définitive : si Greg est beau, tu l'es sans doute.

Alex.

Carte postale 10 juin 1986

À l'attention d'Alex

1. C'est la première fois que je reçois un compliment hypothétique reposant sur des probabilités statistiques.
2. N'oublie jamais cela : toute règle a ses exceptions.

Darcy.

> *5345 Tradewinds Ave., nº 283*
> *Fort Attic*
> *Missouri, MO 33003*
> *Mercredi 18 juin 1986*

Chère Darcy,

Tu comprendras que, même si notre correspondance déborde de l'étude originale, il me faut de temps en temps la recadrer formellement et te demander des informations particulières. À ce que je comprends voici près d'un an que tu as une relation stable avec GM*. Tu as abordé divers aspects de cette relation, de sorte que je crois avoir une certaine idée de l'aspect du jeune homme, de sa manière de parler, de son attitude, etc. Cependant tu n'as nullement traité l'aspect physique de cette relation, pour deux raisons, à mon avis.

La première, c'est que, dans la mesure où cette relation est la première qui ait sérieusement impliqué tes sentiments, tu as besoin d'une certaine intimité et répugnes donc à mettre sur le papier les aspects les plus personnels de cette relation. À cet égard, je t'invite à noter que GM est inconnu de ce côté-ci de l'Atlantique et que les détails que tu fournis ne sont liés à aucun individu connu ou identifiable.

La deuxième est que, dans la mesure où tu m'écris depuis un certain temps d'une manière très libre et sans formalisme, tu pourrais désormais être gênée par cette « relation ». Il est capital qu'aucune gêne de ce genre ne vienne contraindre ta contribution à cette étude qui a jusqu'ici été d'une importance considérable. Je vais me rapprocher – avec ta permission – de mes collègues pour voir s'il ne serait pas judicieux de t'assigner un nouveau correspondant dans cette étude.

Merci de me faire part de ton sentiment.

Alex.

---

* L'emploi d'initiales permettra d'évacuer la pénibilité du problème.

17 Glanmire Park
Raheny
Dublin 5
25 juin 1986

Cher Alex,

Quelle merveilleuse aptitude à te transformer en Professeur Impassible ! (Je dois te présenter à ma sœur Sophia. Ses « vous voudrez bien » et « vous concernant » s'en donneraient à cœur joie avec tes « merci de me faire part de ton sentiment »).

L'emploi d'initiales accroîtrait la pénibilité, bien loin de la diminuer. Jamais je ne pense aux gens que par leur prénom. Il y a une semaine, quelqu'un a téléphoné au bureau pour demander à parler à M. Dunwoody. (Je suis désormais surveillante, figure-toi. Je pourrais presque m'acheter une BMW mais suis trop attachée à ma septicémie pourrissante.)

C'est un faux numéro, ai-je dit. Le téléphone sonne à nouveau. La même voix. Peut-il parler à M. Dunwoody ? Je suis navrée mais c'est un faux numéro. Il n'y a pas de M. Dunwoody ici. Vraiment ? Non. Mais vous êtes bien Télé-Prompt ? Oui, en effet. Davey Dunwoody ? *Oh, Davey* ! Ne quittez pas, je vous le passe... Je n'avais jamais pensé à Davey comme ayant un nom de famille. Jamais je ne pense à toi comme Alex Chose. (Enfin, il m'arrive, quand je reçois un de tes accès de formalisme comme celui d'aujourd'hui, de penser à toi comme à Alex le vieil universitaire à la calvitie galopante. Mais je suis peut-être en retard. Ta calvitie est sans doute intégrale.)

Je vais penser à ta demande et t'enverrai des détails. Pour

l'instant, qu'il me suffise de dire (c'est un échantillon gratuit du style Sophia) que nous avons fait beaucoup de choses mais pas ÇA.

Ne te risque plus à me suggérer le transfert à un autre prof. Ça m'a pris assez longtemps de m'habituer à toi.

Bien à toi, décidée à faire des efforts.

Darcy.

17 Glanmire Park
Raheny
Dublin 5
2 juillet 1986

Cher Alex,

Des courants de conscience se présentent. Greg et moi. Des étapes. Des phases. Qui commencent par va-t-il appeler, n'appellera-t-il pas, faisons comme si l'on était indifférente, paniquons lorsqu'on répond au téléphone, soyons à peine polie quand c'est l'un des millions de ceux que mon père appelle « les soupirants de Sophia ». Des jours faits de roses et de soupirants, telles sont les journées de Sophia. Je ferme la marche, toujours confiante, mais sans ramener le drapeau du cynisme car l'espoir est honteux et la naïveté passible de mort.

Stupéfaction quand il appelle en effet, malaise devant son aise. L'impression d'être préparée à une mauvaise blague. Je pensais que tu avais rendez-vous avec le beau Greg, non ? Oui ou non ? Regardez sa tronche-tudieu ! On se fout toujours des grosses. Que ce soit conscient ou inconscient, ça revient au même. Ces rires sont comme un missile à détecteur de chaleur. Un missile à détecteur de graisse. Partout où l'on va on n'a qu'à attendre pour que la mèche s'allume. Essaie quelque chose dans une boutique, sors de la cabine, regarde-toi, mécontente de la manière dont le col rebique quand en réalité ce qui ne va pas c'est que le vêtement est rejeté par tes hanches, qu'il bâille sur la poitrine, se révolte sur ta cuisse et il te faut rester là, avec quatre miroirs qui te multiplient un million de fois jusqu'à ce que la grosse rougeur de ta lutte avec lui disparaisse sous le col.

Essayer de justifier son intérêt pour moi en maigrissant,

puis entrer dans un conflit avec lui, on va le contrôler, l'enfoiré qui prétend qu'il s'en moque, on va bien voir s'il s'en moque quand on prend neuf kilos alors qu'on pèse déjà trop et qu'on doit vivre sous des blouses et des sacs. Les regards méprisants sur toutes les autres grosses, sans compassion.

Faire semblant tous les jours, en attendant le commentaire : « Je ne sais pas comment tu tiens, tu ne manges rien. » C'est vrai, je ne mange rien en même temps que les autres. Comme mes sœurs de graisse, je ne mange rien avant la nuit où je peux m'empiffrer sans que personne voie et juge.

Puis je commence à l'entendre lorsqu'il parle des longs cheveux, épais, brillants, luisants et roux, dorés au soleil, coiffables et splendides comme ceux d'une reine de bande dessinée celtique de Jim Fitzpatrick. Les regarder quand il parle des petites mains blanches et entoure les poignets minces de ses grandes paluches fortes. Sans s'aplatir pour répondre à son assurance, marcher main dans la main avec un homme fier de vous appartenir.

Puis essayer son nom dans la conversation, avec indifférence même si on l'est pas. « J'ai remarqué la même chose chez Greg... » « Greg me racontait... As-tu jamais remarqué, avec Greg... » Facile quand on a le pessimisme assuré de qui a dérapé dans un million de murs de pierre.

Puis embrasser, être embrassée et son affection pure si agréable. Pas un toucheur, il embrasse malgré tout sa grand-mère, étreint son père, soulève sa mère en riant. Chats et chiens viennent se frotter contre lui et ses grandes mains vont vers eux distraitement, pour se loger derrière l'oreille.

Embrasser devient plus que de l'affection, la conscience sur son visage, tu vois quel effet j'ai sur toi, tu vois comment je peux transformer ta respiration, faire que le plancher s'effondre sous tes pieds, tu vois comment je peux t'arrêter quand tu ne me désires qu'à moitié, comment je peux te faire rire et haleter dans un mélange de désir, de refus et de joie. Les grandes mains sur le cou qui s'insinuent dans le col. Sur l'épaule et qui glissent sur le haut du bras.

À travers les cardigans, les corsages et les soutiens-gorge. Quelques caresses, on arrête, on se tapote la jambe, rentrons.

196

Dans le cardigan, à travers le rembourrage de coton, le soutien-gorge doux, la paume qui fait gonfler le téton sous le tissu, le plaisir, la promesse, l'attente. Le déboutonnage, on regarde fasciné, la grande main qui se recroqueville lentement, la paume rêche à l'intérieur du soutien gorge. La main plus petite qui cherche la dureté...

Points de suspension.

Fin de l'histoire. Fin de l'histoire pour le moment. Je n'en suis pas encore au stade où je suspends une capote sur la porte avant l'arrivée de Greg. N'en ai jamais parlé avec Sophia car je sais que j'écoperais d'un discours sur la valeur inestimable de la virginité. Ce n'est pas entièrement faux. La virginité est si foutrement (*sic*) rare aujourd'hui qu'elle est pratiquement inestimable, mais je n'ai pas l'intention de mourir idiote (j'espère.)

Au fait (dit-elle en fuyant à toute vitesse un domaine susceptible de la faire périr d'embarras), tu n'oublieras pas que c'est à moi que tu dois la nouvelle : ma sœur s'est vu promettre un poste chez *Positionings* à la minute où elle décrochera son diplôme. Sans doute dirigera-t-elle la boîte un an plus tard. Dire qu'elle les a bouleversés au point de leur faire perdre leur petite culotte au cours de son stage d'été est le sous-entendu du siècle.

Pour en revenir aux lacérations de soutien-gorge, puis-je te rappeler que je t'ai demandé, il y a bien longtemps, des données sur le bonheur résultant de la baise et toutes les informations à ce sujet. Es-tu encore en train de conseiller les acteurs sur la bonne manière de jouer les drôles d'oiseaux ?

Darcy.

5345 Tradewinds Ave., n° 283
Fort Attic
Missouri, MO 33003
Jeudi 8 juillet 1986

Chère Darcy,

Merci beaucoup pour les informations désormais rangées dans leur classeur. Aucune question supplémentaire.

Je travaille toujours pour les films, oui. En ce moment, pour une mini-série télé au sujet d'un tueur en série de Long Island qui dès ses premières années de jardin d'enfant et d'école était promis au rôle de victime.

À mon sens, il serait intéressant et exact de montrer deux choses : la composante génétique de son caractère asocial (comment les enfants ont-ils noté si tôt que celui-ci était différent, qu'il fallait l'éviter ou le brutaliser ?) et en même temps, la composante environnementale – en d'autres termes, les dégâts causés sur son développement par les brimades de ses pairs à l'école. Mais le scénariste et le metteur en scène ont choisi de ressusciter le vieux modèle de Bettelheim. Une mère frigide rejetant un fils fou. C'est fort satisfaisant d'un point de vue dramatique et ça offre beaucoup de latitude à l'acteur.

S'agissant du bonheur et de la satisfaction sexuelle, il serait faux de dire que le jury n'a pas encore rendu son verdict, quoique celui-ci ne soit pas encore complet. Si l'on considère d'abord le malheur, les premières études ont tendu à prouver que les hommes célibataires étaient beaucoup plus malheureux que les femmes célibataires.

En fait, les recherches indiqueraient que (en disant les choses très grossièrement) les femmes tendent à être plus heureuses si elles restent seules alors que les hommes sont plus heureux s'ils se marient. Quand on considère les traits communs aux gens qui se disent « très heureux » on trouve notamment la jeunesse, l'éducation, la bonne santé et l'aisance.

Les gens jeunes, instruits, en bonne santé et aisés ont une meilleure chance statistique d'être actifs sexuellement et de trouver satisfaction et plaisir sexuel dans cette activité, mais il est difficile de savoir si c'est la cause ou le résultat du bonheur.

Avec mes meilleurs messages,

Alex.

18 juillet 1986

Cher Alex,

Je ne crois pas dire souvent merci pour toute cette éducation à longue distance. Merci.

Ma sœur me dit : « Le bonheur est une décision qu'on prend, comme le courage. » Sa théorie semble être que les actes de bravoure répétés finissent par construire un caractère qu'on peut appeler courage et que réagir jour après jour par la gaieté aux désagréments de la vie crée du bonheur.

Je n'arrive pas à comprendre cela. Pour moi, le bonheur est comme ce jour de grand vent où le sac en plastique a contourné l'église pour venir se coller sur la figure de Mme Corcoran, comme s'il attendait ça depuis longtemps. Le bonheur attend au coin de la rue et il se colle sur mon visage tandis qu'à d'autres moments, c'est la tristesse, le ressentiment, la culpabilité, la dépression ou la rage aveugle qui s'y collent. Le bonheur de Sophia a quelque chose de vertueux et je devrais l'en admirer. L'étrange, cependant, c'est que plus on devrait admirer quelqu'un pour une raison précise, moins on l'admire en réalité. Non que Sophia veuille être admirée. Elle passe son temps à repousser les gens qui la trouvent brillante, belle, talentueuse et d'excellente compagnie.

Darcy.

P.-S. – Merci pour le chèque.

16.

À l'automne de l'année suivante, 1987, Greg partit dix semaines à Chicago avec plusieurs de ses condisciples en comptabilité pour un projet à la maison mère de la société. Il revint en novembre.

— Tu es un salaud, tu sais, de ne pas m'avoir écrit, s'exclama Darcy en montant dans sa voiture. Tu ne changeras pas, mais je tiens quand même à le dire pour marquer le coup. Si Sophia a des soupirants, j'ai des salauds.

— Tu préférerais avoir Derek l'Obéissant, promenant partout sa tête d'abruti et de candidat des Samaritains ?

— Non, mais c'est parce que j'ai des tendances sadomaso pathologiques. Je préfère le marrant à la fidélité soporifique.

— La fidélité soporifique. C'est encore un mot de Sophia ?

— Écoute, crétin. Il m'arrive de savoir parler toute seule. Je t'interdis d'ailleurs de te servir de cette expression sans me verser des droits.

— Ça va, ça va. Beethoven va se marier.

— Quoi ? Mais c'est un gamin ! Il a à peine vingt ans, non ?

— Aileen veut un grand mariage en blanc et que tu sois le témoin. Lui ne veut pas de mariage, blanc, rouge ou bleu, mais il obtempère. Il est vraiment doué pour obtempérer.

— Pourquoi ?

Greg haussa les épaules.

— Ça rend Aileen heureuse ; quand elle l'est, elle lui fiche la paix et il peut composer.

— Donc, il l'épouse pour épouser la musique.

Greg fronça le nez, comme il faisait toujours quand elle suranalysait ce qui semblait facile et évident.

— Je n'ai aucune envie d'être son témoin.

— Inutile de me faire un dessin : tu te dis que tu vas devoir faire un régime !

— Hélas ! Les robes des dames d'honneur sont toujours des trucs en satin brillant avec des foutus nœuds collés partout. J'aurais l'air d'une tirelire astiquée.

Jugeant que la place de parking qu'il avait trouvée était la plus proche possible du restaurant, Greg arrêta la voiture, puis se pencha vers Darcy en ramenant ses longs cheveux derrière les oreilles.

— L'idée ne t'a jamais effleurée qu'Aileen et Nicholas t'invitaient en sachant bien quel est ton poids aujourd'hui et sans te demander de maigrir ?

— Oh, ça je le sais, dit-elle sèchement.

— L'idée ne t'a jamais effleurée que le jour dit, Aileen sera un peu plus préoccupée par son aspect que par le tien ?

— Et alors ?

— L'idée ne t'a jamais effleurée que le témoin aura du mal à éloigner les mains des courbes de satin luisant susdites ?

— Ça sera toi le témoin ?

— Et qui croyais-tu que ce serait ?

— L'idée ne m'était pas venue.

Greg ôta les mains de son visage et mima la colère.

— Charmant. Tu étais prête à remonter la nef en joignant les bras avec un parfait inconnu. Un inconnu anonyme...

— D'autant plus de raison pour perdre du poids.

— Un parfait inconnu ?

— Non. Le fait que ce soit toi. Toute l'église dirait : « Regardez cet Apollon, ce sac d'hormones sur pied au bras de ce cageot, la sœur de Sophia King. Le laideron. »

Greg l'attira vers lui.

— Il y a beaucoup plus de chances qu'ils disent : « Seigneur, quel beau couple, comme ils vont bien ensemble. »

— Tu es très gentil.

— Cela va peut-être durer encore, Darcy, parce qu'il faut t'expliquer longtemps, mais un jour tu finiras par comprendre. Je ne t'aime pas en dépit de ton aspect. Je t'aime à cause de ton aspect. Je n'oublierai jamais ta mine cet après-midi de la répétition à la RTE. Tu étais la fille la plus sexy que j'aie jamais vue.

— Que vas-tu porter ?

— J'attends les instructions d'Aileen.

Les instructions ne se firent pas attendre : un col cassé pour son futur mari et son témoin, des jaquettes grises et des hauts-de-forme. Nicholas sourit sans mot dire et obtempéra. Greg était enchanté de son costume. Darcy perdit, quant à elle, dix kilos dans les trois mois précédant le mariage. Elle avait très belle allure dans le satin bleu paon qu'Aileen lui avait choisi, avec des rubans de satin du même bleu courant dans sa chevelure auburn.

— Je t'avais bien dit que nous serions superbes, lui murmura Greg à l'autel.

Lors de la réception, il fit un discours spirituel, soucieux de la mariée, du marié et de leurs familles, un discours acéré, à peine en deçà de la cruauté et prononcé avec une aisance trompeuse.

— Tu devrais faire de la télé, lui dit Darcy par la suite, comme ils dansaient.

— Hum ?

— Je regardais le public pendant que tu faisais ton discours. Ils étaient amoureux de toi. Je t'assure, ils te désiraient.

Sophia, qui était invitée aussi avec un Derek Cullen d'une élégance désespérante, lui tint un langage très semblable.

— Ce discours n'avait rien d'improvisé, dit-elle à Greg. Tu as dû beaucoup le travailler.

Greg fit un clin d'œil à Derek.

— Derek, tu connais Sophia, mais permets-moi de te dire une chose à son sujet. Lorsqu'elle te fait un compliment sur ce ton aussi sérieux, tu peux être certain qu'une morale s'en dégage à la fin !

Sophia éclata de rire.

— Je pense seulement qu'un être ayant ton talent devrait faire de la télévision.

— Tu seras heureuse d'apprendre que ta sœur et toi partagez le même avis.

À cet instant, l'orchestre cessa de jouer. Nicholas gagna le micro et demanda le silence par geste. Avec ses cheveux minces trempés de sueur, il avait l'air d'un clochard qui aurait emprunté un costume de marié pour quelques heures et aurait trouvé le moyen de l'abîmer dans l'intervalle.

— Pour Aileen... Darcy ?

Darcy, de l'autre côté de la pièce, lança à Greg ce regard vide qu'on substitue aux yeux levés au ciel quand on ne peut les lever.

— Darcy a horreur de ça, murmura Greg à Sophia.

Darcy vint se poster, parfaitement immobile devant le micro, puis se mit à chanter. Les invités, ignorant la chanson, eurent d'abord l'air poliment ennuyés mais la voix puissante, la passion presque irritée de son chant les entraînèrent bientôt. C'est ça l'amour, disait la chanson. En voici la définition. Tout le reste est de deuxième ordre. Derek, décontenancé par la voix et le type de chanson, regarda Sophia comme à la recherche d'une explication. Il la découvrit figée, les yeux perdus bien au-delà de la silhouette bleu paon de sa sœur.

Lorsque Darcy eut fini, Greg posa sa grande main sur l'épaule de Sophia, l'étreignit gentiment puis traversa les applaudissements, souleva Darcy dans les airs et exigea que l'orchestre joue « La plus jolie fille du monde ».

— Pour la mariée – et, que diable, pour la dame d'honneur aussi ! cria-t-il en ranimant les applaudissements.

— Ni l'une ni l'autre ne sont ne serait-ce que moitié aussi belles que toi, chuchotait Derek à Sophia comme elle l'avait prévu.

— Derek, pourrais-tu me trouver un verre de jus d'orange et prends quelque chose pour toi aussi. Je veux te dire un mot, déclara-t-elle si sérieusement que son copain se précipita pour chercher les boissons, livide d'anticipation.

Darcy et Greg, eux, étaient sur la piste de danse, enchantés l'un de l'autre.

— Tu veux qu'on te paie maintenant ou plus tard ? s'enquit Darcy en riant.

— Je n'ai qu'un désir : pouvoir partir d'ici assez tôt et te dire des choses monstrueuses, répliqua-t-il en se frottant fort contre l'éclat de sa robe de satin.

— On ne peut pas partir avant les mariés, lui dit-elle, la voix rauque de désir.

— Si Beethoven ne se magne pas, je vais l'expédier moi-même dans la limousine.

L'orchestre avait abordé un morceau plus lent et quelqu'un baissa l'intensité de la lumière. Sophia et Derek sortirent par une porte dérobée dans le jardin de l'hôtel ; il avait passé le bras autour de sa taille gracile.

Ils gagnèrent une chaise de jardin où elle s'installa. Derek se retrouva seul avant d'avoir eu le temps de le comprendre. Ce fut plus brutal que Sophia l'avait prévu. Il vaut mieux aller vite, lui suggéra une partie de son esprit. L'autre partie désapprouvait : il fallait agir avec soin et considération.

— Derek, je voudrais que nous mettions de la distance dans notre relation.

À sa vive surprise, il se pencha sur la chaise comme un enfant apprenant à nager à partir de la posture assise, collant les mains sur son front comme si elles seules pouvaient l'empêcher de tomber sur le gravier. « Je le savais, je le savais, je le savais », dit-il. Il se frappait le visage, les mots lui échappaient, mêlés aux larmes et à la morve. Elle ne disait rien. Il finit par regarder à nouveau pour vérifier si elle était toujours là et s'aperçut qu'elle le regardait non avec compassion mais avec la curiosité vaguement inquiète d'une mère vérifiant la durée d'un accès de toux chez un enfant.

— Tu es brutale, hurla-t-il soudain, en bondissant sur ses pieds et se trémoussant presque devant elle.

— Ton chagrin ne te donne pas le droit de m'injurier, se dit-elle en se levant et brossant sa jupe de lin. Tandis qu'elle le regardait, il se replia comme les pattes d'une planche à repasser, s'agenouilla sur le gravier, penché en avant, tendant le cou.

Elle le planta là et rentra dans l'hôtel au moment précis où Beethoven et sa femme s'en allaient. Aileen avait jeté son bouquet avec une telle précision que Darcy n'aurait pu manquer de le recevoir, sauf si ses bras avaient été immobilisés contre son corps.

— On fout le camp, lui dit Greg à l'oreille.

— Faut que ce soit dans ma voiture, lui rappela Darcy.

— Oh, merde.

— Oh, chut !

— Je vais chercher les manteaux.

Trois minutes plus tard, ils étaient en voiture, Darcy conduisait, Greg changé, étendu – pour autant qu'on puisse s'étendre dans une Coccinelle – sur le siège du passager.

— Où va-t-on ?

— Bull Wall.

La chaussée menant à Bull Island, avec sa plage longue de douze kilomètres, était plus claire que d'habitude.

— C'est la pleine lune, dit-il.

— Tu l'as convoquée ?

— Ce n'est pas la seule chose que j'aie convoquée.

Darcy gara la voiture à une centaine de mètres de la chaussée.

— Tu ne fermes pas ?

— Il n'y a rien à voler, répliqua-t-elle en fourrant les clefs dans sa poche.

— Et la voiture elle-même ne mérite pas d'être volée.

— Ne critique pas ma voiture. Je l'adore.

— Une surveillante devrait en conduire une meilleure.

— Ladite surveillante pourrait conduire prochainement une Oldsmobile ou quelque chose comme ça. Ils veulent m'envoyer en Amérique.

— Oh, ne me fais pas marcher !

— Tu es bien allé à Chicago.

— Pour trois mois.

— Mon séjour aux États-Unis pourrait être de la même durée.

— Tu me manquerais terriblement, Darcy. Mais tu dois faire ce qui est bon pour ta carrière.

— Tu as donc écouté tes rares amies féministes ?

Les vagues se brisant doucement sur le rivage étaient lumineuses au clair de lune. D'autres couples se devinaient dans la pénombre, certains vêtus de velours et de bottes de caoutchouc pour une promenade sérieuse, d'autres en satin et chemises à jabot au sortir d'un bal.

Les talons hauts de Darcy s'enfonçaient dans le sable tandis qu'ils s'embrassaient, serrés l'un contre l'autre, leurs manteaux déboutonnés laissant leurs corps se toucher, échanger leur chaleur. Ses mains à lui, insinuées dans son manteau, la pressaient, caressaient le satin sur son dos, la renversaient en arrière tout en serrant ses seins. Elle ferma les yeux sous le plaisir, en bougeant les hanches contre les siennes. Il repoussa l'épaule de satin, libéra le sein pour y porter la bouche sous la nuit froide. Gémissante, elle tâtonna, défit la fermeture Éclair, porta la main sous le coton puis la dureté palpitante.

Sa main à lui continuait d'avancer, glissant sur le satin, sur cet autre satin entre ses cuisses, ouvertes sous sa main qui atteignait maintenant l'élastique du slip, s'insérant sur l'humidité chaude. Le cœur battant, ils gémissaient de douleur, près de jouir, haletants de voir jusqu'où ils s'aventuraient, si près.

— Oh, regagnons la voiture !

Il laissa retomber la longue robe lourde et ramena le tissu sur la ferme douceur de l'épaule, la maintenant tournée si bien qu'ils trébuchaient, s'arrêtaient tous les quelques mètres pour s'embrasser encore, sa main continuait de l'étreindre, et ce plaisir la poussait au-delà de la surprise devant son propre abandon. Une fois dans la voiture, comme pour contrarier et prolonger le désir gonflé et douloureux, ils s'embrassèrent encore, se touchèrent encore.

Puis il repoussa les deux sièges le plus loin possible ; elle glissa à travers et il s'insinua sur le satin, déchira avec les dents un étui de préservatif, tripota les plis de plastique tandis qu'elle essayait de s'installer entre les sièges, posait les mains sur ses hanches nues. Il baissa sa culotte, jouait avec elle, pivotant des coudes et des genoux, en quelques mouvements improbables dans un espace de métal et de vinyle aussi inamical. Il jurait, ce qui l'excitait encore. Elle se trouva sous lui, au bon endroit et voici qu'il entrait en elle...

17 Glanmire Park
Raheny
Dublin 5
9 mars 1988

Cher Alex,

Je vais t'écrire ça. Je ne l'enverrai peut-être jamais. Question : peut-on mourir d'embarras ou de honte ? Question : est-ce que je mérite de suivre un régime ou serai-je toujours une grosse truie ? Question : suis-je en train d'esquiver le sujet en posant des questions ?

Mais quel est le sujet, en réalité ?

Le sujet est la défloration de Darcy. Fais une croix sur ton calendrier, le 4 mars 1988.

En outre, imagine le cadre. Prends une Coccinelle mangée par la rouille et mets-la dans la baie de Dublin. Des hectares de sable dur sur lesquels marcher, des vagues léchant le rivage, des amants lovés dans les dunes.

Donc tu te représentes une Coccinelle. Ajoute un garçon viril, taillé en haltérophile, solide comme un camion, de 1,90 mètre. Ajoute encore une grande femme, plus de 1,70 mètre, pesant entre 72 et 78 kilos. Favorisant les cuisses et le cul aux dépens de la poitrine, mais solidement construite elle aussi.

Installe ces deux grands gaillards, plus des manteaux multipliés par deux, plus une capote dans la VW. Les dossiers des sièges sont fixes si bien que l'espace nécessaire pour quelque chose est réduit par deux.

Ajoute un désir suffisant pour remplir un bus à impériale. Remplis les carreaux de buée due aux halètements.

Maintenant, on est prêt. En fait, non, on n'est pas du tout prêt, mais puisqu'on s'est mis dans cette situation et puisqu'on crève de ne pas le faire, on continue. Moi (la grande fille), je suis si partie que je ne peux pas penser droit. J'attendais quelque chose comme un tampon. J'ai dégoté un truc minable.

On avait l'impression d'un truc éclaté et émoussé et quand ça s'est arrêté, enclavé, j'ai failli dire « si tu dois t'arrêter, arrête-toi dehors et referme la porte derrière toi ».

Mais il n'allait pas s'arrêter, hein ? Que non. Il avait juste besoin d'une meilleure prise. Comme celui qu'a dit que, si on lui donnait un bon point d'appui, il se faisait fort de déplacer la Terre. Brusquement j'entends un rugissement écrasant, effroyable et dévastateur. Il me tombe dessus et me repousse encore plus loin entre les deux sièges et je ne peux plus bouger les côtes et j'imagine la tête de ma mère quand elle lira les gros titres de ma mort honteuse.

Il gémit de manière concentrée et je fais deux choses. Je suffoque. Et j'essaie d'imaginer si c'est bien ça. Ne devait-il pas

y avoir un apogée ou que'que chose ? Je ne parle pas de moi
– je veux juste voir s'en aller ce truc minable et ne plus
suffoquer, mes besoins sont simples et purs. Je parle de lui.

— Oh merde, dit-il au bout d'un moment.

— Oh *merde* ? merci beaucoup Greg.

— Oh Darcy, je suis désolé.

De quoi ? Du truc minable ? C'est pas grave. De l'asphyxie ?

— Peux-tu t'écarter un peu de moi, j'ai du mal à respirer.

— Je ne sais pas si je peux, c'est le problème.

— Quel est le problème ?

— Je suis coincé.

Toutes sortes de répliques possibles se présentent, y
compris « coincé dans quoi ? »...

Il est arrivé à prendre assez d'appui avec les coudes pour
s'arc-bouter loin de moi et je me suis extraite de la fente entre
les sièges, j'ai rampé, poussé la poignée et suis tombée le cul
sur le sable. J'ai juré, il a ri et puis m'a injuriée parce qu'étant
donné l'angle où il était, rire lui faisait mal.

« Mieux vaut en rire qu'en pleurer », entendais-je ma mère
me dire. Pas maintenant, M'man. Une autre fois. Mais c'est
comme ça avec les sentences maternelles. Elles sont alignées et
prêtes à glisser par toutes les fentes de l'inconscient. J'ai tâtonné
au-dessus de sa tête et allumé le plafonnier. Il avait une épaule
sur chacun des dossiers. Sa tête pendait à l'arrière de la voiture.
Le tableau de bord semblait l'avoir avalé, comme des mâchoires
de requin. Du moins avait-il avalé une grande partie d'une
jambe. Assise sur le sable humide, c'est ce que je repérais. Pour
trouver un angle meilleur, il avait enfoncé le pied dans le
tableau. Un de ses mouvements avait activé l'ouverture de la
boîte à gants. Un autre avait poussé son pied dans cette boîte,
en avait cassé le fond de plastique : son pied était emmêlé dans
un lacis de câbles et de fils de couleur. Le Tarzan de la boîte à
gants. Le Rambo du Tableau. Je ricanai. Il se mit en rogne.

— Mieux vaut en rire qu'en pleurer, dis-je pour être secou-
rable, en me demandant d'où venait cette citation. (As-tu une
idée ?)

— N'en rajoute pas, Darcy ! dit-il d'un ton soudain
vertueux, comme s'il se rendait en pèlerinage à Knock ou au
Lough Derg.

208

Continue tes insolences, espèce de casseur de boîte à gants, me dis-je, et non seulement je te laisserai en plan, mais j'allumerai les phares pour attirer les gens et qu'ils te voient.

— Allez, viens, libère-moi.

Je m'assis à côté de lui.

— Greg, permets-moi de te dire une chose : ce n'est pas la nuit la plus charmante de ma vie.

— Oh putain, Darcy !

— Ce n'est peut-être pas non plus la nuit la plus agréable de ta vie, mais – comment exprimer cela sans brutalité ? M'avoir mise dans la situation où tu m'as mise, en lacérant ma robe et ma voiture et peut-être mes vertèbres aussi, ne te donne pas ipso facto le droit de m'ordonner de désengager ton pied surdimensionné de l'endroit où, te le rappellerai-je, tu l'as toi-même mis sans aide de ma part.

— Darcy, ferme-la et aide-moi.

— Greg ?

— Oh quoi, quoi, qu'est-ce qu'y a ?

— Ne me redis plus jamais de la fermer.

— Je plaisantais, d'accord ?

— Non, pas du tout. Maintenant, si t'es gentil, je pourrai peut-être te désengager. Et sinon, eh bien, je rentre à pied et tu seras baisé.

Il y eut un petit silence.

— À moitié baisé, dit-il d'un ton plaintif et nous nous sommes mis à rire tous les deux, ce qui était sans doute la pire chose que nous pouvions faire parce qu'il a perdu sa prise sur les dossiers et fait un tour à 180 degrés. Sa jambe est entrée encore plus loin sous le capot et il s'est encore plus écorché et a davantage crié. En plus le plafonnier s'est éteint, peut-être parce qu'il avait fait un court-circuit. Je me suis mise à tâtonner autour de sa jambe, en essayant de trouver ce qui la retenait. Tantôt il gloussait parce que je le chatouillais, tantôt il jurait d'exaspération.

— Greg, je ne peux pas te libérer.

— Oh, je t'ai dit que j'étais désolé.

— Pas exactement, mais là n'est pas le problème. Je ne peux pas te libérer – ton père comprendrait cela – parce que tu as créé une sorte de dentelle crantée dans le plastique et seul quelqu'un d'aussi fort que toi pouvait le faire. C'est la bonne nouvelle. La mauvaise, c'est que je ne peux pas casser un à un tous ces crans. Je ne peux même pas les atteindre.

— Quel est le rapport avec mon père ?

— Ça me rappelle la manière dont marchent les valves des veines. Elles s'ouvrent dans un sens, mais si on essaie de les ouvrir dans l'autre, ça ne marche pas.

— Que mon père aille au diable. Je vais sortir de là !

Il s'arc-bouta et tenta de remonter la jambe piégée de toutes ses forces, ce qui enfonça bien sûr tous les crans dans sa cheville et lui fit un mal de chien.

— Darcy ! !

— Je t'avais prévenu.

Un long silence s'installa.

— À quoi penses-tu ? me demanda-t-il.

Stupidement, je le lui dis.

— Je me demandais si tu aimerais que je mette la radio.

Il me dit d'aller me faire fiche sur un ton vraiment désespéré.

— Je ne vois pas ce que je peux faire d'autre, lui dis-je finalement. Je dois gagner la chaussée, trouver une cabine téléphonique et appeler les pompiers.

— Putain, fit-il sans songer à la longue marche qui m'attendait : n'appelle pas les pompiers, mais ce foutu Beethoven.

— La nuit de son mariage ?

— Il ne s'en irritera pas.

— Aileen si. Et moi aussi.

Il réfléchit un moment et fit une autre tentative pour se libérer.

— Très bien, comme s'il me permettait une folie à ses dépens. Vas-y.

— Merci.

Je me mis à marcher. Une fois sur la chaussée, a fortiori audelà, j'étais épuisée, rien d'étonnant puisqu'il est une heure du matin et que j'ai servi de dame d'honneur, dansé en talons hauts, puis tenté une union dans une voiture trop petite avec un incapable surdimensionné qui m'a privée d'orgasme, de voiture en ordre de marche et maintenant que j'y pense de petite monnaie pour la cabine. Je suis en train de me demander comment téléphoner sans argent quand des phares apparaissent à l'autre bout et je discerne trois personnes dans la voiture. Meurtre, Viol et Vol, me dis-je comme si c'était les noms des Marx Brothers.

« Meurtre, Viol et Vol » sont dans une voiture blanche nantie d'une lumière bleue légèrement de guinguois sur le front : c'est la police, les flics, les poulets, la Garda Siochana. Vais-je me précipiter devant eux en criant « Au secours » ? Avant de m'être décidée, je constate qu'ils ralentissent et s'arrêtent à mon niveau, qu'ils baissent la vitre et me regardent.

— Avez-vous un problème, mademoiselle ?

— Ai-je un problème ? m'exclamé-je d'une voix suraiguë.

Les trois bonshommes se dévisagent l'air de dire « Elle en tient une couche, celle-là ».

— Eh bien, avez-vous un problème ? s'enquiert Vol sur le siège du passager.

— C'est mon copain qui en a un, lui dis-je. En fait, il se trouve à environ cent mètres dans cette direction, dans une Coccinelle, renversé – lui, pas la voiture –, le pied coincé dans la boîte à gants et sans pouvoir s'en libérer.

Meurtre, Viol et Vol échangent des regards de confirmation. Meurtre, silhouette obscure à l'arrière, prend enfin la parole.

— Ça a l'air d'être un problème.

Nous sommes en présence d'une graine typique de commissaire, de toute évidence. Cette judicieuse analyse des problèmes est de celles qui vous valent une promotion. La porte s'ouvre et je monte à côté de lui.

— Et vous, ça va ? s'enquiert-il d'une voix réconfortante qui me donne envie, je ne sais pourquoi, de pleurer.

— Oh, je vais bien. Il faut juste que j'appelle les pompiers.

— Nous allons en juger, dit Vol avec autorité.

La voiture de patrouille s'est arrêtée perpendiculairement à la Coccinelle, l'inondant de lumière, elle et son occupant. Je le jure devant Dieu, Greg a souri et libéré une main pour l'agiter. Et lorsque Meurtre, Viol et Vol se sont approchés, il a plaisanté avec eux. Eux tapotaient le toit de la voiture d'un air fort sérieux et ils ne riaient pas. Viol a répété ce que j'avais déjà dit et affirmé assez justement : Nous aurions besoin des pompiers. Et d'une ambulance, a-t-il dit, comme Vol commençait à passer des coups de fil. Greg lui affirmait qu'une ambulance était inutile. Vol lui a appris qu'il était très tuméfié « par-derrière ».

Quelques minutes plus tard, on a entendu la sirène. Greg a gémi de contrariété et Vol a enfourné la tête dans la voiture pour mieux l'entendre.

— Pourquoi diable ont-ils besoin d'une sirène à une heure du matin. Ils ne risquent pas de rencontrer beaucoup de circulation ?

— Vous n'avez pas tort, a concédé l'autre en tapotant le toit. Vous n'avez pas tort.

Puis les pompiers se sont rangés dans leur camion rouge immense et éclatant à côté de la voiture de police blanche et bleue, avec leurs tuyaux étincelants, leurs roues brillantes, les gyrophares qui nous baignaient encore et encore dans leur rouge. De grands garçons coiffés très court, en grands trois-quarts luisants et ouverts, avec de grandes bottes pleines de bonne volonté tout droit sortis des livres d'enfants, en descendirent lourdement et allèrent prendre les informations de la bouche des policiers. Ils ne s'en remettaient pas tout à fait à eux, réservant leur décision personnelle, d'après leur expertise particulière et leur examen du patient. Puis une autre lumière, bleue cette fois, qui s'engage avec des phares sur la chaussée. Une ambulance blanche qui s'arrête près de l'unité rouge des pompiers. Des badauds sortent des dunes, des voitures de l'obscurité, pouvons-nous vous aider, non circulez, tout va bien, personne n'est blessé, circulez.

La porte de la Volkswagen se remplit de dos en cirés rouges, des grands pans de matière raide se frottant l'un contre l'autre dans leur effort. Puis l'un d'eux prend un poumon d'acier et une sonde avec son propre masque transparent qui le fait ressembler à un croisé de science-fiction. Des étincelles. Silence. Ça va, Monsieur ? Oui. Des étincelles, le silence. J'en suis au dernier bout. Ah, très bien. Étincelles, silence. Ça y est, je crois. Oui. Attendez juste une seconde, Monsieur. Mikey, tu peux tirer là-dessus. Retiens le panneau et je... super. Super. Excellent ! Ça va, Monsieur ?

Les ambulanciers interviennent et entourent la jambe

212

d'attelles. C'était un retour à la case départ, lorsque je l'avais vu pour la première fois, dans le salon de maquillage de la RTE, avec sa jambe blessée plâtrée et sortant avec un angle bizarre. Il se récriait à l'idée d'être emmené à l'hôpital mais ils ne voulaient pas prendre de risque et les trois équipes le tenaient fermement à leur merci. Les pompiers étaient les plus grands, mais c'étaient les ambulanciers qui avaient le pouvoir – désormais. La police venait en second. Ça va, Mademoiselle ? Non, je n'essaierais pas de faire démarrer la voiture si j'étais vous. Le système électrique ne doit pas être au mieux, après ça. Ne doit pas être au mieux. Je vous conseille de fermer la voiture et de revenir demain. Ça ira beaucoup mieux demain. Nous allons vous déposer chez vous.

Ils s'occupaient de moi comme si j'avais été épargnée par la scène alors que je n'arrivais pas à oublier la capote – qu'en avait-il fait ? – et je ne pouvais rien lui demander. Les ambulanciers avaient le monopole des questions.

— Comment vous appelez-vous, Monsieur ?

Le policier se tenait là, planche à la main, prêt à compléter les cases du nom.

— Nicholas Watson, dit-il. D'une voix très claire, aussi claire que la cloche de la voiture des pomiers.

Nicholas Watson. C'est-à-dire Beethoven. Il avait volé le nom de son ami pendant sa nuit de noces pour cacher sa nudité. Je voulus le dire. Mais les pompiers étaient tous remontés en voiture et sur le point de partir, les ambulanciers avaient installé le brancard en m'assurant qu'on le libérerait dès le matin. Meurtre, Viol et Vol avaient l'air de vouloir m'embarquer dans leur voiture.

J'obtempérai.

— À demain, Darcy, dit-il avant que les deux portes ne l'enferment dans le silence.

Sottises, me dis-je. Mais non. Merci, Messieurs, fis-je très grande dame en rassemblant mes jupes. J'avais fermé la voiture, ma petite culotte était d'une blancheur aveuglante sur le plancher à l'avant, mais pouvais-je la ramasser et la remettre devant trois grands policiers ? Sans culotte, mais avec beaucoup de dignité. Je leur donnai les indications et leur dis qu'ils m'avaient tirée d'une situation très difficile et que je leur en étais très reconnaissante. Ils firent ronfler le moteur devant la maison, en baissant la vitre. Puis je gagnai la porte en leur faisant signe tandis qu'ils s'éloignaient. Les vierges en détresse se ramassent à la pelle. Tout comme les étalons coincés.

Deux jours plus tard Greg téléphona.

— Rien de cassé ? fis-je.

— Non, juste meurtri, confus et honteux. Comment va la voiture ? dit-il à son tour.

— En très mauvais état. Une épave, sans doute.

— Putain, Darcy, excuse-moi.

— C'est pas là le problème.

— Non, c'est pas le problème.

— Non.

— Quel est le problème, alors ?

— Tu le sais bien.

— Je ne te le demanderais pas, si je savais.

— Encore un mensonge.

— Oh, maintenant, je comprends.

— Oui, maintenant tu comprends.

— Je savais que je ferais partie des pertes. En quoi cela les concernait-il ?

— En rien.

— Alors ?

— Alors rien.

— Oh, Darcy, qu'est-ce que j'ai fait de mal ?

— Sur une échelle de un à dix ? Treize et demi, probablement. Sur l'échelle de Richter ? Un mal irréparable.

— J'aurais pu donner n'importe quel nom.

— Pourquoi ne pas l'avoir fait, alors ?

— Darcy, quand nous nous reverrons, on en reparlera.

— On ne se reverra pas.

— Pardon ?

— On ne se reverra pas. Jamais. Pour l'éternité. C'est fini. Bonne nuit, prince charmant.

— Oh, épargne-moi le mélodrame.

C'est ce que j'ai fait. J'ai raccroché le téléphone et très doucement. Maintenant, tu me diras, étant un vieil universitaire qui sait comment les gens s'envoient en l'air et le peu d'importance que ça a et comment les relations se créent, s'effondrent

214

et se refont plus fort là où elles sont collées, tu me diras que je lui pardonnerai et oublierai dans quelques mois parce que c'est un gentil garçon et qu'on ne scie pas la branche sur laquelle on est assis et autres axiomes utiles. Quand j'aurai eu l'occasion de repenser à tout ça, je t'expliquerai pourquoi tu te trompes mais pour le moment je n'ai rien à ajouter. Voilà ce qu'elle a écrit : Je ne reverrai pas Greg, plus jamais.

Darcy.

P.-S. – Ça n'a peut-être aucun rapport mais mon père vient de se faire livrer un télécopieur parce que des correspondants étrangers ont besoin de lui envoyer des détails cliniques alors si tu préfères me faxer tes instructions et questionnaires, voici notre numéro de fax depuis les États-Unis : 001 353 732417.

17.

A.C.B./Fort Attic
813 276 0716
23 mars 1988, 9 h 17

À l'attention de Darcy

Darcy

Au début de ta dernière lettre, tu me demandais si tu resterais mince ou pas à la fin du régime actuel ou de tel autre nouveau régime. La plupart des suiveurs de régimes retrouvent tout leur poids perdu.

Qu'est-il arrivé à ta voiture ?

Quand tu auras envie de développer les pensées livrées à la fin du dernier échange, n'y manque pas.

Bien à toi,

Alex.

Dr Robert King/Dublin
353 1 732417
24 mars 1988, 21 h 47

À l'attention d'Alex

Alex,

Merci. Donc je pourrais bazarder tout ce foutu chou-fleur et décider que la nature/Dieu/La Force veulent que je pèse 78 kilos ?

Ma voiture s'est transformée en à peine plus de cent livres

de ferraille. Je ne l'ai pas remplacée parce que je pense partir pour l'Amérique.

Bien à toi,

Le cageot, Darcy.

Pour ces fêtes de Pâques, leurs parents firent aux jumelles la surprise de leur offrir des vacances aux îles Canaries.

Sur une plage de galets de Tenerife, Darcy et Sophia tenaient des conversations décousues.

— Derek te manque, Sophia ?

— Non.

— L'as-tu revu depuis que tu t'en es débarrassée ?

— Je ne m'en suis pas débarrassée.

— Peu importe. L'as-tu revu ?

— Trop.

— Que veux-tu dire ?

— Il rôde autour de moi à la fac et laisse des messages partout.

— Seigneur, il est très amoureux.

— Je ne crois pas. Je crois qu'il se comporte de manière très anormale. Je n'aime pas ça et, s'il continue après mon retour, il faudra que je réagisse.

— Sophia ?

— Hum ?

— Ai-je manqué beaucoup de choses en n'allant pas à la fac ?

— Oh Darcy, tu sais que je ne peux pas répondre à une telle question. J'adore ça, tu détesterais. J'adore les cours magistraux, j'adore les travaux pratiques, j'adore ce que je fais, j'adore découvrir ce que tu appellerais « l'évident » et j'adore les rapports humains.

— Il m'arrive de regretter vivement de n'y être pas allée.

— Tu n'as pas encore l'âge de Mathusalem ! Tu peux entrer à l'université quand tu veux.

— Certes.

— Darcy ?

— Je suis là.

— Greg te manque ?

— Oui.

— Pourquoi ?

— Oh Sophia !

— Non, dis-moi. Pourquoi ?

— Parce qu'il était drôle, affectueux, parce qu'il était généreux, parce que c'était un grand morceau de soleil.

— Un enfant nourri à l'huile de foie de morue et au jus d'orange, comme dirait maman ?

— Absolument.

— Le reprendrais-tu ?

— Non.

— Pourquoi pas ?

— Parce que.

— Mais sérieusement, s'il te manque ?

— Sophia, parce que parce que.

— C'est très rationnel.

— Je pensais bien qu'une fille intelligente comme toi serait de cet avis.

— Qui va à la fac, au surplus.

— Ta gueule !

— Mais s'il revenait suppliant ?

— Il ne le fera pas.

— Mais s'il le faisait ?

— Il a eu six semaines pour le faire et il ne l'a pas fait.

— Mais disons qu'il le fasse ?

— Je ne le reprendrais jamais.

— Tu le penses vraiment, n'est-ce pas ?

— Tu sais quoi ? Pour quelqu'un allant à la fac, tu mets vraiment beaucoup de temps à comprendre des vérités très simples.

— Mais tu ne le détestes pas.

— Non.

— Accepteras-tu de travailler avec moi ?

— Quoi ?

— Accepteras-tu de travailler avec moi ?

— Quel est le rapport avec Greg ?

— Aucun.

— Sur quoi ?

— Sur quoi quoi ?

— Sur quoi veux-tu que je travaille avec toi ?

218

— Dans notre société à nous.

— Tu veux dire une fois que tu auras un diplôme et des années d'expérience derrière toi ?

— Oui.

— Bien sûr, bien sûr.

— Tu n'es pas sincère.

— Oh, seigneur Jésus. Maman, papa ? Quelle bonne idée vous avez eue pour les vacances ! Eh bien sachez que tout aurait été mieux si je n'avais eu cette inquisitrice avec moi. Sophia King et ses questions innombrables.

— Très bien, je ne dirai rien pendant une heure.

— Sophia ?

— L'heure n'est pas écoulée.

— Je te donne une dispense. Parole.

— D'accord.

— Pourquoi veux-tu que je travaille avec toi ?

— Parce que je pense que nous ferions une équipe super.

— Pourquoi ?

— Avec nos talents et nos aptitudes complémentaires.

— Comme Jack Sprat et sa femme ?

— Pas exactement. Je crois que, si nous nous mettions ensemble, nous serions imbattables.

— Écoute, je pense que tu as de bien meilleures chances de réussite en restant seule.

— Donc tu ne veux pas travailler avec moi ?

— Combien me paieras-tu ?

— Darcy ?

— Oui ?

— Retourne-toi. Tu vas avoir des cloques.

— Si je me tourne sur le ventre, je m'endors.

— Ne t'inquiète pas. Je t'avertirai quand il faudra partir.

— Sophia, les gens de ce restaurant ne savent pas que nous sommes jumelles, tu sais.

— Et alors ?

— Ils ignorent même que nous sommes sœurs.

— Et ?

— Et ils ne comprennent pas pourquoi nous repoussons les beaux vacanciers qui veulent nous sauter dessus.

— Qui veulent ? Oh Darcy !

— Alors ils nous prennent pour des gouines.

— Tu plaisantes !

— Mais non. Je crois que je vais te donner la main.

— Darcy, je ne rigole pas, je vais te lancer un verre à la figure !

— C'est frais et agréable.

— Tu en veux un autre ?

— Oui, s'il te plaît.

— Il y a une autre raison qui me pousserait à travailler avec toi.

— Humm ?

— Je t'aime bien.

— J'ai toujours pensé que ça n'allait pas très bien du côté de la comprenette.

— Darcy, écoute-moi, enfin.

— Maintenant, ils sont persuadés que nous en sommes !

— Je t'aime bien, je te fais confiance et, quand je suis déprimée, tu me requinques.

— Je n'aurais pas cru que tu sois parfois déprimée.

— Il m'arrive d'être si déprimée que, si tu n'étais pas là pour m'offrir un autre aspect des choses, je serais submergée de tristesse.

— Allons, Sophia, tu disposes de tant de systèmes pour rester positive et productive !

— Je crois qu'ils ne marchent que parce que tu t'en moques et que tu me fais rire.

— Il t'est arrivé de souhaiter n'avoir pas de jumelle, Sophia ?

— Oh, non.

— Jamais ?

— Pas une seule fois.

— Ah...

— Et toi, ça t'est arrivé de souhaiter n'avoir pas de jumelle ?

— Oui.

— Oh !

— Pas souvent.

— Oh...

220

— Ce n'était pas parce que c'était toi ma jumelle, mais simplement à cause du fait d'être associée à quelqu'un, d'être comparée, d'être moins jolie, moins digne d'amour, moins tout.

— L'idée de n'avoir pas d'associée me donnait le frisson quand j'étais plus jeune. Je me disais que la solitude m'envahirait totalement.

— Quelle solitude ?

— Juste ça. La solitude.

— Et avoir une jumelle l'empêchait ?

— Je répétais comme un mantra le dicton sur les pies.

— Lequel ?

— Une pour le chagrin, deux pour la joie. On aurait dit que je l'avais appris pour nous deux bien avant de savoir qu'il s'appliquait aux pies.

— Une pour le chagrin, deux pour la joie. Je pourrais vivre avec cette idée.

— Darcy, accepteras-tu de travailler avec moi ?

— Écoute, espèce de gouine dominatrice...

— Au nom du Ciel, Darcy, parle-moins fort !

— Je n'en peux plus de ta libido dévorante...

— Darcy !

— ... et de tes jeux intellectuels sadiques. Je m'en vais.

— Darcy ?

— Salut Sophia ! J'ai besoin de toi pour me mettre de la crème sur le dos. Tu ne m'as pas prévenue au bon moment.

— Comment as-tu pu me jouer ce tour au restaurant ?

— Ça n'a pas été simple de sortir enveloppée dans ta dignité, hein ?

— C'était affreux. Et le fait que je sois un peu hystérique et que j'éclate de rire n'a pas arrangé les choses. Certains voulaient me frapper de t'avoir fait tant souffrir.

— Et ils avaient bien raison. Sale brute ! Et pourtant t'es la plus mince.

— Darcy, ça va ?

— Chut. Rendors-toi. Je prends juste des antalgiques... Les brûlures sont affreuses et j'aurai un cancer de la peau demain matin.

— Quand Dieu se met entre nous, rien ne va plus.

— Si je n'en peux plus, je prendrai une douche chaude. On dit que ça apaise l'irritation. Sophia ?

— Hum ?

— Tu avais l'air très marrante dans le bistro.

— Darcy ?

— Hum ?

— Tu travailleras avec moi ?

— Ça te coûtera un cabriolet Mercedes.

— D'accord.

— Je peux me rendormir, maintenant ?

— Dors bien.

— Encore un mot de bébé.

— Que veux-tu dire ?

— Dors bien. Une pour le chagrin.

— Deux pour la joie, c'est ça l'important.

En automne 1988, Sophia était dans sa dernière année, Darcy faisait ses bagages pour l'Amérique, Derek était passionnément amoureux d'une autre condisciple de Sophia et Greg avait interrompu son cours quadriennal de comptabilité pour accepter un boulot de présentateur de jeu télévisé à la RTE.

Robert King était impressionné par la sérénité de sa fille à l'idée d'émigrer.

— Oh, il ne s'agit pas vraiment d'émigration, dit-elle d'un ton enjoué. Ils me remettent dans six mois dans l'avion de la maison, pour deux semaines.

— Tu seras basée à New York ?

— À Manhattan. Pour autant que je sois basée quelque part. Ils veulent me promener d'une installation à l'autre.

— Tu ne trouves pas merveilleuse sa façon anodine de dire Manhattan ? demanda Colette à son mari.

— J'ai l'impression qu'elle a mal compris, dit-il. Je ne peux croire qu'ils veuillent parler de Manhattan. Ils ont sans doute une piaule à Long Island, Brooklyn ou dans le Bronx.

— Manhattan, répliqua leur fille avec assurance en sortant son dossier. Madison Avenue et la 49ᵉ pour être précise. Vous voulez le code postal ?

Sophia souffrit d'insomnie pendant les dernières nuits précédant le départ de sa sœur.

— Tu m'écriras ?

— Dès qu'un fax sera à ma portée.

— Tu pourrais faire une chose démodée comme poster des lettres.

— Oh, déconne pas !

— Que voulait Greg ?

— Me souhaiter bonne chance. Du côté des States, comme il a dit.

— C'est tout ?

— Que voulais-tu qu'il fasse d'autre, laisser couler les veines tranchées de son poignet dans le combiné ?

— Son émission a beaucoup de succès.

— C'est ce que je lui ai dit.

— Il est toujours très lié à Aileen et Beethoven.

— Excellent.

— Pourquoi as-tu l'air si sinistre ?

— Sophia, j'ai autre chose à faire qu'examiner la profondeur des sentiments unissant Beethoven et Greg. Ils sont profonds, lourds de sens, incarnent l'amitié masculine dans ce qu'elle a de plus pur et Nicholas va la mettre en musique d'un instant à l'autre !

— Tu ne te sens pas du tout seule, n'est-ce pas ?

— C'est comme si tu demandais à quelqu'un qui vient de déjeuner s'il a faim. Je ne suis pas encore partie, donc je ne me sens pas seule. J'ai un trac terrible oui, est-ce que je suis seule ? Non.

Trois jours plus tard, Darcy serrait la main du président de la société qui l'employait.

— Aimeriez-vous du café ? s'enquit-il.

— Quelle est la réponse correcte correspondant à la culture de votre société ?

Le président la regarda avec attention durant un moment :

— Il n'y a pas de réponse correcte.

— Dans ce cas, je prendrais avec plaisir une tasse de thé, s'il vous plaît. Chaud, avec du lait.

— Pourquoi m'avoir posé cette question sur la culture de la société, Darcy ?

— Parce que cette société ressemble à une cour médiévale d'Europe. Elle a une langue particulière. La progression d'un individu au sein de la firme en dépend beaucoup plus que de ses accomplissements.

Le thé et le café arrivèrent. Clive Brautigan en versa une tasse à Darcy, lui laissant le soin de doser lait et sucre.

— J'ai le sentiment que je pourrais me retrouver dans le prochain avion de retour.

— Mais encore ?

— Eh bien, pour commencer, vous vous sentez obligés de citer le Major à chaque instant.

Le fondateur de la Borchgrave Corporation, dans les années 20 avait été un major de l'armée.

— Qu'y a-t-il de mal à citer le fondateur ?

— Premier point : votre premier marché est l'Europe. La Communauté européenne se soucie comme d'une guigne de quelque Américain inconnu du début du siècle. Point numéro deux, c'est significatif de ce que j'appellerais la reptation rituelle ayant cours dans cette organisation.

— Je me flatte de mettre en œuvre une politique de la porte ouverte.

— Bien sûr. C'est ce que vous avez dit dans la vidéo de la firme. Rassemblez-vous, paysans irlandais, vous allez recevoir la formation et la réflexion sophistiquée de notre nouveau président, l'homme qui nous introduira dans le XXIᵉ siècle, celui qui revitalisera notre grande corporation pour nous rendre minces et méchants. Regardez-le : c'est un être humain. Il est en manches de chemise quand il parle aux classes inférieures par la vidéo. Il nous déclare que nous sommes dans un monde changeant. On ne l'aurait jamais deviné, n'est-ce pas ? Il nous déclare qu'il nous faut changer pour avancer dans ce monde changeant, eh bien, qui l'aurait imaginé ? En d'autres termes : travailler davantage, travailler pour moins cher, oublier les vieilles lignes de démarcation et ne pas poser de questions.

Brautigan dévisageait Darcy qui sentit un frisson de peur lui parcourir l'échine. Sophia ? Je me suis bien amusée jusqu'à cette minute. J'aimerais que tu sois ici, maintenant. Tu pourrais colmater la brèche que j'ai réussi à percer dans cette relation possible.

Brautigan gagna son bureau et pressa un bouton.

— Apportez-moi l'historique du deuxième trimestre, s'il vous plaît.

Au bout d'un moment, sa secrétaire apparut avec la photo-copie d'une coupure de journal. Il lui fit signe de la remettre à Darcy. On avait tapé *Wall Street Journal* en haut. L'historique révélait que les chiffres de Borchgrave pour le deuxième trimestre obéissaient à la même courbe molle, ce qui posait un problème de temps à Clive Brautigan, nommé président à peine six mois auparavant, venu d'une entreprise extrêmement dyna-mique, le Pelz Group. Si le président n'obtenait pas une rapide amélioration des chiffres, les actionnaires auraient des déman-geaisons, annonçait le journal, et la société deviendrait la proie d'une offre d'achat inamicale.

On ajoutait que l'implantation rurale de Coolock en Irlande avait de très bons résultats.

— Je veux savoir si les chiffres venus de Coolock sont des tendances de fonds ou de simples anomalies sur le radar. En même temps, je veux que la communication au sein de cette société soit gérée de manière novatrice. D'où votre présence.

— Que voulez-vous que je fasse ?

— Lisez une pleine malle de rapports et revenez avec un plan de formation pour toute la société.

Darcy King/Manhattan
212 8645312
Vendredi 21 octobre 1988, 20 h 55

À l'attention de Sophia

Croise les doigts pour moi, chère Sophia. S'il accepte ne serait-ce que la moitié de ce que je vais proposer, je te rappor-terai un sac à main Gucci.

Darcy.

P.-S. – Demande-moi comment je suis au courant des sacs à main Gucci.

À l'attention d'Alex

Cher Alex,

Je viens de faire perdre ses moyens à mon nouveau patron dans son bureau dominant Central Park. Avant que tu ne sois désagréable, je sais que j'ai beaucoup trop tardé à t'envoyer les pensées réfléchies que je devais t'adresser après l'épisode Greg, mais je dois concevoir un immense plan de formation, alors je serai encore plus en retard. Pardonne-moi.

Comment vas-tu ?

Darcy.

À l'attention de Darcy

Chère Darcy,

N'es-tu pas inquiète toute seule dans un appartement new-yorkais ? Gardes-tu du poivre dans la poche ? Dis-moi comment tu es si bien informée sur les sacs à main Gucci. Je suis enchantée que les choses se passent bien pour toi.

Sophia.

À l'attention de Darcy

Chère Darcy,

Une brève réponse : Bien.

Le film sur lequel je travaillais au printemps sortira la semaine prochaine. Les premiers échos sont bons. Vas-tu parfois au cinéma ? Tu ne parles jamais des stars de cinéma ou de tes musiques préférées. Accepteras-tu d'aller voir celui-ci : j'aimerais avoir ton avis ?

Bienvenue en Amérique !

Alex.

Darcy King/Manhattan
212 8645312
Samedi 22 octobre 1988, 10 h 46

À l'attention de Sophia

Je connais les sacs à main Gucci parce qu'à mon arrivée, l'appartement contenait six livres. Trois d'entre eux de Danielle Steel et un autre sur elle. (Très riche, aimant avoir quantité de bébés et épouser des prisonniers, si tu veux savoir.) Le livre était rempli de noms de marques comme Gucci et Armani et de détails sur le grain de cuir à privilégier pour sa mallette si l'on ne veut pas passer pour un *arriviste*.

Puis, sur le chemin du bureau, je suis passée devant une boutique Gucci. Et tout une boutique Saint-Laurent et Tiffany's. Tu aimes les sacs Gucci ?

Darcy.

P.-S. – Pourquoi diable voudrais-je du poivre ?

Dr Robert King/Dublin
353 1 7324172
Samedi 22 octobre 1988, 17 h 08

À l'attention de Darcy

J'aime beaucoup ces sacs, mais, à moins d'avoir un budget inattendu, tu n'auras pas les moyens de t'en permettre un. Du poivre à jeter dans les yeux des maniaques.

Sophia.

Darcy King/Manhattan
212 8645312
Mardi 25 octobre 1988, 23 h 09

À l'attention de Sophia

Chère Sophia,

Tu es au lit et j'espère ne pas te déranger. Il a tout accepté. J'ai une belle secrétaire noire du nom de Sharletta, un ordinateur portable et un nouveau contrat. Sophia, il me paie deux fois plus cher que prévu et cela était déjà beaucoup plus que je ne voulais !

Sophia, je suis si loin. Effrayée, effrayée, effrayée. Ratatinée et recroquevillée de terreur.

Je t'aime.

Darcy.

18.

Mardi 3 janvier 1989

C'est sans doute le meilleur Noël qu'on ait jamais eu, notamment grâce au retour de Darcy. J'ai entendu papa dire à maman qu'il fallait qu'il lui signale qu'elle pourrait perdre du poids parce qu'elle a pris environ six kilos en Amérique, mais M'man lui a dit que Darcy n'était pas idiote et qu'elle savait sans doute son poids jusqu'au dernier gramme. Je suis heureuse qu'il ait suivi son avis car ça nous a évité un moment pénible. Pa' est vraiment fier des réussites de Darcy. Je collecte autant d'informations que possible de sa part pendant son séjour car je suis certaine que cela me sera très précieux dans ma communication future et suis plus convaincue que jamais que nous devons travailler ensemble. Greg est passé la veille de Noël avec des fleurs pour chacune de nous.

— C'est un brave garçon, fit Robert King comme la porte d'entrée se refermait derrière Greg. Un brave garçon.

Darcy sourit à son père. Sophia, ayant raccompagné Greg, rentra dans la pièce :

— C'est un être charmant.

— Allez, M'man, vas-y à ton tour de ton compliment : il faut prendre ce train en marche, s'exclama Darcy.

— Greg est un merveilleux exemple, lança leur mère en riant, de ce qu'on peut obtenir en nappant de bons gènes d'une bonne couche de confiance en soi.

— Je n'aurais pas pensé, intervint son mari, que les gènes McEnerney avaient quoi que ce fût de particulier.

— Ils sont codés pour la beauté, l'intelligence et la taille, dit Colette.

— La continence sexuelle et le bonheur conjugal ne relèvent donc pas de la génétique ?

Darcy King/ Manhattan
212 8645312
Vendredi 6 janvier 1989, 21 h 39

Cher Alex,

Salut, Joyeux Noël, Bonne Année, Tous mes vœux, Bonne Santé et tout ce que tu voudras.

Je sais qu'il est très sot de ma part de t'avoir promis un grand rapport (maintenant que je suis un animal de corporation, je pense en termes de rapports non plus de lettres) depuis mars dernier et de ne l'avoir toujours pas rédigé, mais tu dois te rappeler que j'ai changé de continent, de style de vie et de fonction. Et puis cela m'a pris beaucoup de temps de devoir émettre des jugements sur les gâteaux à la carotte, les brownies, les tartes au citron vert, les flans au chocolat, les fettucini Alfredo, les linguini aux clams et tomates sèches, les glaces Ben and Jerry's, les burritos, les tacos, les toasts, les bagels au saumon fumé (ça ne vaut rien : CNVR), les noix de macadamias, les crackerjacks (CNVR), les chips de maïs, les crevettes frites, les tortillas et les haricots noirs sur le riz au safran.

Cependant, je t'avais dit que je reprendrais contact lorsqu'un peu de temps se serait écoulé après l'incident Greg, donc nous y voici, en deux parties.

La première n'entrera peut-être pas dans le cadre de ton étude, mais cette considération m'a-t-elle jamais empêchée de communiquer jusqu'ici ? Non. Va-t-elle m'en empêcher maintenant ? Non.

Je renonce aux régimes comme à parler de / penser à / écrire sur les régimes.

J'ai lu une partie de ce que tu m'as envoyé : ce n'est pas très réconfortant, notamment le document qui affirme que le cancer des seins menace quand on est trop gros à la vingtaine. Mais voilà ce que j'ai décidé. Pendant au moins dix-huit ans, la graisse, le régime, l'aspect et la honte ont été mes compagnons quotidiens.

J'ai davantage pensé à mon obésité ou à mes efforts de minceur que je ne pensais à Greg même quand j'en étais à moitié folle. C'est une perte de temps scandaleuse susceptible de faire de moi – pour autant que je ne le suis pas devenue à tes yeux – la raseuse du siècle. Je vais donc rassembler quelques pensées, te les cracher au visage tout de suite (tu peux sauter la page et demie suivante si tu en as déjà plus que ton compte sur ce sujet) en espérant ne pas y revenir dans notre correspondance.

(Mais j'y pense. Voici des années que tu ne parles plus de chasse. Y as-tu renoncé ?)

Pour commencer, je méprise tous les gros, surtout moi. Les grosses ont toujours de la compassion pour les grosses. Puis, revenues chez elles, elles se désolent et méprisent les autres grosses plus qu'elles ne se méprisent parce qu'elles croient secrètement qu'elles ne sont grosses que temporairement.

Deuxièmement, j'ai un mépris tout particulier pour les excuses communément admises (métabolisme, etc.) pour évacuer le problème. Les gros, moi y compris, sont des porcs, un point c'est tout. Essayer d'étendre toute la thématique de l'addiction aux gros est une connerie. « Je m'appelle Darcy King. Je suis une "droguée" du chocolat. » Pauvre malheureuse victime d'une mauvaise éducation. La vérité est celle-ci : je m'appelle Darcy King et je mange tout ce qui n'est pas solidement cloué.

Troisièmement, je pense que la profession médicale est si nulle à ce sujet qu'elle mériterait d'être anéantie. Elle continue à recommander des choses dont cinquante années de preuves lui ont appris qu'elles ne marchent pas. Je suis stupéfaite qu'elle puisse continuer à s'en tirer de la sorte.

Les médecins ont ces théories grotesques sur l'anorexie et la boulimie, comme si des théories étaient nécessaires, au nom du Ciel ! Si tu sais que tout le monde pense que si tu es grosse, c'est parce que tu es une grosse paresseuse incompétente au cuir épais, alors tu feras tout pour rester mince. Quand on se jette sur tout d'un seul coup, on finit évidemment par vomir. (Il se trouve que ce n'est pas mon cas. Je n'emploie pas de laxatifs non plus. Mais c'est par souci de confort personnel et de propreté plus que pour des raisons morales, de correction ou un véritable souci de ma santé.)

Pour te donner un exemple. Je peux jeûner sans problème. Range-moi à côté des anorexiques, avec leurs épaules tombantes, leurs poitrines osseuses, les plis à l'intérieur de leurs cuisses et je pourrai jeûner aussi lontemps qu'eux.

Je peux passer toute une journée comme ça, sachant que je mangerai le soir. Je ne serai pas affamée au cours de cette journée et cette faim sera apaisée par du café chaud et du lait écrémé. Une privation totale ? Pas un problème.

La modération, en revanche, est un problème gigantesque. Si tu me donnes un morceau de pain le matin ou une pomme pour la pause-café, à 15 heures je serai bourrée de nourriture car quelque chose se déclenche en moi quand je mange ne serait-ce qu'un petit truc. Dans la demi-heure qui suit, je suis dévorée par une faim de loup et je mangerais n'importe quoi, même ce que je n'aime pas. C'est comme si le petit truc mangé plus haut déclenchait un réflexe. Le corps médical déclare : « Mangez un peu, de manière à n'avoir pas une faim de loup et à ne pas interrompre votre régime. » C'est exactement le contraire qui m'arrive.

Voilà déjà un sujet.

L'autre est légèrement plus proche de ton étude. (Donc, si tu as sauté ces deux pages comme je te l'avais suggéré, vois ce qui te manque.)

Environ trois fois au cours des quelques dernières années, j'ai perdu beaucoup de poids et n'en ai pas regagné pendant six mois. J'ai trois ou quatre merveilleux ensembles démodés de taille trente-huit et j'ai des marques d'élongation sous les genoux, juste Ciel ! Mais le plus important n'est pas là.

Quand je suis grosse, je ne fais pas que dans la bouffe : je suis également obsédée sexuelle. (C'est du moins la théorie. Depuis ma séparation d'avec Greg, je vis comme une bonne sœur, mais je vais y revenir.)

Grosse, je suis si obsédée que je suis presque dangereuse pour la population masculine, ignorante comme elle l'est de mes désirs brûlants. J'en suis folle. J'y pense. Je me fais des films. Des passages lus ici et là me reviennent, si bien que je commence brusquement à me rappeler la manière dont les frères Kennedy pelotaient Marilyn Monroe sur et sous la table lorsqu'ils dînaient avec elle. J'aimerais ça. Ou plutôt, étant grosse, j'imagine que j'aimerais beaucoup cela. J'aimerais cela et presque toute autre forme de sensualité aussi.

Si je suis en avion, j'imagine une scène de baise sur une rangée de sièges obscurs pendant le film ou debout dans l'un des WC – le club des baiseurs du ciel. Si je suis dans un train, chaque cahot rythmé sur les raccords des voies m'est une invite au sexe. En voiture, j'imagine que les mains d'un homme me massent le genou et remontent sous ma jupe. Je suis la plupart du temps en pantalons, mais mon imagination n'est pas freinée pour autant. Il y a quelque chose dans le transport, associé à la graisse, qui est très excitant. Rien d'étonnant à ce que les routiers aient la réputation qu'ils ont.

Quand je suis mince, je me sens merveilleuse, j'ai l'air merveilleuse, tout me va, y compris les jeans vendus comme « serrés et sexy ». Mais mon instinct, mes pulsions, mon appétit sexuels s'effondrent en proposition directe avec le poids perdu.

Existe-t-il la moindre recherche à ce sujet ou ne suis-je qu'une exception étrange ? (Ne réponds pas à cette question.) Une idée me vient : c'est peut-être une des raisons qui expliquent le nombre d'hommes qui s'intéressent aux femmes très grosses. C'est moins lié au poids qu'au fait qu'ils savent que les très grosses seront « toujours prêtes ».

Si ces révélations te laissent pantois, permets-moi de te rappeler que c'est la dernière fois que j'aborderai cette question du poids aussi vaut-il mieux que je dise tout d'une traite puisque le reste sera enveloppé de silence.

Il n'y a pas de doute, les gens pensent du mal de toi si tu es une femme et une grosse, mais je ne m'étendrai plus là-dessus. Fin de l'histoire. C'est une page tournée. Finito. FIN.

Maintenant, abordons la question des relations.

Je t'avais dit que je ne reprendrais plus Greg, je ne l'ai pas fait et ne le ferai pas. Tout se passe de manière très civilisée, cependant. Il est passé à Noël porter des fleurs pour moi et Sophia.

Quelle grâce, quel charme, quelle connerie !

Les hommes partent toujours du présupposé qu'un bouquet a un effet quasi surnaturel sur une femme. Des fleurs assassinées enveloppées de cellophane. On pourrait aussi bien envoyer un mouton décapité. Je déteste les fleurs coupées. Je les ai toujours détestées. Je les donne aux autres, ce qui me permet de passer pour généreuse, et je suis toujours stupéfaite que d'autres soient prêts à recevoir ces cadavres de ma part.

Greg a toujours été doué pour distribuer les bouquets. Un jour il m'a même apporté une orchidée. Or, si Dieu a eu des moments d'inattention, il ne devait vraiment pas être dans son état normal quand il a inventé les orchidées. Des vulves amputées. On les offre d'ordinaire avec leur tige et leur *stoma* fiché dans une petite bouteille, comme s'il s'agissait de plasma et qu'on puisse faire une expérience médicale avec. On pourrait enseigner les clitoridectomies, comme les femmes qui se montraient leurs parties intimes pour faire avancer la cause féministe. (S'imagine-t-on regarder par coloscopie son intestin dans l'intention de faire progresser la gastronomie ?) Bref, au diable les fleurs coupées et particulièrement les orchidées et Dieu merci Sophia s'est débarrassée de cette mauviette qui accrochait un cadavre floral à notre grille.

J'ai besoin de davantage qu'un grand garçon costaud obéissant à l'élan de ses gènes et de son assurance (selon la définition maternelle de Greg). C'est un garçon fantastique, soyons clair là-dessus. Je ne vais pas commencer à l'accuser de toutes sortes de choses que je ne lui reprochais pas quand nous sortions ensemble. C'est un garçon fantastique. C'est probablement le meilleur type que je rencontrerai jamais.

Et il n'est pas assez bon pour moi.

Ça te plaît, cette arrogance ? Un peu comme si j'étais Quasimodo déclarant qu'il se passera d'Esmeralda, merci quand même, et qu'il préfère attendre Miss America dans quelques siècles.

Mais je suis sincère.

Parce que Greg s'en est tellement approché, je sais ce qu'est l'idéal et ne me contenterai de rien de moins, même si ce moins est tout ce qui me sera offert.

234

Je veux un homme qui soit indépendant de moi et lié inextricablement à moi. Qui se battra pour moi, m'attendra, œuvrera dans le désert par amour pour moi, comme Jacob pour Rachel. Au cas où tu serais un protestant athée et ne connaîtrais pas les histoires bibliques, Jacob a travaillé sept ans pour mériter Rachel « et cela lui sembla comme un jour à cause de la grandeur de son amour ».

Je veux un homme généreux, qui fasse partager ses pensées, ses biens et son temps, un homme qui ne soit pas seulement généreux par réflexe. Un homme qui ait du cran, qui soit sûr de lui et de sa position, assuré contre mes tentatives inévitables et envahissantes de le modifier, l'améliorer ou le changer. Un homme d'idées et de silences, de spéculations, de réflexions et de certitudes gagnées et tacites.

Un homme qui n'ait pas besoin de public ni d'approbation. Un homme dont la voix soit à la fois rude et chuchotée lorsqu'il parle, mélodieuse quand il chante. Un homme d'acier et de soie, sentant le savon propre et dont la sueur soit épicée lorsqu'il dort.

Je veux un homme qui marche et se tienne debout avec l'aisance dégagée de l'athlète, dont les mains aient le contrôle et la discipline du sport, un homme doux dans la maîtrise des choses mécaniques. Qui ne pleure pas pour prouver sa sensibilité, qui gratte comme du papier de verre les vestiges de sentimentalité. Qui puisse faire partie d'une équipe, joindre les bras, soit du même esprit que ses égaux, puis retrouve son individualité en s'éloignant. Un homme existant assez par lui-même pour n'avoir pas besoin de changer les autres.

Je veux un homme aux croyances sereines et vivantes, sans qu'il les partage toutes avec moi. Un homme sûr et d'une saveur entière. Un homme sage, instruit. Un homme ferme. Ferme. Un homme dont le tempérament soit comme les grands mouvements de l'océan profond, sans les complications du littoral ; sans volatilité grincheuse.

J'ai besoin d'un homme qui ne m'ennuie jamais, soit toujours imprévisible, sauf par sa présence exceptionnelle dans ma vie. Un homme qui ait seulement à me regarder, la tête un peu penchée, le sourcil levé, pour troubler ma respiration, ébranler mes jambes, qui pose les mains sur moi avec l'assurance du désir rencontrant le désir, sans s'inquiéter de l'émoi qu'il suscite, un homme qui me prendra comme un train tonitruant et lancé à toute vapeur pour me recueillir ensuite comme une chatte ses chatons.

Je veux un homme qui soit parfait dans tout ce qu'il fait, qu'il s'agisse d'artisanat ou de grand art, dont je puisse être fière, qui soit fier de moi, de ce que je fais.

Je le vois comme un homme solide et large, taillé à la serpe, au visage sans beauté, anguleux et marbré, les yeux sombres et remplis de secrets, sans un commode sourire ensoleillé mais dont l'humour se mérite et lui relève les commissures des lèvres.

Le voilà. C'est mon homme idéal. Après ça, pourrais-je m'établir avec quelqu'un de correct/beau/gentil/chaleureux/ qui réussit ? Quelqu'un qu'on mesurerait chaque jour à l'aune du rêve pour le trouver si pauvre que mon attention se porterait sur ses ennuyeuses petites habitudes et que je me transformerais en une virago tombant à bras raccourcis sur le pauvre type pour le réduire en charpie ? Je pourrais, bien sûr, mais ça ne déboucherait pas sur un bonheur éternel.

C'est là le hic. Il n'existe plus de bonheur éternel. Il y a des « relations stables ». Des compromis émotionnels. Des gens menés par leur carrière avec le sexe en à-côté. Il y a une coexistence. Mais, même si ce bonheur éternel se fait rare, je ne me contenterai pas d'une version au rabais qui ne transportera pas mon cœur de joie avec un nom, une mélodie, une voix, une étreinte. Et je ne risque pas d'avoir une série de relations sans lendemain.

Je n'ai même pas l'ambition d'un amour ayant la taille de celui dont je parle. S'il arrivait, ce serait splendide, mais je ne retiens pas mon souffle en attendant et je ne suis pas décidée à trouver un dérivatif dans une grande carrière. J'aurai une belle carrière avec ou sans ce surhomme. Mais je pense que l'une des raisons qui ont fait mon excellence dans mon travail, ces derniers mois, c'est que j'étais concentrée à 100 %. Post-Greg.

Darcy.

Chère Darcy,

Merci pour ces informations opportunes et intéressantes sur lesquelles je ne ferai pas de commentaires.

Je ne voudrais pas te faire un cours sur les religions comparées, mais – notamment au cours des cent dernières années – les Églises protestantes entretiennent un rapport beaucoup plus étroit avec la Bible que l'Église catholique, et les protestants sont beaucoup plus enclins que les catholiques aux références bibliques.

Tu as mentionné la glace Ben and Jerry's. Voilà deux types pas très brillants qui viennent à peine de quitter le lycée, qui glandent ici et là, échouent dans le milieu de la glace et connaissent un grand succès, non seulement pour créer un bon produit mais pour le commercialiser d'une manière inhabituelle, notamment en baptisant l'un de leurs parfums Cherry Garcia.

Mais ces deux garçons sont pleins d'aspirations à changer le monde et de bonne conscience. Il est impossible d'entrer dans l'une de leurs boutiques sans avoir à subir des cours, qu'ils soient imprimés sur les T-shirts, sur les dépliants des fontaines d'eau minérale, au sujet de la forêt équatoriale, de la pédophilie ou des merveilleuses activités de la communauté du personnel de Ben and Jerry's à Noël et pendant les autres vacances. Ta sœur serait sans doute très intéressée par cette manière de « faire le bien et d'en tirer crédit ».

Mais pas moi. Et parce que Ben et Jerry's ont installé leur usine dans le Vermont et fondé leur industrie sur le lait de la région, cela me donne parfois envie de descendre les vaches du Vermont.

Sophia ne sera-t-elle pas diplômée d'ici à deux mois ?

Alex.

Alex,

Seigneur, ne s'attendrait-on pas à ce qu'après cent millions d'années passées à l'université tu connaisses la grammaire élémentaire ? D'*ici deux mois* ! Réponse : oui. Elle a déjà une proposition de *Postponement*, heu non, *Positionings*. Comme responsable du budget.

Au fait, je ne vois pas ce qu'il y a d'intelligent à baptiser une glace Cherry Garcia ?

Je suis pour l'instant à Atlanta, en Georgie, et si je vois ne serait-ce qu'une autre photo de Vivien Leigh, je vais m'enfuir dans la rue toute nue et en hurlant. Cependant, cette photo m'a fait penser que le film pour lequel tu étais consultant très dernièrement est sorti il y a quelques semaines. Je commence à voir la lumière du jour et pourrais trouver le temps d'aller au cinéma – il y en a quantité ici. Faxe-moi vite le titre de ce film.

Darcy.

A.C.B./Fort Attic
813 2760716
25 janvier 1989, 9 h 27

Darcy

Film s'appelle *Larme sur ligne pointillée*.
Cherry Garcia comme dans Jerry Garcia ?

Alex.

Darcy King/Atlanta
903 7146849
Vendredi 27 janvier 1989, 23 h 02

Cher Alex,

C'était super ! Le script, pour commencer, était spirituel, le rythme était si rapide, taillé au plus juste, rien d'ennuyeux, qu'il m'a incitée à considérer le problème d'un œil neuf. Je me serais

238

passée des développements sur les membranes dégoulinantes
– j'en ai le vertige quand j'y pense. Et puis le jeu était fantastique. Je n'avais jamais vu Brookes jouer le vengeur jusqu'ici :
quel merveilleux venin concentré et impersonnel ! On ne
pouvait en détacher les yeux. (Enfin, certains peut-être, pas
moi.) D'ailleurs le générique est allé trop vite ou tu n'y étais
pas. Tout ce que j'ai aperçu c'était un merci rapide à l'université
du Missouri.

Je pars ce soir pour Greenville en Caroline du Nord où je
passerai quelques semaines pour voir comment ils forment les
gens de chez Borchgrave. Je commence seulement à me faire à
la manière dont le monde des affaires américain pense en
trimestres.

À bientôt depuis la Caroline ! (Quel bonheur de s'éloigner
des jolies filles !)

Qui est Jerry Garcia ?

Darcy.

A.C.B./Fort Attic
813 2760716
29 janvier 1989, 8 h 17

Darcy,

Je figurais bien dans le générique. Tu n'es peut-être pas
douée pour les lire.

Tu devras te passer de mes faxes en Caroline du Nord. Je
pars pour un rendez-vous de chasse à Custer dans le Dakota
du Sud.

Alex.

Darcy King/Atlanta
903 7146849
29 janvier 1989 19 h 02

On assassine la mère de Bambi une fois de plus ? J'espère
qu'un loup te bouffera les jambes.

Darcy.

Chère Darcy,

On chasse le daim en novembre. J'ai renoncé à le chasser de même que l'élan depuis un certain temps. Plus gros le gibier, paraît-il, dans l'esprit du chasseur, plus grand le frisson, mais je ne chasse plus de daim. Plusieurs de mes amis qui ont chassé le gros cessent au bout de quelques années. On en vient à ne plus aimer que regarder. L'excitation de voir s'abattre un gros animal est peut-être réservée aux jeunes gens. J'ai toutefois beaucoup retiré de cette phase. J'ai aimé la chasse à l'élan en particulier. Ils vivent plus haut et dans une région plus accidentée que les daims. En plus, on en tire beaucoup de viande. Pas autant que dans un orignal, qui est d'ailleurs impossible à haler une fois abattu. Il faut apporter des tronçonneuses et le débiter là où il est tombé. On peut haler l'élan, en revanche, et sa viande est excellente. Bien meilleure que la venaison.

À l'époque où je chassais le daim, la mère de Bambi ne risquait rien. Je ne chassais que les mâles. Du reste, la plupart des permis ne concernent que les mâles. En tout cas, le vrai trophée d'un daim ce n'est pas sa taille, mais ses bois. On n'empaille pas le daim en entier, on n'expose que les bois. La biche a peu de valeur.

Le seul loup qui pourrait me nuire serait un loup réintroduit dans l'environnement à cause de la pression des chasseurs soucieux d'écologie.

Alex.

Cher Alex,

Avais-je besoin de savoir tout ça ?

Darcy.

Chère Darcy,

C'est étrange les lacunes que tu as. Jerry Garcia est le chanteur d'un groupe, les Grateful Dead, qui est dans le circuit depuis si longtemps que j'en ai presque l'air jeune. On avait à peine inventé les teintures hippies qu'ils étaient déjà là. Un mouvement baptisé Dead Heads s'est constitué autour d'eux. Des fans loyaux parmi les baby-boomers qui assistent à leurs concerts et ingurgitent toute espèce de produit chimique qui leur fera vite oublier l'expérience.

Mon expédition de chasse, tu seras heureuse de l'apprendre, s'est inhabituellement bien passée. L'un des types avait emmené son garçon de quatorze ans avec lui. C'est merveilleux de voir les grandes traditions se transmettre de génération en génération...

Alex.

Darcy King/Manhattan
212 8645312
Lundi 6 février 1989, 20 h 22

Cher Alex,

Les grandes traditions mon cul ! Ce pauvre trouduc boutonneux d'adolescent terrifié, traîné dans la jungle par quelque père macho, mal dans sa peau, et au phallus effiloché, qui veut se prouver qu'il peut au moins lever encore un fusil et le gamin qui croit que c'est ça l'amour chez les hommes vraiment hommes.

Darcy.

241

A.C.B./Fort Attic
813 2760716
6 février 1989, 20 h 00

Darcy ?

Je ne sais pas si certaine expression fréquente aux USA a atteint l'Irlande mais nous autres Américains, quand nous parlons de sexualité orale, nous disons : « Elle taille des pipes super. »

Tu m'as taillé un affront superbe.

Alex.

Darcy King/Manhattan
212 8645312
Jeudi 25 mai 1989, 21 h 56

À l'attention de Sophia

Chère Sophia,

Jeudi je retourne à Greenville. Chacune de mes initiatives semble appréciée et Brautigan figure dans tous les magazines d'affaires comme une grande réussite.

J'espère que tes études se passent bien.

Darcy.

Darcy King/Manhattan
212 8645312
Jeudi 15 juin 1989, 22 h 06

Alex ?

Tu es sans doute dans la cheminée d'un volcan péruvien en train de conseiller les acteurs sur la manière de jouer les gens dont les parents ont été emportés par une coulée de lave.

Dis quelque chose. Ça fait un temps fou que tu n'as rien dit. Que j'aie esquivé certains sujets ne signifie pas que tu doives t'esquiver totalement, bordel de merde.

Je pars pour six mois à Greenville en Caroline du Nord, avec des permissions de sortie à New York pour bonne conduite.

En vieil universitaire, ne sois pas effrayé par ce qui suit : je fais des choses qui changent et améliorent la vie des gens. Je donne à certains l'occasion de s'accomplir, de réaliser tout leur potentiel, peut-être même d'être heureux. Être jeune, c'est le vrai paradis...

Darcy.

A.C.B/Fort Attic
813 2760716
15 juin 1989, 21 h 37

Chère Darcy,

J'espère que ce sera toujours le paradis. Je pars pour Washington. Je reprendrai contact quand j'y serai.

Alex.

Darcy King/Caroline du Nord
519 5558632
Mardi 20 juin 1989, 19 h 54

À l'attention de Sophia

Chère Sophia,

J'ai dû mélanger les dates. Je croyais que tes examens finissaient il y a deux jours et caressais l'espoir d'avoir de tes nouvelles. (Bou, bou, non je ne pleure pas, n'y accorde pas d'importance.)

Si tu ressentais une impulsion sororale de communiquer avec moi dans les trois prochains jours, tu pourrais te rappeler que je suis à New York. Je pars sur l'heure, du reste.

Darcy.

Lorsque Darcy sortit de sa dernière réunion le deuxième jour de son séjour à New York, Sharletta l'attendait.

— Vous avez de la visite, dit-elle d'un air lugubre.

— De la visite pour moi ?

— Hum, hum...

— Quel est son nom ?

243

— Elle a dit que vous la connaissiez.

— S'agit-il de quelqu'un venu de la direction ?

— Non, non, pas de la société.

Darcy se rendit compte qu'elle était obligée d'avancer dans le couloir pour continuer sa conversation avec Sharletta qui marchait rapidement.

— Attendez une minute, Sharletta. Vous ne m'avez jamais joué ce tour avant ! Je ne veux pas rencontrer un anonyme incapable qui pénétrerait ici comme dans un moulin et... *Sophia* ?

Les deux sœurs s'étreignirent, se mirent à danser, en riant et criant.

— Oh Sharletta, espèce de friponne, fit Darcy affectueusement en l'attirant dans une triple étreinte.

— Depuis quand complotiez-vous ensemble ?

— Depuis des mois, lui révéla Sophia. Il me fallait trouver le vol pour étudiants le meilleur marché possible, ce qui signifiait réserver un temps fou à l'avance. Puis j'ai dû m'assurer que tu ignorais ma venue. Ensuite j'ai dû savoir s'il faudrait aller à Greenville ou si je pourrais te retrouver à New York. Sans Sharletta, rien n'aurait été possible. Je l'ai rendue folle ces dernières semaines, n'est-ce pas, Sharletta ?

— Non, pas du tout. C'était très original de prendre contact avec une sœur King ne perdant pas ses clefs, ses bagages, ses ordinateurs, ses billets, ses cartes de crédit, ses chaussures ou les documents nécessaires pour une réunion...

Une fois à l'air libre, Darcy enfonça les mains dans les poches de sa veste longue en levant les yeux sur les pans de verre des hautes bâtisses qui faisaient ressembler la rue à un canyon.

— Seigneur, j'adore cette ville.

— Vraiment ?

— Pas toi ? Même au bout d'un jour, tu ne commences pas ?

— Pourquoi l'adores-tu ?

— Ce vrombissement. La vitesse. Les odeurs. Le, le... l'anonymat.

— Je n'aimerais pas être anonyme, répondit sa sœur d'un ton désapprobateur. J'ai bien l'intention d'être connue à la fin de ma première année dans la communication. Pas connue au sens où l'homme de la rue rechercherait mon autographe. Je n'ai aucune envie de ça. Mais connue au sens où le monde des affaires irlandais connaîtrait mon nom, me verrait comme une force avec laquelle compter, me considérerait comme à la pointe du monde de la communication et de l'image.

— Tout ça pour quoi ?

— Pour viser 1994.

— Pourquoi ?

— C'est l'une des raisons de ma présence.

— Mmmm ?

— J'ai besoin de tes conseils de méthode. Et finalement de ta participation.

— Et si je ne veux pas faire partie de cette compagnie ? Jamais ?

— Tu le voudras.

19.

Durant le déjeuner, Sophia continua l'exposé de ses plans. Elle commencerait à collectionner les tableaux, dit-elle à Darcy. Sans doute l'œuvre de Stephen Cullen. Cela l'aiderait à construire une image de femme ayant réussi dans tous les domaines.

Tu es prête, songeait sa sœur stupéfaite, à définir ta vie en fonction de ce qui te rendra publiquement intéressante. Tu ne t'intéresses pas à la collection de tableaux. Tu penses que tu dois t'y intéresser, mais ce n'est pas la même chose. D'un autre côté, une fois que tu te seras décidée à devenir « Une collectionneuse de l'*œuvre* de Stephen Cullen », tu éprouveras un goût qui sera aussi sincère que sa version authentique.

— T'arrive-t-il jamais de penser à Margaret Graham ? s'enquit brusquement Sophia. Je frissonne encore quand j'y pense. Cette histoire de rapports qu'elle t'avait léguée s'est-elle perdue dans les sables ou continues-tu à écrire à ce vieux prof de Seattle ?

— Il n'est resté à Seattle que peu de temps. Oui, ça continue.

— C'est une sorte de rapport annuel ?

— Oh non. C'est bien plus court, plus fréquent et moins formel.

— Moins formel ?

— Mais toujours éloigné. Difficile de le décrire. J'y prends plaisir, malgré tout, ça n'est plus un devoir. En fait, une fois que j'ai compris comment ça marchait, ça n'a plus été un devoir. J'éprouve une grande reconnaissance à l'égard de Margaret Graham pour m'avoir fait entrer là-dedans.

246

— J'ai toujours été jalouse de ce professeur, dit Sophia en se redressant sur sa chaise, l'air d'avoir confessé un crime inavouable.

— Jalouse ?

— Je te regardais, pianotant sur ton clavier ; parfois tu te souriais à toi-même, parfois tu avais l'air de céder sur un point, à d'autres moments d'essayer de comprendre quelque chose. Je me sentais complètement exclue.

— Tu avais ton journal.

— Mais il n'y a personne à l'autre bout d'un journal. On pourrait tout aussi bien écrire sur l'eau.

— De toute façon, être jalouse de mon vieux prof de plus en plus chauve n'avait pas lieu d'être. Tu n'aurais jamais voulu être informée des choses que je lui rapportais. Fais-moi confiance : tu n'aurais pas voulu.

— Comment sais-tu qu'il a une calvitie galopante ? Il t'envoie des photos ?

— Oh non ! Le protocole de l'étude nous interdit d'avoir des contacts personnels. Pas de photos, de coups de fil ni de visites. Tout s'arrête si nous nous rencontrons. Ce n'est que de la correspondance. Il y a un certain temps, il a mentionné sa calvitie galopante. Il est probablement chauve comme un œuf maintenant. Ce n'est pas le cas de Greg, n'est-ce pas ?

— D'être chauve ? Non. Pourquoi ?

— Je me suis débarrassée de plusieurs vidéos de l'année, mais il y en a une qui reste obligatoire. Je veux la transformer. J'ai besoin de faire une vidéo sur les questions d'actualité avec Brautigan. Il serait interrogé par un interviewer qu'il ne connaît pas. Je me suis enquise des journalistes ici mais franchement, les spécialistes des questions d'actualité américains n'arrivent pas à la hauteur des Irlandais. Je pense à faire venir un journaliste irlandais qui mettrait Clive sur le gril pendant une demi-heure. Ça serait beaucoup plus vrai, excitant et passionnant que les discours habituels. Je n'ai pas besoin des gens de tout premier plan comme Gaybo, Olivia ou Brian Farrell. Juste de quelqu'un d'agréable et de compétent capable de recevoir des instructions et de les suivre. Greg fait des émissions sur les questions d'actualité, non ?

Sophia hocha la tête.

— Aimerais-tu que je lui en parle ?

— Si tu le vois, oui. Dis-lui que je lui paierais le voyage en classe affaires, le logerais pour deux nuits au Plaza et lui verserais deux mille dollars, plus ses frais. Tout ce dont il aurait besoin serait de lire quelques pages que je lui faxerais.

Darcy King/Manhattan
212 8645312
Lundi 26 juin 1989, 19 h 37

Cher Alex,

Sophia et moi avons un peu parlé de toi à la Tavern on the Green. Je ne l'ai pas informée de ton travail de conseil cinématographique. En réalité, pour être franche, tout ce que je lui ai révélé, c'est que ta calvitie était galopante...

Darcy.

A.C.B /Washington
202 6613198
26 juin 1989, 20 h 12

Chère Darcy,

Je suis à Washington pour travailler sur un thriller politique, rempli de manœuvres psychologiques et d'action physique. Il y a plusieurs bons acteurs. *USA Today* parle du film aujourd'hui. Jettes-y un coup d'œil.

L'acteur qui joue le rôle principal n'est pas très bon. Il veut être aimé. Il veut doter chacun des personnages qu'il incarne de ce qu'il appelle les « touches d'humanité ». Il déforme les bons scripts avec de longs regards pleins de compassion. Dans cinq ans, on l'aura oublié. Le besoin d'être aimé par tous est une contradiction si sotte. Ça débouche toujours sur l'animosité, car on se conforme à ce qu'on pense que les autres souhaitent vous voir être et ce faisant on devient faux.

Le tournage ne se passant pas bien, on boit beaucoup. Je fais de longues promenades solitaires.

Alex.

248

Darcy King/Manhattan
212 8645312
26 juin 1989, 21 h 05

À l'attention d'Alex

Quand tu bois, que bois-tu ?

Darcy.

A.C.B./Washington
202 6613198
26 juin 1989, 21 h 17

À l'attention de Darcy

Surtout de la bière. Je n'aime pas l'ivresse que procurent les alcools forts.

Alex.

Darcy King/Manhattan
212 8645312
Mardi 27 juin 1989, 19 h 06

À l'attention d'Alex

Quel effet a l'ivresse sur toi ?

Darcy.

A.C.B/Washington
202 6613198
27 juin 1989, 19 h 47

À l'attention de Darcy

Elle me rend caustique.

Alex.

Dr Robert King/Dublin
353 1 7324172
Marcredi 5 juillet 1989, 17 h 39

À *l'attention de Darcy*

Chère Darcy,

J'ai parlé avec Greg et il serait ravi de travailler pour toi. Je lui ai donné ton numéro – j'espère que c'est OK ?

Je prends mes marques chez *Positionings*. Malachy m'a donné trois de ses clients actuels : Boarding Pass Travel (une agence de voyages), une boutique d'animaux domestiques, Pete's Pet Emporium, et une société de laine à tricoter dans le Gaeltacht du Donegal. Cela ne me fournira que la moitié des heures de travail que je dois faire, alors fais des prières pour que je décroche d'autres contrats rapidement.

Sophia.

Darcy King/Manhattan
212 8645312
5 juillet 1989, 22 h 11

À *l'attention d'Alex*

Caustique ? Peste !

Darcy.

Darcy King/Manhattan
212 8645312
6 juillet 1989, 22 h 38

À *l'attention de Sophia*

Chère Sophia,

Je ne voudrais pas croire une seule seconde que c'est pour la boutique d'animaux domestiques Pete's Pet Emporium que le Dr King a envoyé sa belle fille blonde à l'Université...

Alors que fais-tu ? Tu vends des phoques ? Tu fouettes les mouches ? Tu nourris les pékinois ?

Darcy.

250

Lors de sa première visite à l'Emporium, Sophia fut renversée par le bruit et l'odeur du lieu bien que Pete (la boutique comptait un vrai Pete) lui ait assuré qu'en comparaison des autres boutiques d'animaux domestiques, l'odeur était réduite au minimum et qu'il avait fait insonoriser les murs pour absorber les jappements.

— Ah, va te faire foutre, va te faire foutre, va te faire foutre, tu veux ! hurlait une voix avec l'accent dublinois le plus épais.

Craignant d'attirer sur elle l'attention d'un voyou jouant du couteau, Sophia ne se retourna pas, fixant sur Pete un regard épouvanté et scandalisé.

— C'est le mainate, dit-il. Les gamins de l'école voisine viennent à l'heure du déjeuner et j'ai beau les chasser, c'est difficile si nous avons beaucoup de clients.

— Fais-toi sauter, fais-toi sauter, fais-toi sauter, fit le mainate à Sophia quand elle le regarda.

Il inclinait la tête d'un air séducteur en faisant cette requête.

— Ils lui apprennent des choses affreuses, dit Pete.

— McGill se touche, proposa l'oiseau, comme pour confirmer cette déclaration.

— Qui est McGill ? s'enquit-elle.

— Une saloperie pleine de merde, proclama le ménate.

— Leur professeur, rectifia Pete.

— McGill se touche, dit encore le mainate.

Dans l'arrière-boutique, Pete exposa ses plans à la visiteuse. Il était sur le point d'ouvrir des boutiques dans chaque grande ville d'Irlande et si ça marchait, il s'étendrait en Grande-Bretagne et en Europe continentale.

— Réfléchissez, lui demanda-t-il ; il n'existe pas de chaînes vendant des animaux domestiques, comme il existe des chaînes de restauration rapide où l'on peut être certain d'une même qualité de service. Voilà ce que je vais créer. Une chaîne dont on poussera forcément la porte si l'on a ou veut un animal parce qu'on saura que l'animal en question sera certifié, testé, vacciné, etc. et qu'il y aura un service de conseil.

Il avait besoin d'une grande campagne de communication,

lui dit-il, afin que le nom de la chaîne et son concept pénètrent les esprits. S'il paraissait à Sophia souhaitable de continuer d'utiliser le prénom de Pete dans l'image émergente des emporiums, il n'y voyait pas d'inconvénient. Peu lui importait comment il arriverait à créer un statut de marque, pourvu qu'il y arrive.

Sophia le regarda. Il était totalement chauve sur le haut du crâne avec des filaments roux tombant en ruisseaux sur ses oreilles comme s'il venait de sortir d'une piscine à vagues. Sa cravate tricotée pendouillait à environ deux centimètres de sa position correcte. Son cardigan bleu marine était couvert de plumes blanches et une bande étroite de papier dans lequel se nichaient les chiots remontait sur l'une de ses épaules comme s'apprêtant à retomber, telle une chenille, sur le devant. Il avait décidément l'air de quelqu'un qui vit et dort sans se déshabiller, ce qui expliquait peut-être pourquoi Malachy n'avait pas entrepris de faire de Pete une star dès la première année de contrat.

— Dites-moi pourquoi ce que vous vendez, comme les poissons rouges, n'a rien d'ennuyeux.

Il eut l'air outragé :

— Ennuyeux ? répéta-t-il, comme si les poissons rouges étaient réputés être les compagnons les plus stimulants connus. Ennuyeux ? Laissez-moi vous apprendre qu'il existe une émission de télé en Amérique où ne figurent que des poissons rouges. Rien que des poissons rouges, répéta-t-il.

— Ma sœur en a eu, se souvint Sophia. Un jour, ils se sont recroquevillés et sont morts. C'était affreux.

— Si elle avait remué l'eau, ça se serait peut-être mieux passé. Pour faire entrer l'oxygène.

— Remué ? Comme une tasse de thé ?

Pete hocha la tête.

— Les chiots à l'extérieur sont si mignons, reprit-elle.

— Il devrait y avoir une loi pour obliger les gens à suivre un cours avant d'acheter un chiot, dit-il d'un air lugubre. De foutus crétins viennent ici, s'éprennent d'un petit diable long de seize centimètres qui deviendra un immense animal aux gros besoins et ils ne voient pas plus loin que le coup de langue sur le museau.

Prenant des notes aussi vite que possible, Sophia entendit

parler de la *toxocara canis*, la manière dont les enfants pouvaient être aveuglés par un virus transmis par un chien domestique s'ils n'apprenaient pas à se laver les mains aussitôt après avoir caressé l'animal. On lui parla de l'éducation et de son importance. De la nourriture dont les maîtres stupides bourrent leurs chiens et chats pour leur faire plaisir et du tort qu'ils leur font. Elle apprit comment les personnalités correspondaient aux types d'animaux domestiques – il existait un certain genre de gens, déclara Pete, pour lesquels le lézard était l'animal idéal.

— Et puis il devrait y avoir un délai. Un délai entre le moment où l'on décide d'acheter et celui où l'on sort de la boutique avec l'animal. Aux États-Unis, il existe un délai pour l'achat des armes et c'est une bonne chose. Ça ne me gênerait pas si quelqu'un, réflexion faite, n'achetait pas. Ce serait beaucoup mieux qu'acheter un bon animal et lui donner une mauvaise maison. C'est affreux de mettre un beau chien comme un labrador entre les mains d'une personne qui le maltraitera alors que la pauvre bête continuera d'aimer son méchant maître.

— Écoutez, j'ai de quoi faire avec ça. Je reviens vous voir d'ici une semaine avec quelques suggestions.

— Rien ne presse. Quand vous voudrez.

Elle ne put s'empêcher de regarder le mainate en sortant, coup d'œil qui suscita chez l'oiseau une spectaculaire bordée d'insanités.

Malachy avait confié à Sophia des clients « faciles ». Il lui fit remarquer que, de tous les clients figurant dans leur portefeuille, Pete's Pet Emporium était le moins susceptible de connaître une crise soudaine. Il ne fallut qu'une semaine pour lui donner tort.

— Une polémique vient d'éclater au sujet du Pete's Pet Emporium, dit la secrétaire de Sophia, Genna, en lisant ses notes comme Sophia revenait d'un rendez-vous avec un autre client.

— Ça pourrait faire l'objet d'un reportage aux nouvelles de 21 heures.

Sophia s'immobilisa, envisageant rapidement en esprit les possibilités qu'un virus canin ou qu'un autre désastre sanitaire s'étende aux humains.

— L'emporium a vendu une grosse de souris blanches, l'informa Genna.

253

— Qu'est-ce qu'une grosse ?

— Douze douzaines ou cent quarante-quatre.

— Merci. Continuez.

— Ils ont vendu la grosse de souris blanches, prétend-on, à un élève du lycée Saint-Barnabas au prix de 120 livres. Il a eu une réduction, étant donné le nombre d'animaux.

— Et ?

— Ils n'ont pas vérifié l'usage qui en serait fait.

Sophia considéra les possibilités. Peut-être que Saint-Barnabas pratiquait des tests sur les animaux. La dissection in vivo ou quelque chose d'aussi cruel.

— L'étudiant, dont le vrai nom doit encore être vérifié, poursuivit Genna, fort satisfaite de son débit « rapport de police », est passé chercher les souris à l'heure du déjeuner.

— Et ?

— Et les a lâchées sur les trois étages de Saint-Barnabas vers 14 h 30.

— Oh non !

— Hé si.

Le tohu-bohu qui s'ensuivit, à en croire Genna, fut de proportions épiques. Saint-Barnabas était mixte et, si le lâchage de souris avait voulu illustrer la différence des sexes, il avait sans aucun doute rempli son office et vérifié le préjugé masculin sur la peur qu'ont les femmes des souris. Les professeurs masculins d'âge mûr avaient été amusés ou irrités par les souris. Leurs collègues femmes avaient grimpé sur les chaises. On avait évacué toute l'école et renvoyé les élèves de bonne heure tandis que les surveillants, hommes et femmes, capturaient l'essentiel des bestioles.

Sophia s'assit à son bureau pour réfléchir à la situation.

— Maintenant, la mauvaise nouvelle, c'est que les caméras de télé étaient là.

— Comment cela ?

— Quelqu'un a téléphoné à la chaîne de télé ce matin pour leur donner un tuyau, à savoir que l'élève le plus célèbre de Saint-Barnabas, le champion Daragh Kinsella, devait venir remettre un chèque pour un nouveau bâtiment destiné aux étudiants doués qui obtiendraient des bourses. Et, bien que l'administration de l'école doive le nier si on lui téléphonait, l'informateur pouvait les assurer que la Bentley de Kinsella franchirait le portail à 14 h 40 précises et qu'ils pourraient le coincer sur le pas de la porte s'ils le désiraient. À l'heure dite, les élèves et les professeurs sont apparus, en courant, par toutes les portes. Les gens escaladaient les fenêtres comme si la peste s'était déclarée à l'intérieur. Très télégénique. Ils ont en plus attrapé un certain nombre d'étudiants pour les interroger sur ce qui s'était passé.

— Appelez-moi Pete, s'il vous plaît.

Dans la seconde il était en ligne.

— Ah, va te faire foutre, va te faire foutre, va te faire foutre, tu veux, scandait la voix rauque du mainate derrière lui.

— Oh, pour l'amour de Dieu, marmonna Pete, et le mainate se tut brusquement.

— Que lui avez-vous fait ?

— J'ai jeté mon cardigan sur la cage.

— Pete, est-ce que l'emporium a fait quoi que ce soit qu'il n'aurait pas dû faire ?

— Nous avons tout fait correctement. Le type qui a acheté les souris n'était pas un gamin : un grand adulte de dix-huit ans, uniforme, bonne éducation.

— Et ça ne vous a pas mis la puce à l'oreille ?

— Quand des petites vieilles entrent ici pour acheter des bergers allemands, l'idée ne me vient pas qu'elles en ont besoin pour assouvir leurs fantasmes sexuels, répliqua-t-il d'un ton furieux. Les chances d'un tel événement sont très minces, Sophia.

— Pardon, pardon.

— Ça pourrait très mal tourner.

— Ou très bien.

— Quoi ?

— Je peux essayer de retenir la mer ou je peux vous installer sur la crête de la vague. Je peux essayer d'empêcher la chaîne de télé de diffuser son sujet ce soir ou je peux leur demander de vous y faire figurer.

— Pourquoi diable voudrais-je figurer dans un sujet qui me donne l'air d'un parfait crétin ?

— Pas du tout. Vous pouvez mettre en exergue les choses que vous m'exposiez sur la nécessité de renforcer les lois.

— J'ai dit ça comme ça m'est venu.

— Écoutez, je demande à ma secrétaire Genna de vous rappeler dans vingt minutes pour vous lire une proposition de communiqué de presse. Si ça vous convient, je parlerai à la chaîne de télé et aux journaux et leur demanderai de vous interviewer.

Moins de vingt minutes après, Genna lisait à Pete le communiqué : « Pete's Pet Emporium réclame un délai obligatoire de vingt-quatre heures entre l'accord d'achat et la livraison d'un animal domestique. Ce "temps de réflexion", d'après le propriétaire, est essentiel notamment au moment des fêtes de fin d'année, quand on achète des animaux pour les abandonner le mois suivant. On pourrait aussi opérer les vérifications nécessaires auprès des parents ou des écoles en cas d'achat d'animaux par des mineurs. « Il s'agit d'êtres vivants, a précisé Pete Muldoon, et l'on ne doit pas oublier qu'à cause de cette équipée irresponsable et dangereuse, sept petites souris sont mortes et trois n'ont pas été retrouvées. »

— Sophia voudrait savoir si cela vous convient ? lui demanda Genna.

— Dites-lui que oui. Dites-lui que je ferai l'interview avec les gens de la télé si elle le souhaite. Est-ce que je dois m'y rendre ? Est-ce que j'ai le temps de mettre mon meilleur costume ?

Sophia, pendant ce temps, parlait à la chaîne de télé, non sans rencontrer quelque résistance de la part du rédacteur concerné.

— Allez, Sophia, lui disait-il. C'est une farce. C'est une séquence visuelle. Nous n'avons pas besoin de l'alourdir des platitudes d'un vendeur d'animaux domestiques.

— Brian, vous allez provoquer la ruine de cette affaire, s'exclama-t-elle d'une voix que l'indignation rendait aiguë. Du jour au lendemain. Vous mettrez onze personnes à la rue. Ça serait la fin d'une adresse dublinoise bien connue.

— Mais non.

— Mais si, Brian, et n'en doutez pas une seconde. Votre histoire donnera à la boutique une réputation d'irresponsabilité, or c'est tout le contraire. Voilà un homme qui se bat depuis des années – elle croisa les doigts sous le bureau pour s'excuser auprès du Seigneur de cette exagération, sinon de ce mensonge – pour créer des règles convenables d'achat, de vente et d'entretien d'animaux domestiques.

— Il n'y a rien de neuf dans ce qu'il nous dirait.

— Brian ! C'est le seul élément nouveau de votre histoire. Il réclame des changements de législation, il parle de la manière dont on achète des armes en Amérique – croyez-moi, Brian, c'est ça qui transforme une petite histoire amusante et accidentelle en un véritable reportage.

Il réfléchit un instant, refoulant son envie de lui dire que la toute jeune attachée de communication qu'elle était ne pouvait guère se permettre de donner des leçons sur le reportage, véritable ou pas, au journaliste confirmé qu'il était.

— Attendez de le rencontrer, continua-t-elle. Il est si authentique, Brian. Rien à voir avec vos bonshommes en costumes de mohair. C'est un homme d'animaux, un vieux cardigan déformé, le type à avoir de la paille dans les cheveux.

Il soupira et accepta d'envoyer une équipe à l'emporium à 17 heures, mais ce Pete avait intérêt à être bon. Sophia l'assura que « bon » ne rendait pas compte du « merveilleux » de Pete. Genna avait déjà Pete sur l'autre ligne lorsqu'elle raccrocha.

— Ne vous changez pas, lui intima Sophia.

— Ne pas me changer ? Ma femme est en route pour m'apporter mon bon costume.

— Appelez-la et dites-lui de ne pas prendre cette peine. Faites-moi confiance. Portez votre cardigan.

— Le mainate l'a un peu mordillé.

— Portez-le. Je serai là avant l'arrivée de l'équipe.

Lorsqu'elle entra dans la boutique, une serviette recouvrait la cage du mainate.

— Je me demandais…, dit-elle à Pete en remarquant que le mainate avait en effet fait des trous dans son gilet. Laissez sa cage à découvert jusqu'à ce qu'ils commencent à filmer. Ils adoreront et nous pourrons nous en servir comme d'un hameçon pour une future histoire.

Haussant les épaules, Pete reprit la serviette et le mainate informa aussitôt Sophia que McGill se touchait.

— Qu'allez-vous leur dire ?

Pete parut décontenancé.

— Ça dépend de ce qu'ils me diront, non ?

— Non, pas du tout. Ils vont vous poser des questions générales du genre : comment cela a-t-il pu se passer ou est-ce qu'il est normal que ça se soit produit ? Ce n'est qu'un point de départ pour que vous racontiez quelque chose d'intéressant.

Pete lui dit les deux choses qui lui tenaient à cœur.

— Répétez-les-moi encore et ayez l'air plus convaincu vous-même – croyez en elles.

Pete se répéta encore, en plus concis et avec deux fois plus d'énergie.

— Super ! dit-elle, et sur ces entrefaites l'équipe de télé arriva.

— Salut, je suis Sophia et voici Pete.

— Une saloperie pleine de merde, intervint le mainate.

Elle fit comme si elle n'avait rien entendu.

— Brian, est-ce que vous voulez des cages en arrière-plan ou...

— Fais-toi sauter, fais-toi sauter, fais-toi sauter.

Le journaliste semblait indécis.

— Parce que si vous n'aimez aucune des options que nous avons...

— Fais-toi sauter, fais-toi sauter, fais-toi sauter, tu veux ?

L'équipe de télévision se rassembla autour de l'oiseau que cette attention rendit presque hystérique. Pete le recouvrit de sa serviette et l'on installa les projecteurs. Brian l'interrogea et Pete s'exprima avec passion pendant quarante secondes, aussi tremblant que la plume piquée sur son cardigan.

— Coupez ! Il faut vous rendre justice, Sophia, Pete est aussi bon que vous l'aviez dit.

— Si nous avons un problème d'enregistrement, vous nous prêterez votre perroquet, fit l'opérateur du son, en enroulant ses câbles avant de sortir.

— Vous êtes une star, dit Sophia à Pete. Et toi aussi, à l'adresse du mainate qui l'invita, penchant la tête d'un air séducteur, à se faire sauter.

— Où sont les souris ?

Il indiqua ce qui ressemblait à une cage portative.

— Ils ont même rapporté les mortes, dit-il d'un air lugubre.

— Oh super, dit Sophia.

258

Il la regardait avec l'air patient de qui ne comprend pas ce qui lui arrive mais qui est prêt à laisser son sort aux mains des experts.

— J'ai essayé de réfléchir à des angles d'attaque pour les journaux de demain. Je voudrais une photo de vous tenant trois minuscules souris mortes en main.

— Heureusement que vous n'en voulez que trois, fit-il tristement.

— Pourquoi ?

— Parce que toutes les autres petites ont été réduites en bouillie, voilà pourquoi.

Quelques minutes plus tard, un photographe prenait des photos de Pete aussi vite que possible, persuadé que, si Sophia le laissait photographier ce vendeur d'animaux décati au lieu de le pomponner avec une chemise et une cravate convenables, c'était qu'elle était toute novice dans son boulot.

Le lendemain matin, deux des journaux nationaux mettaient Pete en première page. L'un le montrait tenant les souris mortes, l'autre en train de regarder la cage des souris rescapées. Allait-il les revendre ? s'enquérait le journal. Non, il les donnerait aux premiers cent trente enfants venant dans son emporium en compagnie de leurs parents porteurs d'une promesse écrite de prendre soin de leur souris gratuite.

Sophia s'installa à son bureau à 7 h 30 du matin, enchantée. Le téléphone sonna.

— Puis-je parler à Sophia King ?

— C'est moi-même, Pete.

— Pourquoi répondez-vous au téléphone ?

— Les secrétaires ne sont pas au bureau à 7 h 30.

— Avez-vous lu les journaux ?

— Bien sûr que oui. Êtes-vous satisfait ?

Il était ravi. Elle ajouta qu'il le serait encore plus s'il songeait que son nom et sa boutique étaient devenus célèbres du jour au lendemain grâce à une gestion attentive et inspirée de ce qui aurait pu tourner au désastre, dit-elle en le louant de tout ce qu'elle avait fait. Il était aux anges.

— Ma femme ne m'a pas aimé en cardigan, à la télé.

— Il faut que votre femme comprenne que tout le monde peut avoir l'air respectable en portant un costume, mais que notre objectif est de vous rendre instantanément identifiable. Comme le colonel Sanders. Ou Tony O'Reilly.

Il accepta sans hésiter cette comparaison avec des personnages mondialement célèbres.

— Il n'y a qu'un petit ennui, fit-il encore.

— Qui est ?

— À la minute où les écoles primaires fermeront aujourd'hui, je vais avoir une queue jusqu'au coin de la rue de petits mioches avec leurs mères. C'est jour de congé.

— Diantre !

— Oui, dit-il d'un ton grave.

— Mais c'est merveilleux, s'exclama-t-elle. Nous pouvons avoir les journaux du soir aussi !

Les journaux du soir arrivèrent dûment illustrés, en première page, de photos des files d'attente devant le Pete's Pet Emporium. À l'intérieur de l'un d'eux ou pouvait voir une photo d'une petite fille de six ans, particulièrement mignonne, une souris blanche sur l'épaule pointant le museau derrière sa natte. L'enfant était la fille d'un des directeurs de *Positionings* et la photo avait demandé trois heures d'efforts à un photographe. Mais cela valait le coup car elle créait ce que Sophia appelait le facteur « stupéfaction-plaisir ». L'une des chaînes de radio locales fit un micro-trottoir auprès des personnes qui attendaient, couronné d'une reprise des commentaires bien sentis de Pete sur la responsabilité incombant aux acheteurs d'animaux domestiques.

Positionings/*Dublin*
353 1 6740767
14 juillet 1989, 21 h 03

À l'attention de Darcy King

Chère Darcy,

Jette un coup d'œil sur les feuilles ci-jointes. N'est-ce pas fantastique ? Tu es la seule à qui je l'avouerai, mais ma réaction principale est le soulagement. J'étais fort inquiète à l'idée de prendre la mauvaise décision au sujet du reportage télé.

D'abord, je me suis dit que j'allais demander au proviseur

d'appeler la chaîne de télé et d'exiger de parler à un très haut responsable, peut-être même le directeur général, pour l'informer que ce genre de reportage était discutable pour deux raisons :

1. La chaîne de télé s'associait à un farceur qui avait causé un vrai charivari et qui aurait pu être à l'origine d'un accident.

2. Le reportage risquait d'encourager des vocations de même nature.

Ce dernier risque s'est déjà vérifié, heureusement sur une bien moindre échelle que la grosse de souris de Saint-Barnabas. Bien sûr, il n'y a eu aucun écho médiatique sinon une notule enfouie dans les pages intérieures : « Nouvelle attaque de souris ».

Si je n'ai pas suivi ce premier mouvement, c'est que je me suis soudain rendu compte de mes devoirs professionnels : je ne suis pas payée par les écoles pour empêcher les farces. Je n'ai aucune obligation morale à leur égard. Pete, en revanche, a signé un contrat avec nous. Mon boulot consistait à lui trouver la meilleure publicité possible.

Je dois te quitter – j'ai invité le rédacteur de la RTE, Brian, à déjeuner, afin de faire connaissance avec lui et de comprendre comment ils sélectionnent leurs histoires.

La société va me fournir une voiture de fonction mais il se peut que je doive allonger la sauce. J'ai besoin de tes conseils là-dessus.

Je t'embrasse,

Sophia.

Darcy King/Manhattan
212 8645312
17 juillet 1989, 13 h 17

À l'attention de Sophia King

Chère Sophia,

Sharletta a fait épingler les coupures de journaux sur le tableau du bureau new-yorkais où nous recevons les gens. Elle trouve toute l'affaire à la fois insensée et sympathique.

Il faut que je rencontre ce mainate. Nous avons été copains dans une vie antérieure, c'est certain. (Nous pourrions aussi l'être dans celle-ci, si j'en juge par mes talents d'entremetteuse.)

Tu as besoin de mes conseils pour les bagnoles ? Tu dois te foutre de moi. Moi, l'ancienne propriétaire de Septicémie pourrissante ?

Darcy.

Dr Robert King/Dublin
353 1 7324172
18 juillet 1989, 19 h 32

À *l'attention de Darcy King*

Chère Darcy,

La voiture que me propose la société serait une Toyota Starlet. Mais, si j'ajoute 2 000 livres, je pourrais obtenir une Honda Civic ou une Golf ou quelque chose de ce genre. Ou je pourrais emprunter un peu plus et avoir une BMW. Du point de vue de l'image, je pense que la meilleure option consiste à emprunter et avoir la BMW.

Au fait, pourrais-tu demander à ton professeur si l'on a déjà fait des études sur l'influence calmante des poissons rouges : y a-t-il eu des psychiatres qui aient utilisé les poissons rouges pour soigner les malades mentaux ?

Sophia.

Darcy King/Manhattan
212 8645312
19 juillet 1989, 18 h 58

À *l'attention de Sophia King*

Du point de vue de l'image, indubitablement une Béém.

Darcy.

Dr Robert King/Dublin
353 1 7324172
19 juillet 1989, 18 h 45

À l'attention de Darcy King

Serais-tu cynique ?

Sophia.

Darcy King/Manhattan
212 8645312
20 juillet 1989, 18 h 11

À l'attention de Sophia King

Indubitablement. Mais je sais que cela ne te fera pas changer d'avis.

Darcy.

Darcy King/Manhattan
212 8645312
mercredi 26 juillet 1989, 18 h 26

Cher Alex,

À classer dans la catégorie « Bizarre mais vrai » : ma sœur veut que je te demande si tu as eu vent d'une cure calmante par le biais de poissons rouges ; y a-t-il des psychiatres qui aient utilisé les poissons rouges pour soigner les malades mentaux ? Je ne te poserais pas cette question idiote si je n'avais eu des poissons rouges dans mon enfance et si Sophia n'avait été très gentille pour moi quand les pauvres bestioles sont mortes.

Je ne devrais probablement rien te demander à ce sujet, puisque tu es un tueur de truite, saumon et carpe. Tu as sans doute un aquarium dans ton salon de manière à pêcher au harpon quand tu t'ennuies.

Darcy.

Chère Darcy,

J'espère pouvoir te répondre sous quarante-huit heures au sujet des études sur l'emploi thérapeutique des poissons rouges.

Non seulement je ne pratique pas le harpon à la maison mais j'ai eu des poissons tropicaux dans mon enfance qui pour la plupart ont vécu extrêmement vieux. Les gens qui sont unis à la nature répandent la longévité chez la flore et la faune qui les entourent.

Quand par hasard l'un de mes poissons mourait de mort prématurée, cela était dû à mon père.

Lorsque tu as mentionné il y a quelque temps ta fascination pour la manière dont les sociétés pensent ici par trimestres, j'ai tout de suite songé à mon père : il pratiquait la grande beuverie sur une base trimestrielle. Cinq jours durant, une fois par trimestre, il était bourré au point de ne plus pouvoir parler. Ce n'était pas un ivrogne caustique, il était juste physiquement dépourvu de coordination lorsqu'il était ivre. J'avais douze ans quand il arriva un soir, très ivre, en faisant une si grande embardée contre mon aquarium que son coude traversa le verre. J'accourus de la pièce voisine au bruit du choc et le trouvai debout devant le cube de verre avec l'eau et les poissons qui se déversaient tandis qu'il tentait de les rattraper avec les mains pour les secourir...

Alex.

Cher Alex,

En as-tu sauvé au moins un ?

Darcy.

Chère Darcy,

Non. J'ai renoncé à ce passe-temps et me suis mis à chasser l'élan à la place.

Mes recherches relatives aux poissons rouges n'ont pas donné grand-chose. (Si, en revanche, je pouvais te suggérer les caniches, il existe beaucoup de renseignements sur leurs vertus thérapeutiques. Notamment en lien avec les vieux homosexuels isolés.)

Un certain Alan Beck, professeur d'écologie à Purdue University School (médecine vétérinaire) a écrit un livre intitulé *Entre les animaux domestiques et les gens.* Il prétend que, chaque fois que les gens touchent leurs animaux domestiques, leur tension artérielle baisse aussitôt, fût-ce un tout petit peu. Si le toucher n'est pas le lien habituel établi avec un poisson rouge, il affirme que le simple spectacle d'un poisson dans un aquarium a un effet similaire.

On a beaucoup étudié l'influence de l'animal sur les relations sociales des pensionnaires de maisons de retraite. Les résultats indiquent que les animaux peuvent constituer un moyen efficace pour accroître la socialisation parmi les résidents.

Les programmes de thérapie animalière ont été étudiés. On s'est aperçu que l'intervention des chiens était la méthode de socialisation la plus efficace des patients âgés en psychiatrie.

En général, l'emploi d'animaux de compagnie est de plus en plus prisé comme approche thérapeutique, surtout pour les malades âgés, isolés ou placés en institutions. Les bienfaits d'un lien avec les animaux incluent des effets physiologiques positifs sur le cœur, une réduction du besoin de certaines médications, une amélioration du moral et de l'estime de soi.

Les dauphins et d'autres mammifères ont été utilisés avec des enfants incapables de parler, autistes ou schizophrènes.

Des chiens et d'autres animaux ont servi dans la thérapie expérimentale avec les personnes souffrant d'Alzheimer sans qu'on remarque chez eux un mieux très significatif.

Ta sœur sera peut-être intéressée d'apprendre que le premier usage thérapeutique des animaux a eu lieu en 1792 dans une institution quaker pour les déments. Depuis lors, la thérapie animale a été massivement employée pour soulager la solitude, fournir un soutien émotionnel, atténuer les tourments personnels et améliorer la stimulation tactile. Cependant, les poissons rouges ne figurent pas dans les données auxquelles j'ai eu accès. À l'exception d'un cas : Aaron Katche, psychiatre à l'université de Pennsylvanie, s'est aperçu que la tension des gens qui regardaient un aquarium baissait de manière visible ; elle baissait plus que s'ils étaient restés à fixer un mur nu. Cet effet était plus net chez les sujets hypertendus et chez ceux qui présentaient une pression sanguine normale.

Pour le reste, ce qui suit est plutôt vague.

Il existe au moins deux cent cinquante millions de poissons domestiques aux États-Unis. Je n'ai pas les chiffres pour l'Europe mais les meilleurs travaux recueillant ce genre d'information sont dus à James Serpell, associé aux recherches en comportement animal à l'université de Cambridge. Je cite son ouvrage *En compagnie des animaux* (Oxford, Basil Blackwell, 1986) : « Il fut un temps où le turbot domestique faisait fureur à Rome. La fille de Drusus en para un d'anneaux d'or et l'orateur Hortensius pleura la mort de son poisson préféré. »

Les Samoens faisaient des anguilles leurs animaux de compagnie. Est-ce que ça compte ?

                                                                    Alex.

20.

Quand Greg se rendit à New York pour interviewer Clive Brautigan avec une caméra vidéo, il apporta la revue de presse de Sophia.

— Elle m'a dit que tu voudrais toutes les voir, dit-il en les tendant à Darcy comme à contrecœur. Ou plutôt, elle a dit que tu devais toutes les voir. Tu connais son sens du devoir.

Darcy hocha la tête, en feuilletant les coupures.

— Oh, regarde, vous êtes là tous les deux...

Il regarda par-dessus son épaule.

— Ouais. Elle m'avait demandé de l'accompagner à la remise des prix des Réussites de l'année.

— Ah, et c'était si chiant que ça ?

Elle continua à tourner les pages. L'une des coupures les plus récentes était un reportage d'un des journaux du dimanche, un portrait de trois femmes d'affaires âgées d'une vingtaine d'années. On pouvait lire sous la photo de Sophia : *La Prêtresse de la Pub*. Darcy tapota tendrement la page.

— C'est pas mal pour une gamine qui a commencé il y a huit mois à peine, dit-elle avec admiration.

— On la connaît déjà aux alentours de Dublin. Elle s'est fait un nom dans son domaine. Je crois que Malachy est très content de l'avoir engagée.

L'entretien avec Brautigan se passa bien. Greg posait des questions inquisitrices de manière décontractée et, poussant son interlocuteur dans ses retranchements, il fit ressortir une énergie et une conviction absentes de ses précédents enregistrements. Brautigan emmena Greg déjeuner, il lui parla de l'influence de Darcy dans sa société.

— Comment va sa sœur ? Je l'ai rencontrée l'an dernier lorsqu'elle est venue passer des vacances chez Darcy.

— Extrêmement bien. Ce qui n'est pas simple. L'Irlande est un pays peu propice aux relations publiques. Tout le monde se connaît. La première chose qu'on fait, c'est se contrôler.

— Se contrôler ?

— Disons qu'on me présente quelqu'un en Irlande. Même s'il ne m'a pas vu à la télé, il saura à mon accent que je suis de Dublin. Ma carrure suggère que j'ai joué au rugby. Alors il réfléchit à l'école où j'ai pu aller : Belvédère ? Oh, est-ce que j'y étais en même temps que X ? Non, il était une classe au-dessus. Oh, alors j'ai dû être le camarade de Y, oui, comment connaissez-vous Y ? Oh, ma sœur a épousé son cousin. Ou alors on s'aide des noms de famille. McEnerney ? Un rapport avec Charles McEnerney ? Ouais, je suis son fils, vous connaissez mon père ? Pas directement, mais ma tante a été sa secrétaire durant trois mois pendant que sa secrétaire habituelle était en congé-maternité. Voilà le genre.

En sirotant son café, Clive Brautigan revint à la charge : en quoi cela rendait-il les relations publiques plus difficiles en Irlande ?

— Parce qu'on ne peut pas créer une image à partir de rien pour un homme ou un organisme. Dans votre pays, on peut publier des informations ou des communiqués de presse et c'est la manière dont les gens entendent parler d'un individu ou d'un organisme. En Irlande, on peut faire de la pub, publier des communiqués, mais tout le monde connaît la vérité, tout le monde a un copain dans la firme qui lui communiquera l'information officieuse.

— Vous dites que la sœur de Darcy est particulièrement douée dans ce domaine ?

— C'est la meilleure. Elle est très jeune, évidemment, et ne fait que commencer, mais d'ici dix ans sa société aura des succursales ici aux États-Unis, retenez bien ce que je vous dis.

— Et dans dix ans, où voyez-vous Darcy ?

— Bien plus difficile à prévoir. Sophia a un plan de bataille. Une stratégie sur deux ans, cinq ans, dix ans au sein de laquelle elle emploiera différentes tactiques, négociera le vent.

Mais Darcy n'a jamais aucun plan. Elle sait seulement quand elle a fait le tour d'une activité et doit passer à autre chose.

Comme celle-ci le raccompagnait à l'aéroport, il lui rapporta ses propos. Elle sourit mais ne fit aucun commentaire tandis que la voiture s'arrêtait le long du trottoir du terminal Aer Lingus. Greg rassembla ses affaires et se pencha par la fenêtre ouverte pour l'embrasser.

— Brautigan pense que tu es la meilleure chose qui pouvait lui arriver, dit-il très sérieusement.

— Et n'a-t-il pas raison ? dit-elle en faisant ronfler le moteur, ce qui le fit reculer d'urgence, l'air faussement terrorisé.

Mais l'avion de Greg n'avait pas atterri au pays que Darcy envoyait la télécopie qui suit à sa sœur jumelle.

Darcy King/Manhattan
212 8645312
Lundi 21 août 1989, 8 h 09

À l'attention de Sophia King
Personnel et confidentiel

Ma petite sœur,

Pas sympa. Pas sympa de se moquer de ta jumelle. Pas sympa de cacher une info qui la concerne.

C'est clair comme l'eau proverbiale que Greg et toi êtes ensemble. Que vous faites la paire. Que vous sortez ensemble (comme tu dirais). Que vous avez des rendez-vous. Que vous vous tenez compagnie.

Est-ce un problème pour moi ?

Non.

Pourquoi en aurais-je ?

Alors pourquoi avoir passé les derniers mois à lancer des allusions faussement anodines au fait que tu étais tombée par inadvertance sur Greg une fois au milieu de O'Connell Street, rencontre inopinée sur une bouche d'égout alors qu'en fait vous gémissez et dînez ensemble, et qu'on vous considère comme un couple ?

Si tu veux savoir ce que j'en pense, je trouve que c'est plus dégueulasse que tout. Je dois au seul fait de savoir écouter de n'avoir pas eu l'air totalement idiote lorsqu'il m'a parlé de toi. À tout moment dans mes lettres ou coups de fil aux parents j'aurais pu avoir l'air d'une imbécile diplômée.

Il ne t'arrive pas souvent d'être une salope caractérisée sans circonstances atténuantes mais c'est ce que tu es cette fois.

Je continue à t'aimer.

Darcy.

Dr Robert King/Dublin
353 1 7324172
23 août 1989, 18 h 18

À l'attention de Darcy King

Chère Darcy,

Excuse-moi. Je ne pouvais me décider à te le dire dès le début. Ensuite j'ai eu le sentiment qu'en retardant cet aveu j'avais aggravé les choses. Je ne peux que te présenter mes excuses.

Sophia.

Darcy King/Manhattan
212 8645312
23 août 1989, 18 h 03

À l'attention de Sophia King

Chère Sophia,

Que diable se passe-t-il ? Tu savais bien que c'était moi qui avais mis un terme à ma relation avec Greg. Penses-tu que je souhaitais le voir marqué comme un lépreux à jamais (oh pardon ! je suppose qu'en langage de communicant, tu dirais « comme une victime de la maladie de Hansen ») pour que personne ne le touche plus ? C'est un rayon de soleil, un excellent interviewer de télé et il a l'air follement beau sur ses photos avec toi.

Mais que tes fesses s'infectent et se flétrissent pour avoir joué si longtemps la cachottière.

Affectueusement,

Darcy.

Cher Alex,

Lis les pièces ci-jointes. Pourquoi m'envoie-t-elle des cochonneries de sa sœur ? t'entends-je demander.

Si je te les envoie c'est que, même si tu pouvais (étant donné le poids des ans et la calvitie galopante) avoir oublié le thème originel de notre correspondance, le fait est que nous sommes censés examiner ma sexualité, mes mensonges et le développement de mes relations et puisque que foutre rien ne se produit sous ce chef, j'ai pensé qu'il pourrait être utile de travailler un peu par procuration. Par exemple en se penchant sur mon ancien copain Greg et ma sœur bien-aimée Sophia. GregetSophia, comme dirait la presse de caniveau. Etplusprès qu'ça encore.

La manière la plus simple de l'exposer est de te dévoiler nos récents échanges sororaux. Gros échantillon suit.

Darcy.

Sophia ne fit jamais allusion à la lettre de sa sœur devant Greg, sinon pour dire que Darcy semblait ravie de son interview.

— Écoute, tu n'as pas idée de l'effort que j'y ai mis. Franchement, ce boulot m'a donné le plus grand trac que j'aie jamais eu depuis que j'ai commencé à travailler à la télé. Je ne voulais pas laisser tomber Darcy. J'ai sué à grosses gouttes tout en ayant l'air décontracté et improvisé.

— Je t'appelle pour une raison particulière, Greg.

— Et moi qui pensais que c'était pour la vulgaire excitation d'entendre ma voix.

— Ça aussi. Mais j'ai pensé que tu pourrais t'intéresser aux vols pour les Canaries.

— Quand ? J'ai le temps de faire mon sac ?

— Voilà ce que je craignais.

— Pardon ?

— Je savais que tu voudrais y aller. Mais c'est impossible. Boarding Pass Travel dispose d'un avion qui part pour Tenerife samedi et à cause d'une panne d'ordinateur il y aura environ soixante places vides. En se démenant comme un beau diable l'agence va peut-être en remplir quarante mais vingt lui resteront sur les bras et Owen Keating vient de me demander de les offrir à un certain nombre de journalistes clés. Une quinzaine à Tenerife. Tout ce qu'il faudra payer de sa poche sera la nourriture et les loisirs.

— Sophia ?

— Greg, je ne t'en donnerai pas.

— Sophia ?

— Tu es tout à fait capable de payer tes propres billets pour Tenerife.

— De même que n'importe quel foutu journaliste.

— Mais là n'est pas la question. Qu'en penserait-on ?

— Qui en penserait quelque chose ? Mère Teresa ? Le pape ? Dieu ?

— Tu ne pourrais prétendre écrire un reportage ni faire des recherches pour un reportage. Si ton émission abordait sans complaisance le voyage international, tu devrais t'interdire de la présenter. Tu serais partial.

— Tu sais quoi, Sophia, mon oncle l'évêque parle des femmes d'un certain âge qui se montrent « trop scrupuleuses ». Ne te sens pas visée, mais je pense que tu pourrais avoir atteint cet âge.

— Je ne le ferai pas, en tout cas.

— Très bien.

— Tu ne m'en veux pas, vraiment, hein ?

— Mais non ! Une quinzaine au soleil, une nourriture merveilleuse, de merveilleux oiseaux sur la plage. Ça ne m'intéresse pas. Mais qui sont les journaleux qui ont de la veine ?

— J'ai rédigé une liste de quarante personnes environ.

— Je croyais que tu n'avais que vingt places ?

— Mais j'ai prévu qu'au moins vingt des journalistes de ma liste seront incapables d'accepter l'offre pour une raison ou pour une autre, c'est pourquoi je la leur propose d'abord. De sorte qu'ils me seront reconnaissants et seront désolés de n'avoir pu accepter. Après quoi je me tournerai vers les journalistes qui pourront l'accepter et je doublerai la valeur de chaque billet.

— Sophia, ma mère a une expression pour les personnes dans ton genre.

— Qui est ?

— « Elle retombera toujours sur ses pieds, cette fille. » Bon, libère ma ligne. J'ai une émission à faire. Je t'aime.

— Moi aussi.

— Oh, est-ce que Genna aux oreilles flasques d'éléphant est à côté de toi ?

— Greg !

— Elle n'a pas perdu un mot de ce que nous avons dit, n'est-ce pas ?

— Nous pourrons discuter ce détail-là plus tard.

— Toujours la langue pendante pour saisir une info sur la vie sexuelle de sa patronne, hein ?

— OK, Greg, je te rappelle.

Genna jeta un regard désapprobateur sur Sophia qui rassembla téléphone portable, sac et agenda avant de se diriger vers la porte. Sophia se flattait d'être ponctuelle, mais Genna avait remarqué qu'à mesure que la journée s'écoulait, sa patronne tendait à accumuler de vingt à quarante minutes de retard pour chaque rendez-vous. Une BMW faisait peut-être de l'effet sur la place visiteur d'un parking, songeait la secrétaire qui avait du mal à payer les traites de sa Ford Fiesta, mais on n'en allait pas plus vite dans les embouteillages. Comme Sophia s'engageait dans la circulation au coin de Harcourt Street, son téléphone sonna.

— Bonjour, Sophia King à l'appareil.

— Bonjour mon cœur.

— Oh, Papa ! Où es-tu ?

— À l'hôpital. Sophia, je ne crois pas que tu aies rencontré le directeur de la médecine digestive, ici, Lawrence Deevy ?

— Je ne crois pas.

— Eh bien, j'aimerais que tu lui parles au sujet d'une question... touchant les médias.

— Papa, je ne veux pas avoir l'air désobligeante, mais je ne suis pas chargée du dossier de l'Angelus et non sans raison.

— Je sais, mon ange, je sais. Es-tu dans un embouteillage ? J'entends un klaxon.

— Je me suis engagée devant un type qui n'a pas apprécié. Ne t'inquiète pas.

— Il s'agit d'une situation très problématique et j'aimerais que Lawrence te l'explique lui-même. J'ignore ce qu'il va te demander s'il te demande quelque chose. Il souhaite peut-être t'en parler tout simplement.

— Très bien. Je me rends à une réunion pour l'instant et je couperai mon téléphone pendant environ une heure. Dis-lui de m'appeler après.

— Tu es très gentille, Sophia, merci beaucoup.

— Oh, Papa, je t'en prie ! À bientôt.

Lawrence Deevy était à l'évidence fort anxieux, car lorsque la réunion de Sophia s'acheva en avance et qu'elle ralluma son téléphone plus tôt que prévu, il l'appela presque aussitôt. Ce fut le coup de fil suivant, retranscrit, qui parut dans un grand journal du dimanche cinq jours plus tard.

— Mademoiselle King ?

— Docteur Deevy ?

— Eh bien, non, je ne suis que *monsieur* Deevy, mais peu importe.

(Silence.)

— Vous êtes là, mademoiselle King ?

— Oui.

— Ah bien. Écoutez, j'ai demandé à votre père si cela vous ennuierait de recevoir un appel de ma part et il m'a assuré que vous n'y verriez pas d'objection.

— En effet.

— Je sais que vous ne traitez pas les affaires de l'Angelus Hospital dans votre société mais je me suis dit que je pourrais peut-être abuser de vos bons offices pour avoir un petit conseil...

— Oui.

— Écoutez, vous n'êtes peut-être pas informée que votre société a traité avec une journaliste qui travaille pour ce journal du dimanche qui a un magazine – j'oublie son nom – il faut m'excuser, ce n'est pas un domaine avec lequel...

— Je vois ce dont vous parlez.

— Ah vraiment ? Très bien. Très bien. Maintenant, cette jeune femme du journal est venue m'interviewer il y a quelques jours et voir le travail que nous faisons dans le service.

— Comment s'appelle-t-elle ?

— Comment s'appelle-t-elle ? Oh, bien sûr. Elle s'appelle Amanda Nelligan. Un bon nom pour la médecine, n'est-ce pas ? Mais sans rapport, cependant, j'ai vérifié.

— Donc Amanda est venue passer un moment dans votre service ?

— En effet, et je lui ai parlé de certaines des implications les plus importantes de notre travail et de la considération dont nous jouissons à l'étranger. Je lui ai même remis des tirés à part d'une conférence que j'ai donnée à la Conférence de Stockholm. Elle a beaucoup apprécié.

— Et ?

— Par simple courtoisie, je dois vous dire qu'à la fin de l'entretien j'ai choisi de la raccompagner personnellement. Jusqu'à la porte d'entrée de l'hôpital.

— C'est fort loin de votre service.

— Tout à fait, tout à fait. Mais je ne voulais pas lui refuser mon temps car je suis persuadé que nous devons communiquer et développer l'image...

— Monsieur Deevy ?

— Oui je suis là, je suis là.

— Vous disiez ?

— En résumé, donc, je suppose que vous pourriez dire que j'ai raccompagné cette jeune femme jusqu'à la porte de l'hô-pital et qu'en chemin nous avons devisé de tel et tel sujet.

— Et ?

— Bien entendu, elle ne prenait aucune note d'aucune nature.

— Oui, ça aurait été difficile.

— Pardon ?

— Il aurait été difficile de prendre des notes tout en marchant.

— Oui, pour sûr ! Ah ah ah !

— Donc elle ne prenait pas de notes ?

— Non, pas du tout. Absolument pas.

— Donc ?

— Pardon ?

— Donc elle ne prenait pas de notes et en un certain sens cette absence de notes... ?

— Je dois à la vérité de dire que je n'étais pas sur mes gardes.

— Pas sur vos gardes ?

— Du fait qu'il n'y avait pas de notes.

— Je ne comprends pas.

— Je suppose qu'elle ne l'a pas fait exprès bien que, vous connaissez les journalistes... comme je suis bête, vous connaissez tellement mieux les journalistes que nous qui œuvrons dans d'autres domaines !

— Monsieur Deevy, je suis perdue : dois-je comprendre que vous lui avez dit ce que vous n'auriez pas dû lui dire ?

— Quelle hypothèse follement négative !

— Je suis absolument désolée, monsieur. Serait-il plus juste de dire que vous lui avez dit quelque chose dont vous n'êtes plus sûr que vous auriez dû le lui dire ?

(Silence.)

— Se peut-il...

— Je suppose que...

— Je suis désolée : continuez, monsieur Deevy.

— Il vaudrait peut-être mieux que je vous précise nos sujets de discussion.

— Très bonne idée.

— Bien. Bien. Elle a fait un commentaire sur de possibles réductions dans le prochain budget et je lui ai dit plaisamment que j'avais des assurances positives de la part du ministre de la Santé à cet égard.

— Qu'avez-vous dit exactement, monsieur ?

— J'ai dit quelque chose du genre « Oh, la vieille Dots ne permettra pas qu'on lâche les chiens sur l'Angelus » ou quelque chose comme ça. J'ai pu peut-être...

— Essayez de vous souvenir précisément, monsieur. Qu'avez-vous dit exactement ?

(Silence.)

— Monsieur ?

— Je réfléchis.

— Pardon.

— J'ai dit : « La vieille Dots ne permettra pas qu'on lâche les chiens sur l'Angelus. Elle nous doit trop pour cela. »

— Que vous doit-elle ?

276

— C'est ce que la journaliste m'a demandé, elle aussi.

— Ça ne m'étonne pas.

— Oh ? Ah ? Vous savez, j'ai parlé de manière générale.

— Qu'avez-vous dit ?

— J'ai dit que, lorsqu'elle a eu sa crise de vésicule biliaire, j'étais accouru du golf pour m'en occuper personnellement et que ç'avait été compliqué et j'ai mentionné les complications. Enfin, j'ai mentionné certaines des complications.

— De ce cas particulier ?

— Comment ?

— Vous avez parlé à cette journaliste des complications spécifiques de ce cas particulier et non des complications possibles de cette maladie en général ?

— Non, ça concernait Dots.

— Oh, Dieu du Ciel !

(Silence.)

— Continuez, monsieur Deevy, continuez.

— Et je lui ai dit comment nous avions rédigé un faux communiqué sur sa présence à l'hôpital.

— Quoi ?

— Nous avons sans doute suivi un conseil de votre société, mademoiselle King.

— J'en doute, monsieur Deevy. Je n'ai encore jamais vu d'inexactitudes imputables à *Positionings*.

(Gargouillis incompréhensible.)

— Vous lui avez dit que l'hôpital avait publié un faux communiqué ? reprit Sophia.

— Pour protéger la ministre. Pour protéger la ministre.

— Avec la complicité de la ministre ?

— Je suppose, oui, même si je n'emploierais pas ce terme.

— Finissons-en, monsieur Deevy. Dites-moi le reste.

— J'ai fait une remarque plaisante sur la nécessité de protéger la vie privée dans ces circonstances, nous nous sommes serré la main et la journaliste est partie.

— Pouvez-vous revenir en arrière ? Vous avez plaisanté sur la nécessité de protéger la vie privée dans ces circonstances ? Dans quelles circonstances ?

(Silence.)

— Monsieur Deevy ?

— S'il vous plaît.

— Oui ?

— J'ai dit quelque chose du genre : « La vieille Dots n'aurait pas aimé qu'on sache qu'elle avait le problème des grosses femmes blondes quadragénaires, alors qu'elle est très grosse, artificiellement blonde et fort éloignée de la quarantaine. »

(Silence.)

— Maintenant que vous avez toutes les données, mademoiselle King, vous pouvez peut-être l'évaluer et me donner votre sentiment ?

— Monsieur Deevy, vous ne voulez tout de même pas que j'évalue vos propos ?

— Non, non, mademoiselle King, cela me paraît inutile.

— Je vois. Alors que voulez-vous que j'évalue ?

— Dans quelle mesure cette journaliste est-elle méchante ?

— Méchante ? Ce n'est sûrement pas un terme que j'emploierais pour Amanda, ni pour aucun des journalistes que je connais. Ce qui ne veut pas dire qu'ils ne vous bouffent pas s'ils vous trouvent bon à bouffer. De fait, vous avez remis à Amanda Nelligan une merveilleuse histoire qui balaie d'un seul coup l'hôpital, la ministre et vous-même. Avec de superbes citations. Je serais stupéfaite qu'elle la laisse passer et encore plus que son journal ne la rapporte pas sous un chapeau appelant la ministre « la Vieille Dots » en la décrivant comme grosse, blonde et gâteuse.

— Mais tout de même, mademoiselle King, il y a des raisons éthiques à prendre en compte ?

— Oh, sans nul doute, monsieur Deevy. C'est pourquoi je me demandais si vous vouliez que j'évalue les déclarations que vous avez faites à la journaliste.

— Ce n'est pas ce que je veux dire.

— Je sais bien. Vous suggérez qu'il existerait une considération éthique mystérieuse qui interdirait à Amanda Nelligan d'utiliser l'histoire qui lui vaudra cette année un prix de journalisme et cinq mille livres supplémentaires sur son compte. J'avoue tout ignorer d'une telle considération éthique.

— Mais elle ne prenait pas de notes.

— Sa cervelle est solide comme l'acier.

278

— Mais il s'agissait à l'évidence d'informations privées !

— En êtes-vous convenus à l'avance ?

— Non.

— Alors ne vous faites pas d'illusion, ça ne marchera pas.

— Mademoiselle King, vous pourriez peut-être m'exposer les différentes éventualités à considérer ?

— Éventualités ?

— Tout à fait.

— Quelles éventualités voulez-vous que j'envisage ?

— Les éventualités offertes à l'hôpital ; à moi-même.

— Il n'y en a pas. Vous devez juste espérer un gros désastre, local plutôt que national et national plutôt qu'international, qui mobilisera les médias et rendra votre histoire moins intéressante pour la rédaction. Le chef d'Amanda Nelligan a trois marottes : les subventions publiques, l'éthique et les secrets. En l'occurrence, les trois sont satisfaites et il est plus que probable qu'il se jettera dessus.

— Mais à tout le moins en donnant à l'hôpital la possibilité de veiller à ce que l'équilibre soit respecté ?

— L'équilibre ?

— Du compte rendu.

— Quel équilibre ?

— L'excellence du travail que nous accomplissons, l'arrière-pays que nous desservons, le service que nous rendons à la nation dans un certain nombre de domaines.

(Silence.)

— Mais vous connaissez cette journaliste, n'est-ce pas ? reprit-il.

— Moi, oh oui, je connais Amanda.

— Seriez-vous encore amies, à présent ?

— Monsieur Deevy ?

(Silence.)

— Il me semble, bien que ce soit, je vous le concède, un domaine qui m'est étranger... Il m'aurait tout de même semblé possible que vous preniez la... l'initiative qui s'impose. Dans l'intérêt de l'hôpital.

— Quelle est l'initiative qui s'impose ?

— Oh, allons, allons !

— Je vous demande pardon ?

— Je pense que vous savez ce que je veux dire.

— J'ignore ce que vous voulez dire.

— Je pense que cela s'appelle « solliciter une faveur ».
(Silence.)

— Ce serait d'un grand secours pour l'hôpital si vous veilliez à ce que l'histoire ne soit pas publiée, et je suis certain que vous pourriez parler à cette fille et lui laisser entendre que je serais sinon amené à démentir et à la traiter de menteuse.

— Cela ne marcherait pas de la traiter de menteuse. Monsieur Deevy, je ne crois pas pouvoir grand-chose pour vous. Vous avez un responsable de gestion, qui se trouve être le PDG de ma société, et qui est beaucoup plus expérimenté que moi dans ces questions...

— Mais sans connexion avec une personne travaillant à l'hôpital.

— En effet, Malachy n'a pas le bonheur d'avoir mon père pour géniteur.

— C'est pourquoi...

— Monsieur Deevy. Vous n'avez pas besoin de mon avis. Vous voulez que je tue dans l'œuf un reportage en me servant à mauvais escient d'une amitié que je n'ai pas avec une journaliste qui, si elle a l'intelligence ou l'indépendance nécessaires, me renverrait dans les cordes.

— Oh, écoutez, écoutez : bien sûr que je souhaite avoir votre avis.

— Alors le voici. Je pense que vous avez agi contre les règles de la correction et de l'éthique en transmettant des données médicales confidentielles sous forme de potin à une journaliste. Si celle-ci les utilise, vous aurez causé à vous-même, à l'hôpital et à votre profession un tort considérable, mais vous aurez également causé un tort au moins égal à une femme politique dont vous prétendez qu'elle est votre amie, qui a sans doute été votre patiente et méritait mieux de votre part. Je ne pense pas, en ce qui me concerne, que ma société puisse ou doive faire quoi que ce soit, sinon peut-être publier un communiqué pour regretter ce qu'on pourrait j'espère qualifier d'attitude exceptionnelle de la part d'un expert important de l'hôpital.

— Eh bien, nous en resterons peut-être là, mademoiselle King. Merci.

— Je vous en prie, monsieur Deevy.

Sophia appela son père et lui apprit ce qu'elle avait dit. Robert King, qui ignorait les raisons du désarroi de Deevy, déclara qu'il était fier d'elle. Puis elle regagna le bureau pour informer Malachy qui l'écouta d'un air un peu dubitatif.

— Ai-je eu tort ?

— J'hésite à rabrouer les clients en leur tenant un discours éminemment moral, dit-il doucement. Il est en général possible de s'abstenir de faire ce qu'on ne veut pas pour un client sans lui imprimer ce refus sur le front.

Sophia était encore déprimée par cette histoire le samedi soir mais elle s'habilla soigneusement pour sortir dîner avec Greg qui arriva vers 21 h 30 en brandissant les premières éditions des journaux du dimanche.

— Fifille, tu es célèbre ! Ou infâme, corrigea-t-il par honnêteté. Je ne suis pas encore vraiment fixé.

Robert King lui fit signe de passer au salon devant lui. Colette écarta les coussins pour qu'ils puissent s'asseoir ensemble sur le canapé.

— Comment se fait-il que tu aies les journaux de demain dès ce soir ? s'enquit-elle.

Greg de lui expliquer qu'il existait toujours une édition spéciale sortant à Dublin.

— Je veux juste que ce soit bien clair, docteur et madame King : j'ai aimé Sophia avant qu'elle s'étale sur les pages des journaux du dimanche. Avant que ses conversations téléphoniques confidentielles ne soient...

Sophia lui arracha le journal. L'histoire prenait toute une page. La principale section du haut concernait les merveilles de la médecine gastrique à l'Angelus Hospital. Dans un cartouche à droite, sous le titre « Pas d'inquiétudes pour le budget – le ministre est bien disposé » se trouvait une seule colonne, citant les commentaires du chirurgien sur le ministre. En deuxième partie on trouvait la transcription de la conversation avec Deevy.

— Mais comment se la sont-ils procurée ? fit Sophia, médusée de voir ses propres mots imprimés noir sur blanc.

— On le dit en première page, remarqua Greg en indiquant un entrefilet selon lequel le journal s'était vu proposer un enregistrement d'une conversation ; si l'enregistrement des conversations de téléphones portables n'était pas souhaitable, on avait jugé opportun de permettre au public de juger de son contenu.

— Ils n'auraient jamais dû la publier, n'est-ce pas ? demanda Colette à Greg.

— Non. C'est du recel. Une communication privée entre Sophia et Deevy. Tous deux payaient la connexion et l'intimité. C'est quelqu'un qui aura joué du scanner...

— Scanner ?

— Oui, ce sont des gadgets qu'on achète et qui couvrent toute la fréquence des téléphones cellulaires ; ils permettent de se brancher lorsqu'on entend quelque chose d'intéressant. Il existe même des annuaires officieux des gens les plus « intéressants » ayant des portables. Les politiques qui ont des liaisons, ce genre de trucs. C'est l'un de ces types qui est tombé sur Sophia, a mis en marche son téléphone et s'est rendu compte qu'il avait quelque chose à vendre, probablement pour pas mal d'argent.

— Car le journal a payé ?

— Je suppose que oui. En fait, il s'agit de recel, ce qui pour un moraliste merdeux comme lui – je suis désolé, madame King –, mais il me court sur le haricot, le rédacteur en chef de ce machin. Qu'un type comme lui achète ce genre de prose et la publie, quelle hypocrisie !

— Surtout quand on pense que l'histoire elle-même concerne un manque d'éthique et de discrétion.

— Absolument, docteur King. Il y a une expression dans le papier d'Amanda Machintruc quelque part..., « le droit à l'intimité ». Elle a foutrement raison. Les malades des hôpitaux y ont droit. De même que les gens qui téléphonent. Non que ce droit soit très utile à Deevy.

— Monsieur Deevy, firent Sophia et son père simultanément.

— Monsieur Deevy, concéda Greg.

— Quelles en seront les conséquences pour Lawrence Deevy ? demanda Colette.

— Extrêmement dommageables. Divers comités devront en tenir compte et sa réputation est fichue. On a toujours su que c'était un homme qui parlait trop mais...

Il y eut un long silence pendant que Greg lisait le reportage, crayon en main comme pour le corriger.

— En ce qui concerne Sophia, il n'y a rien de négatif là-dedans. En réalité, ce qu'elle dit, c'est : « Vous êtes une grande gueule, vous vous êtes fait prendre, je ne vais pas vous sauver la mise, décampez. »

— Penses-tu que cela nuise à sa carrière chez *Positionings* d'avoir plaint son patron en public parce qu'il avait le malheur de n'être pas le fils de Robert King ? demanda encore sa mère, d'un ton pince-sans-rire.

— Étant donné leurs âges relatifs, je pense que Malachy devrait être flatté de la suggestion qu'il puisse être le fils de Robert King ! Enfin ! Allons manger du poisson mort, fifille. Tant que tu as un salaire.

Avant de se coucher ce soir-là, Sophia envoya une télécopie à sa sœur.

Dr Robert King/Dublin
001 353 1 7324172
1er octobre 1989, 00 h 21

À l'attention de Darcy King

Chère Darcy,

Il est rare que tu aies de mes nouvelles un samedi après-midi (en Amérique) et pour autant que je sache, tu es partie faire du canoë sur les rapides de la rivière Caloosahatchie, mais si tu es à la maison, j'ai besoin de ton aide. Tu trouveras ci-jointe, assez mal découpée, une pleine page d'un journal du dimanche qui parle de moi. Je n'arrive pas à penser à autre chose et je trouve ma position ambiguë (ambivalente ?). Dis-moi ce que tu penses.

Merci.

Sophia.

283

Darcy King/Manhattan
212 8645312
1er octobre 1989, 17 h 36

À l'attention de Sophia King

Sophia – mon héroïne ! Chevalier blanc sauveur de la vertu de toutes les prostituées de la communication ! Quels coups de pied tu décoches dans les gencives (et autre chose) des vieux collègues du paternel ! Tu es la communicante des mono-syllabes étincelants, sans le moindre juron, avec la plus parfaite netteté ! C'est ce qui s'appelle parler, ma vieille ! Pas la moindre hésitation. Pas de précaution oratoire. Si j'étais toi, je ferais l'une de ces deux choses :

1. Partir pour une semaine de vacances en laissant *Positionings* indiquer que tu es en mission d'étude. La marée communiste à Marbella, peut-être.

2. Me taire.

La seconde est meilleur marché. Je veux dire motus et bouche cousue. Pas un mot à Malachy. Pas un mot à l'Angelus. À n'importe quel journal. À n'importe quel journaliste de radio. Officiellement ou officieusement. Rien, pas un mot. Lèvres closes, lève les mains en l'air, souris aussi doucement que tu sais le faire, secoue une tête cendrée aussi triste que mûrie. Libre à eux d'écrire ou de radiodiffuser, tu n'alimenteras aucune flamme. Oh, et encore une chose, je suspendrais tous les plans que j'aurais pour les mois à venir car toutes les histoires retomberont sur celle-là.

C'est super d'avoir une sœur qui, prise totalement au dépourvu, se montre aussi propre et morale !

Ça me fait aussi mal quelque part mais il n'y a rien là de bien nouveau !

Ton admiratrice,

Darcy.

A.C.B/Washington
202 6613198
1ᵉʳ octobre 1989, 20 h 19

Chère Darcy,

Si tu veux me joindre après-demain, tu me trouveras au Blue Haven de Kinsale pendant un certain temps au 001-353-21-774268, chambre 306.

Alex.

Darcy King/Manhattan
212 8645312
2 octobre 1989, 17 h 55

À l'attention d'Alex, chambre 306

Seigneur, tu es en Irlande ?

Darcy.

Blue Haven/Kinsale
001 353 21 774268
3 octobre 1989, 15 h 18

Y aurait-il une loi contre ça ?

Alex.

Darcy King/Manhattan
212 8645312
4 octobre 1989, 19 h 56

À l'attention d'Alex, chambre 306

Que fais-tu ?

Darcy.

Blue Haven/Kinsale
001 353 21 774268
5 octobre 1989, 6 h 04

Je filme. Kinsale est un mignon petit village, tu sais ?

Alex.

À l'attention d'Alex, chambre 306

Tu filmes quoi ? Je n'ai jamais fait que passer par Kinsale et je suppose que l'adjectif « mignon » est approprié.

Je préfère les grandes montagnes brutes comme Kerry ou la pierre battue des vents du Connemara. La taille et la dureté, la grandeur, un « c'est à prendre ou à laisser ». Comme mon genre d'hommes. (Les hommes ? Tu vois ce que je veux dire ? Bipèdes sans lolos avec un zizi qui pendouille ? Ils sont tous partis. Peut-être à Kinsale.)

Darcy.

Il s'agit d'un film d'époque avec une toute petite équipe. Le metteur en scène est une femme – très bonne. On s'en va la semaine prochaine, à la maison.

Il y a eu tout un article dans l'un des journaux du dimanche sur une responsable de communication du nom de Sophia King. S'agit-il de ta sœur et es-tu au courant ?

Alex.

À l'attention d'Alex, chambre 306

Oui et encore oui. Je suis tellement fière d'elle. Je voulais que tu lises cet article. C'est une fille formidable, tu dois l'admettre.

Darcy.

Blue Haven hotel/Kinsale
001 353 21 774268
6 octobre 1989, 15 h 39

Chère Darcy,

Ton jugement me paraît contestable à certains égards, malgré tout. Je croyais avoir lu, en passant, qu'elle donnait rendez-vous au maniaque sexuel de la boîte à gants ?

Alex.

Darcy King/Manhattan
212 8645312
6 octobre 1989, 17 h 58

À *l'attention d'Alex, chambre 306*

Écoute, toi. Retourne dans ta fac un moment et rapprends comment se comportent les universitaires bien élevés. Tu t'oublies. Il est très bon pour et avec elle et elle l'améliorera à l'infini. De bout en bout.

Darcy.

Blue Haven Hotel/Kinsale
001 353 21 774268
6 octobre 1989, 23 h 09

Slan agus beannacht

Alex.

Darcy King/Manhattan
212 8645312
6 octobre 1989, 18 h 36

À *l'attention d'Alex, chambre 306*

Bordel de bordel !

Darcy.

287

Dr Robert King/Dublin
001 353 7324172
6 octobre 1989, 23 h 39

À *l'attention de Darcy*

Je n'ai pas le temps d'aller à Marbella, mais je vais suivre ton conseil pour le reste. Quand reviens-tu à la maison pour travailler avec moi ?

Sophia.

21.

Un peu plus d'un an après l'épisode du téléphone mobile, Sophia était un haut cadre beaucoup plus influent dans la sphère de la communication dublinoise qu'eût pu le penser un nouveau venu. Elle avait également dépassé, et de loin, ses objectifs d'heures facturables et c'est ce qui expliquait qu'elle fût un peu en retard à son déjeuner avec Dale Proctor.

Elle avançait en souriant entre les tables irrégulièrement disposées, s'arrêtant brièvement pour saluer les gens qu'elle connaissait très bien mais sans cesser de faire des signes de tête dans la direction de Proctor.

— Je vous demande pardon, dit-elle en lui tendant sa main minuscule.

Son attitude indiquait une gracieuse irresponsabilité dans son retard : je ne suis jamais en retard, semblait-elle dire, sauf très rarement du fait d'un imprévu, d'un événement si confidentiel que je ne pourrais même pas vous le mentionner.

Le maître d'hôtel apporta le menu qu'elle lut attentivement avant de choisir une sole grillée avec des épinards. Pas de hors-d'œuvre. De la Ballywogan, ce serait parfait. À moins qu'ils n'aient de la de Braam ? Oh, ils en avaient ! Magnifique. Proctor l'examinait tranquillement pendant qu'elle passait commande. Il remarquait les apartés des gens qui la reconnaissaient aux tables voisines. Elle avait cette aura un peu surdimensionnée de l'acteur sur scène.

La commande une fois passée, elle se tourna vers lui pour le complimenter de la manière dont sa firme avait géré une récente controverse gouvernementale.

— *Positionings* n'a aucun client politique ou gouverne-mental, dit-elle. Malachy considère que notre indépendance serait compromise par une telle association, du fait de notre petite taille comparée à Proctors.

— En quoi la taille est-elle importante ?

— Eh bien, Proctors a son propre immeuble, trois étages, et tant de clients dans des domaines si divers que la question politique n'atteint pas l'image de la compagnie. Mais nous sommes tellement plus petits, relativement, que nous serions facilement embourbés dans les péripéties politiques.

— Malachy et moi sommes allés à la fac ensemble, vous le saviez ?

— Il m'en avait touché un mot.

Brièvement. La brièveté était de rigueur compte tenu du fait que Proctor dirigeait la principale agence de communi-cation, au chiffre d'affaires annuel de plus de quatre millions de livres alors que Malachy gérait ce qu'il appelait un « frêle esquif », avec un personnel de onze personnes et un chiffre d'af-faires de peut-être 1 million et demi.

— C'est un brave garçon, reprit son interlocuteur par acquit de conscience. Comment Malachy a-t-il réagi à cet incident de téléphone de l'an dernier ?

Il inclina son assiette de potage pour en recueillir les dernières cuillerées.

— Dale, vous êtes l'ami de Malachy. Je suis sûr qu'il serait enchanté d'avoir de vos nouvelles.

« Zvouch ! » se dit-il en entendant siffler un sabre imagi-naire. Il reposa son assiette.

— Sophia, notre affaire prend une nouvelle direction. J'ai l'intention de diviser la société dans une série d'unités fonction-nelles dans le champ des communications au sens large.

Sophia hochait la tête avec un respect qui impliquait que l'arrivée de son poisson était une intrusion inconcevable dans un exposé éducatif à peine moins décisif que celui d'un Einstein. Proctor savait qu'elle jouait la comédie. Cela suscitait deux réactions chez lui. La première était une confirmation. J'ai affaire à la personne idoine. La seconde était de l'autodérision : je sais le tour qu'elle me joue et pourquoi mais cela ne m'em-pêche pas d'y prendre goût.

— À long terme je prévois une constellation de services potentiellement synergiques.

« Une constellation de services potentiellement synergiques », se répéta-t-elle en mémorisant l'expression pour pouvoir s'en resservir.

— L'usage des groupes de pression, par exemple. Cela n'avait pas d'importance il y a quelques années. Aujourd'hui, cela importe à trois niveaux. Cela importe localement car, si l'on ne peut pas influencer les conseillers municipaux ou départementaux, il est impossible de lancer un projet immobilier. Cela importe au niveau national. Et européen.

Proctor finit son steak, s'essuya les lèvres et se cala sur sa chaise. S'il lui racontait tout cela, c'était parce qu'il savait qu'elle était une femme brillante et discrète et que, bien qu'il ne vît aucun mal à ce qu'elle dise à Malachy qu'ils avaient une fois déjeuné ensemble, il savait qu'il pouvait se fier à elle pour ne pas révéler ses plans à son patron.

— Ce serait tout à fait déplacé, convint Sophia en se versant davantage d'eau minérale.

Il avait mené son enquête, poursuivit-il. Au plan national comme international. Pour trouver la personne qui pourrait diriger ce projet. Sous son contrôle, bien sûr. Bien sûr, opina-t-elle. En dernière analyse, il pensait être prêt à prendre le risque d'une très jeune personne pourvu que celle-ci montrât des aptitudes exceptionnelles. Comme l'avait fait Sophia King.

— Et, bien entendu, la personne en question travaillerait sous votre contrôle, dit Sophia pour bien marquer le coup.

— Cela vous intéresse-t-il ?

— Comment ne le serais-je pas ?

Il hocha la tête d'un air massif et entendu.

— Nous envisagerions trente mille livres dès la première année et un intéressement.

— Nous parlerons d'argent quand nous aurons réglé les autres aspects, car l'argent n'est pas la chose la plus importante.

Proctor n'avait apparemment aucun problème à laisser l'argent de côté. Elle regarda sa montre.

— Je ne sais même pas encore quelles sont les bonnes questions à vous poser, lui dit-elle en souriant. Donnez-moi une semaine et nous nous reverrons, pas pour déjeuner mais pour une session de travail. Je peux louer un bureau à Berkeley Court où nous pourrons mettre toutes les cartes sur table.

Il hocha la tête et elle le quitta. Elle appela Greg sur son portable dans le taxi qui la ramenait au bureau.

Quand Greg arriva chez les King ce soir-là, Colette était sortie à la bibliothèque et Robert n'était pas rentré. Greg et Sophia pouvaient étaler leurs documents sur la table de la salle à manger.

Lorsqu'il eut été mis au courant du déjeuner, il réfléchit pendant un bon moment, puis donna son sentiment.

— Cela coûtera énormément d'argent. Reconstruire une société coûte plus cher qu'en construire une depuis la case départ. Il lui faudra changer de siège, recruter des directeurs pour chaque unité, et sans doute mener une campagne pour installer un nom totalement nouveau.

Sophia rédigea de nombreuses notes avant son rendez-vous suivant avec Proctor qui fut à la fois impressionné et déstabilisé par la batterie de questions à laquelle elle le soumit. Recapitaliser ? Oui, cela faisait partie du plan. Trois millions de livres au minimum. Il avait des garanties de divers investisseurs. Des investisseurs privés ayant une vision à long terme. Ce long terme étant que la nouvelle compagnie, après quelques années de profits croissants, serait lancée en bourse. Les unités individuelles ne seraient pas des sociétés séparées mais des divisions au sein de l'organisation d'ensemble, dont les directeurs réfèreraient directement au DG.

— Au directeur général ? dit-elle innocemment.

Proctor déclara qu'il pourrait être préférable, au moins à court terme, d'avoir un directeur général au côté du président. Surtout dans la mesure où Sophia, bien que très douée, n'était entrée dans la carrière à plein temps que depuis deux ans à peine.

— Oh bien sûr, dit-elle aimablement.

Les négociations s'étendirent sur des mois. Lors de sa troisième rencontre avec Proctor, elle avait compris l'organigramme de la société, les objectifs de marketing et de développement, la stratégie et la tactique de son concept. Greg en savait presque autant et Darcy, à distance, avait pris l'habitude de recevoir des télécopies de dix à douze feuillets auxquelles elle répondait brièvement mais sans délai. Après ce troisième rendez-vous, Sophia appela sa sœur.

— Darcy ?

— Sophia ? As-tu soutiré encore dix mille livres à monsieur Prostate ?

— Darcy, tu es à New York, n'est-ce pas ?

— On dirait.

— Pour les deux prochains jours ?

— Pour les deux prochaines semaines.

— J'aimerais venir te voir.

— Quand ?

— Je pourrais prendre un vol jeudi matin.

— Très bien. Une fois arrivée, rends-toi en face à New York Helicopter. Prends-en un pour le centre. Je viendrai te chercher à l'héliport de la 34e rue est.

Quand Sophia monta dans la voiture de Darcy elle était encore tout emballée et effrayée par l'expérience.

— Voler si près de la statue de la Liberté ! On a pu voir Ellis Island, également, où les immigrants étaient accueillis. On n'est jamais aussi rassuré en hélicoptère que dans un avion, n'est-ce pas ? Avec toutes ces hautes bâtisses aux environs, on a l'impression qu'une pale va heurter un toit.

— Bienvenue à New York, dit Darcy, en s'arrêtant devant le Waldorf Astoria et remettant ses clefs au voiturier. Tout le monde doit séjourner au moins une fois au Waldorf. Ça offre une autre perspective de Manhattan.

Dans le salon de l'hôtel, Sophia lui décrivit à grands traits la proposition Proctor.

— Alors qu'a-t-il dit quand tu lui as dit que tu voulais te lancer dedans ?

— Je ne le lui ai pas dit.

— Tu ne le lui as pas dit ?

— Pourquoi le lui aurais-je dit ?

— Si tu dois travailler pour lui, il vaut mieux que tu ne lui fasses pas de surprises dès le premier jour. Ou est-ce que tu veux dire que tu vas le laisser mettre sur pied son projet à sa guise pour commencer et que tu le modifieras ensuite, à ton idée ?

— Je ne compte pas travailler pour lui.

— Alors, quel était le but de toutes ces réunions ?

— Obtenir des informations pour notre propre affaire, répondit Sophia en fouillant dans sa serviette pour en extraire des feuillets plastifiés qu'elle étala sur la table devant elles.

— Tu vois, dit-elle en désignant un organigramme, telles seraient les unités de base pendant les cinq premières années, mais nous pourrions décider d'en ajouter d'autres ou même de subdiviser les unités existantes plus rapidement si cela nous convenait.

Darcy leva les mains comme pour dissiper de la fumée.

— Tu veux dire que tu as eu trois rendez-vous avec un type...

— Quatre, si tu comptes le déjeuner initial.

— Tu lui as fait te révéler tous ses plans et maintenant tu les lui voles ?

Sophia se figea :

— Je ne lui ai rien volé. Les plans que je t'expose sont les miens. Ils diffèrent considérablement de ce que Proctor envisageait.

— Tu les as élaborés en lui parlant.

— C'est vrai, et lui, il a beaucoup retiré de nos conversations. La relation allait dans les deux sens.

— Mais tu as obtenu qu'il t'expose tous les besoins de financement qu'il supputait.

— Darcy, Dale Proctor a cinquante-trois ans. Il est dans les affaires depuis trente ans, et dirige sa propre entreprise depuis vingt ans. C'est un homme intelligent, sûr de lui et égoïste. Il ne m'offrait pas la charité. En fait, les salaires correspondant au genre de boulot dont il a besoin sont beaucoup plus élevés que ce qu'il me proposait. Il exploitait, très cyniquement et convenablement, ma relative naïveté dans le monde des affaires. À aucun moment il n'a étalé devant moi des chiffres. À aucun moment il ne m'a laissé une feuille qui aurait pu servir à quelqu'un voulant monter une entreprise rivale. Il m'a tiré les vers du nez sans ménagement et m'a demandé plusieurs choses au sujet de *Positionings* qu'il n'aurait pas dû me demander.

— En d'autres termes c'est un grand garçon.

— Il peut se débrouiller.

— Il se débrouille très bien.

— J'ai mieux à faire qu'à le plaindre ?

— Franchement oui.

— Franchement, je ne le plaignais pas. Franchement je me disais juste : « Je déteste Sophia d'avoir sondé cette vieille fripouille afin de verrouiller ses propres plans. »

— Donc tu ne crois pas aux études de marché ?

— Bien sûr que si. Il n'y a personne ayant toute sa tête qui se mette à vendre quelque chose sans avoir sondé le marché avant.

— Mais si l'on n'a pas sa planche à pince, on ne fait pas d'étude de marché, c'est ça ?

— L'étude de marché prend mille formes.

— Y compris l'entretien approfondi en tête à tête.

Darcy réfléchit à cette dernière phrase un instant.

— Ça ne me plaît guère, malgré tout.

En ce cas, se dit Sophia, je ne lui dirai pas que j'ai indiqué à Malachy que j'avais reçu une proposition de trente mille livres annuelles d'un concurrent et que, s'il ne pouvait l'égaler, je devrais y réfléchir. Mon salaire s'en est trouvé doublé cette année, mais les impôts m'en prendront une partie.

Darcy soupira.

— Tu as raison, Proctor est un grand garçon. J'aimerais seulement ne rien savoir de tout cela parce que ça me gâche mon plaisir.

— Ton plaisir ?

— Oui, je pense que cela – elle indiqua l'organigramme devant elles – pourrait être merveilleux. Ç'a l'air parfaitement en place.

— Je veux que tu rentres à la maison et que nous montions ça ensemble. Non, Darcy, fais-moi grâce de tes réflexes négatifs pour un moment. Écoute-moi. Écoute seulement, d'accord ?

Darcy hocha la tête.

— D'abord, tu commences à te lasser de Borchgrave. Tu ne le sais pas encore mais je le sais. Je crois que ton vieux prof le sait lui aussi parce que tu lui écris beaucoup plus que tu ne le faisais et beaucoup plus que tu n'en avais l'habitude.

— L'incroyable, c'est qu'il me répond d'une manière très semblable – il y a des soirs où je n'ai qu'une hâte, rentrer chez moi pour découvrir ses réflexions sur un thème particulier. Et j'achète des bouquins sur des sujets précis.

— Je pense sincèrement que tu es arrivée à la fin de l'aventure Borchgrave et que ta priorité devrait être de négocier la poursuite de la relation – que tu restes en contact mais rentrée en Europe.

— En Irlande, tu veux dire.

— C'est-à-dire en Europe. L'une des différences essentielles entre Proctor et moi, c'est que l'Europe sera selon moi notre principal marché d'ici dix ans. Je pense qu'il faudra passer de plus en plus de temps à Bruxelles. Disons qu'il faut rentrer à la maison.

— Disons qu'il faut rentrer, pas à la maison.

Sophia veillait à ne pas trahir sa joie d'avoir obligé sa sœur à discuter des détails. Elle l'avait amorcée mais il ne fallait surtout pas le montrer. Par simple méchanceté et par dépit, Darcy aurait pu refuser catégoriquement de faire quelque chose dans son propre intérêt.

— Non, il te faudra un appartement. Peut-être toujours au nord, malgré tout. Peut-être l'un de ces nouveaux trucs dans Customs House...

— Le centre des services financiers ?

— Oui, il y a de beaux appartements avec des balcons carrelés si grands qu'on peut y recevoir à dîner par les belles soirées d'été.

— *I remember that summer in Dublin/And the Liffey as it stank like hell**, se mit à chanter Darcy doucement.

Un frisson parcourut l'échine de Sophia.

— Tu te rappelles quand M'man nous chantait cette vieille chanson de Noel Purcell à Noël ?

Tout en parlant elle déposait sur la note quelques billets tirés de sa serviette. Elles ressortirent dans la soirée new-yorkaise.

— *Dublin can be heaven/With coffee at eleven***...

À quelques pâtés de maisons du Waldorf se trouvait un

---

* Je me rappelle cet été dublinois/et comment la Liffey empestait. *(N.d.T.)*

** Dublin peut être un paradis/avec un café à midi. *(N.d.T.)*

296

bâtiment municipal orné d'une cour intérieure ouverte. Les jumelles s'y engagèrent et, après s'être assurée qu'elle ne gênait personne, Darcy arrêta sa sœur et continua avec elle la chanson :

> *So if you don't believe me*
> *Why not meet me there*
> *In Dublin on a sunny summer morning*...*

Impromptu, Sophia se mit à faire des claquettes, ce qui tira des sourires aux passants. Sa sœur la saisit par les épaules et la fit pivoter pour lui montrer la circulation, les autobus avec leurs grandes affiches de Broadway – « Le meilleur petit bordel du Texas », disait l'une d'elles –, les feux lumineux avec leurs signaux à zébrures *Walk* et *Don't Walk*, les vendeurs de rue hispanophones qui pouvaient replier leurs présentoirs de bijoux de pacotille aussi vite qu'une équipe d'écurie de formule 1 change une roue si un policier pointait à l'horizon, les gros taxis jaunes à la recherche du client ou l'évitant et leurs radio-émetteurs qui crachotaient.

— Sophia, écoute. Comment pourrais-je laisser ça ?

— Très facilement. C'est une vieille ville, pas une ville neuve. Regarde...

Et elle indiqua de la main les façades de certaines bâtisses.

— Lors de ma dernière visite, j'ai été frappée de l'atmosphère années 50 de cette ville. New York a été à la pointe de la modernité au cours des années 60 et 70 mais depuis... regarde à gauche.

Darcy aperçut trois silhouettes recroquevillées endormies sur une grande bouche d'air.

— C'est ça le cliché de la vie new-yorkaise, à présent.

C'est la vie de toutes les villes américaines, corrigea Darcy in petto. Mais Dublin n'était pas épargnée non plus.

— J'ai vu, je coche, reprit Sophia.

Darcy la suivit, en écoutant sa voix sur l'arrière-plan sonore auquel elle était si habituée.

---

* Alors, si tu ne me crois pas/pourquoi ne pas m'y retrouver/à Dublin par un beau matin d'été. *(N.d.T.)*

— J'ai vu, je coche... *passons à autre chose.*

— Ça n'a pas à être immédiat, poursuivit Sophia après quelques instants de silence.

— Oh merci, dit Darcy avec une lourde ironie.

— J'imagine que nous devrions pouvoir démarrer dans un peu plus de deux ans. Mais cela signifierait qu'il te faudrait revenir dans un an. Ça ne poserait pas de problèmes, n'est-ce pas ?

— À quel mois penses-tu ? Avril ? Mai ?

— Avril. De toute façon, tu serais là à ce moment.

— Pourquoi cela en avril ?

— Pour mon mariage.

— Merveilleux !

— N'est-ce pas ?

— Sophia, je suis enchantée. Vous allez si bien ensemble, tous les deux.

— Il a toujours été gentil.

— Gentil, quelle farce ! Les photos de ce mariage seront si splendides ! Papa, si grand, ascétique et sec, toi, tout... hé, quelle robe vas-tu porter ?

— Très simple. La ligne et la coupe plutôt que la décoration. Une très, très longue traîne. Je n'arrive pas à me décider entre le voile ou la rose dans les cheveux...

— Ça n'a pas d'importance. Tu seras superbe avec l'un ou l'autre.

— Je veux avoir des enfants, murmura Sophia et à voix si basse que sa sœur dut pencher la tête pour l'entendre.

— Eh bien, c'est parfait, Greg adore les enfants. Il a vraiment de bons rapports avec eux et ce n'est pas un faux-semblant. C'est un père-né.

Sophia hocha la tête et Darcy se rendit soudain compte que ses yeux étaient embués de larmes. Elle porta sa main gantée à son visage avant de l'ôter et de caresser sa joue froide.

— Qu'est-ce qui ne va pas, ma chérie ?

— Non, tout va bien.

Sophia s'assit sur le bord d'une jardinière et Darcy à côté d'elle.

— C'est seulement qu'au cours des deux ou trois dernières

années j'ai eu une telle envie d'avoir des enfants ! Non, ce n'est pas ça. Un bébé. Des bébés. Je ne sais pas. Je rêve de bébés.

Comme c'est noble de ta part, faillit observer sa sœur. Tu rêves de bébés et moi je rêve de pizzas. Elle resta muette.

— J'ai un tel besoin de tenir et de dorloter un bébé.

— Alors, quel est le problème ? s'enquit Darcy, intriguée.

— Jamais je ne m'y serais attendue, dit Sophia sévèrement, comme si elle décrivait un incident récent où elle aurait eu le coup de foudre pour un groupe d'hommes.

Darcy se taisait, déchirée entre le besoin de poser d'autres questions et celui d'exprimer sa propre position qui était : si tu veux des enfants, vas-y, aies-en et n'en fais pas tout un plat, un procès de cour fédérale parce que, pour ma part, je n'ai aucun faible pour eux. Libre aux gens d'en avoir ou pas. Plutôt pas, d'ailleurs.

Sophia restait assise, malheureuse devant ce besoin douloureux qui s'opposait si radicalement à tous les plans élaborés de sa vie.

— C'est le seul crime que je pourrais comprendre, dit-elle enfin.

— Lequel ?

— Voler un bébé dans un landau ou à l'hôpital.

— Vraiment ?

Darcy la regarda avec une sorte de respect inédit. Elle n'était pas prête à encourager une tendance au rapt de bébés mais le nouvel air que ça donnait à sa sœur n'était pas désagréable.

— Je regarde les bébés endormis, et l'envie de glisser la main derrière leur dos, là où ils sont chauds contre le matelas, et de tenir leur tête si douce et veloutée dans ma main...

Elle regardait sa main un peu recroquevillée, comme hypnotisée.

— Je comprends, dit soudain Darcy pour mettre un terme à cette tension qu'elle ne comprenait pas : tu veux que je rentre pour te remplacer dès le moment où tu seras enceinte.

— C'est une donnée qu'aucune femme d'affaires ne peut se permettre d'ignorer, fit remarquer Sophia.

— Sophia, je t'aime profondément et suis enthousiasmée à l'idée que tu sois promise à Greg le magnifique, mais je ne reviendrai jamais au pays pour travailler avec toi si tu m'administres de foutus mini-sermons solennels au cours d'une discussion par ailleurs délicieuse.

— Excuse-moi.

— Et puis je pourrais tomber enceinte en même temps que toi.

— Nous pourrions en parler.

— Non, nous ne saurions le faire. Quelle est la date du mariage ?

— Le 4 avril 1992. Et tu seras ma dame d'honneur.

— Oh que non !

— Bien sûr que si !

— Sophia, pas après ce qui est arrivé la dernière fois.

— Qu'est-il arrivé la dernière fois ?

— Peu importe ce qui est arrivé la dernière fois.

— Tu ne peux pas me dire non.

— Oh, bonne mère !

— Je veux dire, Papa et Maman seront là, Beethoven sera le témoin de Greg et...

— Bon d'accord, d'accord. Mais, si tu m'obliges à porter du satin bleu paon, Dieu m'en est témoin, je hanterai ta lune de miel.

— Tu décideras toi-même de ce que tu veux porter.

— Oh, Sophia, ne rends pas les armes si facilement !

— Darcy ?

— Oui ?

— C'est comme si un rêve se réalisait. Papa et Maman étant en bonne santé...

— Peu importe leur bonne santé personnelle, leur mariage est en bonne santé. L'un des sports d'intérieur le plus fascinant à ton mariage consistera à voir si McEnerney l'orthopédiste obsédé et son ex-femme peuvent encore se sourire au milieu de leur haine.

— De leur détestation.

— Abomination.

— Abhorrence.

— Révulsion.

— Maintenant, il y a une chose importante à considérer. Les contrats de mariage sont à la mode. Tu dois prévoir qui gardera ta liste de mots dans l'éventualité d'une séparation. Putain, elle doit être aussi haute que l'Empire State Building, à présent.

— Ne dis pas des choses aussi abominables.

— Papa est-il ravi ?

— Ils sont tous deux très contents, oui.

— Et tu les as avertis que l'intervalle le plus bref que la décence autorise les séparera du statut de grands-parents ?

— On ne peut pas leur dire des choses pareilles.

— Non, mais tu t'es représenté Papa en grand-père, n'est-ce pas ?

Sophia hocha la tête en silence.

— Tout ça est bel et bon, reprit Darcy, mais on se gèle les fesses sur ce marbre. Rentrons au Waldorf boire du champagne et parler des détails. D'accord ?

Bras dessus dessous, elles regagnèrent l'hôtel.

22.

Darcy King/Manhattan
212 8645312
16 avril 1991, 15 h 26

Cher Alex,

Ma sœur affirme que je me sers de ma correspondance avec le vénérable professeur pour oublier l'ennui que m'inspire mon boulot. Je ne m'ennuie pas au boulot, je ne fais rien d'autre que t'envoyer de brefs messages et tu es beaucoup plus absorbé par le cinéma ces temps-ci que par ton professorat légitime. Ses commentaires doivent tout de même avoir du vrai. (Une dénégation véhémente s'imposerait ici.)

Le vrai, c'est ça : tu fais des choses intéressantes et tu as des idées intéressantes (dont certaines me répugnent toujours et chaque fois que je vois un écureuil je te déteste), en plus, tu ne me donnes pas de conseils au sens strict mais indiques des choses à comprendre. Et parfois même, tu me fais rire.

Voici quelques données factuelles. (Non, pas sur les questions sexuelles ou romantiques, même si je te dois une révélation à ce sujet dans un moment. Mets un astérisque ici, Darcy, pour ne pas oublier*.)

Ma sœur a été courtisée par un nouvel employeur.

Ledit employeur souhaite la voir monter un nouveau type de société, totalement différente de la société de communication habituelle.

Cela correspond à ce à quoi elle réfléchissait, de toute façon.

En négociant avec ce type, elle a obtenu les évaluations financières, les structures, les noms des investisseurs, tout et maintenant elle va la monter sans lui. *Je trouve que ça pue. Peu m'importe d'avoir l'air naïve. Je souffre d'une naïveté congénitale : et après ?*

Elle veut que je rentre au pays pour m'en occuper avec elle.

Elle va épouser Greg en avril prochain et commencer à être prolifique.

Cher Abby,

Que dois-je faire ?

Préoccupée, Wyoming.

A.C.B./Fort Attic
813 2760716
16 avril 1991, 19 h 14

Chère Wyoming Préoccupée,

Wyoming ?

Alex.

Darcy King/Manhattan
212 8645312
16 avril 1991, 20 h 33

Cher Vieil Universitaire sans préoccupation ni souci,

T'as quelque chose contre le Wyoming ? J'ai mis au jour un préjugé, je suppose. Ou n'est-ce pas un endroit fantastique pour tuer les petites bestioles inoffensives ?

Réponds à mes questions sérieuses, bordel !

Toujours très préoccupée, Wyoming.

A.C.B./Fort Attic
813 2760716
17 avril 1991, 9 h 17

Chère WP,

Je suis très heureux que ta sœur épouse Greg.

Jusqu'à ce que tu aies rempli l'astérisque, je n'en dirai pas plus.

Alex.

303

Cher Alex !

Désolée, j'avais oublié ce fichu astérisque. Voilà l'histoire. Tu te souviens de Clive Brautigan, notre PDG ? Un brave type. Une jolie peau. Un homme de perspectives. Également marié à une institutrice rousse ayant quelque charme dont il a des enfants d'une dizaine d'années.

Dans l'année écoulée, j'ai détecté un certain désir chez Mr B. Je ne crois pas qu'il l'ait remarqué lui-même, mais il est attiré par la sauvageonne d'Irlande, ce qui lui fait mal aux seins, non seulement parce qu'elle n'est pas attirée, mais parce qu'elle sait que, s'il lui tourne autour, ça va bousiller un rapport vraiment clair et sans connotation sexuelle.

Voilà l'astérisque.

Pourquoi es-tu content que Greg épouse Sophia ?

Darcy (toujours préoccupée, mais lasse du Wyoming).

Chère Darcy,

J'ai toujours redouté que tu reviennes vers Greg. Rappelle-toi Wolfe : on ne peut rentrer à la maison.

D'un autre côté, on peut retourner sur un lieu, mais ça ne sera plus la maison ; jusqu'à ce qu'on en fasse une demeure différente.

Tu as dit que Sophia serait prolifique. En quoi ?

Alex.

Darcy King/Manhattan
212 8645312
17 avril 1991, 15 h 35

Cher Alex,

Ne fais pas de mystères avec moi.

Réponse à ta question : en bébés. Elle soupire, souffre, gémit. Bien que son horloge biologique n'ait pas encore été remontée ou à peine, elle est à bloc et songe à voler des mioches pleurards au berceau. Elle m'a dit que, si je voulais me reproduire de la même manière, nous nous consulterions pour le meilleur emploi du temps possible.

Darcy.

A.C.B./Fort Attic
813 2760716
17 avril 1991, 18 h 04

Du genre « Tu en as un maintenant et j'en aurai un l'an prochain » ?

Alex.

Darcy King/Manhattan
212 8645312
17 avril 1991, 19 h 13

Tout juste.

Darcy.

A.C.B./Fort Attic
813 2760716
17 avril 1991, 19 h 13

Chère Darcy,

Ta sœur est une masse fort étrange de molécules.

Alex.

Darcy King/Manhattan
212 8645312
17 avril 1991, 21 h 22

Cher Alex,

Non, foutre non. C'est juste qu'elle a l'air bizarre hors de son contexte. Elle est comme une princesse de conte de fées qui vient d'entrer dans la vraie vie et qui fait de son mieux pour agir comme l'exige le monde alors que le monde des fées avait beaucoup plus de sens.

Darcy.

A.C.B./Fort Attic
813 27607
17 avril 1991, 22 h 03

Chère Darcy,

Pour moi c'est pas une princesse de conte de fées. Elle ressemble plutôt à la marâtre de Blanche-Neige.

Alex.

Darcy King/Manhattan
212 8645312
17 avril 1991, 23 h 07

Écoute, espèce de branleur bigleux, tu peux te fourrer tes remarques scolastiques dans le plus proche ce que je pense, le tien ou celui qui se présentera. Je ne t'ai pas demandé de critiquer ma sœur et tu devrais avoir mieux à faire étant censé exceller dans les relations personnelles etc. que d'émettre des jugements à partir de bric et de broc de seconde main ; la plupart du temps, tu n'en entends parler que parce que je suis folle, mais c'est un détail. (Ma syntaxe est peut-être approximative, mais je ne suis pas l'une de tes étudiantes apathiques et mineures si facilement intimidées, alors puisse ton zizi se racornir.)

Darcy.

Chère Darcy,

Dans la famille King, il est très mal vu de désigner les organes génitaux par des diminutifs du type « truc, zizi ou engin ».

Alex.

Cher Alex,

Tu es très malin et tu as une bonne mémoire.
Fais-moi des excuses.

Darcy.

Chère Darcy,

Non.

Alex.

Cher Alex,

Tu es lamentable et je prendrai ma décision sans ton aide. Tu préfères peut-être t'occuper de concepts que des contradictions et des complexités qui rendent les êtres humains intéressants.

Je vais sans doute rentrer au pays parce que j'aimerais me rapprocher des parents. Pas être avec eux, mais près d'eux.

L'absence ne décuple pas l'amour mais elle entoure d'un cadre plus vaste le même tableau si bien que les détails, qui, vus de près, accentuent notre irritation, deviennent d'agréables particularismes.

Oh flûte, je n'arrive pas à réfléchir. Je ne sais pas si je défends ma sœur contre toi parce que tu te trompes complètement sur son compte ou parce que je crains que tes commentaires négatifs sur elle ne signifient par comparaison (comparaison aussi inévitable que la putréfaction et aussi puante, je le sais) que tu m'admires plus et qu'il m'incombe de rejeter cette attitude, ou si c'est à cause de quelque impératif familial primitif. Sophia a quelque chose de très spécial, sous l'opiniâtreté, sous la beauté, les vêtements de grande marque et la brutalité d'« à la guerre comme à la guerre ». Je ne sais comment le définir. De temps en temps, j'en ai des aperçus et je les résume maladroitement, presque sous forme de slogans. Comme la définition de l'ami parfait « celui qu'on peut appeler à 2 heures du matin pour lui dire qu'on doit enterrer un cadavre et qui se pointe vingt minutes plus tard avec une pelle sans poser de questions ». Si les choses devaient mal tourner pour moi, je pense que Sophia pourrait être appelée pour cette mission. Mais ça va plus loin. On dirait qu'elle est désignée, en un sens. Pas pour la souffrance, parce qu'elle en a pas eu !

C'est trop con et si tu n'avais pas été aussi grossier par plaisir je n'aurais pas abordé le sujet. Que cela te serve de leçon.

Darcy.

Après avoir envoyé la lettre, Darcy se mit à penser non à Sophia mais à son père et au plaisir que lui donnait la perspective de se rapprocher de lui – un plaisir qu'elle n'eût pas éprouvé, elle le savait, un an environ auparavant. À cette époque, elle se sentait toujours vaincue d'avance dans tout conflit avec son père, comme s'ils se livraient une guerre éternelle dont aucun ne pouvait sortir vainqueur.

Son installation en Amérique et les visites nécessairement écourtées qu'elle rendait aux parents lui avaient révélé que, lorsqu'elle était retirée de l'équation, son père n'était pas amoindri mais au contraire ennobli de n'avoir pas quelqu'un à combattre et à contrôler. Elle aurait pensé que, sans sa présence irritante, il serait devenu sans objet, du sable sans rouage à gripper, un bâton à remuer sans rien à remuer, un rabat-joie sans personne à attrister. Au lieu de quoi il s'était installé tranquillement dans ses certitudes. Puisque ses articles de foi n'étaient plus remis en question, il n'avait plus le besoin permanent de les affirmer.

Avec le temps qui s'était écoulé sans le combattre mais au contraire en apprenant à le connaître grâce à ses lettres élégantes et humoristiques, Darcy avait fini par voir en son père un symbole de sa génération : celle des médecins qui se rappe- laient les miracles accomplis par les sulfamides, qui avaient vu les antibiotiques vaincre les horreurs les unes après les autres. Les antibiotiques avaient enfoncé ces terreurs dans le sac de l'obscurantisme. Et puis ledit sac s'était réveillé, trémoussé, en dégorgeant d'affreux maux inédits échappant à l'atteinte de leurs médicaments.

Leur génération était celle qui avait connu les réponses du catéchisme et ses règles éternelles et se les était vu arracher par un pape débonnaire et énergique qui avait convoqué le concile et ainsi transformé la source de leurs croyances. La génération de Robert King était vraiment la génération perdue, avec des enfants comme Darcy refusant d'emprunter la bonne route, voire de reconnaître que les fins souhaitables fussent les vérités justes et éternelles.

À bien des égards, songeait Darcy, sa mère semblait avoir moins souffert des rafales scarifiantes du temps. Curieuse, ironique, elle avait vu s'envoler la plupart de ses certitudes. Celles qui demeuraient s'accompagnaient d'humour. Un jour, tâchant de lui expliquer les conceptions paternelles sur l'amour pré ou extra-marital, elle avait brusquement éclaté de rire, sous le coup d'une pensée incidente. « Enfin, soyons honnête, avait- elle dit, la sexualité sans secret, ça ne vaut pas un clou. »

Darcy n'y avait rien compris, à l'époque, mais elle s'en était souvenue. De même qu'un autre commentaire de sa mère sur son père, donné alors que leur fille, crachant du vitriol après une querelle, voulait savoir ce qu'elle trouvait d'aimable en un homme si évidemment intolérable.

« Mais on n'aime pas les gens pour ce qu'ils sont, avait dit

Colette. Quand on est jeune, on les aime pour ce qu'ils seront. Quand on est vieux, on les aime pour ce qu'ils ont été. Ou pour ce qu'on croyait qu'ils étaient. »

Elle rentrerait chez elle, se disait-elle, et garderait une distance aimante entre elle et son père. Une distance qui lui permettrait de cibler ses aspects obliques inattendus – comme cette fois où il lui avait dit que son meilleur souvenir d'enfance avait consisté à poursuivre la lune sur son vélo : à pédaler vite pour battre la lune pendant qu'elle voyageait derrière un nuage.

Elle rentrerait à la maison. Elle travaillerait avec sa sœur. Elle travaillerait à aimer sa sœur plutôt qu'à l'admirer et à être exaspérée par elle.

Darcy réussit à revenir une semaine avant le mariage, ainsi qu'à rentrer dans sa robe de dame d'honneur. Elle put contempler le calme méthodique avec lequel Sophia avait tout planifié.

— Il y aura sûrement quantité de photos dans les journaux, dit-elle à sa sœur, car Greg est si connu !

— C'est drôle, mais comme j'ai quitté l'Irlande pendant les deux dernières années, j'ai du mal à imaginer que Greg soit une célébrité.

— Eh bien, il est beaucoup plus connu que je ne le suis.

— Tss, tss.

— Mais, ce à quoi je tiens par-dessus tout, c'est à ce que Malachy et *Positionings* retirent tout le bénéfice qu'ils pourront de ces photos... je le leur dois.

— En d'autres termes, « Darcy, ne va pas fricoter avec quelque journaliste mondain en lui disant que ta sœur et toi allez monter une affaire totalement nouvelle qui réduira Malachy en miettes » !

Sophia ne dit mot.

— Je suppose que tu as prévu un temps superbe pour samedi ? l'aiguillonna Darcy derechef.

— Ben, je prie pour le soleil, répondit-elle très sérieuse, ce qui fit sourire Darcy.

— S'Il ne devait rien faire d'autre pour toi dans ton existence, je suis bien certaine qu'Il veillera à ce que tu aies du soleil en ce Grand Jour.

— Oui, dit Sophia en écoutant à moitié. Darcy ?

— Oui ?

— On te demandera sans doute de chanter. M'en voudrais-tu beaucoup si je te demandais de ne pas chanter *Sé Fáth Mo Bhuartha* même si on te le demande expressément ?

— Pas de problème, fit l'autre doucement, en s'éloignant du sujet comme s'il était entouré d'une aura bleue électrique.

La veille du mariage, bizarrement, Greg passa découvrir le nouvel appartement de Darcy, que lui avaient choisi sa mère et sa sœur.

— Tu es vraiment l'Amerloque de retour, hein ? s'exclama-t-il en riant et regardant son intérieur luxueux depuis le balcon qui dominait le fleuve.

Tout en faisant le café, elle le regardait arpenter la pièce, les mains jointes derrière le dos.

— Greg ?

Il se retourna pour prendre le café.

— Crache-le donc !

Pendant un instant, il fut si perturbé de recevoir une tasse de café et de se voir invité à le cracher qu'ils éclatèrent de rire tous les deux.

— Cracher quoi ?

— Ce que tu es venu me dire. Parce que tu es un type fantastique, je crois que tu es parfait pour Sophia et je vous souhaite à tous deux un bonheur éternel, mais la subtilité n'a jamais été ton fort et tu aurais un message imprimé sur le front – elle fit courir l'index sur son front – « je dois me débarrasser de quelque chose », que l'effet ne serait pas différent. Eh bien, vas-y.

— Non, c'est un détail, en fait, dit-il confus en buvant la moitié du café. C'est seulement, demain, après la cérémonie et ainsi de suite, quand nous serons tous ensemble...

— S'il te plaît, Darcy, ne chante pas *Sé Fáth Mo Bhuartha.*

Il resta bouche bée et seul un rire dissipa la tension de son visage.

— Exactement. Comment le savais-tu ?

— Ta future m'a déjà fait la même demande. Je ne lui ai pas demandé, pas plus que je ne vais te le demander, pourquoi ma chanson préférée est couverte de déchets toxiques. Il ne nous appartient pas de connaître les causes mais de chanter quelque autre foutue chanson.

— Darcy, tu es super !

— Absolument.

— Maintenant il faut que je m'envole. Sophia m'a confié un million de choses à faire.

— Initiative regrettable, eussé-je pensé moi-même, mais tu sembles avoir progressé dans ce domaine.

Pendant une demi-seconde, elle put lire l'hésitation sur son visage – fallait-il adopter une bonhomie rétrospective ? Elle secoua la tête et, comme un bébé imitant un adulte, il secoua solennellement la sienne. Elle le raccompagna jusqu'à la porte.

— Sois un gentil petit mari demain, le héla-t-elle du balcon.

— Et toi une gentille petite dame d'honneur.

— Une grosse dame d'honneur.

— Un gros mari.

— Toujours aussi vaniteux.

— Attention à toi, Darcy.

— Toi aussi, Greg.

Le lendemain ne fut pas seulement rempli de soleil, mais aussi de bonheur. Il n'y eut aucun faux pas. Mais surtout, la journée baigna dans une joie si décontractée que même si quelque chose avait déraillé, il aurait été réparé, enveloppé par la qualité lumineuse du bonheur et de la paix auxquels avait fait allusion le prêtre devant l'autel.

Sophia avait essayé tous les magasins de mariage de Dublin et un certain nombre de ceux de Londres avant d'entendre parler d'un couturier marseillais dont les robes de mariées renvoyaient à des périodes historiques précises et qui lui avait réalisé une robe de soie ivoire compartimentée, inspirée par le XIIe siècle. Les lignes pures en étaient si élégantes qu'elles la rendirent royale, avec ses manchettes serrées autour de minuscules poignets qui contrastaient avec de grandes manches triangulaires tombant jusqu'aux genoux : le moindre de ses gestes devenait significatif et gracieux. Ses cheveux étaient ramenés dans un chignon de perles dont les vrilles adoucissaient la sévérité.

En pantoufles de soie ivoire, elle avança vers l'autel au côté de son père si grand, pour retrouver son mari encore plus grand et dont les muscles étaient rehaussés par la solennité de sa jaquette. Bien qu'elle semblât fragile auprès de lui, elle avait pourtant plus de présence.

Darcy, en soie vierge couleur bronze, les cheveux tirés dans un chignon identique, portait des talons hauts qui la mettaient à la hauteur des yeux de Nicholas Watson.

Ce fut l'un des mariages les plus impressionnants auxquels Darcy ait assisté. Elle croisa des journalistes, des personnalités de la télé, des amis du monde médical de son père comme de celui de Greg, des camarades d'école, certaines solidifiées et mûries par la maternité, d'autres qui rôdaient avec des regards de prédateurs et plusieurs des clients préférés de Sophia, dont Pete désormais propriétaire de trois magasins. Lorsqu'on le présenta à Darcy, son premier soin fut d'obtenir un rendez-vous avec son mainate.

— Je vais vous l'offrir, s'exclama-t-il, étouffé par l'enthousiasme et un col blanc trop serré.

— Non merci ! Je vis en appartement et les voisins ont déjà du mal à supporter mon langage quand je fais tomber quelque chose ou que j'oublie mes clefs à l'intérieur. Je n'ai pas besoin d'un oiseau qui m'imite en mon absence !

Les parents de Greg parvinrent à observer une politesse élémentaire entre eux toute la journée bien que, pour une raison inconnue, le discours de son fils provoquât une crise de larmes presque hystérique chez sa mère. Dansant avec Darcy plus tard, Greg y vit le seul incident d'une journée très réussie.

— Je n'ai toujours pas compris comment j'avais suscité ces chutes du Niagara, murmura-t-il. Et moi qui croyais avoir fait un discours très enjoué.

— C'est ce que tu as fait, lui dit Darcy. Il faut sans doute l'expliquer par le complexe du nid vide.

Greg était tout prêt à adopter une interprétation des larmes maternelles qui le débarrasse de toute culpabilité, et il rit avec Darcy du discours de témoin de Beethoven, typique de son époque de débatteur estudiantin : on l'avait vu marcher de long en large derrière les convives de la table d'honneur en faisant des blagues dont seuls 40 % avaient marché puis il avait marmonné des commentaires sur le ratage des autres. Au milieu de la soirée, il avait abandonné sa veste et s'était installé au piano invitant les convives à venir chanter, au petit bonheur ou sur la suggestion d'Aileen.

Le père de Greg chanta. Un frisson parcourut l'assistance : sa mère se remettrait-elle à pleurer ? Mais elle supporta le chant marital beaucoup mieux qu'elle n'avait supporté le discours du fils et le mariage s'acheva sur un long chœur composé de l'assortiment de gens le plus étonnant que Darcy ait vu depuis longtemps.

Darcy King/Dublin
001 353 1 378212
5 avril 1992, 03 h 31

Cher Alex,

Il est 3 heures du matin et ma sœur bien-aimée est à Paris (évidemment), mariée à Greg.

Du fait de mon assez longue absence, j'ai pu retrouver des gens connus jadis mais qui avaient beaucoup changé (ou, mais c'est assez rare, étaient restés les mêmes) et connaître des gens dont j'avais entendu parler. J'avais très bonne mine. Sophia était si éthérée qu'on pouvait craindre de la voir se briser si l'on parlait trop fort.

La nourriture était excellente, en plus.

Darcy.

23.

C'était un lieu bouleversé, désordonné et déséquilibré que le jardin des parents King et tout à fait indigne de figurer dans un magazine de jardins. Son seul élément logique était le talus du bout, qui montait vers la voie de chemin de fer. Cela mis à part, le jardin était un agglomérat de besoins, d'impulsions et de vieilles habitudes entassées ici et là, une rocaille ici, des bouts de groseilles par là, une pergola, des massifs en pots et des paniers suspendus avec les intrusions géométriques de haies affirmant un ordre que le reste du jardin rejetait. Colette avait un petit jardin potager où la ciboulette épineuse et la menthe partaient à l'assaut de plantes moins arrogantes.

— La menthe ! s'exclamait-elle en tombant sur ses feuilles envahissant un massif de roses trois mètres plus loin. Pourquoi ne m'avait-on pas mise en garde ?

Tandis qu'elle l'arrachait, Darcy en pressait les feuilles entre ses doigts. Sa mère ramassa le coussin que Robert lui avait offert et le déposa un peu plus loin pour continuer le désherbage. Darcy avait interdiction de désherber à cause de son enthousiasme excessif pour cette tâche. Quant à Sophia, elle ne s'y livrait jamais car elle ne supportait pas d'avoir les ongles sales.

Pendant leur enfance, Darcy avait vu leur père livrer bataille au jardin chaque week-end. Il rentrait à la maison dans sa Citroën – laquelle, comme toutes les Citroën – s'asseyait sur ses roues une fois qu'il en était sorti, comme soulagée de le voir partir. Le samedi matin, il se levait, écoutait John Bowman à la radio, revêtait un vieux pantalon et se mettait à attaquer les plantes en pleine croissance. Les cisailles partaient à l'oblique sur le devant de la haie, décapitant les pousses indisciplinées qui sortaient du rang. Puis on passait au sommet. Il descendait de la chaise de cuisine et prenait du recul pour voir si le sommet était bien égalisé ; s'il y avait un problème, il s'y remettait.

— Un jour, il y aura un problème de ce côté et un autre de l'autre et il ne s'arrêtera pas que la haie ne soit à un pouce du sol, avait prédit sa femme.

Elle préférait qu'il n'arpente le jardin que le week-end. S'il n'était pas au jardin, il était à l'intérieur. Là, il inventait de nouveaux systèmes de rangement ou de nettoyage qui l'épuisaient.

Ce qu'il aimait, c'était une haie dont les côtés rencontraient le sommet à angle droit. Il ne supportait pas les haies arrondies et encore moins le topiaire. Tailler des haies sous forme de crinolines ou de dindes lui semblait une contradiction dans les termes. Les haies étaient des haies : des barricades contre les barbares. Il fallait qu'elles fussent hautes, uniformes, anguleuses et épaisses.

Une fois qu'il avait attaqué les haies, il ramassait les branchages et les fourrait en les tassant dans un sac en plastique. De la méthode, disait-il à voix haute en s'approuvant. De la méthode ! Puis il prenait une tasse de thé et lisait le journal. L'étape suivante consistait à pousser la petite tondeuse à main sur l'herbe avec une méchanceté mathématique, les brins coupés retombant en arc de cercle dans la benne de fer à l'avant de l'engin.

Les zones herbeuses du jardin se situaient sur plusieurs niveaux, ce qui imposait le recours à la main. Pour son anniversaire, une fois, Sophia lui avait offert des outils dans ce but : une cisaille à bordure à long manche permettant de s'en servir debout sans avoir à mettre un genou en terre. Une autre fois, elle lui avait donné une cisaille à moteur qui ne plaisait pas du tout à Colette. Bien que Sophia et son mari lui expliquent que, sitôt que l'engin rencontrait un corps solide, son action était court-circuitée, elle voyait toujours dans cette machine un engin possiblement amputatoire. Sophia se donna grand mal pour lui expliquer le principe scientifique de son fonctionnement, mais Colette l'écouta avec la résistance passive de ceux qui savent détenir une plus profonde vérité.

316

— C'est ce qui s'appelle parler ! résuma-t-elle quand sa fille eut terminé.

Sophia regarda Darcy qui la regarda. « Je la tuerais, à ta place », songeait cette dernière. Je la tuerais. Mais Sophia n'émit qu'un soupir pour toute réponse et n'insista pas. Elle ne critiqua pas leur mère devant sa sœur. Cela n'arrivait jamais. Ni l'une ni l'autre ne pouvait se rappeler quand elles avaient conclu ce pacte tacite : tu ne la critiqueras pas devant moi et je ne le critiquerai pas devant toi.

Les diverses parties du jardin avaient plus ou moins de sens pour chacune. Il y avait des bégonias, des hostas et des anémones dans des coins ombragés, à partir de boutures données par des voisins quand Colette les avait admirées. À la base de la rocaille, elle avait planté des campanules pour Sophia qui en aimait la masse gracieuse et délicate. Contre le fil de fer barbelé grimpaient des pois de senteur car Darcy en aimait les vrilles, déjà prêtes à s'accrocher au prochain morceau de fil de fer ; et elle était folle de leur parfum. C'était un jardin où l'on attrapait les guêpes avec des pots de confiture à moitié remplis d'eau à la fin août, où les escargots s'affichaient avec éclat, bulbeux et noirs sur les murs blancs. Un jardin de niches et de recoins, d'endroits favoris et de plaisirs cachés.

Alors qu'elle rendait visite à sa mère par un soir de juin, Sophia, debout à la fenêtre de la salle à manger, la regardait se redresser lentement, avec une peine évidente, de sa position penchée au jardin. Elle resta voûtée pendant un instant, en s'enfonçant le poing droit dans le creux du dos.

— J'ai demandé à Thornley de l'examiner, tu sais, dit Robert à sa fille en lui posant la main sur l'épaule.

— Et ?

— Et il m'a dit qu'il fallait penser à un tassement spinal.

— Et ?

— Vaut mieux pas !

Robert retourna au téléphone dont les morceaux étaient proprement alignés dans un journal ouvert et dans l'ordre dans lequel il les en avait extraits. Quelques années plus tôt Darcy avait réparé le téléphone du haut mais trois pièces lui étaient restées sur les bras sans qu'elle puisse leur trouver une place. L'appareil marchait parfaitement sans elles mais, chaque fois que son père ouvrait le tiroir de bric et de broc où elle les avait fourrées, il était contrarié de les voir.

— Pourquoi pas ?

— Le tassement spinal est risqué. Le pronostic n'est pas bon.

Sophia regardait sa mère, dont les mains pressaient toujours le bas de son dos, qui pliait à moitié les genoux pour récupérer son coussin et le faire glisser de côté sur un mètre avant de s'agenouiller dessus une fois de plus.

— Elle ne va pas pouvoir continuer à jardiner à ce rythme.

— Eh bien on arrive à la fin de l'été, observa son père avec philosophie : il y a moins à faire en hiver.

— Non, je veux dire en général. Dans les années qui viennent.

Sophia se tourna vers lui et le regarda bien en face.

— Et toi non plus d'ailleurs.

— Je n'aurais pas pensé que nous étions gâteux, l'un comme l'autre.

— Vous ne l'êtes pas.

Robert retourna à son téléphone.

— Mais pourquoi attendre jusqu'à ce que vous le soyez ? Car un jardin, ça sert à donner du plaisir à tous les stades de la vie ?

Il souleva le corps du téléphone dans la main gauche pour y fixer le cadre de plastique crème avec la droite. Doucement. Avec assurance. Soigneusement. Satisfait de la rencontre des deux morceaux, où les pas des petites vis s'alignaient parfaitement.

— Si tu laisses les choses en l'état, dans trois ans, tu seras obligé de demander à Suttles ou l'une de ces sociétés d'entretien de jardin de venir s'en occuper.

Robert replia son journal et le fourra dans la poubelle. Tout en se lavant les mains, par habitude, en se frottant aussi énergiquement qu'un chirurgien se préparant à la stérilité du bloc opératoire, il murmura qu'ils pouvaient se permettre Suttles.

— Vous pouvez aussi vous payer une équipe de nettoyage pour la maison.

Sophia développait un tour d'esprit très particulier,

songeait son père. Un certain talent pour les affirmations simples qui, mathématiquement, en suscitaient d'autres. Certes, ils pouvaient se payer des femmes de ménage. Mais qu'était-il arrivé lorsqu'ils avaient fait appel à Mini Maids deux fois par semaine ? Colette s'était échinée à mettre de l'ordre avant l'arrivée des nettoyeurs après quoi elle était restée sur leur dos, ce qui les avait énervés, en leur signalant ce qui n'allait pas. Même lorsqu'elle les trouvait excellents, son approbation sonnait comme une réprobation. Elle réduisit peu à peu leurs horaires ; ils vinrent une fois par semaine plutôt que deux, puis trois fois par mois. Trois fois par mois, hurla Darcy, ça faisait penser à un bimensuel. C'était le baiser de la mort.

— Je vous parie, avait-encore pesté Darcy (c'était elle qui avait eu l'idée de ces nettoyeurs), je vous parie qu'ils ne viendront plus régulièrement d'ici trois mois et que M'man sera aussi épuisée que d'habitude.

Personne n'avait relevé son défi. Car il était assez peu éthique, avait fait remarquer leur père, de parier sur des certitudes.

S'essuyant les mains, Robert se dirigea vers Sophia et la fenêtre.

— Je ne peux tout de même pas amputer le jardin.

— Non, mais tu pourrais nous laisser le redessiner, Darcy et moi.

— Que veux-tu dire par redessiner ?

— Supprimer tous ces niveaux. Installer un joli bassin entouré de pierres de Howth avec une cascade. Des endroits où s'asseoir et d'où entendre le bruit de l'eau courante. Peut-être des poissons rouges.

De l'eau courante, se dit son père, voilà qui plairait à Colette. Elle aimait l'eau, y était à l'aise, en était fascinée.

Lors de leur lune de miel, à Rome, ils s'étaient dirigés un soir vers la fontaine de Trevi. Il lui avait pris la main et l'avait ramenée sous son bras chaud. Ils avaient regardé les statues et les familles qui les entouraient et parlaient d'une voix sonore, vociférations dont il commençait à comprendre qu'elles exprimaient l'entente et la joie, en Italie, et non un désaccord furieux. Colette s'était appuyée sur son bras pour monter sur le muret du bassin, en regardant les milliers de pièces dans l'eau sombre, leur éclat de cuivre et d'argent, certaines verdies par le temps mais baignant toutes dans le silence et le symbolisme supplémentaires conférés par la profondeur de l'eau. Elle lâcha son bras, ce qui le peina un instant. Et elle plongea sans prévenir dans le bassin devant les fontaines : sa robe blanche et couleur tilleul traînait dans l'eau. Tout le monde l'applaudit, les Romains comme les touristes ; ou sourit à Robert, comme pour partager une révélation soudaine. Elle revint vers lui à travers les eaux et bien des mains la hissèrent. Il l'étreignit, haute comme une statue sur le muret, avec la fraîcheur bienvenue de sa robe mouillée dans la nuit chaude.

Elle ôta ses sandales, et les tint à la main tout en marchant dans les petites rues s'éloignant de la fontaine.

« Ah ! Trevi ! » s'exclamaient en riant les gens qu'ils croisaient. Comme si elle avait fait un geste internationalement compris. À mi-chemin dans l'une de ces rues se trouvait une boutique de vêtements dont le porche d'entrée s'avançait entre deux vitrines éteintes. Un haut-parleur diffusait de la musique sous le porche : remettant ses sandales, elle avait dansé avec lui sur la faïence entre les mannequins et la pénombre. Ils n'en reparlèrent jamais.

Il se rendit compte que sa fille le dévisageait avec inquiétude. Il lui sourit.

— Ta mère aime l'eau, dit-il, ce qui avait l'air aussi subtil que s'il avait annoncé que sa mère appréciait l'air. Mais ce serait très cher de faire construire ce genre de choses.

— C'est mon affaire et celle de Darcy, lâcha-t-elle d'un ton décidé.

Quand on demanda à Colette son avis elle fit bonne figure et fredonna une onomatopée qu'ils prirent pour un assentiment. Sophia promit de se procurer catalogues et mesures. De solliciter leur avis à chaque étape. Car c'était leur jardin, pas le sien.

Je ne veux pas que tu m'espionnes derrière la fenêtre, se disait Colette derrière son air anodin. M'espionnes. Jauges mes limites. Décides de mes futures limites. Toi et lui, ensemble, que vous complotiez avec gentillesse contre moi. Que vous me voliez mon jardin et me donniez un jardin de personne âgée vingt ans avant que je ne sois vieille. Avec ton sourire de bonne samari-taine et ton argent si disponible pour m'emberlificoter, me limiter, me ligoter. Avec ton père si subjugué par ta bonté et ta générosité que, si je me rebellais, je serais coincée, et devrais me qualifier de malheureuse et rancunière.

— Je ne voudrais pas voir enlever les groseilliers, dit-elle brusquement ce même soir, comme elle plaçait les dernières survivantes de la récolte de l'année sur sa glace.

— Mais rien ne sera enlevé que tu apprécies vraiment, la rassura Sophia.

Merci, se dit sa mère. Je m'incline à la chinoise devant ta bienveillance, espèce d'affreuse capitaliste hostile avec ton père qui se tient là comme une cruche dans une sitcom américaine, en t'étreignant l'épaule pour m'envoyer un message du genre « Est-ce qu'elle n'est pas merveilleuse, hein ? On l'a drôlement bien élevée ! »

Rien ne sera enlevé que j'apprécie vraiment, mais c'est *tout* que j'apprécie, les méandres et les liens internes, les contradic-tions et la fatigue si agréable de ces tâches. Il n'y a pas une chose que tu puisses me permettre de garder, comme le souvenir d'un manoir vendu. Si tu sépares les choses, ce que j'obtiendrai de garder n'aura pas de valeur, car tout sera démaillé.

Rien de tout cela ne fut dit, si bien que rien ne fut compris. Tout resta là, à baigner dans la bile. Quand Darcy demanda si elle approuvait ce projet, son père mentionna la nécessité de garder les groseilliers et l'idée poursuivit son chemin. Au cours de l'hiver, on examina des catalogues et des plans. Des brochures étincelantes de bassins aussi bleu azur que des cartes postales. On rit en voyant des nains de jardin et des poissons volants. On perçut de mieux en mieux ce que cela coûterait, l'importance d'une pompe discrète, la petite quantité d'eau recyclée à l'infini.

Colette se penchait par-dessus les épaules quand on la consultait, mais ne s'asseyait jamais avec eux à table. Elle haussait les épaules et souriait. Elle disait à Sophia qu'elle s'en remettait à son bon goût. Celle-ci y voyait un compliment alors que c'était le couteau de soie de la dépossédée, de la violée. Elle aspirait à flanquer toute leur littérature dans le feu et voir les flammes dévorer chaque coin comme de l'eau noire. Elle était pénétrée de haine pour chacun d'entre eux. Robert, parce qu'il secouait la queue comme un chien ravi par les projets de sa fille. Sophia parce que l'idée venait d'elle. Darcy parce qu'elle n'avait pas eu l'intelligence de la combattre.

Quand les gelées s'espacèrent, que les perce-neige apparurent, Colette les accueillit avec la rage du désespoir. Elle partit à Londres avec Robert pour une semaine, en sachant que les terrassiers et les motoculteurs entreraient en scène pendant leur absence. Elle assista à la comédie musicale *A Chorus Line* en se demandant si elle l'aurait autant détestée si elle n'avait été préoccupée par son jardin là-bas. « One singular sensation » semblait être la seule chanson du spectacle. Les danseurs ressemblaient à des tulipes avec leurs longues jambes.

Lorsqu'ils rentrèrent, tout était plat et doux, à part le talus montant vers la voie ferrée au fond du jardin. Les rochers de la rocaille avaient disparu, les trois marches montant vers la petite colline aussi. L'herbe avait disparu. Une terre sèche bien ratissée s'étendait de toutes parts, traversée par un grand tuyau vert qui serpentait.

— Voici ton bassin, dit Sophia avec ravissement.

— Mon bassin, ne l'appelle pas MON bassin, c'est ton bassin et d'ailleurs où est-il ?

— Le tuyau, expliqua Sophia. C'est grâce à ça que tu sélectionnes la forme voulue. Tu peux dessiner toutes les formes que tu veux.

Je dois être reconnaissante, se dit leur mère. Reconnaissante de ce jouet pour enfant, ce serpent vert que je peux modeler de telle ou telle façon. Je suis libre de choisir les armes de mon autodestruction.

Darcy posa le pied sur la terre ratissée, y laissa ses empreintes de basket. Elle s'empara du tuyau en essayant de lui donner une forme ondulée.

— Et moi qui croyais qu'on pouvait faire un bassin au contour follement incurvé, dit-elle désorientée en revenant vers eux, le tuyau abandonné sans que les deux bouts en soient joints.

Non, songeait sa mère. Ils sont malins, ces gens qui te donnent l'illusion du choix. Concevez votre propre bassin. Dans les limites de la flexibilité d'un tuyau en plastique. Vous pouvez choisir n'importe quelle couleur pourvu que ce soit du noir.

Elle ne fut pas étonnée lorsque le bassin épousa finalement la forme d'un huit, avec une petite cascade tombant sur des pierres entre les deux sections. Les pierres, se dit-elle, avaient l'irrégularité d'un foyer artificiel Foxrock. On mit en place les arbustes de telle sorte que le jardin naquit soudain, de manière artificielle. Il y avait une explication ennuyeuse pour tout. Sophia et Robert jouèrent les cicérones tour à tour et Colette eut l'impression de regarder un journal télévisé avec deux présentateurs. Tu vois ces massifs ici ? Ils retombent sur le bassin pour donner un abri plein de fraîcheur aux poissons. As-tu remarqué avec quelle habileté ils ont dissimulé le mécanisme ? – ils peuvent le dévoiler en une minute s'il fonctionne mal, mais tu ne peux pas le remarquer. Et tu as vu le banc ? Il est victorien, trouvé dans une très vieille maison de Ballsbridge. On l'avait peint en blanc, mais nous l'avons fait décaper pour qu'on voie le vrai bois.

Elle s'assit sur le bord du banc et Darcy la prit en photo. Elle se hâta de la faire développer. Elle la considéra d'abord comme font tous les photographes : pour juger de l'équilibre et de la composition de la prise de vue. Puis elle la regarda à nouveau pour savoir si sa mère s'aimerait. Elle aperçut la bouche sardonique et le regard absent. Elle ne la lui apporta pas quand elle passa la voir quelques jours plus tard.

C'était le genre de soirées qu'elle aurait naguère passée au jardin, mais elle se trouvait dans la cuisine et lui tournait le dos. Darcy, à la fenêtre de la cuisine, regarda l'eau en mouvement.

— Tu ne l'aimes pas, n'est-ce pas, M'man ?

Colette sourit sans regarder à l'extérieur. Elle arbora l'expression « mais c'est très bien » que des générations de mères ont eue quand elles étaient confrontées à un cadeau de Noël mal choisi par un être cher.

— Mais en fait, tu ne l'aimes pas, hein ?

Sa mère eut l'air intrigué.

— Mais non, il va falloir que je m'habitue. C'était très généreux de votre part à toutes les deux...

— Oh, M'man, la coupa Darcy.

Elle actionna l'interrupteur de la bouilloire pour la mettre en action. Colette la regarda préparer sa tasse de thé. Elle était pleine de vigueur, surtout lorsqu'elle se sentait coupable. Le lait lui-même faisait un gargouillis en descendant dans la tasse.

— Ça va, je t'assure, reprit sa mère.

Cela voulait dire que cela n'allait pas, en réalité, mais il faut savoir se rendre dans la défaite.

Darcy mangea les biscuits au chocolat en négligeant ceux à la vanille et à la crème anglaise. S'il lui arrivait d'être coincée dans une maison sans biscuits au chocolat mais seulement à la crème, elle en ôtait la garniture brune ou jaune au couteau pour ne manger que le biscuit. Sa mère la regardait ravie tandis qu'elle piochait de la main droite biscuit après biscuit, la main gauche arrondie autour de sa boîte de sucrettes sans calorie.

— Une fois que les poissons seront là, ça sera mieux, fit-elle.

— C'est vrai.

Approbation facile sans consolation.

— Mais oui. Les poissons rouges n'ont aucune exigence. On n'a pas de relation avec les poissons.

— Tu en as eu, pourtant. Tu te rappelles Finn et Haddie ?

Un bocal avec deux poissons, l'un rayé de brun. Toujours en mouvement. Nourris par une enfant de six ans qui leur parlait et à qui ils appartenaient. Ils s'approchaient d'elle derrière la paroi et ouvraient la bouche : elle leur répondait par la même mimique. Puis un matin, Finn se retrouva plié en deux sur le sable tandis que son compagnon lui donnait des petits coups. Robert entra en action. Tire le mourant de là et l'autre va peut-être survivre, expliqua-t-il, en s'emparant du premier avec une cuiller en plastique pour le balancer dans la poubelle de la cuisine sur les vieilles boîtes de cornflakes, le journal de la veille, les sachets de thé détrempés... Darcy poussa un hurlement à faire s'effondrer la maison. Sa sœur trouva un vieux plumier et reprit Finn avec la spatule ; les hurlements de Darcy avaient cédé la place à un rugissement étouffé après une bonne claque de son père. Sophia fit glisser doucement le couvercle du plumier et prit sa sœur par la main comme si elle avait une génération de plus.

— Il faut lui faire un enterrement digne de ce nom, dit Sophia à son père avec réprobation.

324

Les jumelles sortirent dans le jardin et choisirent un endroit sous le pommier.

Sophia creusa tandis que sa sœur, parcourue de sanglots, tenait le plumier avec son contenu jusqu'à ce qu'il y eût un trou bien propre et profond pour l'accueillir. Elles prièrent pour l'âme du poisson rouge puis le recouvrirent. L'autre poisson mourut le lendemain. Mais cette fois leur père avait appris sa leçon. Il arriva avec un cercueil pour poisson de son invention, une boîte en faux-cuir qui avait contenu un gros stylo-plume dans du velours noir. De même Haddie, plié en deux par le mal qui l'avait terrassé, placé sur l'évidement conçu pour le stylo-plume, fut enterré à côté de Finn dans son plumier. Darcy se sentit très proche de sa sœur cette semaine, et horrifiée par son père. Vingt ans plus tard, chaque fois que son père échouait dans le registre de la sensibilité, elle se rappelait son poisson mort balancé dans la poubelle de la cuisine. (« Comme si, avait-elle expliqué frénétiquement à sa mère à l'époque, comme si Finn n'était pas une personne. »)

Colette sourit à sa fille.

— Je n'ai jamais jeté ce bocal, tu sais. Il est toujours au grenier. J'ai toujours craint que tu puisses me le redemander.

Darcy lui rendit son sourire.

— L'une des choses que j'aime au jardin, c'est le son, reprit sa mère. On entend l'eau mais sans cesser d'entendre les oiseaux. Et les oiseaux semblent l'aimer aussi.

Toutes les petites expressions palliatives censées réconforter les perdants, songeait Darcy. Du genre « rappelle-toi, ce n'est pas gagner qui compte, c'est participer ». Elle ne savait qui réconforter car le seul qui fût totalement satisfait du nouveau jardin était son père. Sophia, elle le subodorait, éprouvait la défaite pour la première fois, sentiment encore accentué par les éloges prodigués par leur père. Toi qui es si occupée, n'arrêtait-il pas de dire, tu as quand même trouvé le temps de régler tous les détails, de choisir des types qui ne laisseraient pas un champ de mines parce que tu savais que ta mère en serait contrariée. Il entassait des sottises enthousiastes l'une sur l'autre pour la rassurer, mais elles étaient aussitôt annulées par les approbations rebelles de Colette. Darcy éprouvait une compassion étonnée pour sa sœur. Elle ressentit tout de suite le désir d'envoyer une lettre à son professeur américain pour lui faire comprendre que Sophia n'était certainement pas la marâtre de Blanche-Neige, mais que seules les circonstances lui donnaient parfois cette apparence.

L'entreprise culmina avec l'introduction des poissons rouges dans le bassin. Robert aurait voulu qu'on invite les voisins. Sa femme se récria. Finalement, conscient que les enterrements étaient les principales occasions de rencontres pour les gens de son âge, il convint que cela pourrait paraître ostentatoire. Il avait seulement voulu, fit-il en haussant les épaules, donner un peu de relief à l'opération. Leurs merveilleuses filles leur avaient donné, à elle et lui, un regain de vie, quelque chose dont ils profiteraient pendant très longtemps sans avoir à se fatiguer comme des malades. Il pensait simplement que l'événement aurait dû être marqué d'une pierre blanche.

Le fait est qu'il célébra l'achèvement du jardin de la manière la plus mémorable imaginable s'il avait été homme à imaginer, ce qu'il n'était pas. Il y mourut.

Le vendredi après-midi, il retourna à l'hôpital pour achever un rapport et participer à une réunion. Les poissons arrivèrent en son absence. Il y en avait quarante, dit le livreur à Colette en lui tendant le récépissé à signer. Vous le croiriez pas, hein, M'dame, qu'il y en a quarante là-dedans ? Ils explorent leur nouvel endroit et se cachent sous les rochers et les plantes. Mais ils sont là. Il y en a quarante. Vous aurez vite fait de leur donner des noms, lui dit-il, et elle ne démentit pas.

Le livreur s'en allait quand Robert revint de l'hôpital. Tous deux furent enchantés de se croiser. Le livreur l'assura que sa vie serait toute transformée par ces poissons. Colette se mit à préparer le thé. Mais Robert lui dit qu'il allait d'abord arracher quelques lamium qui envahissaient les racines des plantes qu'on avait laissées sur le talus de la voie ferrée.

Et c'est ainsi que deux trains remplis de banlieusards assistèrent à sa mort, sans que personne s'en rende compte. Le premier des trains passa devant le jardin au moment où Robert se redressait et posait la main dans le creux du dos, sur la crampe provoquée par sa position penchée.

Il était debout et regardait le train quand l'infarctus le saisit et le précipita contre la clôture de fil de fer : il l'agrippa des deux mains, comme s'il s'agissait d'un appui contre la douleur.

Colette le regardait depuis la fenêtre de la cuisine. Elle comprit aussitôt ce qui se passait. Elle s'élança, en s'essuyant les mains sur son torchon et suivit la bordure extérieure du bassin, sachant bien que les secondes supplémentaires imposées par cette courbe n'auraient aucune incidence. Il était mort, elle le savait, elle en était si sûre qu'elle ne le toucha pas tout de suite car il n'était plus lui. Vivant, il ne serait jamais tombé de cette manière si désarmée. Vivant, il se battait pour sauver les choses, atténuer les cassures, il préparait les chutes et les réceptions. Rien de tel ne s'était produit. Il avait sombré, terrassé.

Mais elle lui parla doucement en approchant. Je vais t'étendre, promit-elle en luttant contre le poids silencieux suspendu à la clôture par ses boutons de cardigan. Le poids lui fit plier les genoux. Elle s'assit parmi ses fleurs et l'attira vers elle. Elle aplanit le cardigan, déformé, avili par la clôture. Je vais prendre soin de toi, lui promit-elle. Leurs visages se touchaient comme elle le berçait dans la chaleur du soleil de juillet. Le deuxième train passa, et ses passagers virent une pietà raidie, un corps ratatiné dans un cardigan troué avec des raccords de cuir.

Lorsqu'elle ferma les yeux, elle se retrouva dans son propre jardin. Les rouvrant, elle fut dans un jardin inconnu avec son insignifiante parodie de cascades et d'eau courante, mais elle ne devait jamais se rappeler sa mort comme étant survenue dans le jardin neuf.

24.

Ce fut Sophia que sa mère, d'une voix atone et attentive, joignit d'abord, dans son bureau de *Positionings*. Sophia qui fut douce et comprit la situation. Sophia qui promit d'être à la maison dans la demi-heure suivante et qui prit la responsabilité de joindre Darcy.

— Oh bordel de merde ! dit celle-ci sur son portable, accent où Sophia crut déceler de l'irritation plus pour le moment du décès que pour celui-ci en soi.

— Je suis à dix minutes de toi. Je passe te chercher et je conduirai, reprit Darcy.

À leur arrivée, les voisins étaient déjà là, prêts à se retirer par correction quand les filles étreignirent leur mère qui semblait résolue à ne pas pleurer et à se concentrer sur l'horizon proche. Si on lui parlait il lui fallait plusieurs instants pour ramener le regard sur son interlocuteur. Tandis que les conversations tournoyaient autour d'elle, elle regardait au-delà, comme pour écouter un mot éloigné susceptible d'apaiser les offres de service. Calme en présence des suggestions, elle rappelait à Darcy une photo que Greg lui avait jadis montrée, un joueur de rugby qui n'avait pas réussi à entrer dans la mêlée avec les autres et qui restait là l'air ennuyé, tandis que tous les autres étaient rassemblés au niveau de ses genoux, à se donner des coups de bélier avec une juste énergie.

Sophia faisait des listes de choses à faire tout en écoutant ce que les voisins disaient de son père, sans jamais perdre de vue sa mère et sans cesser de penser à ce dont elle pourrait avoir besoin. Elle ne pouvait s'empêcher de reprocher cette mort à sa mère malgré les réfutations qui se présentaient aussitôt.

Appartenant à une génération qui combat la mort avec des décharges électriques et des courses hurlantes vers les services d'urgence, elle ne pouvait s'empêcher de penser que son père aurait pu être sauvé si leur mère avait crié. Les voisins auraient entendu sa voix, se disait-elle en regardant la haie concave de son père. Une ambulance aurait tout changé.

Sophia ne dit rien de tout cela et les voisins partirent préparer, comme c'est la coutume, des ragoûts et des sandwiches sans croûte. Sophia n'en dit rien, l'idée n'effleura même pas Darcy, mais leur mère lisait dans les pensées de Sophia comme si elles avaient été écrites sur le ciel qu'elle regardait de manière de plus en plus fixe à mesure que le deuil avançait.

Elle ne se concentrait que sur une chose, les détails de l'enterrement de Robert. C'est elle, en manteau sombre et l'air déterminé, qui alla choisir le cercueil et discuter des lectures avec le prêtre. Greg la rencontra dans l'allée et l'étreignit, son visage tout près du sien, rempli d'une douceur qui lui fit enfouir la figure sur son épaule avant qu'il ne lui tende son grand mouchoir blanc et ne la fasse rire avec ce que ce geste pouvait avoir de théâtralement approprié.

Il la raccompagna à la voiture et regagna la maison, vide à l'exception des deux sœurs. Il étreignit Darcy en une commisération muette puis s'assit sur le sofa, ses genoux touchant ceux de Sophia, son front contre le sien. Ses grandes mains serrèrent les petites mains. Darcy les laissa au salon et alla faire du café. À son retour, elle l'entendit chuchoter, par compassion.

Quoi qu'il ait pu dire, cela défit l'armature de maîtrise de sa femme : Darcy resta médusée, avec son plateau sur la poitrine, en voyant et en entendant sa sœur dévastée par une hémorragie de chagrin trop longtemps contenu.

Elle déposa son plateau et ressortit, tandis que les sanglots disparaissaient à moitié dans la grande étreinte de Greg. N'est-ce pas étrange, se dit-elle, en s'appuyant contre une surface blanche et étincelante dans la cuisine propre, moi qui connais Sophia depuis si longtemps, je n'aurais jamais imaginé. Plus j'en sais, moins je comprends.

Lors de l'enterrement et dans les jours qui suivirent, les jumelles abordèrent des zones de turbulences, pleines de chagrin et d'incrédulité. Leur père si grand et mince, avec son instinct de modération : il n'y avait pas de justice, se dirent-elles, dans une telle mort.

Colette, elle, parlait de la « mort de votre père » comme si la relation essentielle, en l'occurrence, était celle qui l'unissait à ses filles, sa femme n'étant qu'une pièce rapportée.

Il avait été son mari quand il vivait. Une fois mort, il devenait leur père. Elle ne semblait pas étonnée par une mort que personne n'avait envisagée, elle y voyait une certitude dont l'heure était venue.

Elle essaya d'expliquer cela à Darcy et Sophia. « Le refrain constant de l'âge mûr est la mort », leur dit-elle.

Elles ne la comprirent pas. Elle ne pouvait être plus claire. Cela l'exaspérait de n'être pas comprise et cette rage inédite les étonna. Quand leur père, comme elle disait, était vivant, leur mère avait été une présence réfléchie, amortissante, bonifiante, transformant les querelles en rires, infléchissant l'intolérance en diversion. Robert King avait fixé les règles. Il les dispensait comme il aurait arrosé son jardin. À lui les colères et les condamnations, la définition des problèmes en de longs monologues. Sans ces contreforts verbaux, sa veuve se trouvait sans défense et assourdie par l'opinion publique. Dans les quelques jours qui suivirent l'enterrement, ses filles remarquèrent qu'elle avait cessé d'écouter la radio ou de regarder la télévision.

Sophia l'appelait chaque jour et passait la voir au moins trois fois par semaine. Greg, dont les horaires étaient plus fluctuants, venait souvent à la mi-journée et s'attendait à ce que Colette lui prépare à déjeuner. Il essayait de la faire rire. Un jour, il lui apporta un poisson rouge dans un sac en plastique qu'il tenait sur l'épaule tout en remontant l'allée.

— Il y en a des millions dans le bassin, dit sa belle-mère avec une certaine impatience, comme si elle était obligée de relivrer une bataille qu'elle avait perdue longtemps auparavant.

— Ah, mais vous n'avez pas regardé Hannibal, lui répliqua-t-il comme si elle n'avait pas compris.

Il débrancha la bouilloire d'une main, car il tenait encore le sac en plastique et traîna Colette dans le jardin. Elle frissonna ; il la frictionna pour la réchauffer.

330

— Qu'a-t-il donc de spécial, cet Hannibal ? lui demanda-t-elle pour lui faire plaisir.

— Je pense que c'est un albinos à l'envers. Regardez-le.

Hannibal ouvrit grand la bouche devant Colette. De larges taches noires, comme des pâtés, recouvraient par-ci par-là son corps doré.

— On dirait une vache hollandaise, dit-elle.

Greg tourna le sac de manière qu'Hannibal se trouve face à lui. Mais le poisson fit aussitôt demi-tour pour revenir ouvrir la bouche devant Colette.

— Vous voyez : il vous aime déjà. C'est ça qui est fameux avec les poissons hollandais. Ils ont un maillon supplémentaire spécial dans leur ADN. Ça s'appelle le maillon relationnel. Ce sont les premiers poissons rouges de l'histoire qui établissent un rapport sérieux avec les êtres humains.

Un court instant, elle le crut avant de lui donner un tendre coup de poing. Greg s'accroupit au bord du bassin et regarda les autres poissons qui filaient à toute allure, éclairs orangés sous la lumière. Il fit derechef pivoter vers lui Hannibal. Ce dernier détala aussitôt pour voir Colette.

— Tu m'écoutes, abruti de poisson ?

Hannibal se retourna.

— Mais il m'écoute, vous savez, dit-il à Colette. Regardez-le : il me dit « quoi ? quoi ? ».

Le poisson relâcha son attention.

— Reviens ! Tu n'as pas fini ta leçon, espèce d'abruti en dessous de tout, s'indigna Greg à travers le plastique souple. Ne perds pas ton individualité, c'est tout ce que je veux te dire. Il ne s'agit pas de succomber à la pression de l'homogénéité exercée par tes semblables là-dedans, d'accord ? Je reviens dans une semaine et, si je m'aperçois que tes taches noires ont pâli, je te ferai griller pour mon thé ce soir-là. On est d'accord ?

À ce moment, Hannibal fit « quoi ? quoi ? ». Greg le laissa tomber dans le bassin en éparpillant ses futurs compagnons de cellule.

Quand Darcy remarqua Hannibal, par la suite, sa couleur l'incita à se demander s'il n'était pas malade et s'il ne fallait pas l'enlever avant qu'il ne rende malades tous ses congénères.

— Non, non, dit Colette avec assurance. C'est Hannibal, il va bien. Il était comme ça quand il est arrivé.

— Ah. Et a-t-il toujours été plus gros que les autres ?

— Non, il était plus petit.

— Alors ça doit être un joyeux petit déconneur, dit sa fille avant d'oublier Hannibal.

Sa mère ne dit mot mais se demanda avec plaisir si ledit poisson prospérait en mangeant certains de ses compagnons.

Deux mois après la mort de son père, Sophia informa Malachy qu'elle quitterait l'entreprise dans les trois mois pour créer sa propre société. Une fois qu'il fut persuadé qu'elle partait et qu'aucune séduction ne l'en dissuaderait, sa réaction l'étonna.

— Ne prends pas ces trois mois, lui dit-il froidement. Pars dès que tu voudras.

— Mais il importe, remarqua Sophia, d'assurer une transition en douceur pour les clients...

— Sophia, il s'agit de communication, pas de diplomatie internationale. Je m'occuperai de tes clients dans le court terme.

— Mais mon contrat stipule un préavis de trois mois ?

— Nous te paierons ces trois mois.

Glacée par l'insulte, Sophia resta silencieuse pendant un long moment.

— Il est bien évident que vous me paierez ces trois mois, reprit-elle. Et les congés payés qui pourraient résulter de ces trois mois. Et, s'il y a la moindre contestation quant à la soulte nécessaire pour acquérir la possession pleine et entière de ma voiture, je veillerai à faire nommer un médiateur indépendant.

— Oh nous n'aurons pas besoin de ça, répondit Malachy, médusé par la rage froide qu'il avait provoquée.

— Malachy, mon bureau sera vidé vendredi.

Le vendredi matin, vers 10 heures, Malachy téléphona à la secrétaire de Sophia pour lui demander de passer dans son bureau qu'il arpentait de long en large avec une bonhomie feinte.

— Ah Genna, je voudrais que tu me prépares quelque chose de très spécial. Comme tu sais, Sophia nous quitte aujourd'hui. Peu de gens sont au courant dans la société et j'aimerais préparer une surprise-party vraiment superbe. Je sais que je te prends de court et que tu n'as pas l'habitude de m'entendre dire ça, mais le budget est illimité. Prends contact avec l'un de nos traiteurs et dis-leur d'être ici vers 15 heures, 16 au plus tard, avec un bon buffet et quantité de champagne. Ma propre secrétaire est sortie acheter à Sophia un attaché-case en lézard et je ferai un petit discours à un moment ou un autre de la fête.

Genna nota toutes ses demandes.

— Donc, voilà, dit-il sur un ton enjoué et généreux. Voilà. Que son dernier après-midi ici soit un après-midi vraiment spécial, d'accord, Gen ?

Genna, qui détestait être appelée Gen, hocha timidement la tête, la gorge nouée par l'appréhension. Il lui fit un signe de tête ; elle ne bougea pas. Elle se dirigea vers la porte, mue par une résolution assez lâche.

— C'est juste que..., dit-elle, et il lui sourit pour l'encourager, la seule chose, en fait...

— Oui, Genna ?

— Sophia ne revient pas.

— Ne revient pas quand ? Que veux-tu dire ?

— Ne revient pas cet après-midi. Elle a d'ultimes rendez-vous avec plusieurs clients et elle va de l'un à l'autre.

— Elle ne repasse pas ?

— Non, elle a déjà dit au revoir à tout le monde et m'a laissé une lettre pour toi.

— Oh flûte, dit-il en s'efforçant d'agir en communicateur devant un public d'une personne. L'idée ne l'a jamais effleurée que nous ferions une fête. Cela ne lui ressemble-t-il pas ? Agir en excellente professionnelle jusqu'à la dernière seconde.

Jugeant que la meilleure réponse était un hochement de tête silencieux, Genna hocha la tête en silence.

— Mais tu sais ce que nous pourrions faire ? reprit-il, avec une joie puérile devant sa propre intelligence : nous pourrions l'appeler sur son téléphone portable et lui demander de repasser cet après-midi pour une réunion importante, non ?

— Son téléphone est sur mon bureau. Elle m'a demandé de te le rendre.

— Genna, dit-il en levant des mains impuissantes, que pouvons-nous faire ? Que. Pouvons. Nous. Faire ? Pas grand-chose, je le crains. Pas grand-chose.

C'est « moi je, moi je » quand il s'agit de tes grands projets et de ta vanité, se dit Genna méchamment, mais c'est toujours « nous » quand il y a un reproche à faire. En regagnant son bureau désormais très calme, elle se demanda si elle n'appellerait pas son ex-patronne chez elle le soir pour l'informer de la déconfiture de Malachy, puis elle y renonça. Cela ferait plaisir à Sophia, supposait-elle, mais tenant l'expression d'un tel plaisir pour non professionnelle, Sophia cacherait sa réaction.

Plus ennuyeux, elle jugerait mal Genna de lui en avoir fait part car ne parlait-elle pas toujours de la dimension morale du travail ? Et puis, de toute façon, quel profit Genna en tirerait-elle ? Elle ne voulait plus travailler pour Sophia et il était très clair que celle-ci ne voudrait pas d'elle comme secrétaire dans cette nouvelle entreprise lancée avec sa grosse sœur rousse.

Du point de vue de Darcy, la nouvelle que Sophia était sans travail sans pour autant être sans salaire, était fort bienvenue.

— Comment se fait-il qu'il l'ait pris comme ça ? Tu lui avais même promis de n'emporter aucun de ses clients !

— Il sait que certains me rejoindront d'ici un an, de toute façon. Mais Malachy est incapable d'un compromis émotionnel. C'est très rare, chez un homme. Soit il t'adore, soit il te déteste. Cela sans parler du fait qu'il est persuadé, et l'a toujours été, que les gens qui ont donné leur congé renversent délibérément des tasses de café dans leurs machines.

— Quelles machines, au nom du Ciel ? s'enquit Greg sous le coup d'une contrariété inattendue. Cette foutue boîte, *Positionings*, est à l'âge des cavernes en ce qui concerne la technologie. Ils ne sauraient même pas reconnaître un modem si celui-ci leur fonçait dans le lard.

Darcy perdit tout intérêt à la conversation dès la première mention de la technologie et demanda à son beau-frère pourquoi le poisson aux taches noires était surnommé Hannibal.

Greg cligna lentement des yeux, pour s'adapter au changement de sujet.

— Le vrai Hannibal a toujours été mon héros. Un grand

communicateur. Il aurait pu franchir les Alpes sur quelque chose d'ennuyeux comme les ânes, mais il l'a fait avec des éléphants. J'ai trouvé qu'un poisson rouge noir et or était une bestiole qui en jetait et dont le nom devait en jeter.

— Je pense qu'il pourrait bien être un cannibale aussi bien qu'un communicateur.

— Il est sorti du bassin pour bouffer quelques-uns des voisins de ta mère ?

— Non. Il bouffe ses copains.

— Comment ose-t-il ?

Sophia semblait horrifiée.

— Ne t'inquiète pas, lui dit Greg en lui tapotant le dos. Il ne le fait sans doute qu'aux poissons dont il s'est lassé...

— Les poissons du genre Malachy, glissa Darcy.

— ... ou ceux avec lesquels il n'a jamais eu de relation amicale.

— Je me fais peut-être des idées, dit Darcy. Je le trouve seulement très voluptueux et la foule semble s'être beaucoup raréfiée dans le bassin. Il est possible aussi que les mouettes y jouent un rôle.

Sophia, qui refusait d'être distraite, déclara qu'elle traiterait avec les spécialistes d'informatique et s'occuperait aussi de la décoration intérieure. Et elle parlerait aux sociétés d'assurances. Darcy prendrait en charge les entretiens d'embauche.

Si bien que, durant la semaine suivante, Darcy passa une journée à poser des questions à huit personnes sélectionnées parmi les milliers qui avaient fait acte de candidature, séduits par l'aura déjà croissante autour des *Image Makers*.

À l'heure du déjeuner, le jour des entretiens, le bureau de Darcy était jonché de notes et son esprit embrouillé.

— Pourquoi les profs deviennent-ils profs quand tout ce qu'ils veulent c'est quitter l'enseignement sitôt qu'un autre boulot est offert ? demanda-t-elle à sa nouvelle secrétaire, Neasa, qui entrait dans la pièce avec café et sandwiches.

— Ce sont tous des profs ?

— Trois d'entre eux. De merveilleuses qualifications académiques et une inexpérience complète de toute gestion.

Neasa s'assit sur le bord du bureau et feuilleta les notes de Darcy.

— Impressionnant : vous aurez quantité de données à relire ensuite.

— Non. C'est un tas de faux-semblants pour rester éveillée pendant qu'ils me répètent l'un après l'autre que je dois leur donner le boulot parce qu'ils le veulent. Ils veulent un « travail intéressant et rencontrer des gens ». Pour moi, j'aimerais un boulot intéressant : *ne pas* rencontrer de gens. Ne trouvez-vous pas que c'est une idée merveilleuse : un monde sans personne, de l'herbe à perte de vue où un lièvre pointe les oreilles ?

Alex lui avait-il écrit quelque chose comme ça, une fois ou l'autre ? Elle se le demandait. Et si oui, pourquoi ? Il n'était pas homme à multiplier les citations.

Neasa se releva, l'air très officielle :

— Et à part les profs, y a-t-il eu quelque chose ?

— Eh bien la troisième ce matin, dit Darcy, était un brillant sujet venue d'une des sociétés de communication. Elle a dit qu'elle en avait marre d'offrir des verres aux journalistes, de faire leur boulot à leur place et d'être méprisée par eux.

— Voilà un baratin bien énergique.

— Elle a aussi affirmé que 90 % des journalistes sont des prétentiards égoïstes à la recherche de faveurs même s'ils se disent des chercheurs de scoops désintéressés et des tenants de l'investigation.

— A-t-elle donné les noms de quelques favoris ?

— Oui.

— Est-ce qu'elle va avoir le poste ?

— Non.

Darcy, après avoir mangé tous les sandwiches, s'attaquait à la garniture de chips craquantes.

— Cet après-midi, vous avez une bonne sœur défroquée, un autre prof, une pré-retraitée qui n'aime pas sa retraite et une ancienne secrétaire médicale anglaise.

— Que faisait l'ancienne bonne sœur ?

— Elle gérait un hospice.

Darcy eut l'air intéressée tout en dévorant le cheesecake.

— Pourquoi la gestion d'un hospice suscite-t-elle votre enthousiasme ?

— Semblable gestion est une chose intéressante. Il y a des considérations pratiques et des décisions morales à prendre.

336

L'atmosphère. Veiller à la bonne santé du personnel en prévenant tout surmenage.

— Je n'aurais pas pensé qu'envoyer des petites cuisinières dans les supermarchés pour y cuire des saucisses nécessitait une grande expérience de l'éthique décisionnelle et c'est pourtant ce que nous cherchons : une femme susceptible de faire cela.

En réalité, l'ancienne bonne sœur répondait tellement aux desiderata de Darcy qu'elle dut se contenir pour ne pas lui révéler combien elle l'appréciait. Avant le dernier entretien de la journée, elle s'était dit qu'à moins que Shari Burke ne soit exceptionnelle, la bonne sœur décrocherait le poste.

Shari Burke avait les cheveux totalement blancs, bien qu'elle n'eût que vingt-huit ans. Ces cheveux teints étaient plus courts que la coupe en brosse d'un GI. Elle avait une ossature parfaite et un beau maquillage.

— Parlez-moi de vous, lui proposa Darcy, prête à entendre le récit habituel de ce que renfermait son CV. Était allée à l'école ici, à une école de secrétariat là, avait commencé dans telle compagnie. Darcy s'ennuyait déjà.

— De l'ambition ?

— Beaucoup.

— Pour quoi ?

— Pour être au sommet. Vite.

— Pour l'argent ?

— Non, pour le plaisir.

— Plaisir ?

— Notre boulot ne doit pas être quelque chose vers quoi l'on se traîne chaque jour. On y passe le plus clair de son existence. Ça doit être pour le plaisir.

— Tous vos autres métiers ont-ils été plaisants ?

Shari prétendit que oui et Darcy, incrédule, lui demanda un exemple avant de cesser d'écouter. Elle prit son CV et se mit à le lire. C'était un stratagème qu'elle employait souvent pendant les entretiens. Cela mettait les gens sous pression. Shari finit son histoire et attendit tranquillement la question suivante. Darcy continua sa lecture en silence et finit par trouver ce qu'elle cherchait : la rupture. Le chaînon manquant. La couture absente.

— Vous n'avez pas travaillé pendant quinze mois ?

— Je m'occupais de mon père, qui était mourant.

— Je suis désolée, dit Darcy doucement.

Shari avait l'air furieux.

— J'ai eu huit entretiens d'embauche dans les trois dernières semaines et chaque fois ce fut la pierre d'achoppement. « Quelle gentille fille, elle est revenue chez son père pour s'occuper du pauvre homme dans les derniers temps mais elle sera totalement déphasée, alors on va prendre quelqu'un d'autre. »

— Je ne sais rien des autres postes que vous avez sollicités mais je vais vous dire ce que j'attends de la personne recherchée pour ce poste. J'ai besoin d'une autodidacte. J'ai besoin de quelqu'un doté de bon sens et d'épaules solides. J'ai besoin de quelqu'un qui n'ait pas besoin d'une secrétaire venant à son secours réparer les pots cassés toutes les trois minutes. Elle doit savoir saisir des fichiers dans son ordinateur, les en sortir, se servir de sa voiture comme d'un bureau ambulant, garder les traces des choses. Je veux que cette personne soit une compagnie « virtuelle » : je veux que les clients la croient épaulée par quatre-vingts personnes alors qu'en réalité elle sera toute seule. Je veux quelqu'un qui puisse encaisser les désastres jour après jour et qu'on ait plaisir à avoir avec soi parce qu'en effet nous sommes convaincus qu'il faut prendre plaisir à son travail. J'ai reçu sept autres personnes aujourd'hui et j'ai passé beaucoup de temps avec chacune à parler de leur expérience la plus récente. Votre expérience la plus récente est inhabituelle, mais elle est tout à fait à propos. Pourquoi ne m'en diriez-vous pas davantage ?

— Vous en dire davantage ?

— C'était votre poste le plus récent, non ?

La jeune femme fit courir les mains sur le doux duvet de sa chevelure rase. Elle aspira une grande bolée d'air par le nez en faisant la moue.

— Pour commencer, ma famille était nombreuse : six enfants et je suis la cadette. Ma mère est morte il y a deux ans et mon père était seul chez lui.

— Où est ce « chez lui » ?

— Juste au nord de Navan.

— Continuez.

338

— Il allait bien, mais il a eu une crise cardiaque, en septembre il y a deux ans.

Elle se rendit à la fenêtre et continua à parler sans regarder Darcy.

— Je me rappellerai toujours ma visite à l'hôpital pour le voir. Mon père était un homme loquace. Un grand parleur, expert en mots d'esprit qui lui venaient à brûle-pourpoint. Et je le retrouvais, étendu avec le visage tout déjeté, comme une chandelle qui fond. L'atroce était qu'il continuait à trouver les choses très drôles. Je m'attendais sans cesse à ce qu'il soit frustré de ne pouvoir s'exprimer ni nous parler. Il trouvait tout ça très drôle. C'était le plus insupportable.

Elle croisa les bras, debout devant la fenêtre, puis se dressa sur la pointe des pieds comme si elle faisait de l'exercice. Darcy lui demanda où elle travaillait à l'époque. Dans le Lancashire, dit-elle. Le CV le confirmait. Secrétaire du médecin du travail dans une usine de matériel informatique. Elle avait pris un congé d'une quinzaine, en supposant qu'elle n'aurait pas besoin de plus de temps.

— Dix jours après la crise cardiaque, l'hôpital n'avait qu'une hâte : se débarrasser de lui. Je ne plaisante pas. Il est là, incontinent, le visage émacié, aphasique et il rit et ils me disent « Sortez-le de là » et mon grand frère qui est prêtre hoche la tête en guise d'assentiment. Je me récriai : « Pourquoi le faire sortir de l'hôpital, n'est-il pas à sa place ici ? » On m'a répondu que récupérer d'une attaque prenait trop de temps et ainsi de suite. Ce qu'on ne m'a pas dit, c'était qu'il était vieux.

Darcy restait immobile, pétrifiée. La jeune fille se mit à arpenter le bureau, tout en parlant. Un monologue habité.

— Mon grand frère n'arrêtait pas de parler à leur place. Je veux dire qu'il leur disait qu'ils ne pouvaient se permettre de voir leurs lits occupés par des vieillards ! Il le dit devant mon père comme si le fait qu'il ne puisse parler signifiait qu'il ne pouvait pas davantage entendre. Mais il entendait. Il entendait parfaitement. Il devint extrêmement calme et je vous garantis qu'il cessa de rire. Annonce de sécurité sociale : vous n'avez plus droit à un lit d'hôpital après soixante ans. Ils l'ont expédié dans une maison de repos où il est resté trois mois. Je suis rentrée à la maison pour le voir. Il commençait à communiquer. Un peu.

Mais il était affreusement mal à l'aise et une infirmière a fini par arriver, une éternité après qu'il eut exprimé son envie d'aller aux toilettes. Et vous savez ce qu'elle lui a dit ?

Darcy secoua la tête.

— Elle lui a dit qu'il avait une protection, qu'elles étaient très occupées et il n'avait qu'à se laisser aller. C'est-à-dire qu'elle a dit à ce vieil homme digne qu'il avait une couche et qu'il pouvait pisser au lit. Elle a dit ça sous le nez de sa propre fille !

— Qu'avez-vous fait ?

— Je lui ai dit que j'ignorais comment elle avait échoué là où elle était mais que l'humanité la plus élémentaire lui échappait et j'ai ramené mon père à la maison. Je l'ai emmitrouflé et je l'ai ramené chez lui. J'ai téléphoné à mon patron en lui disant qu'il devrait me donner six semaines pour me retourner puis j'ai averti toute la famille de la situation. Je me suis heurtée à l'épouvante la plus complète. L'horreur et le scandale. Toute la gamme. Ils m'ont dit qu'il devrait regagner la maison de repos, que c'était le seul endroit où il pouvait recevoir des soins adaptés et qu'aucun d'eux n'était en situation de s'occuper de lui parce qu'ils avaient des engagements. Qu'ils étaient mariés, avaient des enfants. C'était ce que ça voulait dire. Je suis désolée si c'est votre cas.

Darcy secoua la tête. La jeune fille poursuivait sur un ton monocorde suscité par la haine et le désespoir.

— Moi, je n'avais pas d'engagements, bien entendu. Je n'avais pas d'enfants. Comme s'ils avaient des enfants pour le bien de l'humanité ! Les enfants : la responsabilité suprême ! « Impossible d'éteindre votre incendie, je dois surveiller mes enfants » ; « Je ne peux pas vous rendre visite à l'hôpital, mon fils a de l'urticaire » ; « Je ne peux pas prendre la responsabilité de votre père, mon cadet fait sa première communion ». Donc le prêtre devait sauver les âmes et le reste de la famille était occupé à élever les enfants. Ça ne les empêchait pas de prendre des vacances ou de jouer au bridge, mais ça leur interdisait d'assumer la moindre responsabilité. Pour ma part, je vivais avec quelqu'un en Angleterre et j'avais l'intention de passer le reste de ma vie avec cette personne, mais peu importe ! J'étais célibataire. Je pouvais le faire. Ou je pouvais renvoyer Papa dans sa maison de vieux.

— Dilemme cornélien, suggéra Darcy.

— Alors je suis revenue à la maison. Je perds mon boulot. Je perds mon amant. J'ai très peu d'argent. Je me retrouve à soigner un vieillard que j'aime tendrement mais que j'aimerais empoisonner la moitié du temps parce que je sais ce qu'il a été et je sais ce qu'il est devenu. Il n'est plus que l'ombre de lui-même. Une parodie de ce qu'il était. Je dois me surveiller pour ne pas adopter l'atroce optimisme des nounous anglaises et leur usage du pluriel « Alors, comment allons-nous ce matin, papa ? »

La famille me trouva merveilleuse. On me couvrait d'éloges. Je m'étais bien rachetée après une existence trop légère. De temps en temps, ils passaient quelques heures avec lui pour être gentils et me permettre de souffler à Dublin. Et vous savez ce qui s'est passé la dernière fois que j'ai fait ça ? Ma sœur qui était là n'a pu se résoudre à le nettoyer parce qu'elle était trop « sensible », alors elle l'a laissé pendant huit heures assis dans sa merde. Elle l'a laissé comme ça pendant huit heures. Quand je suis rentrée à la maison et que je l'ai nettoyé, il n'a pas pu me regarder. Il a commencé à mourir. Ce jour-là.

Shari marcha vers la fenêtre et se tint devant, la tête si renversée que son cou se contorsionna lorsqu'elle déglutit et déglutit encore pour s'empêcher de pleurer. Elle resta, les yeux secs, à la fenêtre. Avala à nouveau. Revint au fauteuil situé devant le bureau et s'assit, les mains jointes entre les genoux pour les réchauffer.

— Vous connaissez ce proverbe « il s'est tourné vers le mur » ?

Darcy hocha la tête.

— Eh bien c'est exactement ce qu'il a fait. Pas un regard. Pas un seul. Il ne pouvait plus garder le contact avec un monde qui voulait le traiter ainsi. Je pouvais entendre sa poitrine se congestionner et je grimpai sur le lit pour me glisser entre lui et le mur et... oh Seigneur, il a fermé les yeux. Il a fermé les yeux. C'était la dernière chose qui lui restait à faire pour tenir le monde à distance. Il a fermé les yeux. Je me suis contentée de dire « Je ne reste qu'une minute, je ne vais pas te tourmenter. Tu l'as été suffisamment. Tu n'es pas obligé de me regarder, tu peux m'écouter et simplement me dire si je me

341

trompe. J'entends que ça ne va pas dans ta poitrine. Si j'appelle le médecin, il te remettra à l'hôpital. Je pense que ce que tu aimerais c'est que je maintienne autant que possible ton confort et que je te laisse dormir autant que tu le souhaites et veille sur toi ici. Mais si je me trompe, oh je t'en prie, Papa, dis-le-moi. Montre-le-moi parce que je t'aime et te respecte. Tu es tout ce que j'ai au monde et je suis tout ce que tu as. »

Il y eut un long silence dans la pièce.

— Je suis donc restée étendue là pendant une minute. Il n'a pas ouvert les yeux et je ne savais que faire. Et puis il a hoché la tête. Juste une fois. Les yeux fermés. Alors je lui ai baisé le front, ai quitté le lit et me suis occupée de lui pendant dix jours. Je l'ai lavé et je dormais sur le sol au pied du lit, je le retournais et je le frictionnais et lui donnais de l'oxygène. Mais pour l'essentiel, je lui donnais des somnifères. Point n'est besoin de beaucoup pour mettre un vieil homme maigre à l'aise. Mais bien sûr – quelle est l'expression ? – cela déprime le système végétatif du cerveau et en fait je l'aidais à mourir. Ce qui est arrivé.

Elles se regardaient. Le visage joliment maquillé de vingt-huit ans arbora brusquement une version assez effrayante d'un sourire purement mondain. Shari se leva, prit son attaché-case et se prépara à partir.

— Donc vous savez tout. Non seulement je n'ai pas été une bonne commerciale pendant la dernière année environ mais j'ai probablement aidé un vieillard à quitter la vie, l'univers et tout le reste. Une belle et brillante entreprise comme les *Image Makers* ne saurait avoir ça dans son personnel, non ?

Darcy resta derrière son bureau et lui tendit la main. La jeune fille la serra de manière impersonnelle.

— Ce que vous m'avez dit est personnel et je ne le partagerai avec personne, y compris ma sœur qui jouera un rôle dans l'attribution de ce poste, dit Darcy, heureuse de pouvoir se replier sur les formules toutes faites des entretiens d'embauche. Nous vous contacterons dans les prochains jours.

— Et vous ne me remerciez pas de vous avoir consacré un peu de mon temps ? fit Shari, soudain coquine.

— Je vous demande pardon, dit Darcy en esquissant une

révérence. Je vous remercie de nous avoir consacré un peu de votre temps. Bien sûr.

La jeune fille marcha rapidement vers la porte. Au dernier moment, elle se retourna et leva sa serviette en direction de Darcy pour en révéler la légèreté.

— Vide. Mais un bon faire-valoir, hein ?

Darcy hocha la tête, sans mot dire.

Deux jours plus tard, elle vint trouver Sophia pour lui donner le nom du cadre choisi pour le département des promotions. C'était la bonne sœur défroquée. Sophia haussa le sourcil.

— Ça marchera, lui dit sa sœur. Ça marchera.

— Et est-ce que tu m'as enfin trouvé une secrétaire ? Je pense que le double emploi de Neasa va précipiter son trépas.

— Je t'ai trouvé une candidate bizarre.

— C'est-à-dire que tu m'as trouvé un assortiment bizarre.

— Non, une candidate. Il faut que tu la voies et te fasses une opinion. Elle est trop proche pour que je l'appelle.

— Trop proche des autres candidates ?

— Non, je n'ai rien trouvé qui corresponde le moins du monde à ce qu'il te faut, mis à part cette fille.

— Alors pourquoi ne conviendrait-elle pas ?

— Elle n'a pas postulé pour ce poste, mais pour celui des promotions pour lequel elle ne fait pas du tout l'affaire. Elle n'a pas eu d'emploi pendant un an et demi parce qu'elle s'occupait de son père mourant – et ne l'interroge pas là-dessus si tu la vois parce que j'ai promis de ne te donner aucun détail, d'accord ? Elle a vingt-huit ans, en paraît trente-huit, a les cheveux décolorés et coupés en brosse à la Paula Yates et elle a... un quelque chose de très féroce. Je crois que tu as besoin d'une personne très robuste parce que tu es une patronne très exigeante. Tu as aussi besoin de quelqu'un qui apprenne très vite et qui soit très motivé. Je pense qu'elle est tout cela. Elle a peut-être plein d'autres aspects, je l'ignore. Si tu décides de la voir, tu me le diras et Neasa prendra rendez-vous. Sinon, préviens-moi et je lui écrirai une lettre gentille.

— Puis-je avoir son CV pour l'examiner avec Greg à la maison ?

— Bien sûr, dit Darcy en le lui tendant.

Le lendemain, Sophia lui dit qu'elle voulait rencontrer Shari. Un court instant, Darcy se demanda quelle influence Greg avait eue sur cette décision. Avait-il dit à Sophia de ne pas s'inquiéter de la possibilité qu'elle puisse favoriser une femme ayant pris soin de son père mourant ? Darcy l'ignorait et peu lui importait. La décision appartenait désormais à Sophia au moins pour moitié. Au moins pour moitié.

A.C.B/Fort Attic
813 2760716
29 novembre 1993

Chère Darcy,

Peux-tu éclaircir l'une de tes expressions ? S'agit-il bien de « branleur loucheur » ?

Alex.

Darcy King/Dublin
353 1 3784212
30 novembre 1993, 14 h 40

Cher Alex,

L'adjudant-chef blond dont je t'avais parlé s'est jointe à notre personnel. Elle a pu – pour les raisons que je t'avais données – commencer à travailler sur-le-champ et des ondes électriques puissantes sortent de la porte du bureau de Sophia quand elle est fermée, ce qui est assez rare, étant donné que l'une ou l'autre est sans cesse en train de bondir à l'assaut d'un nouveau problème pour le tuer. (Toi et moi, comme le reste du monde, nous résolvons les problèmes ; Shari et Sophia les tuent.)

Merci de ta référence au sujet du « lièvre (qui) pointe les oreilles ». As-tu été flatté que je m'en souvienne ? Ne réponds pas à ça. Je sais que tu ne peux pas – à la différence des acteurs dont tu regonfles sans cesse les ego – être flatté. Ni insulté. Je crois que j'ai passé plus de dix ans à tenter d'entamer ton irréfragable estime de toi au sujet de ton âge avancé, de ta calvitie galopante, de ta solennité endémique et de ta déloyauté à

344

l'égard de l'université, bien traduite par ce désir de bourrer les acteurs de fadaises pour les faire entrer dans la théorie de leur rôle contre espèces sonnantes et trébuchantes. Ce fut aussi efficace que de lancer des boules de guimauve contre une falaise.

Je pense quand même que tu pourrais bien être un peu ébranlé. Comme le révèle cette demande d'éclaircir mes injures. Eh bien, si cela t'excite...

C'est « branleur bigleux », pas « branleur loucheur ». Content ?

P.-S. – Tu as parlé d'Internet il y a peu ; pourrais-tu m'éclairer là-dessus, vite ?

A.C.B./Fort Attic
813 2760716
3 janvier 1994, 7 h 08

Chère Darcy,

L'Internet.

L'Internet, comme toutes les bonnes choses, est sorti de l'université. Il y a plus de vingt ans, un groupe de chercheurs de l'industrie de défense avait besoin de réseaux d'ordinateurs qu'il puisse exploiter. Un réseau a alors été établi sous le nom d'Arpanet. Vers 1984, seul un millier d'ordinateurs y étaient connectés. Puis, telle une épidémie de compréhension, les chercheurs, dans toute une série de domaines universitaires, ont compris que le réseau informatique était indispensable à leurs besoins et en 1986 la Fondation nationale américaine des sciences s'est inquiétée de fournir plus de connexions à davantage d'institutions de recherche en améliorant ainsi la coopération du réseau international. L'Internet était né. Des millions d'ordinateurs y sont désormais reliés. Quelqu'un a employé la formule « l'autoroute de l'information » ; à mon avis, l'Internet est la réalité derrière cette expression.

Quand tu seras connectée, tu pourras m'envoyer quelque chose et j'y répondrai aussitôt et puis tu seras à même d'envoyer un e-mail partout, directement dans l'ordinateur de ta secrétaire, pour qu'elle puisse le traiter et parce que tu auras ta propre boîte aux lettres. N'importe lequel de tes correspondants pourra envoyer du courrier dans ta boîte pour que tu y accèdes chaque fois que tu auras envie de lire tes lettres, même si c'est en pleine nuit.

Alex.

Darcy King/Dublin
353 1 3784212
6 janvier 1994, 7 h 17

Cher Alex,

Merci. Je pars pour les États-Unis, pour dix jours. Un boulot pour Borchgrave. Je serai de retour à Dublin le lundi de notre inauguration officielle.

Darcy.

25.

Dix heures et demie avaient sonné quand Darcy pénétra dans l'immeuble des *Image Makers* en ce premier lundi matin. Un camion de Pete's Pet Emporium était garé en double file devant.

— Je croyais que tu n'avais pas l'intention de voler un seul des clients de Malachy avant qu'une année se soit écoulée ? s'étonna Darcy en faisant irruption dans le bureau de sa sœur. Je vois un camion de Pete's Pet Emporium en bas devant l'immeuble.

— En effet, dit Shari. Ils viennent de livrer un gros carton pour vous.

— Pour moi ?

Sophia écarta largement les mains, en arborant une expression de totale surprise.

— Pouvons-nous avoir une petite réunion ? s'enquit Neasa.

— Bien sûr, venez avec moi, dit Darcy en les précédant vers ses quartiers.

Sur la table de la machine à café, dans un coin de son bureau, on avait posé une grande boîte dans un beau papier cadeau, un cube d'environ soixante centimètres carrés. Darcy l'examina et s'aperçut rapidement que le papier n'était pas attaché mais seulement abaissé autour de cet objet cubique. Elle le saisit par le ruban du haut et l'enleva.

— Ah, va te faire foutre, te faire foutre, va te faire foutre, tu veux ! s'exclama l'occupant de la cage.

Tout le monde se figea dans le silence. Darcy fixait le mainate qui inclinait la tête, confiant dans son art de la séduction, en roucoulant.

— Et qui est un branleur bigleux, alors ? reprit-il.

— *Quoi* ? s'écria Darcy.

L'oiseau, obligeamment, se répéta.

— Qui est un branleur bigleux, alors ?

— Hé, je le connais ! s'exclama Sophia, dont le personnel resta médusé qu'elle parût apprécier un vieil oiseau en cage aux propos orduriers qui, du reste, suggéra aussitôt qu'elle se laisse sauter.

Sophia se mit à rire.

— Tu m'as manqué, tu sais, lui dit-elle.

Mais il lui dit d'aller se faire foutre et revint à Darcy pour s'enquérir des branleurs bigleux.

— Mais c'est l'une de tes expressions !

— Avez-vous déjà rencontré cet oiseau ? fit Shari à l'adresse de Darcy.

— Non, jamais. Quelqu'un a dû lui apprendre mon expression.

Shari et Neasa se préparèrent à sortir. Mais Sophia, restée près de la cage, glissa un doigt entre les barreaux et rit quand le mainate le suçota.

— Quelle bonne idée, dit-elle non sans étonner sa sœur.

— Ça ne t'ennuie pas qu'il soit là ?

— Oh non, c'est super. Je lui rendrai visite quand j'aurai besoin d'un remontant.

— Mais si tes clients dans le vestibule entendent des jurons perçants de ce genre ?

— Les gens adorent pénétrer les coulisses d'une affaire et l'oiseau peut être notre coulisse. Ce sera un détail amusant, bizarre au milieu de notre professionnalisme.

— Comme un nez à la Streisand ?

— Si tu veux.

Shari lui tendit une feuille de papier qui détaillait les soins à apporter à l'oiseau. Darcy la lut puis la retourna. Il n'y avait rien au verso.

— Où avez-vous trouvé cela ?

— J'ai téléphoné chez Pete's Pet Emporium et je n'avais pas plus tôt dit que je téléphonais pour avoir des informations sur un cadeau envoyé à Darcy King qu'on me passait directement à Pete. Il devait attendre notre appel. Bref, je lui ai demandé qui avait envoyé le mainate mais il a répondu qu'il n'avait pas le droit de me le dire mais que ç'avait été un achat fait par carte de crédit outremer. Est-ce que ça vous donne une indication ?

Darcy hocha la tête.

— En tout cas, pendant que je lui parlais il semblait très soucieux d'apprendre si l'oiseau avait dit ce qu'il fallait. C'est là que je suis un peu perplexe, poursuivit Shari, car je lui ai demandé ce que l'oiseau devait dire et il m'a répondu qu'il ne pouvait pas le répéter. L'oiseau avait-il été entraîné à prononcer une phrase en particulier ? Il a fini par l'admettre et j'ai dit toutes les expressions de l'oiseau dont je me souvenais, ce qui n'a pas été simple.

— De se le rappeler ?

— Non, pas simple à dire. Je n'ai pas l'habitude de dire « fous le camp » trois fois à de parfaits inconnus au téléphone. Je me lie d'ordinaire davantage aux gens avant de leur dire de foutre le camp.

— Mais vous avez débité tout ce que vous vous rappeliez des formules de l'oiseau ?

— À un moment, il a poussé un soupir de soulagement et s'est exclamé : « Super, super, ce foutu oiseau a fait ce qu'il était censé faire. » Il est très clair qu'il lui avait appris à dire : « Qu'est-ce qu'un branleur vicieux ? »

À cet instant, le mainate fut pris d'une sorte d'accès et corrigea trois fois Shari :

— Qui est un branleur bigleux ?

— Enfin, quel que soit le type de branleur en question..., reprit-elle d'un ton résigné. Après quoi Pete est redevenu très impérieux et professionnel pour détailler les soins à donner au mainate qui d'ailleurs ne semble pas avoir de nom.

— Oh, soyons pervers et appelons-le McCaw, dit Darcy en écrivant son nom au dos de la liste avant de le leur montrer.

— McCaw, dit Shari. Ça te plaît, comme nom ?

— C'est baiser qui me plaît, répliqua McCaw.

— Je ne l'ai jamais entendu dire ça avant, observa Sophia. Mais il est vrai qu'il semble avoir oublié McGill. Il oublie peut-être.

— McGill se touche, déclara l'oiseau du tac au tac.

— Comment gérerez-vous les téléphones importants ? s'enquit l'assistante de Sophia, qui semblait ennuyée.

Mais Sophia se dirigea vers la porte.

— Ce n'est pas un problème. Il faut juste disposer d'un lourd tissu qu'on jette sur la cage. Une fois qu'il est dans l'obscurité, il se tait.

La directrice et son assistante s'en furent. Darcy et le mainate se dévisagèrent avec une vive amitié.

— Il faut que tu m'excuses, lui dit-elle au bout d'un moment. Je dois écrire une lettre.

— Qui est un branleur bigleux ? dit l'oiseau en jouant son atout.

Darcy King/Dublin
353 1 3782412
17 janvier 1994, 11 h 23

Cher Alex,

Je suis arrivée au bureau il y a environ trois quarts d'heure et ton cadeau m'y attendait. Tu seras heureux d'apprendre qu'il a dit son expression fétiche presque aussitôt et près d'un million de fois depuis.

Merci beaucoup. Je te suis si reconnaissante que je vais aller voir le film de Kinsale dont tu m'as parlé. Il sort dans l'une des petites salles de Dublin la semaine prochaine. C'est un lancement plutôt prudent, me semble-t-il, si l'on songe que le fameux Brooke Stone joue dedans. À ce que j'en ai vu, il exerce le même genre de séduction à l'écran que Tommy Lee Jones, une sorte de « foutez-moi la paix ». Mais ça ne fonctionnera peut-être pas dans un film historique. Je te donnerai mon opinion sincère et fais confiance à mon mainate pour me dire ce que je peux faire d'icelle.

Aujourd'hui c'est le grand jour. J'ai les genoux qui flageolent quand je me rends compte que nous avons vingt employés. D'instinct, je crois que je suis une solitaire toujours à la recherche d'un moulin à vent contre lequel m'élancer...

Oh, je lui ai donné un nom, au fait. McCaw.

Il a une préférence avouée pour « la monte et la baise ».

Ce qui – si j'en reviens au but quasi oublié de cette correspondance – est une paraphrase salace pour désigner un Bed and Breakfast. « Monte » en Irlande veut dire « sexe ». Ça signifie aussi d'autres choses, mais ça signifie sexe pour quiconque a l'esprit mal placé, ce qui explique que l'un des enregistrements les plus appréciés sur nos radios locales soit celui où, un gouvernement ayant dû démissionner après un vote de défiance, un journaliste (pur) questionnait une ministre (tout aussi pure) sur les implications personnelles de ce revers parlementaire.

— Madame la ministre, est-ce votre dernière monte dans une voiture officielle ?

De nos jours, aux States, on parle sans arrêt de « monte » et je suis toujours au bord de l'esclandre. Un jour où je faisais de la formation à Greenville, l'un des types a demandé, très poliment et doucement, si je pouvais jurer un peu moins (mes « Bordels de Jésus », etc.), parce qu'il était prédicateur baptiste laïque et que cela le perturbait. J'ai fait de mon mieux et ça l'a évidemment impressionné parce qu'à la fin du cours il est venu me trouver pour me proposer une monte. Garder son sang-froid n'a pas été simple.

Je viens de demander à l'oiseau de contribuer à ton étude, pour t'exprimer sa gratitude de l'avoir envoyé dans un lieu aussi sublime et excitant et il a répondu que McGill se touchait. J'ai observé que McGill devait être usé jusqu'à la corde, à présent, et McCaw a réfléchi à la question en silence. D'ailleurs je t'enverrai dans quelques jours (par avion, voire par transporteur sous 24 heures si j'arrive à déjouer la surveillance de Sophia qui me reproche mes dépenses inconsidérées) le Rapport King ou au moins un exemplaire provisoire. C'est un annuaire que nous prévoyons de publier chaque année pour recenser les tendances de la communication.

Tes commentaires devraient être positifs et assurés.

Je laisse la déclaration finale à McCaw.

(Il a dit « Qui est un branleur bigleux ? » du tac au tac).

Merci encore.

Darcy.

Le lancement du Rapport King fit de Darcy King l'égale de Sophia King. C'était en partie volontaire et en partie inopiné. Darcy fut effrayée, en lisant les épreuves, de se voir intronisée co-auteur.

— Où diable as-tu la tête ? cria-t-elle à sa sœur. Quand nous avons inventé ce concept, il devait à l'évidence faire partie de ton image. Je n'avais rien à y voir.

— Mais c'était il y a longtemps, remarqua Sophia. C'était quand je travaillais pour *Positionings*. L'objectif n'est plus le même. Et de toute façon, l'idée vient de toi et tu en as écrit au moins la moitié.

— Mais ça veut dire que je devrai figurer à un foutu lancement, où se presseront les branleurs que je passe mon temps à éviter, qui font guili-guili à ces putes de journalistes qui diront que j'essaie de grimper dans la remorque de Sophia King.

— Darcy, toujours la même ! s'exclama la voix de Greg, admirative : ces « putes de journalistes » !

— Et c'est seulement ce qui lui passe par la tête, dit Shari qui suivait avec un plateau de tasses de café.

— Shari, pourrais-tu te faire une autre tasse et nous rejoindre ? Je voudrais que nous fassions du *meitheal* à propos d'un problème précis, déclara Sophia.

Shari hocha la tête et disparut.

— Qu'est-ce que c'est que ce truc, *meitheal* ? s'enquit Darcy, soupçonneuse.

— Du remue-méninges, expliqua Greg en tendant une tasse à sa femme.

— C'est une merveilleuse tradition datant de la grande époque agricole irlandaise. Quant ta récolte était prête, tu le faisais savoir et tous les voisins débarquaient avec leurs outils et leurs animaux. Ils s'y attelaient, en dispensant leur temps, leur savoir, leur énergie. Puis ils s'en allaient. Il n'y avait pas d'échange d'argent. Mais quand c'était au tour de leur récolte d'être prête, on faisait la même chose pour eux. Un *meitheal*. Joli mot, non ?

— J'encule les jolis mots, fit Darcy. Au fait, je ne suis pas Sophia King.

— Ah bon ? C'est un vrai soulagement que cette confusion soit éclaircie, s'exclama Greg.

— Tu vois ce que je veux dire, reprit sa belle-sœur sèchement.

— Darcy, je suis probablement le seul à même de savoir ce que tu veux dire, admit-il avec bonhomie au moment où Shari réapparaissait avec sa tasse de café. Tu n'es pas Sophia King. Et, qui plus est, Sophia King n'est pas toi. Mais, sauf s'il s'agit de me disculper de l'accusation de bigamie, je ne vois pas très bien où ça nous mène.

— Je ne peux pas faire un lancement, reprit sa belle-sœur d'un ton désespéré. Je ne peux pas faire semblant d'être disciplinée et heureuse. Je ne peux pas m'exprimer sans gros mots. Je sais seulement travailler. Agir. Mais pas faire semblant d'agir.

— Que diable t'arrive-t-il, Darcy ?

Greg avait l'air exaspéré :

— Tu prépares les gens pour leur apparition sur les médias. Tu gommes leurs artifices et leurs vanités et les rends vrais. Vrais, saisissants, pertinents. C'est tout ce que Sophia attend de toi.

— Mais imagine qu'ils me posent des questions âpres sur les relations publiques ?

— Du genre ?

— Moi, je ne sais pas. C'est toi le foutu interviewer télé. Imagine quel serait leur genre.

— Mademoiselle King, auriez-vous donc des doutes sur le genre d'images que votre sœur invente pour les hommes politiques ?

— Ça serait sans doute le cas si nous en avions, mais nous n'avons encore aucun client politicien. Reviens me voir dans un an. Nous en aurons peut-être un alors et je ne saurai quel détail te donner tellement il y en aura.

— Tu vois ?

— De toute façon, intervint Sophia, nous avons plusieurs semaines. Il y a plus urgent. Nous avons pris un client qui fait de la laine à tricoter.

— Est-ce que je peux sortir, maîtresse ? s'enquit Darcy.

— Pourquoi veux-tu partir ?

— Putain, Sophia, la laine à tricoter ne me fait pas jouir !

— Nous non plus, remarqua sa sœur.

— Est-ce que vous ne trouvez pas que c'est reparti pour

une nouvelle variation sur le thème « Je ne suis pas Sophia King » ? demanda Greg à Shari. J'en ai bien l'impression.

Sophia prit une attitude très officielle. Le problème, c'était que tricoter n'était guère pratiqué par les gens de moins de trente ans.

— Par les femmes, intervint Greg, ravi de pouvoir faire montre de sexisme.

— Les gens, corrigea sa femme. C'est l'un des problèmes. C'est une activité définie par l'âge et par le sexe.

— Les vieilles toupies, précisa Darcy.

Sophia disposait d'un certain nombre d'approches thématiques du problème, leur dit-elle, mais elle avait besoin d'une manifestation, d'un prix, d'une image qui ferait que les gens considéreraient d'un œil neuf toute la notion du tricot. Greg suggéra en plaisantant l'image de champions d'escrime qui se serviraient d'aiguilles à tricoter. Sophia lui lança un coup d'œil glacé et Shari lui administra un coup de bloc-notes. Darcy se taisait, heureuse de s'apercevoir que la brutalité d'écorchée vive de Shari s'estompait, bien qu'elle ignorât comment.

— Allez, Darcy, c'est toi qui es créative, déclara sa sœur d'un ton anxieux.

— Voilà bien l'une de ces contradictions dans les termes, répliqua-t-elle, contrariée. Sitôt qu'on s'entend dire qu'on est créatif, on se transforme en guimauve.

— Tu veux quelque chose de totalement inattendu mais qui fasse intervenir le tricotage ? reprit Greg.

— Tricoter un truc immense pour le Livre Guiness des records ? réfléchit Darcy à voix haute avant de secouer la tête. Non, ça ferait penser à la couverture du sida.

— Des gens totalement inattendus, fit Greg dont l'accent laissait espérer qu'il avait une solution en vue.

Darcy fut envahie d'affection pour lui et d'une satisfaction tout aussi grande de ne pas l'avoir épousé. Son tempérament constamment optimiste l'aurait rendue folle, se dit-elle. Ou, comme disait sa mère, fol. Quelle tristesse, sa mère n'utilisait plus ces termes spécifiques à la famille. Peut-être étaient-ce des formules réservées à une période de la vie, une période partagée, devenues invalides lorsque l'un des partenaires mourait.

— On dirait qu'elle a trouvé quelque chose.

354

La voix de sa sœur la ramena au présent et elle dut faire un signe de dénégation.

— Désolée, ça ne marcherait pas.

— J'y suis, s'exclama Shari avant de perdre sa certitude et de rire d'elle-même.

— Allez-y, Shari, dit Greg en se penchant en avant.

— Le tricot et des gens inattendus, d'accord ?

Elle leur fit hocher la tête.

— Imaginez la une de l'*Irish Times*, six colonnes, le haut de la page. Une photo. Quatre personnes. Totalement absorbées par leur tricot. Toutes bien avancées dans la confection d'un habit très délicat, des petits chaussons de bébés. Vous me suivez ? Ce sont quatre hommes, aussi nus que nous pourrons le faire accepter. Ce sont des haltérophiles. D'énormes muscles et le torse glabre. La peau luisante de Vaseline. Des gros, gros bonshommes.

— Avec de minuscules et fines aiguilles à tricoter, précisa Greg en rapprochant ses grandes mains en un geste délicat et raffiné.

— C'est tout à fait délirant, dit Sophia d'une voix approbatrice.

— Mon professeur fétiche pourrait peut-être nous procurer quelques études illustrant l'efficacité du tricot pour faire baisser la tension, observa sa sœur. Rappelle-toi ce qu'il avait trouvé sur les poissons rouges.

— Parfait. Propose-lui des honoraires pour qu'il trouve ça rapidement, fit Sophia avec énergie. Merveilleuse idée, Shari. Vous avez trois semaines pour trouver les bonshommes et leur apprendre à tricoter.

— Ce n'est qu'une photo, reparqua Darcy. Ils n'ont rien d'autre à faire que poser.

— Nous pouvons tirer beaucoup plus de cela qu'une photo. Mais il faut qu'ils soient vraiment en train de tricoter et capables d'en parler. C'est pourquoi il faut me les trouver, Shari, obtenir leur accord, dans les limites du budget que vous connaissez, et qu'ils se dépêchent de tricoter.

Darcy retourna à son bureau. En arrière-plan, elle entendit Greg parler.

— Shari ? Le jour de la photo, il faudra que les types se soient exercés aux haltères pour qu'ils soient vraiment prêts.

— Vous savez ce que je pensais, fit la voix de Shari derrière Darcy ; je me disais que l'un d'eux aurait pu être un sumotori.

Darcy regagna son bureau en riant. Neasa releva la tête avec étonnement.

— Neasa, vous devez m'être très reconnaissante de travailler ici avec moi dans la partie sensée de l'affaire. La secrétaire de Sophia doit lui trouver quatre sumotoris quasi nus et leur apprendre à tricoter. Vous n'avez rien d'autre à faire qu'apprendre à McCaw à parler sans gros mots.

— Sans espoir, fit Neasa avec feu.

— Tais-toi, maintenant, dit Darcy au mainate comme elle s'asseyait à son clavier. Je dois composer une lettre au professeur qui m'a fait cadeau de toi pour lui demander s'il est assez ruiné pour nous trouver des données justifiant qu'on apprenne à tricoter à des lutteurs de foire. Au moins, je peux lui dire que le film de Kinsale était fameux.

Le jour du lancement du Rapport King, Sophia elle-même parut surprise par l'écho médiatique de l'ouvrage. Elle informa Neasa et Shari des destinataires prioritaires, en insistant sur le fait qu'un journaliste de radio locale ne devait pas recevoir autant d'attention qu'une équipe de télé nationale. Sophia informa également sa sœur, sans lui dissimuler qu'elle devait absolument accepter les interviews qui lui seraient attribuées, et sans discuter. Darcy se dirigea vers la salle de réception en respirant un bon coup et en priant. Au bout de la troisième interview, elle se prit au jeu d'une sincérité intrépide et détesta un peu moins l'expérience.

— Bordel, murmura-t-elle à son assistante, au moins je leur dis la vérité. Je n'aimerai peut-être pas ce qu'ils écriront mais, s'ils me citent exactement, au moins ils diront ce qui est. Qu'ils aillent se faire mettre.

À la cinquième interview, une autre inquiétude l'envahit.

— Neasa, je peux vous dire un mot ? dit-elle avant que sa secrétaire n'ait eu le temps de présenter le journaliste suivant qui voulait « parler juste deux secondes ».

Neasa, l'air ennuyé, la suivit dans la plus petite salle de conférences.

— Neasa, où est Sophia ?

— Dans l'autre pièce, en pleine interview, non ?

— Neasa, qu'est-ce qui se passe ?

— Que voulez-vous dire ?

— Je veux dire que je suis en train de faire trop de foutues interviews ! de celles que Sophia devrait faire, voilà ce que je veux dire. Je veux dire que je suis en train de faire des mondanités comme une conne entre les interviews et que je n'ai croisé Sophia qu'une fois. Alors où est-elle et que se passe-t-il ?

— Elle fait des interviews, elle tient bon, pour l'essentiel...

— Tient bon ?

Darcy s'était levée et avait traversé en quelques secondes la moitié de la salle pleine d'invités tenant un verre à la main. Souriante, en lâchant une phrase ici, une promesse d'une plus longue conversation là, je reviens, je vous assure, tout de suite, restez là, gardez-moi ce verre, mais elle avançait. Quand elle pénétra dans la petite pièce, ce fut pour découvrir Sophia, arc-boutée, qui agrippait la surface de la table.

— Au nom du Ciel, Sophia, que se passe-t-il ?

Sophia titubait. Darcy l'étreignit et sa sœur, ravagée par la douleur, lui serra le bras si fort, si dur, que la souffrance lui envahit en écho les épaules et la nuque.

— Chut ! s'exclama Darcy comme si Sophia avait hurlé.

Mais ç'avait été un hurlement muet, étouffé par une gorge serrée en étau, des traits figés par l'agonie.

— Ça va mieux, dit Sophia à travers ses dents rivées les unes contre les autres.

On n'entendit qu'un seul mot. Par-dessus la tête penchée de sa sœur, Darcy regarda Shari. Elle n'en reçut qu'un haussement d'épaules effrayé.

— Pourquoi ça va mieux ? fit Darcy en tentant de se baisser à sa hauteur.

— Je lui ai donné deux comprimés de morphine que je tenais de l'ordonnance de mon père, expliqua Shari.

— De la morphine ?

— Que pouvais-je faire d'autre ?

— Mais l'empêcher ! La faire hospitaliser ! Ce que vous voudrez !

Sophia commençait à relever la tête et à se redresser.

— Sophia, il faut aller à l'hôpital.

— ...heure... tout.

Consciente de mal articuler, Sophia releva le front et regarda sa sœur :

— Encore une heure, c'est tout.

— Tu n'as aucune idée de ce qui ne va pas ?

Sophia secoua la tête.

— Ça pourrait être n'importe quoi, reprit Darcy. Ça pourrait être une crise cardiaque. Tu ne peux pas rester ici. Merde, où est ton sens des priorités ?

— Encore une heure. Juste une heure. Juste une heure.

Pour la première fois, Sophia semblait comprendre avec quelle vigueur elle avait serré sa sœur. Lorsqu'elle la relâcha, le sang recommença d'irriguer les bras de Darcy.

— Darcy, je t'en prie, retournes-y, retournes-y.

— Mais Sophia !

— Je te promets que je suis dans un taxi d'ici une heure.

— C'est vrai ? Bien vrai ?

— Shari y veillera. Pourvu que tu fasses les interviews qui restent.

— Écoute, je danserai nue face à toutes les caméras si tu vas vraiment à l'hôpital.

Sophia lui prit le bras et marcha avec elle vers la porte avec un simulacre de joie et d'affection – qui parut atroce à sa sœur – en faisant semblant de rire de quelque blague au moment où elles se trouvèrent entourées d'amis, de leurs employés et des invités. Puis elle dégagea le bras de celui de sa sœur et la poussa doucement vers l'autre extrémité de la grande pièce.

Longtemps après, Darcy croisa des journalistes qui la complimentèrent sur les informations qu'elle leur avait données cette nuit-là et elle en était gênée, non des compliments mais de ce qu'elle ne se rappelât absolument pas les avoir rencontrés auparavant.

Deux heures et demie plus tard, elle était dans un taxi en route pour le Mater Hospital. Oh oui, dit une religieuse, Mlle King. On l'opère en ce moment. Oui, en salle d'opération. Peut-être son mari serait-il mieux à même de vous renseigner ? Oh oui, il est arrivé avec elle, il l'a portée en fait parce qu'elle était en mauvaise posture, comme vous le savez sans doute. Ah, vous voici, monsieur McEnerney, la sœur de Mlle King est là. Je vous laisse. Voudriez-vous du thé ? Du café ? Nous vous informerons sitôt que...

Greg la serra dans ses bras solides et elle comprit que c'était pour se consoler de son propre chagrin. Au bout de quelques minutes, il contrôla sa respiration, s'éloigna d'elle et, se détournant, s'essuya le visage avec sauvagerie et mépris de soi. Ne t'excuse pas, Greg, se dit-elle. Je t'en prie. Il alla appuyer le front sur le froid de la vitre, sombre contre la nuit du dehors.

Lorsqu'il parla, son haleine embua la vitre par à-coups.

— Sophia était enceinte.

L'imparfait le fit sangloter.

— Grossesse extra-utérine, ajouta-t-il après plusieurs minutes de silence.

— C'est-à-dire que le bébé est dans les trompes, pas dans la matrice ?

Il se redressa et ce faisant remarqua l'auréole laissée par son front, qui se scindait en petits chenaux. Tel un enfant, il se servit de sa manche de veste pour l'effacer.

— Elle souffrait la nuit dernière, mais elle a cru que c'était juste de mauvaises règles. Ça n'allait pas ce matin, mais elle a jugé qu'elle devait aller au bout de la journée.

— Que font-ils dans ce genre de situation ?

— Je l'ignore.

— Allons, tu sais.

— Ils explorent et enlèvent tout.

— Mais Sophia s'en sortira ?

— C'est ce qu'ils disent.

Ils restaient assis en silence.

— C'est ce qu'ils disent, répéta-t-il.

26.

Darcy King/Dublin
353 1 3782412
20 février 1994, 14 h 40

Cher Alex,

Merci pour ta gentille attention.

Sophia est de retour au travail. Elle est vraiment persuadée – encore – que, si l'on travaille dur et que l'on soit généreux, on peut contrôler le monde et l'obliger à bien se tenir. Mais cette saleté ne se tient jamais bien. Et en plus, je crois qu'il se tient le plus mal pour ceux qui font le plus d'efforts. Je veux dire que les pires retombées du lancement du Rapport King furent :

1. Une photo me faisant ressembler à l'une de ces créatures gonflables – le Père Noël ou King Kong – qu'on voit en guise de publicité aux portes des boutiques.

2. Un portrait qui me décrivait comme la jumelle junonesque.

Alors que Sophia, qui travaille comme une folle pour que chaque détail soit parfait, est frappée par cette horrible douleur, continue à travailler, perd un bébé et finit par être convaincue qu'elle est responsable de la mort du bébé. On a pu lui dire qu'aucun fœtus extra-utérin n'a jamais survécu, que c'est impossible, mais à quelque niveau irrationnel, elle garde cette conviction profondément ancrée que si elle avait agi autrement, elle serait enceinte de deux mois maintenant. Là où ma situation est affreuse, c'est que je pense qu'elle aurait dû se comporter différemment mais que ça n'aurait eu aucune incidence sur le résultat final.

Que puis-je te dire qui ne soit pas déprimant et puisse t'intéresser ? Greg et moi sommes encore flageolants et Shari n'a pas digéré tout l'épisode. Je regarde le haut de mes bras tout en tapotant le clavier et plusieurs semaines après mes bleus laissent encore des traces jaunissantes là où elle s'accrochait à moi. Mais Sophia est de retour à son poste.

Elle est un exemple pour nous tous, comme ma mère avait coutume de dire d'une voisine.

Darcy.

Quand Darcy et Sophia avaient imaginé la carrière de cette dernière à New York quelques années plus tôt, elles étaient convenues qu'il fallait que Sophia fût une bonne cuisinière, voire un cordon-bleu. Elle n'avait pas encore exploré le sujet, mais, sitôt qu'elle comprit que cela faisait partie de son personnage, elle suivit plusieurs cours de grande cuisine. Elle était désormais une excellente cuisinière. C'était de plus en plus utile car Greg et elle avaient une vie mondaine très active et figuraient souvent dans les journaux qui publiaient des photos en couleurs de Sophia, la taille mince, ravissante, dans sa cuisine. Darcy se méfiait au plus haut point de ladite cuisine et notamment du plat à l'authenticité vaguement ostentatoire, placé là par hasard, plein de poivrons rouges et verts et d'aubergines.

— En outre, elle a toujours un compotier de fruits et nous ne parlons pas de fruits ordinaires, de pommes du jardin ou d'oranges, déclara Darcy à Shari que l'intérieur de Sophia intriguait. Il faut toujours qu'elle ait des fruits de star, pour l'amour du Ciel ! Je crois qu'elle astique ses poivrons comme ses chaussures tous les matins.

La cuisine de Darcy, sauf après l'un de ses nettoyages de quinzaine provoqués par un accès de honte, semblait avoir été visitée par un psychopathe. L'évier était plein d'assiettes propres et sales. Son congélateur débordait de pâtisseries danoises de chez Marks & Spencer, de glaces Häagen Dazs et de pain français à moitié cuit. Quant au réfrigérateur, il abritait des yaourts, des tranches entamées de gâteau au Grand Marnier (toujours de chez Marks & Spencer), des sodas sans sucre, des sachets en plastique de salades variées, des pâtés allant du récent au rance, des sandwiches (le troisième d'un groupe de trois), du lait écrémé, de la gelée sans sucre, des spaghettis oubliés dans de l'eau froide, des conserves de thon entamées, de la soupe, des fioles de mayonnaise de toutes sortes, des bottes de brocolis, des demi-citrons et – parfois – de l'argent.

Quand Greg lui rendait visite, ce qu'il fit à plusieurs reprises au cours du printemps pour parler de la tristesse tacite de sa femme après la perte du bébé, il commençait par ouvrir le réfrigérateur pour se mettre de bonne humeur.

— Hé ! Tu as cinq cents livres dans ton congélateur. Regarde, les billets sont toutes raides.

— Les voleurs n'ouvrent pas les congélateurs, répliqua Darcy, comme si elle était intime avec plusieurs d'entre eux.

— Tu parles que non ! D'un autre côté, aucun voleur comme il faut et sain d'esprit n'irait voler cet endroit. Un seul coup d'œil et il saurait que le mieux qu'il puisse faire serait de déguerpir avant d'écoper de la peste et du choléra. Pourquoi gardes-tu des biscuits au frigo ?

Il se servit, découvrant au passage que réfrigérer un paquet ouvert transforme les biscuits ordinaires en biscuits à chien fossilisés. Il attaqua le biscuit par le côté, avec les molaires.

— À l'évidence, tu es mieux doté sur le plan dentaire que moi, dit-elle en lui tendant une tasse de capuccino sorti de sa toute récente machine à café. Je me fais refaire tout le clavier chez un dentiste hors de prix de Merrion Square.

— Mais Sophia a d'excellentes dents, dit-il, étonné.

— C'est qu'elle n'a pas passé sa jeunesse à bouffer des cochonneries couvertes de sucre. Elle prend soin de ses fondations, de l'ingénierie interne et de l'aspect extérieur comme une compagnie de direction prend soin d'un bel immeuble. Elle serait sans doute capable de te dire combien de grammes de calcium elle avale chaque jour pour garder ses dents et empêcher l'ostéomachinchose.

— Mais pourquoi garder des biscuits au réfrigérateur ?
— Les souris.
— T'as des souris ?
— Non, mais je crois que je suis si sale que je pourrais finir par en avoir.

362

— Au cinquième étage ?

— Les souris se moquent des escaliers. Elles ont des guiboles d'acier, de nos jours. Mais un réfrigérateur est la seule chose qu'elles ne puissent pas envahir.

— Tu pourrais les mettre dans une boîte.

— Si j'arrivais à les attraper.

— Non, les biscuits !

— Oh, Greg, arrête d'être aussi maniaque. C'est du travail de femme de ménage. Je ne fais pas mes vitres et je ne fais pas le ménage.

Il but le capuccino et le loua.

— J'ai honte de moi d'avoir acheté cette machine. Ça passe toutes les bornes de la néo-bourgeoisie. Et puis c'est un souci permanent. Il faut nettoyer des jets de lait vaporisé sur tout ce qui l'entoure dans un rayon de cent mètres. Et le lait vaporisé durci, c'est aussi sympa que les biscuits réfrigérés. J'évite le problème principal, hein ? Greg, je ne peux te servir à rien pour Sophia. Elle travaille énormément, comme si elle ne souffrait pas, mais je sais bien qu'elle souffre et je ne peux pas l'aider. Je n'ai jamais eu ce désir, cette envie d'un bébé qu'elle a – que vous avez tous les deux. Alors, je suis sur le point de dire que vous pourriez refaire une tentative, mais je sais que le bébé perdu était très réel pour elle.

— Bien qu'elle ait ignoré qu'elle l'attendait.

— Mmm.

— Ne t'inquiète pas. Elle s'occupe et avance ses projets.

— Comme par exemple ?

— Eh bien, quand je suis parti ce matin, ils étaient alignés sur le plan de travail de la cuisine (il fit un geste haché de la main gauche pour indiquer des alignements). Il y en avait environ trente, des petites boîtes Tupperware contenant des portions uniques de plats que votre mère aime. Sophia a peur qu'elle ne se nourrisse exclusivement de rouleaux de pâte de figue et de tasses de thé maintenant qu'elle n'a plus votre père à rassasier.

Assis dans le salon tapissé de papier couleur beurre frais, Greg et Darcy envisagèrent cette possibilité.

À la tombée de la nuit, ce samedi, Sophia avait en effet aligné les portions, les avait étiquetées et enveloppées dans du film alimentaire, et placées, petits rectangles gelés, dans le congélateur de sa mère. Elles furent reçues avec grâce et une gratitude sincère. Greg, qui avait porté le carton depuis sa Volvo bleue toute neuve, tendit un anorak à sa belle-mère en exigeant qu'elle sorte avec lui au jardin. Elle le suivit dans l'air froid. Ils se dirigèrent vers le bassin pendant que Sophia faisait du chocolat.

— Je commence à croire que tu as raison au sujet d'Hannibal, dit Colette. Il grossit énormément.

— Et ses compagnons se font très rares, renchérit Greg, enchanté. Je lui en apporterai une autre douzaine. Pas question qu'il mange des cochonneries. Rien ne vaut la nourriture fournie par un voisin dodu. Une petite faim ? Engloutissez un ami.

— Consommez un compagnon, lui proposa Colette.

— Empotez un pote.

— Sifflez un sous-fifre.

— Gobez un copain.

— Ingérez un allié.

— Festoyez de familiers.

— Bon, ça devient difficile.

— Je parie que vous ne pouvez pas en trouver d'autre.

— Banquetez de camarades ?

Quelques semaines plus tard, parce que Greg tournait en Angleterre, Sophia passa seule chez sa mère avec une nouvelle provision de nourriture surgelée et se retrouva, avec ses rectangles gelés dans chaque main, face à un congélateur rempli des empilements précédents. Elle s'étonna à haute voix que sa mère n'ait pas mangé les portions. Brutale, une explosion de rage jaillit de la bouche maternelle.

— Mais pour qui te prends-tu ? Un chariot de cantinière ? Une Florence Nightingale au petit pied ? Pourquoi tu ne m'apportes pas de la gelée de pied de veau, pendant que tu y es ? Tu veux que je remplisse un formulaire pour ce que je mange et ne mange pas, ou tu préfères tenir toi-même tes comptes ?

La deuxième fourniture de provisions fut remportée par une Sophia refoulant ses larmes devant cette sortie ; elle trouva auprès de Darcy une oreille compatissante lors d'un coup de fil étonné. Darcy jugeait l'attaque injuste et indigne de leur mère.

Puis l'idée lui vint que leur mère n'avait peut-être pas entièrement tort. Sophia tendait à faire ses B.A. de manière un peu trop visible, c'était bien vrai. Darcy se jugeait plus instinctivement généreuse.

Elle était aussi plus spontanée dans ses propos, ce qui lui valut, à son tour, de susciter la rage de Colette. Elle passa chez sa mère un soir pour la trouver en train d'insérer dans un cadre une photo noir et blanc de leur père en jeune homme, sur un portrait en couleurs beaucoup plus récent. De toutes parts, il y avait des petites photos de lui à cinquante, à quarante et même trente ans (la dernière en date) qui grignotaient le visage bronzé du sexagénaire.

— De quand cela date-t-il ?

— Ballybunion. De merveilleuses vacances, dit sa mère prête à faire le thé comme si elle avait expliqué quand cela s'était passé.

Comme c'est curieux, songeait Darcy, le nombre de fois où nous répondons à une question qu'on ne nous pose pas, où nous ne posons pas la question que nous devrions ou posons précisément la mauvaise. Elle regardait sa mère évoluer dans la cuisine, en remarquant qu'elle paraissait plus massive ; sachant qu'elle ne mangeait pas les offrandes empilées de Sophia, elle la regarda à nouveau pour comprendre pourquoi elle semblait plus corpulente. Sa mère portait deux jupes l'une sur l'autre, et celle du dessus était plus courte que l'autre. Trois centimètres de tweed violacé pointaient sous la bordure de l'autre vêtement.

— Pourquoi ces deux jupes ?

— De quoi parles-tu ?

— Les deux jupes : tu as deux jupes l'une sur l'autre.

Les mains de la vieille dame tapotèrent le tissu et firent sonner le double frou-frou des doublures.

— J'ai jardiné, fit-elle.

— Mais, risqua Darcy imprudemment, ça n'est pas une raison...

Comme un jet d'eau qui se remplit et se déroule pour cracher, le visage de sa mère se mit à la fouetter de mots :

— Tu n'as pas à savoir la raison. Je te saurai gré de ne pas venir ici avec tes questions et tes remarques et ton visage interrogatif comme si tu étais un policier de la vieille école en pleine perquisition. Si je veux porter vingt jupes, je le ferai et je n'ai pas à me justifier ni à m'expliquer devant toi, mademoiselle je-sais-tout !

Darcy fut plus sidérée que blessée par cet assaut. Elle téléphona à Sophia le soir même pour l'en informer.

— Tu ne vas pas me croire. Elle m'a traitée de policier de la vieille école, au nom du Ciel ! M'man m'a traitée de policier. Je commence à penser que le premier indice de folie, ce n'est pas parler tout seul, c'est être folle de rage à tout propos.

Les jumelles passèrent à autre chose et leur mère ne fit plus jamais allusion à la police ou à la nourriture gelée. Mais il est vrai qu'avec la venue de l'été elle faisait allusion à très peu de choses, satisfaite lors de leurs visites de les entendre raconter les histoires du succès phénoménal des *Image Makers*, tracer le portrait des membres de leur personnel qui se transformaient en stars, parler des contrats décrochés et des voyages. Ce fut une belle année pour la société et elle en fut contente pour elles.

Les bourrasques de rage ne correspondaient pas à sa personnalité, elles le savaient, aussi y virent-elles l'ultime phase, imprévisible, de son deuil pour leur père. Les bourrasques passèrent, de même que ses exhortations à moitié sérieuses à la prudence. Elle ne les mettait plus en garde contre le temps, les virus rôdant ou la possibilité que de soi-disants amis se transforment en ennemis. Ayant grandi avec la conviction qu'il appartient aux parents d'entourer leurs enfants d'une barrière invisible d'avertissements répétés, qu'une mère se doit d'accomplir les petits devoirs de la louange et du reproche, elles n'étaient guère ravies de cette liberté glacée et imprévue.

Le problème réapparut un jour au bureau, après que chacun des chefs de secteur eut annoncé ses chiffres trimestriels. Darcy était particulièrement heureuse de cette réunion. Son insistance, à l'imitation des Américains, sur les rapports trimestriels, leur avait évité un endettement particulièrement grave. En outre, l'ancienne bonne sœur réussissait brillamment dans son domaine de promotions. Darcy s'apprêtait à regagner son bureau pour administrer à McCaw un régime spécial de bananes festives lorsque Sophia, presque officiellement, la rappela. Sa sœur avait tellement veillé à retirer toute menace de son expression que Darcy se sentit immédiatement menacée.

— Pourrais-je te dire un mot, dans la journée, juste au sujet de choses n'ayant rien à voir avec le travail ?

Le « dans la journée » et le « juste » n'étaient que des caresses sur un cheval nerveux, pensait Sophia. Pour Darcy, elles tombaient plutôt à rebrousse-poil.

— Bien sûr. Quand ? Où ?

Sophia eut l'air incertain.

— Oh, quand tu veux.

Elles se retrouvèrent ce soir-là chez Sophia. Greg était sorti. Darcy avait l'impression qu'il était si fier de sa nouvelle voiture qu'il inventait des courses à faire pour la conduire.

— Je voulais ton opinion, fit Sophia en buvant sa huitième tasse d'eau chaude de la journée.

Elle avait commencé ce régime lorsqu'elles étaient au lycée et n'y avait jamais renoncé, persuadée qu'il contribuait à la santé de sa peau.

— Sur quoi ?

— Un appartement médicalisé.

— Où ?

— Ici, dit sa sœur en pointant de la tête le terrain entourant leur grande maison.

— Pour M'man ?

— Oui.

L'esprit de Darcy prit la tangente.

— As-tu informé Greg qu'il pourrait se retrouver avec sa belle-mère dans son arrière-cour ?

— Greg adore maman.

— C'est vrai. Et la promiscuité engendre le mépris. Vous n'êtes pas mariés depuis très longtemps.

— Quel rapport ?

— Oh, écoute, Sophia ! Vous en êtes aux années où vous êtes censés baiser sur la table de la cuisine, à mi-chemin dans l'escalier, debout sur l'évier, penchés sur la bibliothèque et sur la chaîne hifi ! Tu ne peux pas le faire si ta belle-mère est un témoin possible. Ou ta mère. Ou les deux réunies.

— Honnêtement, Darcy !

L'air entendu avec lequel sa sœur balayait sa remarque

décontenança Darcy un moment. Soit Sophia avait déjà baisé dans tous ces endroits et préférait son lit, soit elle ne baisait presque pas. Elle penchait pour la seconde possibilité et la culpabilité instantanée qu'elle en éprouva l'incita à envisager les choses d'un œil positif.

— Je crois que c'est très généreux de ta part. Et je pense que Greg est très tolérant, aussi n'as-tu même pas besoin de t'inquiéter de sa réaction. C'est très noble de t'en occuper comme si c'était ta seule responsabilité. Bien entendu, je paierai ma part. Mais pourquoi ?

— Ça rapprocherait M'man de nous. Ça multiplierait les contacts.

Ça leur fournirait aussi le meilleur pense-bébé incorporé que Dieu ait jamais inventé, se dit Darcy, et elle se sentit encore plus coupable en se demandant si elle était la seule personne au monde qui produise un commentaire hostile à chaque observation inoffensive qu'on lui faisait.

— La perte de Papa lui a causé bien plus que du chagrin. Elle est tout à fait perdue.

— Que veux-tu dire ?

— Toutes les choses normales qu'elle a toujours faites – les courses, écouter la radio ou acheter un journal – tout cela semble n'avoir plus d'importance. J'ai jeté un coup d'œil dans les placards de la cuisine l'autre jour et on aurait dit qu'elle avait acheté absolument n'importe quoi. Trois confitures différentes, du thé en sachets, et même du café.

Darcy n'avait jamais vu dans l'infidélité à ses marques de toujours un symptôme de manque de goût pour la vie, mais cela avait un certain sens, paradoxalement. Si l'on ne fait pas attention au café qu'on achète après avoir toujours acheté un mélange particulier, cela signifie qu'une certaine saveur de notre vie a disparu.

— Mais je ne suis pas sûre que ça vienne de la mort de Papa, remarqua-t-elle.

Sophia arbora aussitôt une expression de reproche, comme si Darcy avait profané la tombe de leur père.

— Je sais qu'il lui manque cruellement et qu'elle traverse toutes les nuances du chagrin mais je pense que Maman a perdu son identité quand Mandela est devenu président d'Afrique du

Sud. Ça et le mur de Berlin. Jusqu'alors elle faisait une série de petits gestes qui donnaient un sens à ses courses elles-mêmes. Comme éviter les fruits d'Afrique du Sud.

Sophia réfléchit à cette remarque.

— Tu te rappelles, chaque fois que nous achetions des livres, elle vérifiait où ils avaient été imprimés et, s'ils l'avaient été, mettons en Tchécoslovaquie, elle refusait de les acheter à cause des camps de travail.

— Et ces bols et tasses en émail polonais qu'on devait acheter après la victoire de Solidarnosc, convint Sophia.

— Et le refus d'acheter le thon Heinz tant que Tony O'Reilly n'avait pas promis d'arrêter d'utiliser ces filets qui capturent les dauphins !

— Elle allait même jusqu'à acheter des yaourts d'Irlande du Nord parce qu'elle espérait que cet achat contribuerait à la paix là-bas.

— Et elle refusait les bombes tue-mouches parce qu'elles contenaient les gaz essayés à Auschwitz et qu'ils tueraient les papillons de passage devant la fenêtre ?

— Acheter savons et shampooings chez Body Shop parce qu'ils se soucient du tiers monde. Et aller parfois dans la boutique d'alimentation diététique parce que, bien que le café y soit trois fois plus cher et ait un goût de merde recuite, il venait d'une coopérative de paysans sur quelque colline colombienne et l'on pouvait être sûr qu'ils n'étaient pas exploités par quelque parti que ce soit, renchérit Darcy.

Toutes deux réfléchirent à ces diverses habitudes de vie. Ni l'une ni l'autre ne mentionna que leur mère avait été une chasseresse infatigable des graisses et du sel et que le décès brutal de leur père, quoique mince et privé de sel, suite à une crise cardiaque, constituait assurément le pire résultat que l'activisme éclairé ait jamais produit.

— Laisse-moi réfléchir, dit Darcy en tâchant de prendre un ton approbateur.

Sophia semblait déçue, avoir les lèvres boudeuses.

Écoute, la dernière fois que tu m'as associée à une Bonne Action, papa est mort peu de temps après, tu te rappelles ? se dit sa sœur en se demandant si elle n'aimait pas davantage

Sophia lorsque celle-ci avait des soucis. Il était peut-être impossible d'être une bonne personne, efficace, sans susciter chez autrui le désir de vous tordre le cou.

Les jumelles tendaient à passer chez leur mère un jour différent de la semaine. Elles ne se concertaient pas, ça se faisait naturellement. Ce fut une coïncidence qu'elles assistent ensemble à la mise en place de la dernière photo sous le cadre, qui fermait la guirlande des vieux clichés de Robert King. Cette dernière photo montrait leur père comme elles ne l'avaient jamais connu, âgé de vingt-quatre ans, un fripon intrépide et rigolard, la tête rejetée dans l'éclat du soleil.

— C'est ainsi qu'il était quand elle l'a rencontré, murmura Sophia pour n'être pas entendue de leur mère qui préparait le thé.

Darcy observait le visage rieur, le visage d'un homme dont on aurait pensé qu'il mourrait en abattant un grand arbre à la hache. Ce n'était pas un homme à être vaincu par une plante couvre-sol s'insinuant, envahissante, dans les racines des autres plantes. En chuchotant, les jumelles commencèrent à se faire des confidences.

— Tu as remarqué, elle a cessé de dire « votre père » comme elle faisait ?

— C'est ce qui explique les photos, répondit Darcy. Elle ne se souvient pas de ce qu'il était récemment – les vieilles photos le montrent comme il est dans son souvenir. Comme elle le connaissait et le connaît.

Elle leur apporta le thé et elles l'informèrent de l'ouverture de leur bureau à Bruxelles. Du fait qu'elles seraient bientôt obligées d'envisager le marché américain comme trop important pour ne recevoir que les visites occasionnelles de Darcy. Et savait-elle que Shari avait acheté une MG au rugissement rageur ? Elles ne lui posaient pas de questions, sachant désormais que les questions la harcelaient.

Darcy et Sophia avaient lentement bâti une interprétation. La mémoire de leur mère remontait le temps. Rien de ce qui se passait dans le présent ne demeurait dans sa pensée. Elle parlait de la musique et des camarades de ses vingt ans comme s'ils n'étaient pas des souvenirs mais des réalités contemporaines.

— Tu penses toujours à cet appartement médicalisé, hein ?

fit Darcy à sa sœur un jour où elles étaient dans son bureau, surveillées et injuriées par McCaw.

Sophia fit un signe de tête de dénégation. Ça vaut aussi bien, songea l'autre. Tôt ou tard, Greg et elle auront des enfants.

— Les repas gelés sont toujours là, tu sais ? remarqua Sophia.

Darcy secoua la tête, en se demandant pourquoi il lui avait fallu si longtemps pour comprendre. Leur mère ne connaissait plus que le passé, pas le présent. C'était la vertu abrasive de celui-ci qui l'enrageait. Ce jour-là, elles se dirent le nom de sa maladie avec terreur et certitude. La confirmation médicale était presque inutile.

Elles le savaient de façon certaine et cette assurance elle-même sembla accélérer la décrépitude. Les compétences de leur mère disparurent soudain, de manière triviale, comme une rivière disparaissant non vers des cascades, mais vers un bief. Là où elles avaient vu naguère des choix comportementaux bizarres mais au moins des choix, elles savaient désormais qu'il fallait voir des choses subies, involontaires, irréversibles. Les eaux bouillonnantes avaient emporté la passion et la joie, le savoir, la foi et l'essence. Impartialement. En vrac.

Quand elle commença à se perdre en revenant des courses, portant un journal du soir acheté par habitude mais qu'elle ne lisait jamais, elles essayèrent de lui trouver une compagnie. On confia à Greg le soin de lui vendre l'idée. Elle le considérait comme les jumelles : aucun d'eux ne lui paraissait directement lié à elle mais c'étaient des gens plaisants et familiers qu'elle était heureuse de voir pénétrer chez elle.

Greg et Colette se tenaient au bord du bassin, à regarder Hannibal, qui faisait à présent quinze centimètres de long et en était le seul occupant. Il avait mangé tous ses parents. Un jeu de mots sur inceste et ingérer vint à l'esprit de Greg qui s'aperçut avec tristesse que sa belle-mère avait perdu tout récemment la capacité de jouer sur les mots. À présent, les nuances d'une réflexion ironique lui échappaient ou l'ennuyaient. Il lui parla d'un compagnon et elle regarda le poisson. Il n'avait aucune idée de ce qu'elle pensait, aussi exprima-t-il à voix haute son approbation : elle ne le contredit pas. Dans la semaine, Sophia avait trouvé une femme nantie de toutes les recommandations. Dans le mois qui suivit, elle était partie car Colette n'était pas aidée par son aide permanente, mais confinée, sondée, enfermée comme un chien enragé.

Ils la firent entrer dans une maison spécialisée. Elle comportait trois étages et les patients étaient déplacés au niveau supérieur à mesure que leur condition empirait. Darcy et Sophia, comme les parents d'un étudiant primé, étaient grotesquement heureuses que leur mère soit au premier étage pour la première année, que ses colères aient cédé la place au charme joyeux et innocent d'une enfant de six ans. La grande tristesse de cette première année fut qu'elle cessa de reconnaître Greg, dont la taille et la gaieté semblaient la terrifier et la priver d'oxygène. Sophia s'inquiétait qu'il puisse en être blessé.

— Ma chérie, il n'y a rien là de personnel. Au lieu d'aller la voir et de lui faire penser qu'Attila le Hun est venu la terroriser, je passerai une fois par semaine chez elle pour aérer. Ça vaut mieux que de laisser Hannibal maître absolu du lieu.

Ni l'une ni l'autre des jumelles ne pouvait envisager de louer ou vendre la maison parentale. Pas encore. Pas tant qu'elles avaient de quoi payer le séjour de leur mère dans cette institution. Dans la mesure où *Image Makers* engrangeait des profits dépassant même les prévisions de Sophia, l'argent n'était pas un problème.

— Je pense que nous allons devoir déplacer votre mère à l'étage supérieur, leur dit un soir la surveillante générale à leur arrivée.

Cela sonna comme une condamnation. Mais pourquoi ? dirent-elles. N'est-elle pas bien là où elle est ? Quelle détérioration radicale avez-vous constatée ? La surveillante leur décocha des regards doux mais pénétrants en les assurant qu'il n'était pas nécessaire de prendre une décision sur-le-champ. Il était inutile de *se presser*, dit-elle tranquillement en les regardant se diriger vers la chambre de leur mère.

— Je t'ai apporté l'une des choses que tu préfères, dit Sophia à sa mère. Je me suis rendu compte que tu n'avais pas mangé de bananes depuis longtemps alors que tu les as toujours aimées. Donc !

Darcy embrassa le visage souriant de sa mère qui le lui tint entre les mains, comme elle faisait toujours, pour l'embrasser avec une ardeur enfantine. Cela fait, elle sourit aux bananes dont le régime brillait comme une nature morte sur la table basse en teck.

— Allez, manges-en une, dit Sophia en en détachant une pour la lui tendre.

Souriante, à moitié par obéissance et par plaisir anticipé, Colette mordit la peau de la banane.

— Oh non, non, non, non ! dirent ensemble les jumelles et Colette sursauta comme si on la surprenait à faire quelque chose de répréhensible sans qu'elle sût quoi.

Sophia la réconforta. Darcy prit le fruit, l'éplucha, ôta les longs filaments qui restent collés sur les bananes épluchées et la lui rendit en hochant la tête.

Mords à nouveau, disait ce hochement de tête. Tout va bien. Tu as la permission. Nous t'autorisons.

Darcy, qui tenait la peau vide, regarda sa sœur comme si elle était complice d'un sacrilège et se mit à pleurer, en baissant la tête jusqu'à ce que sa mère tire avec insistance sur ses longs cheveux auburn pour lui faire admirer la banane à moitié mangée.

— C'est ce qu'il y a de mieux, leur dit Colette, ravie du goût et désireuse de les rassurer, de leur redonner de la joie. C'est ce qu'il y a de mieux. Vraiment.

27.

Expéditeur : darcy@imagmak.iol.ie
adressé à : alex@antro.missuni.com
Mardi 9 janvier 1996

Cher Alex,

Bonne et Heureuse Année !

Merci pour ces livres merveilleux. Tu es le meilleur du monde pour choisir les livres. Deux des pièces de mon appartement sont entièrement ceintes de rayonnages et l'un de mes plus grands plaisirs est d'en faire le tour, une tasse de café à la main, pour toucher le dos de tel ou tel favori ; déplacer ceux qui ne sont pas à leur place et remarquer combien la plupart de ces préférés me viennent de toi. Je n'aurais jamais cru que je passerais presque deux jours complets à lire un livre sur les virus, les maladies et l'abominable absence d'avenir qui semble nous menacer, mais *La peste approche* était passionnant. Il pèse si lourd que tu as dû dépenser une fortune pour l'envoyer par avion mais ma mère disait toujours qu'on ne devait pas évoquer le prix des cadeaux – mauvais goût –, donc je ne le ferai pas.

Ma mère – merci de t'en enquérir – est à peu près dans le même état. Ce mal semble progresser par paliers. Elle peut se déplacer et si elle n'est pas heureuse, au moins n'est-elle pas franchement malheureuse. On prend bien soin d'elle.

Sophia – merci aussi – vole de succès en succès. Tous les reportages de fin d'année des journaux parlent d'elle et de l'ouverture de la succursale à Bruxelles. On parle aussi beaucoup de l'ouverture de notre département de soutien aux groupes de pression. Le monde économique la tient pour une femme d'affaires très intelligente, très innovante, mais aussi très prudente et l'on s'est demandé si *Image Makers* n'allait pas entrer en bourse. Je n'en parle pas avec elle car je lui fais toute confiance et l'une de ses grandes qualités, c'est de me faire autant confiance. Aucun signe de bébé à l'horizon et je ne l'interroge pas là-dessus non plus depuis que tu m'as envoyé cette information sur la réduction de la fertilité après une grossesse extra-utérine. Greg a pris environ douze kilos mais, comme il arrive souvent chez les anciens athlètes, il a grossi uniformément, pas en prenant de la bedaine, si bien qu'il a l'air encore plus beau qu'il y a une dizaine d'années.

Et moi ? Retiens ton souffle, tu pourrais trouver tout un paragraphe pour ton étude dans ce qui suit. Je réussis, suis satisfaite et grosse. Pas grosse au point de déborder des sièges, mais grosse. Pas grosse au point d'avoir des bourrelets pendouillants ici et là, mais grosse. Je suis une grande bonne femme bien habillée, pas encore la trentaine, 1,80 mètre avec des talons et je marche comme si le monde m'appartenait. Superbe, c'est ainsi que tu me décrirais si tu me voyais l'un de mes bons jours. (L'un des mauvais, tu me traiterais de grosse tache gonflée et dégoulinante.) Demain matin, on va me charcuter les canaux dentaires, mais à part ça, je me porte comme un charme.

Cependant, je suis toujours seule et célibataire, ce qui n'est pas bon pour ton étude. Je suppose que la différence entre aujourd'hui et le moment où j'ai décidé de débrancher Greg est que cet état de singularité n'est plus aussi facile à porter dans la mesure où j'apparais souvent à la télé, suis mentionnée dans les journaux, etc. Les maîtresses de maison se disent en faisant leur plan de table : « Est-ce qu'il ne serait pas élégant d'apparier X et Darcy King ? » Ledit X est toujours un freluquet mollasson récemment et sagement lourdé par sa femme ou un type qui a vécu avec une femme pendant dix ans et s'est soudain persuadé qu'il a l'air jeune, qu'elle est vieille, et s'en est donc éloigné intellectuellement. De temps en temps c'est un homosexuel honteux, ce qui est un problème parce que je ne peux lui dire d'avance. « Détendez-vous, je n'ai pas l'intention de vous ouvrir la braguette avant la fin du potage. » On me tient en général pour expérimentée, mûre et salace.

Greg m'a appris une chose. Quand on dit la vérité en

matière sexuelle, personne ne vous croit. Greg a dit à tout le monde, y compris Sophia, qu'il avait déglingué la boîte à gants de ma Coccinelle en me faisant l'amour de façon folle et passionnée mais que notre relation en fut radicalement modifiée. C'est la vérité pure mais personne ne l'a jamais pris au sérieux. De même, quand on m'interroge, pour un portrait ou une émission de télé, sur ma vie amoureuse, j'écarquille les yeux, lève la main et dis toute la vérité : « Je mène une existence de chasteté monacale » ; « Pas un homme pendant une décennie. Le sexe ? Qu'est-ce que c'est ? Où qu'ça se trouve ? » On me juge tordante. Un type à la radio, dans une émission nocturne, a même eu le sacré culot de dire à ses auditeurs qu'on n'avait qu'à me regarder pour savoir que j'étais bien baisée.

Le fait est que j'ai tout ce qui permet d'entretenir une relation, mais n'ai pas de relation. Putain, j'ai même un balcon pour me faire sauter, mais pas de sauteur. En suis-je perturbée ? Franchement non. Il y a un mois à peu près, Aileen (tu te souviens, celle qui a épousé Beethoven ?) a téléphoné pour m'inviter à dîner. Même si j'aurais aimé jouer avec ses deux gosses, qui sont marrants, je me suis rendu compte qu'on était déjà passé par là.

— Inutile de me faire un dessin, madame Watson. Vous avez un monsieur dans votre manche et vous êtes persuadée que c'est l'une des personnes les plus exquises que vous ayez rencontrées depuis longtemps et vous *savez* que je vais l'aimer ?

Elle en est restée si baba que c'était évidemment la vérité. Je lui ai demandé de ne pas se vexer mais je devenais un peu solitaire et aimais rester chez moi. J'ai jugé assez poli de ma part de ne pas ajouter : « Puisque tu es toujours en train de pleur- nicher sur mon épaule en te plaignant de Beethoven, pourquoi es-tu si désireuse de me voir en couple ? »

Cette délicatesse ne m'a servi de rien car elle m'a admi- nistré un petit sermon sur la nécessité du compromis dans la vie adulte. Il était grand temps de comprendre, m'a-t-elle dit, que Monsieur Idéal était épuisé.

« Monsieur Idéal est peut-être introuvable, Aileen, lui ai-je dit avant de raccrocher, mais je n'ai pas l'intention de me contenter de Monsieur Nul. »

Ça n'est peut-être pas à la hauteur du meilleur Ben Hecht

ou Paddy Chayevsky (merci pour sa biographie, en passant), mais ça résume bien la situation. J'en ai la chair de poule quand je pense à ce que les femmes ont dû endurer quand il leur fallait avoir trouvé un homme à un certain âge sous peine d'être tenues pour un tas de boue. Pour ma part, j'ai une existence si satisfaisante que, si je n'avais pas à y songer de temps en temps pour toi, je n'y songerais jamais. Il existe sans doute une faim sensuelle cyclique, mais elle n'est pas mortelle et ne donne pas de verrues.

J'ai besoin de me sentir part de quelque chose, mais ne veux pas être possédée. J'ai besoin de me confier mais ne veux pas être interrogée. Je possède déjà la plupart des choses dont j'entends les femmes dire qu'elles sont importantes dans une relation avec un mari ou un copain. Ce qui me manque, c'est le sexe (ça me manque), les bébés (bien que j'aie encore à en découvrir le besoin dévastateur ou simplement ordinaire) et certaines sécurités, comme demain matin à mon retour de chez le dentiste, lorsque je serai toute flageolante après avoir été charcutée, j'aimerais qu'un homme soit là, m'aide à me déshabiller, me mette au lit et m'apporte une tasse de thé pâle...

J'ai fait une recherche informatique récemment sur tous tes messages e-mail qui prennent de plus en plus d'espace sur mon disque. J'ai été surprise de découvrir tout ce que je savais sur toi ou plutôt, devrais-je dire plus sincèrement, la quantité d'informations dont je dispose sur toi. Ce que tu manges (trop de protéines, sans doute. Tu es très carnivore). Ce que tu portes (jean et bottines et chemises de flanelle. Mais tu dois posséder un costume pour tes pèlerinages académiques). Ce que tu bois (de la bière, essentiellement). Ce que tu lis (trop à dire là-dessus). La musique que tu aimes (un très étrange mélange de compositeurs classiques obscurs, particulièrement baroques, de chant grégorien et de blue grass). Je crois que tu es toujours seul bien que je ne t'aie pas interrogé récemment et j'ai idée que tu es Républicain parce que tu adores les armes et la chasse. Je connais aussi tes opinions sur certains sujets. Tels que ma sœur (la marâtre de Blanche-Neige, hein ? Espèce de branleur bigleux !) ou la gentillesse des inconnus – infiniment préférable, assures-tu, à la gentillesse des êtres aimés qui oblige toujours à la réciprocité.

J'ai du mal à dessiner ton portrait final parce que je n'ai jamais eu de photo de toi (tu auras apprécié que j'aie enlevé la quatrième de couverture de ton exemplaire du *Rapport King* parce que ma photo s'y trouvait) et aussi parce que j'ai commencé à t'écrire alors que tu étais très vieux de mon point de vue : je ne peux te donner un âge aujourd'hui sans t'attribuer des fausses dents et un fauteuil roulant. Question : as-tu l'un ou l'autre ? Sois honnête. Es-tu aujourd'hui totalement chenu/chauve ?

J'aimerais croire en Dieu. Je pourrais prier avant d'aller chez le dentiste à ce moment. Question : crois-tu en quoi que ce soit ?

Darcy.

Expéditeur : alex@antro.missuni.com
adressé à : darcy@imagmak.iol.ie
10 janvier 1996

Chère Darcy,

Tu peux aller te faire cuire un œuf ! Je suis démocrate. Fais donc une recherche par ordinateur sur mes sentiments à l'égard de Reagan (santé mentale chancelante).

Je suis toujours seul. Chauve ? Non. (C'est que tu ne poses pas les bonnes questions. Parfois, même en disposant d'un ordinateur au bout des doigts, tu ne vois pas les bonnes réponses.)

Fausses dents ? Non. Cependant, j'ai des implants en place des incisives car un acteur qui répétait une bagarre m'a fait sauter quatre dents d'un coup de crosse. L'assurance a payé...

Je crois en beaucoup de choses. Dieu ? Pas beaucoup. D'un autre côté, tu te rappelles que je t'ai envoyé le livre de Paul Monette sur le sida ? Il vient de publier un recueil d'essais et y déclare notamment que, même si Dieu n'existe pas, nous avons quand même besoin du « peuple de Dieu ». De peur que les questions n'aillent que dans un sens, réfléchis là-dessus : si tu pouvais ressembler à/être quelqu'un d'autre que toi, l'accepterais-tu ?

Je dois aussi ajouter que je prévois de mettre un terme à mon implication dans cette étude dans un avenir proche. En

378

conséquence, je reprendrai contact avec toi en te soumettant un questionnaire formel de désengagement la semaine prochaine environ.

Je penserai à toi, plutôt que je ne prierai pour toi lorsque tu seras chez le dentiste.

Alex.

Expéditeur : darcy@imagmak.iol.ie
adressé à : alex@antro.missuni.com
13 janvier 1996

Alex,

J'allais sortir. Que diable racontes-tu avec tes bonnes questions et tes mauvaises réponses ? Je n'ai pas le temps d'y réfléchir. Qu'est-ce que cette histoire de mettre un terme à ton implication ? Ça y est, c'est fini ? Mets-y toi une chaussette, Darcy, c'était sympa de te connaître, va faire la grosse tache mal baisée dans l'emploi du temps de quelqu'un d'autre ? Merci foutre bien. Si c'est ça les égards universitaires, je suis heureuse de faire partie des autodidactes. Tu peux te fourrer ton questionnaire formel de désengagement sur le pignon le plus élevé du toit de ton cul et ton perroquet verruqueux avec.

Et encore aut' chose ; tu te trouves pas un peu gandin, avec tes implants ? Je suppose que c'est une chose rare parmi les profs de fac, peut-être aussi rare que la civilisation, la courtoisie et ce genre de trucs vieux jeu.

Je répondrai pourtant à ta question sur la possibilité de vouloir être quelqu'un d'autre. Non et non. Ça me troue le cul. J'ai dû prendre l'habitude de moi. Auquel cas, j'ai foutre pas besoin de laïus sur l'Internet.

Pour finir, tu peux aller au diable avec tes conneries pontifiantes sur tes pensées quand je serai chez le dentiste. Prends pas cette peine.

Darcy.

Bien que folle de rage, Darcy, comme elle le faisait toujours lorsqu'elle avait un rendez-vous dentaire le samedi matin, songea sérieusement à marcher jusqu'au McDonald's d'O'Connell Street pour y prendre un grand petit déjeuner, avec des œufs brouillés, des pommes de terre en purée et du bacon glissant sur son huile dans une grande assiette ovale en pyrex. Elle décida cette fois de s'abstenir, bien que le fast-food soit ouvert dès 7 h 30. Cela l'aurait obligée à se brosser les dents de nouveau et il y avait un plaisir particulier à manger quand l'effet de l'anesthésiant se dissipait si l'on avait eu faim pendant la séance.

Outre à la fureur due à cette interruption arbitraire de la correspondance, il y avait la conscience qu'elle ait pu laisser échapper un point important dans l'une des lettres d'Alex. Il était parfois plus facile de se rappeler ce que les gens vous communiquaient quand vous pouviez vous rappeler le contexte : ah oui, c'était quand nous traversions Carna ou c'était lors de ce dîner où l'Avocat-Général s'est montré si drôle.

Pénétrée du sentiment de sa vertu après avoir écarté le méga-petit déjeuner, elle acheta les journaux puis, prise d'un accès de faiblesse, se rendit en voiture jusqu'à Grafton Street et essaya de lire la presse chez Bewley avec une grande tasse de café (pip, pip, pip, trois sachets de Canderel plutôt que du sucre) et un pain aux cerises collant. L'e-mail ne cessait de s'interposer entre ses yeux et le journal. Il fallait qu'elle lise les articles politiques qui remplissaient les journaux du dimanche puisque la division des groupes de pression lui incombait. Mais la politique l'ennuyait. Signe qu'elle devait sans doute y prêter plus d'attention.

Elle jeta un coup d'œil à sa montre – le dernier cadeau que lui avait fait son père, le Noël d'avant sa mort. Il était temps d'y aller.

Il était merveilleusement facile de se garer sur Merrion Square le samedi matin. Elle s'empara d'un des journaux et, comme toujours, prit plaisir à manier et incliner le petit émetteur qui commandait la fermeture de la voiture et mettait l'alarme en marche. Elle laissait le téléphone sous le siège. Si on l'appelait dans les deux prochaines heures elle ne serait pas en état de parler. D'un autre côté, elle ne voulait pas laisser le téléphone en vue d'un voleur de passage.

Comme elle longeait l'immeuble du dentiste, elle remarqua

un attroupement sur le trottoir et la chaussée devant elle, en arrêt devant une grande excavation bordée de manière erratique de ruban en plastique.

Ce ruban était totalement déchiré sur un côté, il traînait dans le trou comme si quelqu'un avait fait la course dans la rue, brisé le ruban de la poitrine et sauté avec lui dans l'excavation. En fait, comme Darcy s'en rendit compte en approchant, ce n'était pas une personne qui avait rompu le ruban en plastique mais une voiture. Ou plutôt deux voitures. Elle arrivait à peine à voir, derrière les gens, mais un coup d'œil lui révéla un petit cabriolet et une plus grosse voiture inclinée derrière. Comme si la grosse essayait de monter sur la petite.

— Qui est le responsable ?

— Y a personne dedans. Dieu soit loué.

— Malgré tout, une telle chute cause de terribles dégâts intérieurs à une voiture dans un cas pareil.

— Le châssis est probablement tordu ?

— Ou la coque.

— L'axe est sûrement brisé.

— Il faut quand même s'estimer heureux.

— Ç'aurait pu être pire.

Les commentaires se perdirent à mesure qu'elle gravissait le perron et pénétrait dans l'immeuble. Elle avait le premier rendez-vous.

— Avez-vous vu les deux voitures dans le trou devant votre porte ? dit-elle en s'installant dans le fauteuil et en se laissant installer une cuvette en plastique sous le menton.

— Sûr, dit le dentiste. Je me demande si les propriétaires sont au courant ou s'ils vont découvrir cela ce matin : « Oh, on m'a volé ma petite MG. »

Il s'approcha avec une seringue et répéta ce qu'il disait toujours pour la préparer à ses injections indolores :

— Juste une pincée, Darcy. Une pincée et ensuite nous vous donnerons le reste. Vous conduisez une Honda, vous-même, n'est-ce pas ? Les japonaises sont les meilleures. J'ai une Nissan et j'en suis très heureux. Très heureux. N'en changerais pas. Comment vous sentez-vous, maintenant ?

Elle lui sourit, un peu de guingois à cause de l'anesthésique.

En travaillant, il parlait de tout et de rien, ce qui permettait aux patients de répondre quand ils en étaient capables.

Ce matin, elle ne le pouvait pas. Alors elle le laissa s'étendre sur les voitures japonaises, la pénétration du marché automobile américain par les Japonais, les romans de John Updike en tant qu'ils illustraient les nouvelles caractéristiques de ce marché, l'amélioration de la sécurité des voitures et l'effet pervers – notamment l'apparition des coussins gonflables – que cela semblait avoir sur les conducteurs les moins responsables qui se croyaient totalement protégés du désastre par les nouveaux dispositifs.

De temps en temps, elle émettait une réponse.

Pour l'essentiel, elle l'écoutait comme de la musique, revoyait le minuscule aperçu, entre deux épaules, des deux voitures dans l'excavation. L'une essayait de monter sur l'autre, se répétait-elle. La grosse voiture lourde derrière. Bleue. La plus petite devant et dessous. Rouge. Une MG, avait dit le bonhomme qui regardait. Ce devait être la petite voiture devant. Et la grosse voiture derrière devait être une Volvo, décida-t-elle, bien qu'elle ne sût guère reconnaître les voitures. Mais la Volvo était un bloc si massif, comme une brique ! « Construite comme une armoire à glace. » Elle entendit la voix de Greg dans sa tête, plus forte que le bavardage du dentiste, avala du mauvais côté et fut prise d'étouffement. Le dentiste et son assistante se montrèrent pleins de sollicitude. Non, c'était sa faute. Oui, elle allait siroter cette eau rose vif. Non, non, ça allait. Pas de problème. Vraiment. Non, continuez. Absolument.

La roulette hurla dans sa bouche. Elle entendait encore Greg lui dire : « Une Volvo, c'est construit comme une armoire à glace. » C'est ce qu'il avait dit en achetant la sienne avant de donner à sa femme et sa belle-sœur un cours ironique sur les Suédois qui prévoyaient d'avoir sept Volvos dans leur vie tant elles étaient solides et fiables. Ironique, parce qu'il savait qu'elles savaient qu'il l'avait achetée pour la frime, pour souligner sa réussite, et parce qu'elles savaient qu'il savait ce qu'elles savaient, bref qu'ils partageaient une plaisanterie triangulaire. La grosse voiture si fiable était bleue. Greg avait demandé à Sophia d'en choisir la couleur et elle l'avait choisie bleue.

La roulette se tut et le dentiste commença à faire des gestes minuscules, comme s'il faisait la cuisine, en mélangeant les colles et les enduits sur une minuscule planche de plastique blanc. De quoi parlait-il ? Oh, du moment opportun et de la manière dont les Japonais étaient désormais dépassés par d'autres pays d'Asie du Sud-Est. C'était un homme très intéressant, se dit-elle non sans culpabilité, car en temps normal elle se montrait plus réactive ; il voyait dans ses silences la conséquence du choc provoqué par l'étouffement.

Elle se concentra pour lui poser des questions et tout fut très vite fini. Elle prit une carte où était noté son prochain rendez-vous et demanda à l'assistante d'appeler Neasa le lundi, ne sachant que trop qu'elle aurait déjà perdu la carte. Elle descendit lentement l'escalier tapissé en s'efforçant d'ordonner ses pensées. Onze heures avaient sonné et la foule entourant l'excavation comptait quatre rangs de chaque côté.

Elle se tint derrière le groupe jusqu'à ce que les gens s'en allant lui permettent d'approcher du ruban – de ce côté le ruban était encore intact.

Une petite MG rouge se trouvait juste en dessous et, inclinée comme pour lui présenter sa plaque minéralogique, elle découvrit la grosse Volvo bleue de Greg. Elle fendit la foule en s'excusant et regagna sa propre voiture où elle resta long-temps assise sans mettre le contact jusqu'à ce qu'un conducteur à la recherche d'une place la repère et klaxonne interrogati-vement. Oui, fit-elle de la tête, elle s'en allait. Oui. Tout de suite. Rien à faire ici. Non, pas de problème. Un plaisir. Quand vous voudrez. Repassez quand vous voudrez. La Honda longea la foule et vira à gauche dans Fitzwilliam Street. Ces si belles vieilles rues georgiennes. Un quartier si merveilleusement central pour une catastrophe. Le mot « catastrophe » la décontenança par son aspect irrémédiable : sans parler de l'in-sensibilité décroissante de sa mâchoire blessée, il lui fallait regagner son domicile. Sa voiture, tel un animal qui connaîtrait la route, l'y ramena sans qu'elle en fût vraiment consciente.

Elle se fit du café qui chassa l'insensibilité de telle sorte que très vite le visage lui fit mal, mais elle redoutait de prendre ne fût-ce qu'une aspirine de peur de ne plus avoir les idées claires. Non que sa réflexion débouchât sur grand-chose. Peut-être devrait-elle mettre les choses noir sur blanc ? Elle s'assit à son ordinateur et le dit à Alex. Sans demander un conseil. Juste pour circonscrire le problème dans la boîte aux lettres électronique là-haut dans le ciel et qu'il la découvre quand il l'ouvrirait. Par la suite, elle comprit qu'elle ne s'adressait pas à lui mais elle balaya cette découverte d'un haussement d'épaules. Dactylographier lui avait permis de se concentrer.

L'opportunité. C'est ce qu'elle pouvait envisager. Elle ne pouvait rien faire durant le week-end parce que les jumelles préservaient leur intimité et ne se retrouvaient qu'*en passant* et par hasard lors de visites à leur mère. Sinon, sauf en cas d'extrême urgence, les visites et les coups de fil étaient prohibés. On était peut-être dans un cas extrême, mais une urgence ? Non, il fallait laisser le week-end se dérouler normalement. Elle irait rendre visite à sa mère et la nourrirait, bouchée par bouchée, car Colette avait désormais perdu le sens du rapport entre nourriture et manger. Elle ne savait plus utiliser de cuiller, mais lorsqu'on lui mettait dans la bouche quelque chose qu'elle aimait, elle le mâchait et l'avalait.

C'est tard dans la nuit de dimanche que Darcy vérifia sa messagerie Internet.

Expéditeur : alex@antro.missuni.com
adressé à : Darcy@imagmak.iol.ie
13 janvier 1996

Chère Darcy,

Je ne voulais pas dire que notre correspondance cesserait. J'espère qu'elle continuera. Ma carrière m'emmène dans une direction où je ne pourrai plus respecter les protocoles de cette étude, c'est tout. Je te donnerai plus de détails quand tu auras le temps de m'écouter. En attendant, je te prie d'excuser la maladresse de mon annonce.

Alex.

Darcy et Sophia prenaient leur première tasse de café du lundi matin à 8 h 30 dans le bureau de cette dernière quand l'usine Snackattack de la Fenton Corporation du County Lough téléphona. Snackattack était un client récent. Darcy était ravie de ne pas le traiter car elle était certaine qu'elle y aurait pris des dizaines de kilos : il s'agissait d'un fabricant de biscuits apéritifs à base de carbohydrate, aux formes bizarres, de couleurs vives, enduits de divers parfums. Elle avait cependant suggéré une formule pour la mission Snackattack : « *Moins cher, plus gras, plus salé, plus vif, plus vert pour tous.* »

Le problème était très simple, expliqua le DG à Sophia. Leur plus gros client anglais, une chaîne de supermarchés, venait de trouver des « corps étrangers » dans leurs produits. Corps étrangers ? Des excréments d'oiseaux frits, pour être précis. Rien de très surprenant, admit-il, étant donné les grands trous du toit de l'usine. Il prenait l'avion pour Atlanta afin de discuter de l'urgence avec le président et il aurait aimé que Sophia puisse l'accompagner. Sophia s'empara du sac de voyage qu'elle gardait toujours prêt pour ce genre de cas et elle partit.

Darcy téléphona sur-le-champ à Greg.

— Greg, j'ai besoin de te voir.

— Certainement, quand ?

— Dans dix minutes.

— Ce matin ? Oh, Darcy, ce serait vraiment difficile. Je ne veux pas avoir l'air désagréable, mais j'ai une réunion à...

— Greg, je me fous que tu sois désobligeant ou pas. Je ne te demande pas si tu peux. C'est une injonction. Tu vas me voir dans dix minutes. Chez toi.

— Darcy, qu'est-ce qui t'arrive ? Cela ne te ressemble pas.

— Chez toi, dans dix minutes ?

— Darcy, je ne crois pas que tu réalises...

— Chez toi, dans dix minutes ?

— Darcy, je ne pourrais pas y être, matériellement, dans dix minutes. J'ai... j'ai des problèmes de voiture.

— Ah oui, tu as des problèmes de voiture, bien sûr (la voix de Darcy se fit soyeuse). Très bien, appelle-toi un petit taxi et disons dans vingt minutes.

Elle raccrocha et informa Neasa de ce qu'il fallait faire en présence de diverses urgences pendant la prochaine heure environ, étant donné que ni Sophia ni elle ne seraient joignables.

— Je reviens dès que possible, promit-elle. Elle partit en voiture chez Sophia, puis attendit devant la maison bien qu'elle eût une clef. Au bout de quelques instants, Greg arriva, signa un reçu puis, faisant un signe de tête aimable à Darcy, lui ouvrit la porte d'entrée. Elle le suivit dans la cuisine où elle s'assit tandis qu'il restait debout. Il ne lui offrit pas de café. Il était livide.

— Comment savais-tu que j'avais des problèmes de voiture ?

— Le cabinet de mon dentiste est sur Merrion Square. Il s'est occupé de mes canaux dentaires à la première heure samedi matin.

Il ferma les yeux, vaincu. Elle attendit.

— Tu l'as vue ?

— Je *les* ai vues.

Il se frotta les yeux comme s'il avait la gueule de bois et alla s'asseoir à l'autre bout de la table de la cuisine.

— Que veux-tu que je te dise, Darcy ?

— Et si on parlait de la vérité ? Je sais qu'elle et toi ne vous connaissez guère, mais tu pourrais faire un effort.

— L'appartement de Shari est à l'entresol de l'immeuble devant lequel on fait les travaux. Vendredi soir, j'y suis allé pour... j'y suis allé.

— Oh, ne me ménage pas, Greg. Je suis une grande fille, tu te rappelles ? T'es allé la baiser. Comme d'habitude.

— En fait, je ne l'ai pas fait, dit-il avec la résignation tranquille de qui s'attend à ne pas être cru.

— Bien sûr que non. Une relation purement platonique. Tu es allé lui donner des idées de photo.

— Non, je suis allé rompre avec elle.

Le silence étincela entre eux.

— Maintenant je comprends, dit-elle en se dirigeant vers la fenêtre. La lumière se fait dans mon esprit. Oui, la voiture de la star de la télé monte la voiture de la petite secrétaire blonde dans un trou en plein Dublin. C'est la mauvaise nouvelle. Mais la bonne ? La bonne, c'est que tout est fini, ce n'était qu'une bêtise. Personne n'aurait jamais...

— Darcy, tais-toi et écoute, tu veux ?

386

Elle le regarda avec une détestation inutile car il avait posé les mains sur les yeux.

— Assieds-toi, tais-toi et écoute. Je ne cherche pas à te persuader de quoi que ce soit car je m'en fous. Je m'en fous totalement.

— Quel dommage que Sophia ne s'en foute pas, elle.

— Darcy, je suis allé voir Shari vers 11 heures. J'ai dit à Sophia qu'il me fallait vérifier une bande éditée et que je m'absentais pour une heure, pas beaucoup plus. Car j'étais sûr que je mettais un terme à ça.

— Quoi, ça ?

— Je suis une merde, je sais.

— C'est vrai. Une merde qui a une liaison merdique. Une poule quelque part. La secrétaire de sa femme.

— C'est facile, Dar.

— Je m'appelle Darcy. Darcy.

— Pardon, j'ignorais que tu n'aimais pas les petits noms.

— Ce n'est pas un petit nom. C'est un diminutif. Et je te défends de me donner un petit nom, espèce de salaud, avec ton affaire digne de *Cosmo* magazine.

— C'est un commentaire facile qui n'a aucun rapport avec ce qui est arrivé en réalité.

— Une partouze, hurla Darcy, horrifiée par son manque de maîtrise de soi.

— Tu ne comprends pas.

— Tu vas finir par en faire un refrain.

— Je l'aime, Darcy.

— Je rectifie : tu ne pourrais en faire un refrain. Tu ne sais pas chanter, pas plus que tu ne sais dire la vérité. Dans les situations difficiles, ça t'est impossible de dire la vérité, hein, Greg ? Toujours là quand ça va bien. Mais la guerre éclate ? Une tornade approche ? Pfuit ! plus personne. Ou il ment comme un cinglé.

— Je l'aime, Darcy.

— Et Sophia ?

— Je l'aime, dit-il sur le même ton. Ce n'était pas juste une liaison.

— Maintenant, j'y suis. Les liaisons, c'est ce qu'ont les autres, les petites gens merdiques. Ils mentent à leur femme, ils se promènent et sautent d'autres femmes. Mais Greg McEnerney ? Non. Lui, eh bien, bon sang, c'est juste plus profond, vous savez ? Plus vrai.

— Darcy, cette fille n'est pas sexy. Putain, elle dort en justaucorps.

— Oh, excuse-moi, Greg. Je risque de vomir. Je ne suis pas certaine d'avoir à être rassurée sur ce qu'elle porte ou ne porte pas au lit.

— Tout ce que j'essaie de te dire, c'est qu'elle n'est pas le genre de fille qui déciderait d'avoir une liaison avec le mari de son boss.

— Greg ?

— Oui ?

— Tu as raison, en fait. Tu as tout à fait raison, sur ce point. Shari n'a jamais donné dans la séduction. C'est moi qui l'ai choisie, tu te rappelles ?

Greg la regardait.

— Quand je l'ai choisie, j'ai découvert son histoire que tu connais sans doute aujourd'hui. Au sujet de son père. Des soins qu'elle lui prodigua. Tu es un être sensible, Greg, et elle t'a sans doute raconté l'histoire, non ?

Il hocha la tête, soulagé.

— Ce n'est pas une histoire agréable. Pas une histoire qu'on irait raconter à autrui pour le séduire. C'est une histoire que racontera une personne en deuil, un être à moitié détruit. Et si elle la racontait à un homme, celui-ci saurait qu'elle doit être protégée, de loin, pas exploitée au moment où elle est le plus vulnérable. Mais tu as foncé, n'est-ce pas, Greg ? À force de compassion, tu l'as attirée dans ton lit, hein ? Ton cul qu'elle n'avait pas décidé d'être sexy ! Mais maintenant il te faut des points-gâteaux pour avoir refusé de sauter une grue ? La subtilité rend respectable une infidélité, c'est ça ? Mais j'y suis, elle la transforme probablement en une sorte de bonne œuvre !

Il encaissa la diatribe en silence.

— Donc, le gars rencontre la blonde, le gars la baise...

— Darcy, à quoi ça rime ?

— J'essaie de me mettre dans la situation, comme dit l'évêque à l'actrice. J'ai bien peur de n'avoir pas le privilège d'une *expérience* familiale, dans ce domaine.

— Oh, Darcy, je t'en prie. J'ai rencontré cette fille, j'ai entendu Sophia vanter ses louanges, j'ai vu quelques-unes de ses idées. Elle tombait souvent sur moi parce qu'elle essayait de joindre Sophia à la maison. Et puis il y a eu l'épisode du lancement, quand Sophia est entrée à l'hôpital.

— Tu as eu besoin d'être consolé, hein ?

Il la regarda comme s'il était exaspéré.

— Oui, Darcy, que tu le croies ou pas, j'avais besoin d'être réconforté. J'étais à la torture. Il y avait un risque que Sophia ne vive pas. Et ensuite l'opération. Quand j'ai compris qu'il était fort peu vraisemblable que nous puissions avoir des enfants sans une intervention majeure qui...

Il laissa sa phrase en suspens avant de reprendre :

— J'étais perdu, oui. J'étais reconnaissant de toute bonne parole.

— Laisse-moi vérifier un truc, là. C'est toi ou Sophia qui a fait la grossesse extra-utérine ?

Elle connaissait son mode de fonctionnement par cœur, comme une chanson familière. Ce fonctionnement imposait maintenant une dénégation véhémente. Elle ne vint pas tout de suite car il voyait dans leur querelle la première étape d'une sorte de négociation. Elle pouvait le torturer autant qu'elle voulait et il resterait tranquille, le regard fixé sur l'objectif à long terme. Elle pouvait le torturer aussi longtemps qu'elle voulait et parce que c'était un homme, les mots glisseraient comme l'eau sur les plumes d'un canard. Il admirerait même plus tard la manière dont elle avait « défendu » sa sœur jumelle. Darcy se réfugia dans un silence méprisant. À quoi bon discuter avec lui, se dit-elle. Il avouera là où il le faudra, il louvoiera, confessera et confirmera. Il continuera à proclamer son amour pour sa femme, son admiration involontaire pour Shari et une sorte de souci pour le bien commun qu'il partagera avec moi.

Greg continuait à parler. Il parla de Shari et de son inaptitude brute à séduire, de sa détestation à vif de la duplicité. Darcy attendait qu'il laisse échapper une implication qu'en un certain sens la faute incombait à Sophia, mais ce ne furent que propos sur sa beauté physique et spirituelle, la douceur de sa nature, toutes ses qualités qui aggravaient encore la situation.

Chaque fois que sa belle-sœur explosait dans un

« Comment as-tu osé ? » il abondait dans son sens. Chaque « Donc tu prétends que » accusateur était désamorcé par un refus perplexe d'émettre aucun jugement sur quoi que ce soit. Le monologue n'en finissait pas.

— Bon, ça suffit. Revenons-en à vendredi soir.

Il hocha la tête de bon gré.

— Je suis allé chez Shari pour lui dire que c'était fini, que dans notre intérêt à tous, il était temps d'y mettre un terme. Elle a accepté.

— Alors pourquoi tout le monde n'est-il pas content ?

— Parce qu'elle est enceinte.

— Oh, je t'en prie. Elle t'a appris ça vendredi soir ?

— Non, je le savais... enfin, non. Elle me l'avait dit environ dix jours avant, mais je n'y croyais guère. Je lui ai demandé d'aller voir Duggan.

— Duggan ?

Duggan était un gynécologue connu pour militer contre l'avortement.

— Lui et mon père sont de vieux amis. J'ai demandé à Duggan de la voir. Pour confirmer qu'elle n'était pas enceinte...

— Ah. Tu lui as sacrifié ton mariage, mais tu ne pouvais pas la croire quand elle te disait qu'elle était enceinte ?

— ... et je me suis dit, pour avoir travaillé un peu dans les groupes de Duggan...

Ah vraiment, se dit Darcy. Vraiment ? Tu es censé être un reporter objectif des faits de société et pendant ce temps tu conseilles les anti-avortements sur la bonne manière de présenter leur affiche du fœtus mort ?

— ... que, si elle était enceinte, il pourrait la persuader de ne pas se faire avorter.

— Ce qu'elle avait décidé de faire ?

— Ce qu'elle avait décidé de faire.

Il porta la main à sa poche de poitrine et en sortit une petite enveloppe déjà décachetée, adressée à Shari. Il la tendit à Darcy qui tira l'un de ces petits feuillets qu'utilisent les médecins. Le nom de Duggan, ses diplômes et adresse étaient imprimés en-tête. Au milieu, un petit gribouillis.

— De quoi s'agit-il ?

— Il le lui a donné pour qu'elle ait quelque chose à me montrer.

Darcy parvint à déchiffrer, en grimaçant, l'exécrable écriture, si mauvaise qu'elle en paraissait volontaire, et finit par comprendre ceci : « La patiente est enceinte. Le fœtus mesure environ 12 centimètres. Son cœur bat. »

— Alors, qu'a dit Shari, après t'avoir montré cela ?

— Qu'elle espérait que j'étais satisfait de l'avoir soumise au procédé le plus inutilement humiliant. Qu'elle ne voulait plus me revoir de sa vie et qu'elle prenait l'avion pour Londres pour se faire avorter samedi. J'ai tenté de l'en dissuader pendant des heures.

— Pourquoi ?

Il la regarda comme si elle avait posé la question dans une langue qu'il ignorait.

— *Pourquoi* ?

— Mais oui. Pourquoi avoir tenté de la dissuader d'avorter des heures durant ?

Il leva les mains en signe d'incompréhension.

— Vas-y, explique. S'agit-il d'une question morale : l'avortement est un meurtre. Ou s'agit-il d'une question de paternité : ne trucide pas mon fils et héritier ?

— Oh Darcy ! dit-il avec un dégoût insondable.

— De quoi s'agit-il ?

Il s'essuya le visage comme si sa présence et ses accusations lui avaient en quelque sorte sali la peau. Puis il déclara que peu lui importait l'opinion qu'elle avait de lui, désormais. Il lui dit son besoin d'avoir un fils, une fille – un enfant. Son horreur de l'avortement. Pour une fois, songea-t-elle, elle entendait les préjugés désorganisés, incohérents mais qui, en s'étayant les uns les autres, construisaient un système de valeurs personnel.

— Finalement, j'ai commencé à comprendre que c'était sans espoir, alors j'ai grimpé l'escalier – c'est un entresol – dans l'intention de partir. Sauf que, lorsque je suis sorti sur la place, les voitures n'étaient plus là et un policier m'a appris qu'un ivrogne, au volant d'une grosse camionnette, était entré dans ma Volvo. Il devait aller très vite ou avait dû persévérer, car ma voiture percuta celle de Shari, ce qui provoqua apparemment l'affaissement du bord de l'excavation et la chute de ma propre voiture. J'ai informé le policier que l'une des deux était à moi ; il m'a alors indiqué le commissariat chargé de l'accident.

— Tu lui as dit que la voiture était à Beethoven ?

— Mon nom figure sur l'assurance et le carnet d'entretien.

— Flûte, dit Darcy, en claquant des doigts. Quelle occasion manquée !

Greg restait assis, absolument hors d'atteinte de ses flèches.

— Et ensuite ?

— Et ensuite je suis revenu chez Shari pour l'informer de ce qui était arrivé et nous sommes convenus qu'il fallait faire enlever les voitures au plus tôt le samedi matin, le plus tôt possible, en tout cas, car quelqu'un repérerait vite les plaques d'immatriculation pour arriver à la déduction la plus logique. Elle voulait régler cela avant de partir pour Londres.

— D'abord il y a l'amour, ensuite le mariage, d'abord la logistique et ensuite l'avortement, c'est ça ?

— Je ne suis pas rentré avant trois heures et demie du matin et Sophia était éveillée. Elle n'a pas bien dormi ces trois derniers mois.

— Alors tu lui as tout dit, suggéra Sophia dans l'attente des mensonges qu'il aurait dits à sa femme et de leurs justifications.

— Oui.

— Quoi ?

— Je ne voyais pas que lui dire d'autre.

— Alors tu le lui as dit.

— Je le lui ai dit.

— Et ?

— Elle était très... triste.

— Triste ?

Il refusait d'en dire davantage.

— Alors sur quoi cela a-t-il débouché ?

— Je lui ai dit que je l'aimais.

— C'est toujours une consolation ça, pour la femme qui est dans cette situation.

— Je lui ai dit que je l'aimais et que je ferais tout ce qu'elle voudrait que je fasse. Si elle voulait que je m'en aille, je partirais, mais que je voulais rester son mari.

— Ça ne m'étonne pas. Le beurre et l'argent du beurre.

Il retomba dans le mutisme, mais si longtemps qu'elle redouta qu'au lieu d'être muet il puisse se mutiner.

— Elle a écouté ce que je disais...

Le silence revint. Oh ça va, se dit Darcy. Je suis censée diriger la société de ta femme en son absence et une montagne de petits post-it jaunes disant X a appelé et Y aussi fait probablement la hauteur du mont Sainte-Hélène à l'heure qu'il est. Finissons-en.

— Elle ne voulait pas que Shari se fasse avorter. Elle a déclaré qu'elle serait prête à adopter le bébé si Shari consentait à le porter jusqu'à son terme.

Si cet enfant de pute de professeur correspondait encore officiellement avec moi, se dit Darcy, je lui dirais ça. Ainsi donc ma sœur est la marâtre de Blanche-Neige, hein ?

— Tu es allé dire ça à Shari ?

— Oui.

— Et ?

— Elle a envoyé sa lettre de démission à Sophia. Elle est arrivée par coursier une heure plus tard. Elle y disait que Sophia était la meilleure patronne qu'on puisse rêver, qu'elle lui devait comme à toi plus qu'elle pourrait jamais vous rendre et qu'elle regretterait jusqu'à la fin de ses jours le chagrin qu'elle causait à Sophia. Il y avait aussi une lettre pour moi. Elle était... elle était plutôt dure. Elle déclarait qu'elle n'en croyait pas ses oreilles que j'aie pu mettre Sophia au courant, que j'avais brisé son bonheur juste pour m'ôter le poids de la culpabilité, que j'étais un salaud dans les rapports affectifs et dans le mariage. Elle ajoutait qu'elle ne croyait en rien et que mes prétendus principes au sujet de l'avortement n'étaient que... Peu importe. C'était une courte lettre, mais elle passait bien des choses en revue. Elle précisait qu'elle quittait la compagnie et l'Irlande à partir de ce dimanche, que Sophia pourrait le justifier pour « raisons familiales », ce qui était vrai, et que, si jamais, directement ou indirectement, j'essayais de rentrer en contact avec elle, je m'en repentirais.

— Donc à l'heure qu'il est, l'avortement est intervenu ?

Il hocha la tête. Ils restèrent assis sans mot dire dans la cuisine et des cloches d'église sonnèrent au loin. Des cloches d'église ? Darcy réfléchit et se rendit compte qu'elle n'était jamais ailleurs qu'au bureau à midi et que ces cloches devaient sonner l'angélus. Elle avait oublié l'angélus, se dit-elle en essayant de dire la prière dans sa tête. L'ange du Seigneur ? Était-ce ainsi que ça commençait ?

Elle regarda son beau-frère. Il était tout avachi, suite à ces épreuves affectives et ces nuits d'insomnie. Je vois ta vie d'ici, se dit-elle. Une vie de choix faciles et de victimes disséminées. Une vie de réussite agréable, pas de triomphe époustouflant. Fiable dans la paresse, dans la routine. Tu as appris ce qui te permettait d'avoir tes examens, mais tu n'as rien appris des éléments de la grandeur. Un brave type. Un homme convenable. De bonne compagnie. Ils se diront, quand tu approcheras de la cinquantaine, que tu aurais fait un grand ceci ou cela. Tu n'es que potentialité sans possibilité de réaliser. Tu n'es qu'intelligence et chaleur sans avoir l'aptitude de grandir ou d'apprendre. Comme une photo de vacances. Du soleil sur les épaules.

Sans ajouter un mot, elle quitta la maison.

28.

Chaque fois qu'elle allait à l'aéroport de Dublin, Darcy se promettait d'écrire à Aer Lingus au sujet des *Étreigneurs*. C'était le surnom qu'elle donnait à une sculpture se trouvant sur un îlot de pelouse juste devant le parking : des silhouettes accroupies serrées dans une étreinte, une mère et son bébé serrés l'un contre l'autre dans une étreinte confiante. Un lien de bronze.

La sculpture lui rappelait toujours combien leur mère était prête à les abriter contre elle lorsqu'elles étaient enfants. Et elle était toujours peinée de se souvenir que celle-ci avait déjà passé le moment où l'embrassade est un réconfort, qu'elle désapprenait les rapports humains, s'était retirée dans les méandres du cerveau reptilien, qu'elle ne savait plus qu'avaler, fixer un regard vide sur les choses et dormir. Darcy se répétait avec irritation qu'il fallait écrire à Aer Lingus et leur demander pourquoi, s'ils disposaient d'une si jolie sculpture, ils n'empêchaient pas les fleurs de pousser si haut autour qu'elles en cachaient les formes.

— Aer Rianta, se disait-elle alors en appuyant l'index sur la machine à tickets. Pas Aer Lingus.

Puis, ayant choisi la compagnie à laquelle écrire, elle oubliait jusqu'à la fois suivante. C'était encore l'une des différences l'opposant à Sophia. Celle-ci n'oubliait jamais les décisions qu'elle avait prises.

Dans la zone des arrivées, un grand écran de télé était branché sur une chaîne diffusant des nouvelles ininterrompues. Elle s'assit derrière un homme qui rouspétait à ce sujet avec sa femme.

— Quand on était petit, on venait à l'aéroport pour regarder, disait-il d'une voix irritée. On regardait. Il y avait des choses à voir.

— Humm, disait sa femme.

— Il y avait les avions et les pistes étaient plus courtes, si bien qu'on pouvait toutes les voir.

— Humm, dit encore sa femme comme si elle était un instrument de musique conçu pour émettre cette unique note en mode mineur.

— Les Dakotas et les Constellations. Les Constellations... tu te rappelles leur queue ? Les trois parties qui rebiquaient ?

— Humm, fit-elle.

— Superbe. Superbe dessin, les Constellations. Et des flammes sortaient du moteur quand on le mettait en route. Et puis il y avait les Viscounts, bien sûr.

À cet instant, sa femme émit un bruit particulièrement sourd et chantant.

— C'est ça, approuva-t-il, rendu à la bonne humeur par le souvenir. Ils avaient un bruit très particulier, ces Viscounts.

Tous deux étaient assis devant Darcy à reproduire le bruit des moteurs de l'avion dans une entente si parfaite qu'elle faillit manquer Sophia qui, n'ayant qu'un sac de voyage, fut la première à quitter le vol transatlantique. Pendant une demi-seconde, elle ne fut même pas certaine que la silhouette en question était celle de sa sœur. Elle paraissait plus frêle que d'habitude. Elle arborait cette lividité cadavérique qu'on a après avoir respiré trop longtemps de l'air pressurisé recyclé.

Darcy se mit à marcher au niveau de Sophia, redoutant presque d'approcher. Avec son costume de femme d'affaires, son manteau long de cachemire couleur rouille jeté sur les épaules, elle se trouvait immense à côté de sa sœur jumelle.

— Veux-tu te tenir droite ! Tu seras voûtée bien assez tôt par la vieillesse ! dit enfin Darcy, en imitant la voix paternelle.

Sophia sursauta, se redressa et chercha d'où venait la voix.

— Mais que diable fais-tu ici ?

— Je suis venue chercher ma grande patronne de sœur à sa descente d'avion, dit Darcy tout en continuant à marcher vers l'escalator mais en se rapprochant de Sophia. Et aussi la nourrir.

— Oh non, j'ai besoin de retourner tout de suite au bureau.

— Pas du tout. Tu as besoin de me parler.

Sophia s'arrêta et la regarda.

— Bienvenue au pays, lui dit doucement Darcy en l'étreignant comme un adulte ferait d'un enfant.

Sophia, qui n'avait pas posé son sac, lui rendit son étreinte d'un seul bras. Puis Darcy reprit le chemin de l'escalator, avec son manteau qui flottait comme celui d'un dandy de la Régence, suivie par Sophia un peu à la traîne.

— Trouve une table, fit Darcy par-dessus son épaule quand elles entrèrent dans le restaurant. Je vais chercher à manger.

— Je n'ai pas faim.

— Mais si. Tu n'as probablement pas mangé hier.

Darcy rejoignit la table choisie par Sophia, chargée d'un plateau portant une tasse de café noir, un capuccino et un véritable petit déjeuner irlandais.

— Je ne mange jamais ce genre de truc, fit Sophia en examinant les tomates frites ruisselant par les craquelures de leur peau.

— Eh bien, fais une expérience, dit l'autre en jetant son manteau sur le dossier de la troisième chaise et en s'appropriant le capuccino.

— Apprendre à gérer le changement est le plus grand défi qui confronte les managers d'aujourd'hui. C'était écrit dans l'un des suppléments d'affaires d'hier.

Au-dessus d'elles, une voix annonçait pour la dernière fois un vol pour Londres, en informant deux passagers manquants que l'avion allait décoller.

— Voilà pourquoi cette table était libre, fit Sophia, sursautant. Les gens doivent savoir qu'elle est située juste sous un haut-parleur.

— Ne t'en fais pas. Vois-y une simple ponctuation.

Darcy but son café. Sophia goûta ses œufs. Le speaker s'énervait de l'absence des deux passagers qui ne mesuraient pas la gravité de leur incartade.

— Doivent être en train de baiser derrière le duty-free, commenta Darcy.

— Qui ?

— Ceux qui ne prendront pas le vol machintruc.

— C'est merveilleux qu'il n'y ait plus d'escale obligatoire à Shannon, remarqua Sophia, volontairement enjouée et positive.

Ah non, pas ça ! se dit sa sœur.

— Je suis au courant pour Greg et Shari.

Sophia s'effondra sous le choc.

— Bien, remarqua-t-elle finalement.

— Pourquoi, bien ?

— Tu pourras m'aider à faire ce qui s'impose.

Une pour le chagrin, deux pour la survie, c'est la nouvelle version, n'est-ce pas, ma chère et triste sœur ? pensa Darcy.

— Shari t'a laissé une lettre de démission.

— Greg n'a pas pu la joindre avant son départ ?

— Personne n'a pu.

— Oh Seigneur !

— Oh Seigneur rien du tout ! Qu'est-ce qui t'a pris, Sophia, de proposer d'adopter l'enfant ?

— Greg doit avoir des enfants, dit l'autre d'une voix lasse, et je ne pourrai pas en avoir.

— Ce n'est pas définitif.

— Si. Ça l'est, dit-elle en rejetant le mot avec le désespoir du nageur en perdition qui se voit tendre un poids de plomb.

— Pourquoi foutre ne te débarrasses-tu pas de lui ?

— Mais c'est mon mari.

— Et alors ?

— Je me suis engagée auprès de lui, quelles que soient ses défaillances.

— Oh Sophia, ne me sers pas cette salade !

Le haut-parleur au-dessus se remit à parler.

Sophia fit signe à sa sœur de se taire jusqu'à la fin de l'annonce ; elle écouta le speaker avec attention.

— Qu'a donc de si important une annonce invitant à ne pas fumer ?

— Juste la voix.

— Tu l'as reconnue ?

Sophia secoua la tête.

— Non. Je crois que c'est le type qui faisait le Nuacht. Il me fait penser à quelqu'un, c'est tout. Irlandais du Connemara.

Darcy se demanda s'il fallait la questionner là-dessus, puis décida de s'abstenir. La vie était assez compliquée.

— Darcy, quels sont les choix qui me sont offerts, selon toi ?

— Quitte Greg. Propulse-le dans l'autre monde.

— Et ?

— Recommence avec quelqu'un d'autre.

— Je ne veux personne d'autre.

— Alors recommence toute seule. Je peux te le conseiller.

— Je serais solitaire.

— Quoi ?

Sophia sourit à sa sœur.

— J'ai une sœur jumelle, tu te rappelles ? J'ai l'habitude d'avoir quelqu'un avec moi tout le temps.

— J'ai une jumelle aussi, mais je peux faire des numéros en solo sans peurs paniques.

— Tu pourrais bien avoir à me donner des leçons.

— Mais as-tu au moins envisagé les autres possibilités qu'une vie avec lui ?

Sitôt qu'elle eut posé la question, Darcy en perçut l'absurdité. Sophia l'aurait sans doute fait – peut-être même noir sur blanc –, elle aurait listé les plus et les moins de chaque stratégie. Elle aurait tenu compte du devoir. Enregistré les obligations. Ajouté l'idéalisme et sa préoccupation pour l'avenir de la compagnie et celui de sa sœur. Son souci, en plus, de la carrière de Greg. Son inquiétude pour Shari.

— Darcy ?

— Oui ?

— Tu sais, je passe ma vie à essayer de faire du mieux possible.

— Je n'en ai jamais douté.

— Le mieux possible ne semble pas très bien fonctionner. Mais le mieux possible c'est tout ce que je peux faire. Je ne peux pas me rabattre sur moins.

La speakerine agressive remplit l'espace qui les séparait tandis que Darcy réfléchissait aux paroles de sa sœur dont elle comprenait la vérité. La plupart du temps, elle-même ne faisait pas de son mieux, détournée de ses échecs par un tourbillon de colère, de reproche ou d'autodérision ; et pourtant, elle s'en sortait indemne. Alors que sa sœur était blessée ou « damnée ». Quel nouveau mot à apprendre, hein, Sophia ! Attaquée injustement, écorchée et défaite par les insuffisances de ton beau gosse éblouissant ; bien loin de ce que tu avais rêvé. Comme le disait notre mère, on les aime quand on est jeune pour ce qu'ils vont être et quand on est vieux pour ce qu'ils étaient – ou ce qu'on croyait qu'ils étaient.

L'invitation en irlandais à ne pas fumer fut rediffusée et Sophia se mit à regarder dans le vide, les yeux vitreux. Darcy l'observait, absolument désemparée. Tu refuses de céder aux diatribes dramatiques comme je le ferais, se dit-elle. Tu refuses de laisser quiconque pénétrer ta souffrance. Tu consens à t'entourer des affaires quotidiennes, ma chère sœur, et un million de petites obligations et de défis transformeront la blessure à vif de ton âme en un lacis de petites cicatrices.

— Il me laissera, tu sais. Un beau jour. Il le fera.

Elle se répéta d'une voix assurée, mais sans tristesse, sans apitoiement sur elle-même.

— Et tu vas te contenter d'attendre que ça arrive ?

— J'éviterai de toutes mes forces que cela se produise.

— Y me faut encore un café, fit Darcy. Tu en veux un ?

— Non, je suis déshydratée par l'avion. Juste un verre d'eau.

Elle regarda sa sœur qui se tenait dans la file d'attente pour payer. Elle gloussait avec une grosse écolière, se demandait s'il serait très vilain de leur part d'acheter des crêpes ou si elles feraient mieux de bien se tenir et de boire un café noir. Tu vois, Darcy, songeait-elle, c'est ce qui nous différencie. Tu es un rayon de soleil déchirant les nuages, prête à briller sur tout, alors que je suis comme une pierre. Une petite pierre parfaite polie par le sable jusqu'à devenir parfaitement douce. Mais froide, isolée, sans possibilité interne de me réchauffer. Froide avec l'illusion, de temps en temps, d'une espérance de chaleur permanente, lorsqu'une personnalité solide et assurée m'éclaire de son soleil. Comme notre père. Comme Ruaidhri. Comme Greg. Comme toi, Darcy. Une pierre ne peut se débarrasser de son ombre. Tu veux que je rejette les choses qui selon toi me restreignent, mais j'en ai besoin, Darcy. J'en ai besoin. J'ai besoin du grand cercle chaleureux de Greg. Jusqu'à ce qu'il me quitte, j'absorberai sa chaleur rayonnante.

Darcy déposa un grand gobelet de carton rempli d'eau devant elle et Sophia but en silence.

— La vie avec Greg, c'est comme être en Floride en janvier, déclara Darcy. Il fait si chaud, si beau, on a la conviction secrète que le soleil brille partout et que les gens restés à la maison sont en quelque manière des hypocondriaques lorsqu'ils gémissent au téléphone en parlant du verglas et des averses. Quand on est avec lui, il est difficile d'imaginer...

— La mort. Ou la solitude, compléta Sophia.

— Donc, il s'en tirera comme ça ?

— Quelle est l'alternative ?

— Être obligé de faire face aux conséquences de ses actes.

— Bon sang, Darcy ; on dirait Papa !

Décontenancée par cette vérité, Darcy se releva et lui tourna le dos. Elle posait les mains sur la rambarde du restaurant.

— C'est toi, Darcy, qui l'avais forcé à affronter les conséquences de ses actes dans la Volkswagen.

— Quels actes ? répondit sa sœur, sans se retourner.

— Qui sait ? Et quelle importance ?

— Ce n'est pas la même chose.

— Bien sûr que la situation est différente. Mais c'est probablement lié. Les gens changent fort peu.

— Ils devraient.

— Mais ils ne le font pas. Toi et moi n'avons pas changé.

Darcy pivota.

— Je viens de comprendre une chose, dit-elle lentement : tu essaies de m'obliger à me résigner à ton problème.

— Eh bien, je suis déjà résignée.

— Comment peux-tu ? Pourquoi le faudrait-il ? Putain ! Tu peux aller partout, tu peux tout faire, tout t'est ouvert.

Sophia se mit à fouiller son portefeuille et lui tendit une bout de carton de la taille d'une carte de crédit avec un texte imprimé au recto.

— C'est la prière de l'alcoolique. M'man m'en a parlé il y a des années et puis je l'ai trouvée sous cette forme. J'ai pensé qu'il serait commode de l'avoir à disposition.

Darcy la lui rendit comme si elle la brûlait.

— C'est encore pire. C'est encore pire que ce que je pensais. Par la sainte culotte de Dieu, tu n'as pas trente ans et tu prononces des prières de foutue résignation parce que tu as épousé un con d'hypocrite qui devrait... devrait...

— Être puni ?

— Oui, tout à fait. Ou foutu à la porte. Au lieu de quoi tu vas brandir le drapeau blanc et garder des prières dans ton portefeuille, en continuant à jouer les Mlle Tout-va-très-bien.

— En dirigeant l'une des affaires de son genre qui marchent le mieux en Europe.

Elle replaça soigneusement la prière dans son portefeuille.

— Quand je compare ma vie à celle de tant d'autres personnes, j'ai beaucoup de chance. Personne n'a le droit d'espérer connaître un bonheur de conte de fées.

— Tu veux dire qu'on ne peut gagner sur tous les tableaux ?

— Exactement.

Je serai peut-être de ton avis quand je serai plus vieille, songea Darcy. Peut-être que les décennies m'enseigneront l'habitude du compromis, le rituel de la retraite digne. Mais ce n'est pas une chose que j'apprendrai de toi maintenant, Sophia. Je suis trop jeune.

— Je pense que j'ai toujours été plus vieille que toi, fit sa sœur comme si elle lisait dans ses pensées.

— Certes : de neuf minutes.

— Le devoir et l'exactitude ne sont pas à négliger, reprit Sophia.

— On croirait entendre ces cornichons de Sept Nains. Hei Ho, Hei Ho, on rentre du boulot.

— Pourquoi diable penses-tu à Blanche-Neige maintenant ?

Sophia se mit à rassembler ses affaires, aidée par sa sœur qui rougissait de confusion. Si j'y ai pensé, c'est que mon universitaire vieillissant te surnommait la « marâtre de Blanche-Neige » avant qu'il m'annonce qu'il se cassait dans nulle part ailleurs, se dit-elle.

— Au fait, fit-elle à voix haute comme elles montaient sur

l'escalator, Centurion, la compagnie de cinéma, s'est manifestée. Ils veulent absolument me rencontrer, je me demande bien pourquoi. Je suppose qu'il le faut ?

Allez, Sophia. Reprends ton rôle de chef. Donne-moi des ordres. Encourage-moi. Motive-moi.

— Mais c'est splendide ! Bien sûr qu'il faut que tu les voies. Ils font un film à Wexford, je crois ?

— À Wicklow.

— C'est ça, à Wicklow. J'ai vu une photo de Michelle Pfeiffer sur une courtepointe en peau de mouton ou un truc comme ça.

Darcy retrouva facilement sa voiture et paya le stationnement.

— Darcy ?

Sophia, je t'en prie, ne me dis pas que, si j'avais pris un reçu, j'aurais pu me faire rembourser par la société.

— Oui, Sophia ?

— Tout s'arrangera.

C'était une question qui se prenait pour une affirmation.

— Ça fera mieux que s'arranger, répliqua Darcy.

Mais ça, c'était un mensonge manifeste.

— Tu me déposes chez moi ?

— Il te faudra peut-être payer un supplément, fit Darcy.

— Pardon ?

— Si je fraie avec les metteurs en scène, je pourrais devenir arrogante.

— C'est vrai. D'un autre côté..., dit Sophia

— Oui ?

— Si je réquisitionnais Neasa, tu ne mettrais pas longtemps la pression.

— Je serais foutrement incapable de trouver l'arrogance nécessaire, tu as raison. McCaw et moi devrions voler ensemble vers le crépuscule. Du reste, McCaw est mal en point.

— Nous sommes deux dans ce cas.

29.

Expéditeur : darcy@dub.imagmak.iol.ie
adressé à : alex@antro.missuni.com
Vendredi 19 janvier 1996

Cher Alex,

J'ignore comment j'ai pu trouver le temps de remplir le questionnaire de conclusion ci-joint, étant donné l'atroce semaine qui vient de s'écouler. Je ne comprends pas pourquoi un ultimatum aussi rigide s'imposait si brusquement pour ce « rite de passage » comme tu l'appelles. Tu as une idée du nom que je lui donnerais.

Il suit. De même qu'un compte rendu du week-end et de lundi, puissé-je n'en plus jamais vivre un semblable. Et Sophia non plus. Puisse Greg attraper une gangrène des gonades. Puisse-t-il écoper d'une halitosis. D'un acouphène. De tout ce qui est personnellement désagréable, humiliant et chronique mais qui ne le rende pas dépendant de Sophia. En outre, maintenant que j'y pense, je sais foutrement bien que toute ton objectivité officielle quand l'épisode de la Volkswagen m'est arrivé visait à cacher ton opinion sur ma réaction : tu la jugeais fort excessive. Qu'avait-il fait d'autre que de s'emparer du nom d'autrui pour cacher sa nudité ? Eh bien, *maintenant* tu sais. La malhonnêteté dans le domaine sexuel est une maladie permanente comme les boutons de fièvre, qui n'attend que la bonne occasion de reparaître et se redonner en spectacle. Elle a raison, Sophia. Quand il aura une raison publiquement valable, dans environ dix ans, il apprendra à croire dans cette raison, puis l'en persuadera elle, enfin il la quittera pour avoir des enfants et probablement pour être un bon père.

Pour ma part, je suis obligée de rencontrer le Grand-Manitou de Centurion Films. Or Darcy ne veut pas rencontrer le con anonyme qui tourne son film parmi les moutons de Wicklow.

Quand tu te seras retiré de l'étude, seras-tu encore joignable sur Internet ?

Darcy.

Expéditeur : alex@antro.missuni.com
adressé à : darcy@imagmak.iol.ie
Vendredi 26 janvier 1996

Merci pour les deux documents.
Oui, je serai sur Internet.

Alex.

Au moment où Darcy se détournait de son ordinateur, Sophia entra dans la pièce, toute scintillante de gaieté.

— Tu ne m'avais pas dit qui voulait te voir, chez Centurion !

— Je n'ai pas fait attention au nom, dit Darcy.

— Brooke Stone !

— Et alors ?

— C'est le type que tu rencontres.

— Je rencontre le directeur.

— C'est lui le directeur !

— C'est l'une des stars.

— Il dirige aussi, tout comme Jodie Foster.

Et Redford, songea Darcy, en se demandant qui lui avait parlé de ça le premier. Ce devait être Alex. Elle lui devait tant de ses références, un chassé-croisé d'idées entortillées en couleurs primaires dans la trame de sa vie. Sans les fondations de leur correspondance, la structure n'aurait pas tenu. Il y aurait eu de grandes brèches dans la lisse, déformant les mailles.

— Imaginez un peu, rencontrer Brooke Stone ! s'exclama

sa secrétaire, Neasa, impressionnée, qui pénétrait à son tour dans le bureau.

— Imaginez que c'est Darcy que Brooke Stone a exigé de voir ! renchérit Sophia, décidée à retirer un profit personnel ou professionnel au-delà du plaisir prévu.

— Tu n'es pas excitée à l'idée de le connaître ? reprit-elle.

Je dois me montrer contente, songeait sa sœur, car l'exubérance de Sophia n'est rien d'autre que ruissellements sur le sol, irrisés de velléités. Il faut l'aider à s'oublier. Comme elle ferait avec moi si elle savait ce que j'ai perdu. Bien que ma perte ne puisse être comparée à la sienne. La mienne n'est pas charnelle ni réelle, n'a pas une odeur familière dans un lit la nuit. Ce que j'ai perdu n'est qu'un copain de correspondance électronique et cette perte se résorbera peu à peu.

Elle regarda la petite tête vicieuse de McCaw. L'oiseau ne cessait de lui parler, mais elle ne l'entendait pas.

« Je sais qui je suis, lui dit-elle tranquillement quand les autres se furent retirées : je sais où je vais. Tout ça sera recadré dans son contexte. » Sa respiration se perdit dans un sanglot et elle repoussa les larmes en clignant les yeux. « Mais j'ai droit à quelques minutes de grande solitude, dit-elle à l'oiseau désormais muet. Car j'ai eu ce compagnon. Un compagnon ? Quelqu'un qui se souciait toujours de moi. Quelqu'un avec qui examiner des idées. Un compagnon ? Rien de plus. Peut-être même moins que cela. J'ai vingt-sept ans et – oh, McCaw, je suis abandonnée. Je suis abandonnée. Seigneur, n'est-ce pas complètement idiot ? »

Expéditeur : darcy@imagmak.iom.ie
adressé à : alex@antro.missuni.com
Vendredi 26 janvier 1996

Cher Alex,

Je ne te dirai ça qu'une fois, alors écoute bien. (Comme tu dirais toi-même.)

1. Je ne crois pas que cette correspondance va continuer.

2. Tu me manqueras. Merci pour ta compagnie au fil des ans.

406

Maintenant, retiens bien ce que je vais te dire au sujet de ce satané acteur avec lequel tu as travaillé, Brooke Stone. Je dois le rencontrer aujourd'hui. Je vais détester chaque minute de cette rencontre mais ça m'aiderait de savoir d'où il vient. On m'a mis sous le nez des portraits et des interviews de lui et il m'a l'air d'un intello arrogant. Il ne lèche pas le cul des journalistes – la plupart du temps, on dirait que l'effort d'être simplement poli lui coûte énormément. Putain !

?

Darcy.

Expéditeur : alex@antro.missuni.com
adressé à : darcy@imagmak.iol.ie
Vendredi 26 janvier 1996

Chère Darcy,

Pardon de ne pas avoir repris contact avant – je sais que tu dois être sur le point de le rencontrer. Tout se passera bien.

À bientôt.

Alex.

« Tu sais ce que tu es, Alex mon professeur et ancien ami ? » dit Darcy à l'écran de son ordinateur, après avoir lu ce message à 19 heures ce soir-là. « Tu es une tête de nœud. C'est tout ce qu'il y a à dire. Si j'avais le temps, je te dirais ce que tu peux faire de tes missives en lettres de trente centimètres ou aussi hautes que je pourrais les faire entrer sur l'écran. Mais je n'ai pas le temps, alors va te faire mettre. »

La sonnette de l'appartement retentit. Darcy fit un bras d'honneur à la machine, se redressa et alla ouvrir la porte.

Il était appuyé contre le chambranle, grand, large d'épaules, décontracté, et son impact ne venait pas de sa beauté car elle n'avait rien de la douceur et des traits réguliers des magazines mais d'un visage buriné comme une écorce d'arbre.

— Darcy, fit Brooke Stone comme s'il confirmait une Déclaration des droits de l'homme, ou un traité international.

Elle porta la main à sa bouche pour réprimer son rire. Mais celui-ci se déversa de biais et il attendit, un sourcil levé.

— Je suis désolée. Je n'ai pas l'habitude qu'on s'adresse à moi comme si j'étais l'assemblée générale des Nations-unies. Et puis vous portez une perruque à l'écran. En plus, vous êtes beaucoup plus grand que je ne l'avais prévu.

Il ne dit rien du tout, encadré par la porte, à la regarder comme s'il fallait l'apprendre. C'était déconcertant et ça lui fit perdre sa gaieté. Pour le punir, elle ne l'invita pas à entrer. Elle passa devant lui pour fermer la porte. Il la suivit et appela l'ascenseur. Il la regardait, muet et serein. Impossible, se dit-elle à l'arrivée de l'ascenseur, de lui dire de cesser de l'étudier car c'est ce que les gens font lors de leur première rencontre. Il était déjà assez grossier de dire à quelqu'un qu'on remarquait sa calvitie sans ajouter qu'une certaine attention, sans doute très flatteuse pour la plupart des femmes, vous déstabilisait totalement.

Il mit la main sous son coude comme ils atteignaient les six marches descendant vers la cour et elle eut le réflexe de lui en savoir gré.

— Merci, dit-elle, ces souliers sont périlleux.

— Certes. Des souliers de pute.

Il lui ouvrit la porte de la Mercedes et elle y monta médusée. Elle décrivait toujours ses chaussures, dans les interviews, comme des chaussures de grue ou de pute, mais les entendre ainsi qualifiées par un parfait inconnu était inattendu. Il conduisit lui-même, ce qui l'étonna (elle avait prévu qu'un chauffeur de l'équipe du film ou un taxi les conduiraient) et il avait à l'évidence décidé de leur destination. Elle se mit à rire et il la regarda d'un air interrogatif. La grêle de son visage était plus prononcée qu'à l'écran. On aurait dit que quelqu'un l'avait attaqué au piolet avant d'accentuer ses tempes et ses pommettes à l'index.

— Jamais un inconnu n'a décrit mes souliers de la sorte. Je suppose que vous rencontrez rarement des femmes qui lâchent des commentaires grossiers sur vos cheveux ?

Il secoua la tête et lui sourit, l'air non plus sévère mais éclairé par l'humour.

— En général, on me dit que je suis plus sexy dans la vie

réelle, affirma-t-il d'une voix plus haute d'un octave pour imiter celle d'une femme. Il m'a fallu un certain temps pour comprendre que c'était la façon convenable de traduire : « Putain, t'es chauve, pourquoi tu mets pas une perruque ? »

Elle imita en riant son imitation :

— Eh ben, pourquoi tu portes pas une perruque ?

— Pourquoi tu portes pas un survêt ?

— Pour sortir dîner ?

— Ou des pompes sans talons ?

— Parce que je ne supporte pas ces minables.

— Nous y voilà, madame.

— Vous portez une perruque dans les films, malgré tout.

— Pas toujours. Pas dans celui que je fais en ce moment.

— Pourquoi pas ?

— Parce que je suis aussi le metteur en scène et que ce dernier ne voit aucune raison pour laquelle mon personnage aurait quantité de cheveux – il ramena ses minces cheveux sur son front – alors je n'ai pas de perruque. Ni de toit ouvrant.

— Et moi qui croyais qu'on n'employait cette expression qu'en Irlande.

Il ne répondit pas à cette remarque. Le silence régna dans la grosse voiture pendant plusieurs kilomètres.

— Assez difficile à rencontrer, hein ? lui demanda-t-il alors.

— Ah, ils vous ont dit que j'essayais de vous faire rencontrer ma sœur ?

La voiture s'engagea sur la route de la mer.

— Plusieurs fois.

— Ma sœur est la véritable directrice d'*Image Makers*, commença Darcy.

— On m'a parlé d'elle, intervint-il sur un ton décidé, du genre « ne perdons pas de temps à discuter de votre sœur », qui blessa son interlocutrice.

Elle resta muette tandis que la voiture arrivait au restaurant et qu'un employé sortait pour la garer. La main sous son coude à nouveau, il la précéda dans l'escalier, devant le grand palmier en pot, secoua la tête lorsqu'on leur demanda s'ils voulaient d'abord passer au bar et lui fit traverser le restaurant. On eût dit qu'il la présentait aux autres clients, en ne se servant de sa propre célébrité que pour l'exhiber elle. Comme s'il était un faire-valoir. Comme si c'était elle la célèbre. Cela venait peut-être, se dit-elle, de ce qu'il avait coutume d'escorter des femmes très célèbres et de mettre sa notoriété sous le boisseau.

Le Danegeld était l'un des meilleurs restaurants de poissons de la ville. Il occupait une succession de vieilles maisons en terrasse : pour atteindre les zones les plus intimes, on devait traverser les autres salles remplies de dîneurs. Quelques-uns hélèrent Darcy et elle leur répondit d'un signe des doigts, en accélérant à chaque salut. Mais à chaque table, un brusque silence interrompait la conversation animée avant qu'elle ne reprenne de plus belle dans leur sillage. En tendant l'oreille, elle pouvait saisir le nom de son compagnon dans les chuchotements.

La maîtresse des lieux prit leurs manteaux et les plaça.

— Ce soir, mademoiselle King, nous avons les saint-jacques les plus sublimes et aussi d'excellentes huîtres. Oliver sera à vous dans un instant pour vous donner plus de détails.

Elle fit un signe de tête à Brooke Stone et disparut.

— Je sais que cela vous paraîtra naïf, fit-elle en ouvrant le menu, gros comme un livre illustré d'enfant, mais je ne me doutais pas que vous étiez si célèbre.

Il lui sourit et elle apprécia qu'il ne joue pas au modeste en lui demandant de préciser ce qu'elle voulait dire par « si célèbre ».

— À l'évidence, ma valeur a augmenté ce soir, ajouta-t-elle.

— Vous n'aimez guère cela, n'est-ce pas ?

Elle reposa le menu.

— Ce n'est pas que je n'aime pas cela, en fait. Je suppose que je n'en ai jamais eu besoin. Nous sommes bien connues parmi les gens dont nous faisons nos clients. Nous n'avons pas besoin de fréquenter les célébrités. La plupart du temps, quand nous sortons avec elles, c'est nous qui sommes responsables de leur célébrité.

Oliver se présenta. Darcy et lui étaient de vieux amis. Sa vie se résumait à une tension exquise entre trois choses : son emphysème, sa corpulence et son professionnalisme. Les deux premiers éléments, combinés, le faisaient s'exprimer par monosyllabes. Ses propos soigneusement agencés avaient plus l'air d'ultimatums que d'invitations.

410

— Mademoiselle King, dit-il en s'appuyant lourdement sur le dossier de la chaise vide. Mmf, ajouta-t-il en guise de salut à Brooke Stone.

— Bonsoir, lui dit ce dernier respectueusement.

Oliver, qui s'était lancé dans sa déclaration suivante, dut s'interrompre en détestant fugitivement Brooke Stone : il s'attendait au hochement de tête silencieux que lui prodiguaient en général les hommes.

— Les pétoncles, ce soir – excellentes.

Darcy fit un signe de tête appréciateur.

— La sole – excellente.

Oliver aspira une grande bolée d'air, en soulevant les épaules de son smoking avec peine.

— Aux amandes ou grillée avec des herbes et du beurre.

Ils attendirent.

— Entière ou en filets.

Darcy hocha la tête. L'air sagace, cette fois, pour changer.

— Superbe homard.

Elle jeta un coup d'œil à son convive pour voir si le homard le tentait. Il regardait le maître d'hôtel avec une intensité particulière.

— Thermidor ou...

Le teint d'Oliver rougit encore, car il ne pouvait finir une phrase sans aspirer plus d'air.

— ... à la vapeur et servi avec du beurre fondu.

Le maître d'hôtel porta une main à ses lèvres. La main revint sur le dossier. Les épaules se relevèrent. L'air fut aspiré.

— Avons aussi de la barbue.

Se dispenser d'un pronom n'empêchait pas de comprendre, se dit-elle. Elle savait qui avait cette barbue. À moins qu'il ne fût plus stupide qu'il n'en avait l'air, Brooke Stone pouvait lui aussi comprendre qui avait cette barbue.

— Des crabes. Petits.

Il exhiba son bloc-notes et son crayon.

— Plus de réflexion ou... ?

— Non, non, je pense que nous pouvons passer commande, dit Darcy l'intrépide.

Elle tuerait ce gros Américain s'il obligeait Oliver à faire un autre voyage. Il regarda l'acteur. Celui-ci lui rendit son regard et un étrange sourire complice rida son visage inégal.

— Vous savez quoi ? Elle est déjà venue ici. Donc, si elle parle la première, je pourrai l'imiter aveuglément, non ?

— Sûr que oui, répondit Oliver, ravi de pouvoir répondre en trois mots à cette question.

— Monsieur, ajouta-t-il généreusement sur le souffle suivant.

— Parfait, reprit Darcy. Dans ce cas, nous commençons par une salade aux crabes, puis la sole aux amandes et nous prendrons une bouteille de votre Savennières 1990.

— Excellent, fit Oliver en refermant son bloc d'un coup sec.

Elle le regarda s'éloigner, les épaules dressées et les coudes en dehors comme pour donner plus de place à sa cage thoracique.

— Vous l'étudiiez, dit-elle calmement. Vous l'étudiiez de manière à jouer quelqu'un comme lui un jour.

— Ce n'est pas vrai, mais je comprends pourquoi vous avez pensé cela, dit-il aimablement en remplissant leurs verres d'eau. Qu'est-ce que vous attendez de moi, d'ailleurs, que je fonde un fan-club ?

La réponse était si inattendue et si franche qu'elle la fit rire.

— Vous avez choisi mon restaurant préféré dans toute la ville, lui dit-elle.

Cela ne sembla ni l'étonner ni l'impressionner et de nouveau elle éprouva une certaine animosité pour lui.

— Parfait, fit-elle en plantant les coudes sur la table après avoir écarté les couverts : pourquoi sommes-nous ici ?

— Pour parler. Pour dîner.

— Eh bien, je n'imaginais pas que vous seriez fou de désir pour moi.

— Vraiment pas ?

— Mon corps à moi ? En ayant Michelle Pfeiffer à poil ou presque sur une peau d'ours et à vos pieds ?

— De mouton.

— Quoi de mouton ?

— Peau de mouton, pas d'ours.

— Écoutez, mon vieux, je me fous de savoir si c'était une

peau de chèvre de montagne fraîchement tannée, revenons aux moutons que nous devons aborder ici !

Il lui sourit comme si elle lui avait adressé un compliment : elle commençait à se dire que la communication était biaisée. Qu'elle ignorait les règles du combat.

Le serveur apporta le crabe et leur proposa différents types de mayonnaise. Et du pain bis. Et des petits pains. Et du citron. Darcy commençait à s'exaspérer car en dépit de ses réponses catégoriques, ce gamin pâle et ardent réapparaissait sans cesse avec une autre possibilité. Comme il finissait par battre en retraite, marchant en arrière plus que normalement, elle fit la grimace à l'acteur en guise d'excuses et d'incompréhension.

— L'idée vous a effleurée qu'il avait peut-être envie de me voir ?

Elle suivit du regard le garçon et l'aperçut en train d'épier discrètement à la porte de la cuisine pour avoir un dernier coup d'œil sur son convive.

— Non. Très honnêtement, elle ne m'était pas venue. Cela vous arrive souvent ?

— Bien sûr.

Elle se mit à manger son crabe, noyé dans la mayonnaise. La peste soit des graisses ce soir. Son cholédoque allait rencontrer un raz de marée de graisses. Ou était-ce la vésicule biliaire qui était en danger ?

— Je suis étonnée que vous le remarquiez encore, dans ce cas.

— Il faut vous souvenir que je ne suis une star que depuis six ou sept ans, au plus.

— Il faut vous souvenir, dit-elle en pointant un demi-petit pain dans sa direction. Il faut vous souvenir que nous ne passons pas tous notre temps au cinéma.

— Ce qui veut dire ?

— Ce qui veut dire que je ne vous ai vu que dans un seul film. Peut-être deux. Je vous ai vu dans cette chose à Kinsale et...

Il cita l'autre film qu'elle risquait d'avoir vu et elle hocha la tête.

— Si bien que je ne suis probablement pas suffisamment consciente d'être en train de dîner avec UNE STAR. Une méga-star.

— Une star. Pas une méga-star. Un acteur, surtout.

— Et plutôt brutal en plus, impitoyable, un con nuisible d'après tous les journalistes de passage s'il faut en croire les portraits que j'ai lus.

Il déposa ses couverts et se mit à rire. Son rire était entier. Ce n'était pas un rire d'acteur. Pas un rire visant à exprimer combien on l'amusait. Ce n'était qu'un rire.

— Je suppose qu'il s'agit d'un visage social soigneusement étudié ?

— Comme celui de votre sœur ?

— Ah, vous lisez des portraits avant de rencontrer les gens, vous aussi ?

— Non, pas du tout.

— Vous ne lisez pas les portraits ?

— Non. Je ne prépare pas mes réponses aux journalistes pour les inscrire dans un personnage planifié. Qu'on me pose les mêmes questions m'exaspère. Je suppose que mon impatience se voit, ce qui leur donne un angle d'attaque : intellectuel arrogant.

— Vous ne me semblez pas avoir besoin d'être aimé.

— Aimé ? Par des journalistes ? Qui voudrait être aimé par des journalistes ?

— La plupart des clients de ma sœur. Les hommes d'affaires. Les politiques. Les capitaines d'industrie. Sûr. Ils veulent donner une image positive d'eux-mêmes sur le papier, mais leur premier objectif est d'obtenir que les journalistes les *comprennent* et les aiment. On peut les voir tendre mille perches au journaliste de manière à détecter ce qu'il voudrait les voir être. Après quoi ils entreprennent de se conformer à cette image.

Le vin était bon. La chère était bonne. Darcy pensait de ce repas ce qu'elle pensait de l'exercice lorsqu'elle s'y livrait : beaucoup plus agréable que prévu, mais entaché malgré tout d'une conviction contradictoire qu'elle aurait dû faire autre chose de plus utile.

— Vous avez déjà une image, c'est très clair. De quoi allons-nous donc parler ? lui demanda-t-elle brutalement.

— De la vérité. Peut-être.

Elle le regarda.

414

— La vie, l'univers et tout le saint-frusquin ? fit-elle d'une voix lasse.

Son intonation disait, je connais cette vieille antienne. Je la connais avant même de l'avoir entendue. Je la connais, la déteste, et il va me falloir la supporter encore une heure avant de pouvoir me casser.

— Bien, dit-il l'air aussi gêné que s'il avait entendu ses pensées, bien, peut-être laisserons-nous la vérité de côté un instant. Dites-moi plutôt combien de temps peut durer une image ?

— L'image personnelle ?

Il hocha la tête.

— La même chose qu'une naissance. Sept ans. Tous les sept ans, il faut se réinventer. L'obsolescence de l'image personnelle se produit parce que les gens pensent que leur première image est celle qui les définit. Alors vous obtenez un politicien qui devient célèbre quand il a l'air ouvert du garçon simple et enthousiaste d'à-côté et quatorze ans plus tard il continue de jouer le gars ouvert, simple et enthousiaste d'à côté alors qu'il meurt sur pied. Il s'épuise à la salle de gym, se teint les cheveux, utilise les mêmes petites expressions qui étaient si séduisantes à l'époque. Le problème, c'est que non seulement les gens n'aiment pas qu'on leur serve du réchauffé, mais qu'ils récrivent leurs souvenirs. Ils décident qu'en réalité ils n'ont jamais vraiment apprécié cet homme ; ce qui leur permet de ne pas se sentir des traîtres.

— Le révisionnisme historique, dit-il en hochant la tête. Dans les semaines qui ont suivi l'assassinat de JFK, toute une génération d'électeurs américains a révisé sa vérité personnelle. Ils ont décidé qu'ils avaient voté pour lui contre Nixon. Putain ! S'il avait eu toutes les voix qu'on lui a par la suite attribuées, ç'aurait été un plébiscite. De même, les gens se sont flattés d'avoir voté pour Roosevelt au cours de la crise, mais beaucoup ne l'ont pas fait. La santé mentale de la plupart des gens est directement liée à la manière dont ils peuvent se réinterpréter pour s'adapter aux nouvelles réalités.

Darcy restait muette, pensant à Sophia qui était décidée à ne pas se réinterpréter, dont le regard visait un futur parfait, dont l'impératif était l'amélioration de soi, envers et contre tous les revers. Brooke Stone la regarda tranquillement jusqu'à ce qu'elle s'ébroue et s'efforce de rejoindre leur conversation.

— Le fait est que dans la vraie vie, bien des comportements sont admissibles. Même si vos gamins vous trouvent ennuyeux parce que vous n'arrêtez pas de ressasser ce que vous étiez à vingt ans, comme ce sont vos gamins, ils sont bien obligés de le supporter. Ou du moins le devraient-ils. Mais si l'on est très connu, si l'on est une personnalité télévisuelle, on peut se retrouver enfermé dans son image publique.

— Vous arrive-t-il de rencontrer des gens qui *ne sont pas* enfermés dans cette perception ?

— Oui. Des gens inattendus. Des gens qui n'ont nul besoin d'une représentation publique, si bien qu'ils se développent naturellement. Ou les gens curieux. Qui ont le goût de la réflexion. De la réflexion intellectuelle. Les gens qui n'ont pas besoin des autres. Si l'on n'a pas besoin d'être aimé, on dispose d'une liberté fantastique. Si tout ce qu'il nous faut, au plus, c'est la tolérance – la tolérance indifférente des autres – la gentillesse des inconnus, on est...

Sa main esquissa une voile poussée par le vent ; il la regardait sans bouger. Elle détourna les yeux, les plissant d'irritation car elle parlait trop et parce qu'elle aurait voulu recourir à la phrase stupide qu'on a tendance à dire dans ces cas-là : « Je ne sais pas pourquoi je vous raconte tout ça, je ne parle pas autant, d'habitude. »

— Vous avez assez parlé, pour l'instant, dit-il.

Ce visage buriné et raviné avait l'air sérieux ; cela emplit Darcy d'une crainte inattendue.

— Vous allez parler et vous serez très sérieux, lui dit-elle en un effort désespéré pour égayer l'atmosphère, ne sachant trop d'où venait sa lourdeur.

— En effet.

À ce moment, un serveur approchait de leur table, il en était à moins de deux mètres quand l'acteur leva la main : dix centimètres, mais menaçants, négatifs. Intimidé, le serveur battit en retraite. Pourquoi suis-je effrayée ? se dit Darcy. C'est grotesque. Ce type n'est pas mon client. Je ne le connais pas. Je ne lui dois rien. Il n'a pas le droit de me rendre craintive et il joue sans doute à quelque jeu mental d'acteur. Elle croisa son regard avec défi et fureur, comme si elle s'écriait : « Je peux me lever et partir, tout de suite. Essaie pour voir. Regarde bien. »

— Je veux que tu m'épouses, Darcy, dit-il très calmement.

Rire, mépris, fureur, humiliation, soulagement, confusion, déferlèrent : l'idée lui vint de renverser la table sur lui.

Des petites boîtes se trouvaient devant lui : il les ouvrit et confirma son impression cauchemardesque que tout cela était programmé comme un sketch de la caméra cachée. Il y aurait des anneaux dans ces boîtes. Il y en avait. La fureur s'évanouit et elle n'était pas encore prête à partir, notamment parce qu'elle avait repoussé ses chaussures à talons hauts sous la table et s'efforçait d'en retrouver une avec les orteils sans faire de bruit.

— Que faites-vous ? Pourquoi faites-vous ça ? sur un ton qui voulait être toute indifférence et dérision mais qui tourna, se rendit-elle compte avec rage, à la plainte.

Mécontente d'elle-même, elle ajouta :

— Je veux dire, où diable voulez-vous en venir ?

Son geste sauvage et impatient lui fit heurter d'un revers de main la grande aiguière d'eau glacée, qui s'élança sur lui comme une colonne étincelante d'eau et de glaçons. D'une main, il souleva sa chaise, en battant en retraite et détourna l'aiguière de l'autre main si bien que la masse liquide l'évita. Mais il n'avait pas été suffisamment prompt pour qu'une certaine quantité ne tache son pantalon depuis la ceinture jusqu'aux genoux, le collant à ses cuisses dans un miroitement soudain, dont la froideur lui fit émettre un « Whouf » presque admiratif.

Un court instant, elle s'attendit à ce qu'il lève sa chaise et en pointe les jambes vers elle comme un dompteur de cirque. Elle n'avait aucune idée de ce que les autres clients et le personnel du restaurant prévoyaient qu'il allait faire, mais tous le fixaient du regard. Il commença par rire puis lui tendit la main au-dessus de la table inondée pour échanger une solide poignée de main de félicitations. Puis il fut entouré par le personnel, par des serviettes de table et des serviettes tout court, et des rires et en quelques secondes, eut-elle l'impression, la nappe trempée fut enlevée ainsi que les assiettes des hors-d'œuvre. Il avait épongé l'excès d'eau et indiqua qu'il survivrait. On avait servi le plat de résistance et les boîtes contenant les anneaux étaient revenues à leur place. Fermées.

— Mange, dit-il, et il suivit son propre conseil.

Tandis qu'elle entamait sa sole, les autres convives revinrent à la dynamique de leur propre conversation.

— Que faites-vous ? souffla-t-elle à l'abri de ce brouhaha.

— Je m'efforce de vous demander votre main, répondit-il avec un soupçon d'accent démodé, et vous ne me facilitez pas la tâche.

— Mais dans quel but ?

— Madame, je suis un sociologue de profession et je peux vous déclarer sans crainte d'être contredit qu'il est rare qu'un homme ait à expliciter son but lorsqu'il déclare sa flamme à une femme.

— Pourquoi diable m'appeler madame ?

— On m'a appris à être respectueux. Même lorsqu'une femme s'efforce de me noyer lors de notre première rencontre. Mon but est de vous persuader d'être mon épouse légitime. C'est sûr.

Apparemment de très bonne humeur, malgré sa douche, il continuait à manger de grand appétit.

— Et si vous échouez ?

— Oh je réussirai, n'en doutez pas.

Darcy respira profondément, en refrénant son désir de l'injurier.

— Mais si ce n'est pas le cas ?

— Je suppose que je reprendrai ma fonction d'universitaire vieillissant. Rien d'autre à faire.

Tous ses neurones s'éteignirent. Son cerveau se bloqua : la bouche sèche, elle le regarda et les mots lui donnèrent le vertige.

— Ça va ?

J'ai voulu toute ma vie m'évanouir en public, se dit-elle et maintenant que j'en ai l'occasion, je vais lutter de toutes mes forces pour ne pas le faire. Elle baissa la tête et fixa ses mains jusqu'à ce que le tournoiement s'arrête puis elle releva lentement les yeux vers lui. Son expression était dénuée d'humour, d'enjouement, de sentiment, de finesse, de triomphe, de timidité ou d'assurance.

— Qui diable êtes-vous ?

— Alex Carbine Brookstone.

— Espèce de merde !

Elle s'était à moitié levée, et la salle la dévorait des yeux.

— Espèce de branleur !

— J'ai attendu la moitié de ma vie que tu m'appelles comme ça, dit-il en serrant son poignet pour l'obliger à se rasseoir.

— Tu as attendu la moitié de MA vie, vieux con, tu es sacrément plus vieux. Tu m'as trompée...

— Je ne t'ai jamais trompée. Tu as fais preuve d'une grande paresse mentale. Une fois que tu m'as mis dans ma petite boîte de stéréotype, il n'était plus question de m'en laisser sortir, non madame.

— Tu es...

— C'est vrai, madame. Et parce que je savais que je te rencontrais cette semaine, je devais interrompre cette étude puisqu'aucun contact direct n'est...

— Je sais, je sais, je sais.

— Qu'est-ce qui ne va pas ?

Elle le regarda, soudain submergée par la gêne, heureuse de tourner le dos au restaurant.

— J'essaie de penser à certaines des choses que je t'ai dites.

— Ce serait plutôt : que ne m'as-tu dit ? fit-il avec une telle douceur que ses os se ramollirent.

Lorsqu'il posa la main sur sa joue, elle ne put la détourner sèchement ou s'en écarter, mais resta pétrifiée, en transe, tandis que sa main se déplaçait sur son cou, puis descendait pour toucher sa main fermée sur la table et en ranimait la circulation.

— Que ne m'as-tu dit ? répéta-t-il.

Oliver se présenta pour recevoir leur verdict sur le plat et Alex lui parla aimablement, en mentionnant des choses qu'il savait de lui, des choses rapportées par Darcy au cours des années précédentes, ce qui eut pour effet d'enchanter le maître d'hôtel, de le faire se rengorger. Darcy en profita pour retirer la main, s'éloigner, combattre le sentiment qu'elle avait d'accueillir quelqu'un sous son toit.

— Quand m'épouseras-tu, Darcy ?

— Oh Alex, ne sois pas ridicule. Putain, c'est la première fois que j'ai prononcé ton nom. Je me sens grotesque. C'est si invraisemblable.

— Quantité de choses invraisemblables se produisent dans toutes les vies.

Il la regarda boire de l'eau glacée comme une survivante du Sahara.

— Je ne pourrais pas te connaître mieux si j'avais vécu avec toi tous les jours des dix dernières années. J'ai commencé par apprendre ton essence, pas les accidents. J'ai écouté ta voix à travers l'espace et le temps. Tu es allée de l'innocence et de la curiosité au savoir et au désir. Durant tout ce temps, j'étais plus proche de toi que ne l'était ta propre sœur jumelle. Beaucoup plus proche, tandis que tu devenais la grande femme lourde et magnifique que tu es aujourd'hui.

Aucun homme ne devrait pouvoir vous dire que vous êtes lourde, se dit-elle, et si cela arrive, cela ne devrait pas me laisser les yeux meurtris, désireux de se fermer pour que je puisse m'appuyer sur sa peau. Elle regarda la nappe, sa trame amidonnée, il déplaça les couverts et prit ses mains dans les siennes comme s'ils en avaient l'habitude.

— Je te connais sans hypocrisie ni...

Les mots lui manquèrent et ils restèrent ainsi un instant, engloutis par le brouhaha.

— Parade de séduction, dit-elle.

— Parade de séduction, admit-il. J'ai été loin de toi, mais j'ai habité ton esprit. Il y avait des jours où je voulais abandonner cette étude, pour venir m'interposer entre toi et le danger. J'ai comparé chacune des autres femmes que j'ai rencontrées avec toi, dans la joie et le sexe. J'ai jaugé chaque idée par rapport à toi, en imaginant comment tu réagirais. Je t'ai apprise pendant ces nombreuses années, Darcy. Je t'ai apprise.

— Apprentissage à distance ?

— Je t'ai apprise et tu m'as appris.

— Une idée folle vient de me passer par la tête, fit-elle en riant. Il faut que tu rencontres McCaw.

— Avant de faire la connaissance de Sophia et Greg ?

— Oh merde.

— Oh merde, quoi ?

— Impossible d'expliquer cela à une personne saine d'esprit.

— Ne l'expliquons pas, alors. Et si nous nous contentions de nous marier ?

— Alex !

— Joli nom, n'est-ce pas ?

— Ce fut une blague superbe et c'est merveilleusement marrant de te rencontrer, maintenant que ma colère est retombée, mais ne construisons rien d'irréel là-dessus.

Il la regarda en plissant les yeux.

— Il n'y a rien là d'irréel ni d'étrange. Je suis là pour t'épouser, Darcy. Je t'ai aimée plus longtemps que Jacob n'a aimé Rachel. Je t'ai aimée sans te le dire. Mais à présent, je te le dis. Et je t'épouse.

— Je n'ai pas le choix ?

— Tu as tous les choix, mais tu n'en retiendras qu'un et je vais te dire pourquoi.

Le garçon apparut et Alex paya la note.

— Parce que tu ne joues pas la comédie, Darcy. Tu es une femme brillante et carrée et tu sais quand quelque chose est juste jusqu'à la moelle. Tu sais quand quelque chose a l'air d'être là depuis des années même si tu ne l'avais jamais remarqué. Voilà ton sentiment à ce sujet et je le sais.

Il prit un anneau de fiançailles et le lui passa.

— Te souviens-tu que je t'avais demandé de me dessiner ton idée de la parfaite bague de fiançailles à l'époque du fax ?

Elle secoua la tête, étonnée. Il hocha la tête vers la bague.

— Voici ton dessin.

Fourrant les boîtes dans sa poche, il se leva, lui prit le bras et la guida à travers la salle. Ce parcours fut très différent. À présent on leur décochait des coups d'œil suivis de regards entendus.

Ils se retrouvèrent dans la fraîcheur de l'air nocturne et marchèrent : il gardait sa main prisonnière dans la poche de son manteau. Il chantonnait et elle essaya d'identifier la mélodie. « *Dublin can be heaven/with coffee at eleven...* », articula-t-il pour l'aider.

— Oh, va te faire fiche, j'aurais pu deviner que tu l'avais apprise.

Ils avaient atteint le quai dominant le port et elle s'écarta de lui :

— Alex ?

— Oui, madame, dit-il en s'inclinant, comme un soldat en retard au rapport.

Il l'embrassa, sa force la repoussait contre un réverbère. Penché sur elle, il la réchauffa de son corps et de ses mains puis, une main posée sur le métal au-dessus d'elle, il s'écarta, la regarda, lui dit qu'elle était belle.

Au travers de la trame soyeuse de sa robe, elle sentait un froid humide.

— Tu es encore mouillé, dit-elle en tâtant le tissu sur ses cuisses.

— Là aussi, fit-il en guidant sa main.

— Épouse-moi, Darcy.

— Putain, Alex. Quand ?

— Demain.

— On ne peut pas aller aussi vite ici.

— Comment le sais-tu ? Tu n'as jamais essayé.

— D'accord, d'accord, on verra.

Il tint son visage entre ses mains et lui dit des merveilles. Elle s'efforça de ne pas le croire, mais elle perdit. Il y eut des brèches dans le déroulement du temps. Il y eut un trajet en voiture et puis ils s'arrêtèrent devant son immeuble.

— Il faut que j'avertisse Sophia tout de suite. Demain, en tout cas.

— Deux pour la joie ?

— Elle sera si contente pour moi. Si jamais tu me redis, une fois que tu la connaîtras, qu'elle est la marâtre de Blanche-Neige, je divorcerai.

— Tu ne peux pas. Pas en Irlande. Vous autres ne connaissez pas encore le divorce.

— Nous l'obtiendrons à temps pour cette éventualité.

Ils descendirent de voiture et s'embrassèrent encore. Il lui prit la main et l'entraîna derrière lui sur le perron. Elle le fit se retourner, regarder le fleuve et le ciel, illuminé par la lune et les étoiles, reflétées et multipliées. Elle s'appuya contre lui, palpa le tissu de sa veste pour s'assurer de sa réalité, pétrifiée d'étonnement.

— Eh bien, baise-moi, dit-elle enfin.

— Je n'y manquerai pas, madame.

Remerciements

Stephen Cullen, Brenda O'Hanlon, Donal Cronin, Anne Foley, Frank Sweeney et Frances Fitzgerald ont lu le manuscrit et m'ont dispensé leurs conseils précieux. Mark Bruce de la Sun Bark Hunting Lodge, à Custer dans le Dakota du Sud, m'a prodigué son savoir, de même que Deirdre Purcell – sur un thème assez différent. Quelques amis m'ont conseillée dans certains domaines précis et je leur en suis très reconnaissante, bien que je ne puisse les nommer. Je ne saurais assez remercier Kate Cruise O'Brien, Gerard Kenny et Neasa Kane. Un universitaire endurant m'a prodigué ses services de lecteur, de titreur, de défenseur et de secouriste. Il est titularisé...

*Ce volume a été composé et mis en pages
par ÉTIANNE COMPOSITION
à Neuilly-sur-Seine.*

Dépôt légal : avril 2002
N° d'édition : 42671/01 - N° d'impression :
Imprimé au Canada.